当代中国最具实力中青年作家作品选

阿袁中短篇小说选

绫罗

阿 袁 著

中国言实出版社

图书在版编目（CIP）数据

　　绫罗：阿袁中短篇小说选 / 阿袁著 . -- 北京：中
国言实出版社，2017.1
　　ISBN 978-7-5171-2104-6

　　Ⅰ . ①绫… Ⅱ . ①阿… Ⅲ . ①中篇小说—小说集—中
国—当代②短篇小说—小说集—中国—当代 Ⅳ .
① I247.7

　　中国版本图书馆 CIP 数据核字 (2016) 第 300306 号

出 版 人：王昕朋
责任编辑：胡　　明
文字编辑：张凯琳
封面设计：水岸风创意文化

出版发行　**中国言实出版社**
　　　　　地　　址：北京市朝阳区北苑路 180 号加利大厦 5 号楼 105 室
　　　　　邮　　编：100101
　　　　　编辑部：北京市海淀区北太平庄路甲 1 号
　　　　　邮　　编：100088
　　　　　电　　话：64924853（总编室）　64924716（发行部）
　　　　　网　　址：www.zgyscbs.cn
　　　　　E-mail：zgyscbs@263.net
经　　销　新华书店
印　　刷　阳谷毕升印务有限公司
版　　次　2017 年 1 月第 1 版　　2022 年 1 月第 2 次印刷
规　　格　710 毫米 ×1000 毫米　1/16　14.75 印张
字　　数　225 千字
定　　价　40.00 元　　ISBN 978-7-5171-2104-6

目录

绫 罗

　　若不是媒人凤娥那天撞了邪，沈长庚的相亲能有沈长生什么事儿呢？

　　相亲的日子是年前就定好了的，定在二月十二花朝节。其实腊月就可以去看的，可长庚的娘说，大冷天的，妹头都穿着厚棉袄，能看出什么身段来呢？还是花朝节吧，花朝相亲多喜气呀。凤娥说，可不？单衣薄衫的，什么也掩不住。长庚娘的算盘，凤娥其实清清楚楚，不就是怕多送一个节吗？万一长庚真的和人家妹头有意了，转眼可就是过年，乡下的年那是大节呀——老人的果子钱、小鬼的压岁钱，妹头呢，更是少不了，脸上涂的抹的，身上穿的戴的，哪样能少花钱呢？还要给人家父母准备过年用的十斤多重的金花腿、漂亮肥胖的红阉鸡，一个年送下来，怎么算计怎么省还不得几百块？花朝相亲就不一样了，两人真看上了，那能熬多久呀，乡下的妹头后生，都是在风月故事中长大的，几个月下来，说不定就一起钻甘蔗地了，到时候，妹头的父母连彩礼都要不全了，哪还顾得上什么节不节呀，要赶紧在大冬天把妹头嫁了，衣服肥，好遮羞，不然的话，天气一转暖，妹头几个月的怀就显了，乡里人眼睛毒，总爱盯着新嫂的腰围看，万一让人看出什么来了，妹头父母兄嫂的嘴往后就不好伸了，别人的话再夹枪带棒，都要装聋作哑地夹着嘴，不然和别人抢白起来，更没有什么好果子吃。这样一来，男方家还能送几个节呢？一个端阳节，一个中秋节，不过是送些麦秆编的蒲扇、两支从根到蒂的鲜粉藕，还有就是几斤芝麻冰糖做的月饼，花不了几个钱。但凤娥不戳破长庚娘，凤娥多有眼色的一个人哪，能做那种没轻没重的事？再说，花朝就花朝呗，人家少送一个节，与自己有什么相干呢？亲事成了，谢媒礼还能少了自己的，没成呢，也没什么关系，不过多回了两趟娘家，再说，不还顺便赚个仁瓜两枣的茶水钱吗。

为了花朝的相亲，长庚娘什么都准备好了。让村里最好的裁缝刘拐子替长庚做了一身崭新的西装，皮鞋也是新的，是长庚娘讹着长庚姐在县城花了五十块钱买的，长庚的头发也理了，容也修了。还有上门要提的两盒点心，长庚娘也备好了，一盒柿饼、一盒酥糖，是长庚的姐夫用来孝敬丈人丈母的，可长庚娘没舍得吃。庄户人家的日子，不算计着过怎么行呢？可有些事情的结果原来是天注定的，和人的算计没有什么关系。或许长庚娘的命里就不该有绫罗这个儿媳，不然的话，一年到头都活蹦乱跳的凤娥为什么偏偏在那一天却出不了门了呢？头天晚上凤娥还来了长庚家，和长庚的娘扯了半天的闲话。嫁女儿看郎，娶媳妇看娘，十七八岁的妹头，看得出什么好坏来呢，在娘家都是荣花娇女，都好吃，都好穿。所以长庚的娘不问绫罗，绕山绕水扯的都是绫罗娘的闲事，龙生龙，凤生凤，蝴蝶的儿子闹花丛，能变到哪儿去呢？两人女人扯着扯着，就忘了时间，等到凤娥起身回去的时候，整个村子都肃静了。从长庚家到凤娥家，要穿过一条窄长的巷子，巷子黑乎乎的，什么也看不见，凤娥一贯是个胆大的女人，平日里也常走夜路的，那天晚上走到巷子中间却突然心念一怵，因为想起沈老大的儿子来，沈老大的儿子是个短命鬼，三伏天的时候大中午一个人跑到村子外的桂子塘去洗澡，淹死了，埋之前就用席子裹着在这阴凉的巷子里搁了半夜。疑心生暗鬼，凤娥的汗毛顿时根根竖起，脚下一时也虚飘飘起来，没了斤两，走过沈老大家门口的时候，凤娥不由得想快走几步，却走不动，仿佛自己的腿被什么不干净的东西拽住了一样。

第二天凤娥就起不了床了，一只脚肿得像萝卜一样，这可怎么办呢？相亲的日子又定好了，临时改日子怕是来不及，别说沈家村离陈湾有二十多里的路，就是近，又怎么好改相亲的日子呢？不吉利！再说，人家女方家也一定张罗了半天——屋里屋外是要收拾的，妹头也要从头到脚装扮的，还有绫罗嫁了人的两个姊妹，也一定早早地回了娘家，等着看长庚，她们是过来人，有资格对男人品头论足，并且参与决策。

怎么办呢？乡下的相亲都是由媒人领着后生去的，可凤娥的脚现在是一只大萝卜，别说走二三十里的路，连要用床边的马桶，也得要女儿揽着。长庚的脸都急成了关公样，能不急吗？长庚都二十六了，屋后的长春，才二十二，已经夜夜搂着花朵样的媳妇睡了。凤娥也急，绫罗是她娘家的堂侄女，她的堂嫂，也就是绫罗的娘，可是个厉害的女人，相亲的日子却不去相亲，这不是把堂兄堂嫂当猴戏吗？本来让凤蛾的老公带长庚去也行，可他不在家，凤蛾的老公是个木匠，常年在外做工的。长庚的娘坐在凤蛾的床沿上，两个女人商量来商量去，商量了一早上，也想不出什么好办法，时间又晚了，没奈何，最后还是让长庚自己去。凤蛾说，也不打紧的，绫罗家就在村口，院子里有两棵树，一棵是桃树，一棵是柚子树，院墙边还种了一排铁扫帚和指甲花，很好认的。

一身簇新的长庚提了两盒点心就自己去。这是长庚第三次相亲，要说起来，也算是见过世面了，可长庚还是紧张，心里头像架了一面鼓，咚咚地响个不停，前两次有媒人领着，自己都扭捏得不行，这一次自己一个人应付得来吗？若给长庚一亩地，长庚一早上就把它耕了，若给长庚一堆木头，长庚一晌午就把它劈了，若光是去见个妹头，长庚也不怕，嘴讷些有什么？自己有的是力气，上前就把她紧抱了，抱到厢房里把她生瓜做成熟瓜，村后老四的老婆不就是这么来的吗？老四说，对付妹头有什么难呢，你不要金贵她，妹头就像庄稼地一样，犁过了，耙过了，就和你亲了。可长庚现在去见的可不是绫罗一个人，是人家一大家子，和地有什么关系呢？娘和凤蛾嫂子教的场面话倒是记住了，可现在记住有什么用呢？等到一见人，这一句句话，怕就变成了小老鼠，逃得无影无踪。

长庚自己也恨不得变成小老鼠逃了，但哪能呢？长庚不是想要老婆吗？想要的话只能硬着头皮往前走，走到桂子塘的时候，长庚遇到了正在那里钓鱼的堂兄弟长生，也就是这一遇，使绫罗成了长生的老婆。

单从长庚要长生陪他去相亲的这件事上就能看出长庚是个老实坏，怎么能让长生陪着去相亲呢？长生长的多风流熨帖呀，眉是眉，眼是眼，一张皮肤像妹头一样细白。而长庚呢，虽说也不丑，五官也周正，可有个缎子一样的长生在边上衬着，就衬出了长庚的粗糙和木讷来，这是白米和糟糠的区别，是玉和石头的区别，明眼人一眼就看出来了。后生原来也像花，是不能放在一起比的。

相亲的结果是绫罗相中了长生。

凤蛾现在又成了长生和绫罗的媒人，长生的爹娘本来是不打算急着给长生娶人的，长生还小，才二十三岁，加上大儿子去年刚娶媳妇，手头也紧。可凤蛾不是说绫罗看上了长生吗？长生的娘是精明人，知道这是桩便宜事。打蛇随棍上，吃卵趁烫剥。反正早迟长生要娶人的，既是妹头看上了后生，那彩礼总要少要些，定亲的麻糍呀，谷酒呀，猪肉呀，总要少要些，不少要？不少要我就不娶。你绫罗已经二十四了，比我家长生还要大一岁，又是你藤来缠我树，不是我树去缠你藤。老两口躺在床上，嘀咕了半夜，兴奋得很。第二天一早又把女儿长玉从石桥镇婆家叫了回来，长玉在家中是老大，嫁的老公又能干得很，在酒厂做事拿公家的钱，所以家里大大小小的事长生娘都喜欢和女儿商量。长玉说，这是长生娶老婆，行不行的还不是他拿主意。可长生能有什么主意？长生的魂在相亲的那天就被端茶送水的绫罗勾走了。

但长生的娘还是过了好几天才回的凤蛾。急什么呢？这是该拿一把的时候，就是要凤蛾和绫罗屋里看出他们的犹豫和为难来，看出他们的不情不愿来，这是乡下妇人的智慧，乡下的妇人不像城里妇人那样有见识，但以退为进欲擒故纵的本领却是天生的。长生的娘对凤蛾说，婶子我倒是想娶的，儿子大了，我们也老了，肩上的担子早卸一天是一天，可屋里的境况你也知道，长福去年娶了人，今年生儿子又替他做满月，哪还拿得出彩礼钱呢？长生娘话里的意思，凤蛾也是懂的，但凤蛾是中间人，一边是娘家，一边是婆家，两边都是要帮的，两边的面子也都是要顾的，所以凤蛾的话说得珠圆玉润，凤蛾说，是呀，接二连三地做喜事，手头是难哪。可长生和绫罗那妹头不是有缘分吗？缘分到了，做大人的再难，借钱背债，还不得给他娶，婶子呀，这也是你屋里的福气呀，长庚娘不是还想不着吗？凤蛾的话，长生娘爱听。长生娘自己也认为自己是个有福气的女人，老公虽说本分忠厚些，可知道疼惜自己的女人，一辈子一根指头也没舍得弹过自己，三个儿女也生的高高大大，排场得很，儿媳也争气，进门就生个孙子。现在长生呢，还有本事把长庚的老婆抢了过来。想到长庚娘一张黄脸气成了一张青脸的样子，长生娘甚至都忍不住想笑了，心里实在骄傲得不行。

　　骄傲的长生娘有些上了凤娥的当，就爽快地让凤娥去陈家湾拿礼单。这是这地方的风俗，双方有意结亲了，就让媒人上女方家要礼单，礼单上是女方家开出的结婚的条件，要几多酒，几多猪肉，几多钱，几多金子，都一项一项地写在上面。开礼单时候，妹头的父母一般都是有些恨的。能不恨吗？自己辛辛苦苦养大的妹头，到头来却要去替人家洗衣做饭，生儿育女，这真是赔本的买卖呀，因此，礼单的轻重自然和男方家的家境有关，也和妹头父母的情绪有关，恨有几重呢，礼单也就有几重。长生娘说，礼单要是重了，那这个妹头我屋里恐怕就娶不成了。怎么会重呢，凤娥说，这是天作之合，她绫罗的父母还能不成全？第二天凤娥就去了陈家湾，拿回来的礼单果然不重：金子是四钱，用来打一个戒指一对耳环，嫁妆钱呢，也不算多，六千块，是用来置办妹头四季衣物的，还有二百斤猪肉、十桌酒席、十担糯米。这比娶大儿媳时还省下了小一千，哪有不同意的道理？再说，长生的父母也不是没有良心的人，都要养儿育女，知道人家的艰难，把礼单上的东西减得太少了，不但妹头屋里的脸上不好看，就是对长生，也不好交代，一样的兄弟，结婚凭什么厚此薄彼？

　　接下来就是"剪布"，"剪布"也是正式定亲的意思。男方家备桌酒席，招待妹头和妹头的姐妹、嫂嫂和婶婶，姐妹不多的，姨娘也可以来，来的都是女客，是来帮妹头的父母察察后生家的家境，看看屋的新旧，也看看摆在屋里的各样东西，其实这也不过是个幌子，因为家境早就从媒人嘴里了解好了的，不然也不敢来，酒席是那么轻易好吃的吗？若因嫌弃人家的家境而使亲事不成，那是连颗糖果都要折算了钱赔给人家的。所以，一帮女客来的真实目的不是来看后生家的屋，而是把妹头送来给后生的娘老子看，没看中，这顿酒就算白请了——自然是白请，人家的黄花闺女都给你们白看了，难不成还要陪你的酒席钱？看中了才有后面的好戏，后生的娘要当着大家的面把金戒指金耳环给妹头带上，这门亲事这才正式开始。绫罗的耳环戒指是长生娘亲手给带上的，但长生娘对绫罗并不十分中意——不是绫罗长得不好，绫罗其实窈窕得很，也是芙蓉花一样的人，可长生娘就是觉得哪里有点不对，许是绫罗的眉眼太活了，许是绫罗对着长生的笑容太妩媚了，反正长生的娘有些不安。实际上，长生的娘在给绫罗戴戒指的前一分钟还在犹豫，戴不戴呢？戴不戴呢？可一看在席间斟酒的儿子那张四月桃花般的脸，长生娘知道有些事情是由不得自己了。

两个年轻人很快就好得如胶似漆。长生隔三岔五地就要往陈家湾跑，有时稍微隔久了些日子，绫罗就会自己来，不是到长生家，而是到堂姐凤娥家，给凤娥家送个南瓜呀，送几个柚子呀，其实不过都是来见长生的由头。绫罗一来，凤娥就会打发女儿来叫长生，开始一两次，长生娘还会弄个点心过去，什么韭菜饺子呀，糯米汤圆呀。未过门的儿媳那是贵客，长生娘是个懂礼数的女人，可来多了，长生娘就有些不高兴——一个妹头家，怎么好意思老往没结婚的老公家跑呢？别说邻居看了笑话，就连自己的大儿媳艾叶说出来的话，都句句带刺呢，绫罗的娘难道不教女儿的吗？再说，这样三天两头地跑，也耽误了家里的活，现在的长生干什么都没有了心思，毛毛草草的，一天到晚想的都是绫罗。看着被绫罗迷得七颠八倒的儿子，长生娘就有些生气了，生气后的长生娘就不让长生去陈家湾，可脚长在长生身上，怎么拦得住呢？依然不管不顾地往那儿跑。长生娘没奈何，气得心口痛，把这个账都算在绫罗头上，不怪她怪谁呢？儿子的性子本来是有些执拗，可爹娘的话也还是听的，若不是有她在那儿勾勾搭搭，哪里是现在这个样子呢？长生的爹怕老婆气坏了身子，劝老婆说，气什么呢？这不是好事吗？年轻人好，好得分不开，早点让他们结婚就是了。

结婚的日子打算定在腊月十八。腊月十八是个大日子，村后的德福老先生说，这一天宜嫁娶。乡下人喜欢在腊月办喜事，因为这时候在外面做工和读书的人都回来了，地里头的活也忙完了，大家才有闲来欢欢喜喜地吃酒，再说，一场喜事办下来，总会有些鱼头鱼尾和肥肉剩下来，冬天里，这些东西也不容易坏。可长生不同意，长生要八月结婚。为什么呢？三月才"剪布"，八月就结婚，半年都没有过，是不是太急了呢？长生娘问。长生说，问那么多干吗？反正我们要八月结婚，最迟也要在九月。长生娘其实一开头就猜到了是怎么回事，怎么会猜不到呢？长生娘快五十了，那些男男女女之间的把戏怎么瞒得过五十岁妇人的眼睛。一定是他们偷吃冷饭了！绫罗的肚子有了动静。两个年轻人成天地在一起，就像猫和鱼，就像茅草和火，哪有不出事的道理？但这怪不了长生，是你绫罗的责任，你是鱼你就要躲着猫，你是茅草你就要躲着火，一个妹头家，连自己的双腿都夹不紧，怨谁呢？自己头上的虱子自己捉，甭指望别人，长生娘都有些幸灾乐祸了。幸灾乐祸的长生娘就装糊涂，坚持要放在腊月结婚，其实也不是真的坚持，是做做样子吓长生——吓长生也就是吓绫罗。绫罗肯定交代了长生，不让长生告诉屋里她怀了孕的事，可长生娘就是不能让这件事就这样遮遮掩掩地过去，她要问个水落石出，她要让绫罗晓得她的儿子还是听她的，也要让绫罗屋里晓得她对这件事了如指掌，这是他们的短处，她要一辈子捏着它。长生娘做事是个喜欢站在上风处的女人。

长生到底还是嫩了些，经不起娘的一再坚持和盘问，只是一个礼拜的功夫，就把绫罗怀孕的秘密坦白了出来，他本来是在绫罗面前发了誓的，可长生有什么办法呢？不说出来娘这里就过不了关，就结不成婚。再说，娘也不是外人，就算知道了，又有什么关系呢？

果然，娘和颜悦色地说，既是这样，八月结婚也可以，只是你要去和绫罗说说，时间这么紧，彩礼怕是备不齐了。

但绫罗娘把长生娘的如意算盘摔个粉碎。彩礼备不齐？彩礼备不齐那还娶什么媳妇啊！别以为绫罗肚子里有了你们沈家的种就由着你们摇头摆尾了，你回去告诉你娘，八月要是不结婚，九月初一我就带绫罗去医院把胎打了，反正是你沈家的人，我陈家心疼什么？莫说等到腊月，就是等到明年，等到后年，我们也等得起。绫罗娘的话，像一个个大冰雹子，把长生砸得鼻青脸肿。长生能说什么呢？什么也说不出，回到家躺在床上像棵倒了藤的丝瓜。

莫说长生，就是长生娘也吓了一跳。这是一个什么人家呢？这是一个什么女人呢？明明是自己理短还能这么泼辣，将来怎么做亲家呀？长生娘现在打退堂鼓的心思都有了，可怎么退呀？戒指也给了，耳环也给了，还有见面的礼钱，也给了八百块，自己这边要退亲，那些东西哪里还要得回来呢？就算自己舍得下东西，儿子看样子也舍不下绫罗，也难怪，年轻人初尝云雨，还正是郎情妾意的时候，真要给他们弄散了，到时还不得落下埋怨。罢、罢、罢，万事都是命，碰到了这样青菜豆腐硬要卖肉价的主，长生的娘也只有由她了。

八月初八，长生和绫罗结了婚。

长生娘不喜欢绫罗，这是从婚前第一次见面就开始了的，也说不上为什么，只是隐隐的有些不安，总觉得她要把长生抢走——这种感觉让长生娘有些害怕，按说长生娘也不是第一次娶儿媳了，怎么也不应该这样患得患失，但娶大儿媳时，她的心情是稳当的、欢喜的——大儿媳艾叶就像她院子里的芦花鸡，让她觉着亲，觉着有把握，它咕咕地叫也好，它没头没脑地乱飞一气也好，能有什么事呢，出不了她家的土墙！可绫罗呢，却像桂子塘的鱼，你洗衣服的时候，它在你面前游来游去惹你，你以为它是你中午桌上的菜，可其实呢，你抓不住它。长生娘还觉得绫罗像她家的花猫，平时也是乖的，可你一不留神呢，它能抓了你，然后窜到屋顶上去。所以，长生娘对两个儿媳的态度是有些区别的，对艾叶就有些像对女儿——吩咐她做事也好，叫她吃饭也好，都是粗声大气的，有时还会骂她几句——大儿媳是个性子慢的人，总是孩子都哇哇大哭了半天，她还站在茅厕门口慢慢地系着裤带，长生娘就骂她懒牛懒马屎尿多，艾叶也还嘴的，说管天管地也管不了人拉屎放屁。可长生娘对绫罗呢，却是谨慎的、生分的。饭熟了，长生娘第一个叫的是绫罗；夜晚灶上用来洗脸洗脚的水烧开了，长生娘也会先叫绫罗；但平时呢，长生娘是不近绫罗的，两人在过道上擦肩遇到了，长生娘就笑笑，却是不搭腔的，这就有些像对外人，乡下婆婆和媳妇的关系不是这样的，要么是水火不容，根本不在一个屋檐下走动，要么呢，就是关系还好，低头抬头时招呼几句家常。乡下日子多琐碎呀，总有一些事情要说的——菜地里的芋头该挖了，这两天天好，街上芋头的价钱听说也卖到了三毛钱一斤；那只瘸腿的鸭子又把蛋生到了外边，肯定是被沈小毛的老婆捡了，那个女人总是一大早就到水边去洗衣服；老木那个离了婚的女儿到城里去开了家剃头店，她会剃什么头呢？其实是去当婊子——哪一个话题不可以扯上半天光阴呢？长生娘本来是脚踢到一颗鹅卵石都有话说的人，可对绫罗呢，长生娘就有本事什么都不说。

　　这种客气的冷落，绫罗也是有些感觉的，但绫罗不在乎。莫说长生娘有意不和她说这些鸡毛蒜皮家长里短的话，就是说，绫罗还不爱搭理，有什么意思呢？别人的女儿去当婊子，又碍不了你家的清白，要你们闲嚼萝卜淡操心。每次听到长生娘和艾叶在厨房里说东家道西家时，绫罗都要冷笑的。绫罗不是艾叶，喜欢抱着儿子跟在婆婆的身边，婆婆去菜园，她也去菜园，婆婆在灶上做饭，她就在灶下烧火，一边还在灶灰里给自己和儿子烤个芋头吃。绫罗没事是不出房门的，天气渐渐地冷起来了，绫罗的怀也一天比一天大，哪怕穿着肥大的棉袄，也有些遮不住了。再说，绫罗也喜欢待在自己的房间，房间里花团簇锦，好看得很，被子是新的，被面是绣花的缎子，上面绣着"百子图"，一对枕头也是大红缎面的，绣了"鸳鸯戏水"和"百年好合"，几样家具也是油漆汪汪的，能照见人影。绫罗喜欢坐在这喜气洋洋的房间里，一边看着电视织着毛毛头的小衣裤，一边等长生，长生做工一回来就往房间里钻的，绫罗虽是个有身子的人，但长生新婚的劲头还没有过去，一有时间就要粘在绫罗身边的。

小叔子和绫罗那种缠绵的样子，得罪了艾叶。怎么能不得罪呢？饭桌上，只有辣子米粉肉是盘好菜，大家都不怎么好意思伸筷子，可绫罗一上桌就给长生搛一块，而长生呢，又投桃报李地再给绫罗搛一块，一斤猪肉，除了皮皮骨骨，切了肥肉熬油炒素菜，还剩几块好肉呢？艾叶觉得委屈，别人或许觉得吃东西是件小事，可艾叶是把它当作大事的。艾叶虽然是嫂子，可她才二十二岁，比绫罗年轻，比小叔子也年轻，正是对吃如狼似虎的年龄，可没有谁搛肉给艾叶吃——长福不在家，长福到上海打工去了，即使在家又怎么样呢？长福从来是不会给艾叶搛菜的，只会埋头吃自己的饭。但艾叶也是不吃亏的人，艾叶想，我为什么不吃，说不定这肉就是用长福打工的钱买的。这样想的艾叶赌气般地把一块肉搛到自己的碗里。

饭桌上的事情长生娘看在眼里，心里对绫罗和长生也是不满的——少年的夫妻都是好的，谁不是郎怜妾来妾怜郎，但怜那也是在房间里怜，哪能怜到饭桌上来呢，床上夫妻床下客，更别说出了房门，在别人的眼皮底下轻薄。长生娘其实比艾叶还看不惯绫罗，一个连自己身子骨都看得不重的女人，还指望谁金贵你呢？但长生娘的这个态度也只有长生的爹知道，连艾叶她都是要瞒的，她是婆婆，她有责任要让一家至少在面上是和和气气的。再说，眼看绫罗就要生了，等绫罗生下了孩子，年后就让长生跟长福出去打工，长福不是说了，石匠在外面找事做容易得很，省得在家里做散工挣不下几个钱，也省得绫罗一天到晚都躲在房里，到时长生走了，看她还躲在房间里等谁呢？长生娘把明年的日子都盘算好了。

大年初二绫罗生下了一个女儿，一家人除了艾叶，其实都是有些失望的，怎么能不失望呢？现在农村也和城里差不多，生孩子都是有指标的，一对夫妻最多只能生两胎。万一后面的那一个再是女的呢？长生这一缕香火岂不是要断了。乡下人本来是朴实的，但朴实的乡下人也有心口不一的时候，尤其对生孩子这个重大又敏感的问题，每个人的情绪其实都是反着流露的。绫罗生了女儿，邻居是高兴的，邻居却说着惋惜的话，艾叶也是高兴的，但艾叶的高兴也得藏着掖着，不然，不厚道哇，再说，后颈窝里的头发，摸得到看不到，谁能担保自己家的媳妇就能生孙子呢？就算生了孙子，要顺顺利利地长大，那还要天照看呢，做人哪能坏了良心？所以邻居和艾叶都要靠道德的力量来尽量约束住自己的喜悦。长生娘呢，却正好相反，本来是心灰意懒的，但她得打起精神，去侍候绫罗的月子，在沈家村，这是婆婆该尽的责任。给绫罗煮糖水鸡子也好，给毛毛头洗洗换换也好，只要一进绫罗的房门，长生娘就尽量把皱着的眉头疏开来——女人的月子多重要哇，可别因为自己不高兴，加重了绫罗的心思，到时落下什么毛病。月子里落下的毛病，那可是一辈子的病。再怎么说，绫罗也是自己的儿媳，是要和儿子长生一起度日月的人，她真要有什么好歹，倒霉的还不是长生？

　　绫罗生个女儿，做爹的长生自己倒是有些不在乎的。尽管也想要儿子，但那只不过是随波逐流样的想——就像小时候，长福有了件新衣裳，他也一定要有一件；长福有一次在桂子塘捉了条两斤重的红鲤鱼，他也总想捉一条，一放学就跑到桂子塘去瞎转悠，后来还是长生娘吓他，说那红鲤鱼是水鬼变的，才罢休。所以长生想儿子是有些人云亦云的，带有抄袭的性质，不是长生爹娘想孙子那样牵肠挂肚般的想，也不是绫罗那种指望生儿子打江山般的想。也难怪，长生过了年才二十四，自己还是做宝贝儿子的时候，哪里就晓得要儿子呢？要到了五六十岁，那时腰弯了，背驼了，而女儿们也都嫁了，许多重活儿干不动的时候，有儿子的好才显得出来。长生现在还是贪戏的年龄，绫罗生了孩子，身子不能近了，长生就去外面戏，反正现在是正月，正月是乡下好戏的时季。

　　沈家村的人在正月是不做事的。乡下人的日子说是半年辛苦半年闲，但真正能戏得心安理得戏得堂而皇之的还是在正月，这时候无论是辛勤劳作的，还是平日就游手好闲的，都甩开了膀子找乐子。乐子都是极简易的那种，无非是扑克牌、麻将、骰子之类，沈家村的老老少少，男男女女，都耽于这种桌子上的把戏，赌注倒是不大，不过是几毛几块的，今天你输，明天他赢，就如鱼嘴里的水，进进出出，但大家还是着迷得很，饭也不归家吃了，觉也不归家睡了，深更半夜的，还坐在别人家的灯下，饿了，主人会端上年糕、端上冻米糖，冷了，会在桌下生盆木炭火，大家都不舍得让这好时光虚度哇！在外打工的也好，在屋里种田的也好，一年到头的辛苦和委屈，不就是盼着要用这一个月的放纵和享乐来补偿吗？乡下人是习惯了熬日子的，因此连享乐都熬得很辛苦，有时还把人熬颠倒了，闹下一辈子的笑话。老四就闹过，半夜回家，人都糊涂得分不清哪间房哪张床是自己的，竟爬到了老五的床上，而老五呢，那时还在别家的牌桌上，自己的老婆就让兄弟搂着睡了半夜；村头木生的老婆姚金枝也闹过，打麻将打得眼睛发花，把余韭花家的米缸当成了尿桶，就懵懵懂懂地坐在人家米缸上面痛快淋漓地撒了一泡憋了半夜的尿。

长生也是几乎不归家的，这让绫罗的月子过得冷清的很。婆婆一天倒是进来几趟的，给毛毛头换包，给绫罗送吃的，但婆婆不和绫罗说话，只是低头忙着自己手上的事，有时绫罗也想和艾叶一样和她聊些东家西家的事，可两人之前是没聊过天的，连开个话头都艰难。还有艾叶，偶尔也会抱儿子进来坐坐，但绫罗怎么会理艾叶呢？她们是妯娌，她们是一个生了儿子一个生了女儿的妯娌，关系就像猫和鼠一样，黄鼠狼和鸡一样，是有你无我不共戴天的那种，绫罗再寂寞，也看不得艾叶那张眉开眼笑的脸。绫罗现在最恨的人恐怕就是艾叶了。

还有一个就是长生。从前绫罗白天也总是一个人待在房间的，可那不一样呀，因为还有一个让人脸红耳热的晚上在前面，白天也是充实的、饱满的，不但不寂寞，反而有一种秘而不宣的快乐，可现在呢？长生是不到半夜不回来的，回来了也是倒头就睡，不管绫罗说什么，他只管是嗯嗯啊啊的，再多说两句，那就连嗯嗯啊啊也没有了。绫罗等了一天了，有一肚子话要和长生细细地说，可总不能和鼾声说吧？绫罗就掐长生的腿，绫罗掐一下，长生就往床里躲一点，绫罗再掐一下，长生就再往床里躲一点，等到没地方躲了，长生就跑到后厢房去睡了，绫罗恨得咬牙切齿，但对长生一点办法也没有。

一个月的时间就像一辈子那么长，绫罗好不容易挨过去了。出了月的绫罗也开始往外跑了。村子里闹哄哄的，再安静的人也忍不住蠢蠢欲动，何况绫罗本来也不是个安静的人，先前的安静那是假的，那是因为肚子里有货，不能自己跑到人家面前去找尴尬，也因为有长生时不时的搂搂抱抱，所以那时候的绫罗认为孤独是好的，也有意去避开人。可现在呢？长生在别人家的麻将桌上，绫罗的孤独还有什么意义呢？

绫罗倒也不用跑多远，因为长生总在沈小毛家，沈小毛家就在隔壁，出了院子转过一个屋角就到了。绫罗嫁到沈家村小半年了，却几乎是谁也不认识的，但桌上不是有长生吗？绫罗来得就名正言顺。长生在桌上打，绫罗就在边上看，看了几次，就看出名堂来了，有时长生输惨了，就借个由头下来，让绫罗帮他换手气——麻将这玩意，是有些邪的，它总会钓生手，绫罗一上桌，牌就特别地顺，想要东风就摸东风，想要红中上家就打红中，几把牌下来，长生反倒转败为胜了。两人现在由夫妻变成了战友，又开始夫唱妇随，双宿双飞。总是长生打上半场，绫罗打下半场，长生输，绫罗赢。长生说，我是情场得意赌场失意，你是肚皮失意赌场得意。绫罗说，你放屁，我们的珍珠有哪点不好呢？珍珠是绫罗自己给女儿起的名字。珍珠确实生得好，又排场，又乖，小小人儿就懂事得很，知道自己是妹头，没有资格闹的，所以整日躺在摇篮里吃了睡，睡了吃。有时，绫罗打麻将打昏了头，忘了回家喂她的奶，她也只是撇撇嘴，从不大声大气地哭。再说，就算大声大气哭又有什么用呢？长生娘耳朵听到了就当是鼻子听到了——白听到的，凭什么要她管呢？她娘老子也不是挣钱养家去了，也不是种田种地去了，而是窝在麻将桌上，凭什么要她这个做婆婆的来管呢？就是说到天上去也没这个理！三十天一个小月子，半年一个大月子，还是月子里的人不在家好好养着，却和老公一起出去贪戏，全天下没有这样缺调教的女人。所以珍珠在房间里哭着，愤怒的长生娘就躲到厨房里去，厨房在东，长生的房间在西，眼不见为净，耳不听不烦，再说，万一绫罗回来了，这样也不怨恨她。倒是艾叶，心软得很，有时正好从外面回来，看到珍珠在扁嘴，就赶紧抱了给绫罗送去。绫罗却是不领情的，马着脸接过来，什么言语也没有。艾叶不计较，艾叶现在春风得意，婆婆不喜欢绫罗生小妮，婆婆也不喜欢绫罗打麻将，但艾叶喜欢。没有个绫罗在边着衬着，哪能显出艾叶的好哇？幸福的艾叶的心胸像桂子塘一样阔，什么都容得下，不在乎绫罗的一张马脸。吃饱了奶的珍珠，笑得像一朵粉红的桃花，但对绫罗来说，女儿的这朵桃花是白开了，因为她的眼睛始终盯着长生的牌，长生的牌是混一色，已经结口了，单吊一张九万，而绫罗偷眼看见上家沈小毛的手上正有一张要打的九万，可他却迟迟不打，把旁边的绫罗急坏了。

　　这样的快乐持续到二月末。二月二十三，在上海的老乡就寄了口信来，要长福他们赶快去，他们的工地要开工了，可大家还是磨蹭了几天，舍不得走——快乐就像唱歌，总有个余音袅袅的过程，戛然而止的话，谁受得了呢？再说，德福老先生也说了，二月二十八才是个宜出行的日子。所以，一直拖到二月二十八，长福两兄弟才和村里其他的石匠们一人背个大蛇皮袋一起坐火车去了上海。

　　儿子走了以后，长生娘就把家务做了个分派，分家务是女儿长玉的主意。长玉说，哪有老的侍候小的道理？吃现成的，喝现成的，她们的命也不要太好了，你这么大的年纪，自己不晓得心疼自己，还指望她们来心疼你呀。长玉从乡下嫁到镇上，是高攀，所以在婆家那是一根灯芯的事都要她做的，侍候公婆，侍候老公和儿子，而弟媳们呢，却在享她老娘的福，她实在看不惯，眼妒得很。女儿这点小心思，为娘的也知道，但分家务的建议毕竟是好事，自己现在五十多岁，身子骨还行，可眼看着就要奔六十了，还能做几时呢？分就分吧，未雨绸缪总不错。家里的事情其实不多，因为长福长生都是石匠，所以家里的田让给沈大毛家种了——如今种田也不容易的，化肥贵，税也重，殷勤侍弄好了，一亩田能赚个两三担谷子，若赶上虫灾旱灾呢，要倒赔钱。因此家里只留下一亩二分的地，种些时鲜蔬菜，芋头呀、毛豆呀、川香呀、丝瓜呀，供家里吃，也拿到镇上去卖，这些活长生爹一个人就做得排排场场，不需要旁人插手的。三个女人分的就剩下家务，长生娘负责买菜，所谓买菜，也就是偶尔买些鱼肉和豆干豆腐之类，蔬菜是根本不用买的——自家菜园子里的几样菜吃厌了，再和邻居家的换着吃，尤其是上半年，连鱼肉都不用买，家里的咸鱼腊肉是现成的，还有一坛子用雪水腌的咸鸭蛋，长生爹在地里干活时有时还会带几条泥鳅或几只田鸡回来。所以长生娘最主要的活其实是喂鸡喂猪。绫罗和艾叶呢，除了带好各自的儿女，还要做饭洗碗。两人轮着来，一人一天。

　　绫罗的能干是在分家务后才显出来的。绫罗干活那个麻利劲儿呀，清早长生爹娘去菜园子的时候，绫罗还在床上，可等到长生爹娘从外面回来，她却抱着干干净净的珍珠坐在院子里晒太阳。长生娘觉得她像个变戏法的——出去没多久哇，也就是摘了摘菜，拔了几颗茄子地里的草，不过一盏茶的工夫，她的活儿却全干好了，衣服洗了，稀饭煮了，院里院外的地也扫过了，家里清清爽爽的，连一根多余的稻草也寻不见；还有绫罗做的菜，不但比艾叶做得好，甚至把长生娘都比下去了——咸鱼蒸豆腐、菊花菜羹、芋头泥鳅汤，东西自然还是那些东西，可绫罗把它们都做出花头来了，长生娘一辈子也没这么做过，乡下人的菜哪讲究那么多呢？什么都是炒的，辣椒炒咸鱼、辣椒炒豆腐、辣椒烧芋头，连青菜都是要放辣椒的。长生娘说，这样味重，好下饭。长生爹一辈子这么吃过来，没觉得有什么不好。可现在有了绫罗的菜，就有了比较，有了高低，轮到绫罗做菜的那一天，就会多吃一碗饭，多喝一盅谷酒，在饭桌上呆的时辰也长些。艾叶的菜呢，风格倒是有些像长生娘，都是又咸又辣的，可火候还不如长生娘，什么菜到她的手上都变了颜色，青菜是黄的、辣椒是黄的、芋头是黑的，乍看过去，像猪食一样。不像绫罗的菜总是鱼红葱绿，吊人胃口。

　　喝了几盅酒的长生爹夜里就比平日多话，反正躺在床上，说多过头的话也只有老伴听见。长生爹说，女人就像菜园里的菜，作用是不同的，冬瓜利尿，苦瓜败火，韭菜呢壮阳。你说绫罗，这么伶俐的一个人，偏偏肚皮不争气；艾叶倒好，人邋遢，也不能干，可是会生崽，女人会生崽，那天下还不坐得稳稳的？所以说呀，世上的事就如桂子塘的水，平得很，一根草总有一粒露水，老天哪会饿死瞎麻雀呢。长生娘说，谁说不是呢？不过绫罗先生了个妹头也不妨，说不定下一胎就是个带把的，万一不是，我们再想办法唄，活人还能被尿憋死？虽说长生娘一直是不太喜欢绫罗的，可长生娘做人凭良心，觉得绫罗配得上他家长生，这桩买卖做的不亏！就算当初觉得花鱼肉钱买了青菜豆腐，那又怎么样呢？绫罗这块豆腐看来不是普通的豆腐，是石桥镇上"蒋记"的豆腐，青菜也不是颗普通的青菜，是上海青，梗白叶墨，稠得很。

绫罗的日子是一日忙来一日闲的。没轮到做饭的那一天，绫罗就打麻将。正月二月虽然过去了，家家户户的麻将也收起来了，都正经过起了各自的日子，可哪怕是在三月七月呢，那是乡下人忙得脚不沾地的时候，村子里也依然会有几桌麻将。都是些懒汉闲妇在打，像沈小毛的老婆、木生的老婆、村尾大头的老婆，老公都去城里打工了，她们在家也不用种田也不用种地，孩子白天都上学去了，猪也喂了鸡也喂了，家里的毛线也织完了，不打麻将做什么呢？难不成让我去偷男人？余韭花在牌桌上斜了眼用假嗓子长长地甩个戏腔，一桌的男男女女都笑得喘不过气来。村里人都看不起这些在农忙时候打牌的人，看看都是些什么货色呢？鲇鱼也好，三黑也好，都是些偷鸡摸狗的主，白天是人，夜里是鬼。女人也不是什么好东西，老公在外面卖血卖汗，她们倒好，过起了太太的日子。村里人鄙视的态度，牌桌上的男女都知道，可大路朝天，各走一边，谁管得着谁呀？爱要宝的余韭花说，他们白天辛苦，可夜里有乐子呀，老公摸老婆，老婆摸老公，我们呢？命苦哇，年纪轻轻可怜只能把麻将当老公摸。鲇鱼就说，你就摸我呗，我不怕吃亏的。摸你？你夜里有空？鬼才晓得那时你正躲在哪家的鸡笼边哪家的菜园子里，别说我，就是你家秀英怕也摸不上吧。

　　麻将桌上人的嘴是从来闲不住的，但绫罗只是笑笑，不说什么，毕竟她是新嫂，和大家还不是很熟，所以一门心思都还在麻将上。因为珍珠小，麻将就在绫罗家打。落雨天，就放在绫罗的房间里，房间不是很大，又暗，但60瓦的灯泡一开，照着新桌新椅，满屋子亮晃晃的，又热闹又喜气。打麻将的人个个眉开眼笑，只有长生娘一个人在厨房生着闷气——败家的西货，败家的西货呀，凤娥这贱坯子，把这样的西货说给我长生，是要祸害我家呀。大白天的，开着60瓦的灯泡，这不是作孽是什么。可怜自己六十岁的人了，夜里起来解手都是摸黑的，不舍得灯开灯关的，浪费电，她倒好，胳肢窝下过着，不晓得心疼啥。可天作有雨，人作有祸，这样糟践日子，总会有报应。长生娘在厨房里念念叨叨，把锅碗瓢盆摔得砰砰啪啪。

　　天晴的日子，麻将桌就摆在院子里。长生娘也生气呀，院墙外人多眼杂，会怎样说她家呢？红艳艳的日头底下，别人都在忙着过自己的生计，这帮男女呢，却窝在她家赌钱，知情的晓得是她媳妇绫罗惹来的，不知情的还以为是她纵容的，她长生娘的舌头一向是长的，能做出这样理短的事？但长生娘不敢骂绫罗——绫罗不是艾叶，骂了就骂了，雨打荷叶一样，滑溜溜的不会留下什么。绫罗话少，话少的人心思重，恨性也就重，一句骂就是一粒种子，你撒豆一样地骂一通，噼里啪啦的，倒是解气，可收不回来了，你用针挑不出来，你用水也洗不出来，它在里面发芽，它在里面结果。让媳妇恨上有什么好呢？村头的杨寡妇，年轻的时候婆婆做得多威风，把她媳妇收拾得糯米团一样，可老了呢？中了风，躺在床上身上的屎尿都没人洗，她捶着床板，呼天喊地的，半村人都听见了，可她的媳妇硬是能眼皮也不抬一下，在外面兀自做她自己的事。杨寡妇的下场让全村的婆婆引以为戒，所以长生娘几次话到唇边，都忍住了。倒是绫罗先开口了，绫罗说，闲着也是闲着，打打牌，省得总想长生，也顺带赢几个小钱花。

这倒不是虚话，绫罗是老赢钱的。每次散场的时候，长生娘都会借故走到麻将桌边看他们结账，老是绫罗赢，鲇鱼赢，而沈小毛的老婆和余韭花呢，十次倒要输九次的。余韭花说，婶子呀，回头我可不来了，天天给你家绫罗送钱，若是让我家大头晓得了，非要打断我的几根排骨不可。狗对茅厕发誓愿，谁信呢？余韭花这样的女人长生娘是看轻的，但看轻是在骨子里，面上依然是笑嘻嘻地，说，大头敢打你？他花了眼差不多。赢了钱的绫罗大气得很，如果轮到她做家务，正好灶上没盐了，没酱油了，或是没肥皂洗衣服了，她懒得向婆婆开口，总是掏自己的私房钱买，有时还会顺便给艾叶的儿子买几颗糖果回来。艾叶不是这样的，艾叶把一个钱看得比命大，哪怕买包火柴，那也得问婆婆要——不是艾叶没有钱，艾叶的压箱钱还有好几百呢，长生娘心里有数得很。但火柴不是大家用吗？艾叶为什么要花这个钱呢。艾叶觉得绫罗有时傻得很。

得了好处的长生娘嘴更软了，索性闭了眼，任了绫罗去。不任了她又怎样呢？看绫罗那水泼不进油浇不进的样儿，就是说了，恐怕也是白说。

常来绫罗家打麻将多是鲇鱼、三黑之流的男人，但周老师是个例外。

周老师不在沈家村教学，他是县城中学的老师，但他是沈家村的家属，因为他的爱人俞老师是沈家小学的老师，他们一家住在沈家小学里面的一间小房子里，所以周老师得常往沈家村跑。按说像他们这种情况的，一般都是住在城里——周老师在中学也是有宿舍的，城里生活也方便，有像样的商店，有电影院，有菜市场和馆子，但周老师和俞老师不能住在城里，不能住是因为他们的儿子周小宝。周小宝九岁了，还不能从一数到一百。同事六岁的儿子都能背出几十首唐诗了，可周小宝呢，别人问他，0+0等于几呀？他认真地说，是8，1+1呢，他还很认真很响亮地回答，是11。在城里，不论是大人还是小孩都总爱出这样的题逗他，别人笑，小宝也笑，弄得周老师和俞老师都心酸得要命。但沈家村的人从不问小宝这样的问题，乡下人的善良是骨子里的，表面是有些粗野，但其实心细得很，绕来绕去总要绕开别人的伤心事。

但入了骨的伤心哪里是说能绕开就能绕开的呢？因为有一个这样的儿子，周老师和俞老师夫妻的情意都是淡了的，不仅淡了，彼此心里还有些怨恨的。怎么能不恨呢，不是嫁了他周述文，怎么会生出周小宝？如果没有周小宝，她俞丽梅会是现在这个样子？别人还是人面桃花，她呢，是人比黄花瘦。周老师也是恨的，是个女人都会生孩子，男孩也罢女孩也罢，他周述文要求又不高，只要是个健康正常的就行，可她俞丽梅连这点都做不到，偏偏给他生个弱智的！他的锦绣人生是她俞丽梅一手撕毁的，是俞丽梅这个西货一手撕毁的！

生了周小宝的周老师就颓废得很，颓废的周老师只好借麻将来逃避和忘记周小宝和俞丽梅。麻将乾坤大，桌上日月长。只要是周末，周老师的一天铁定是在绫罗家过的。只要有周老师在，绫罗的钱就总会赢得更多些。绫罗爱坐周老师的下家，因为周老师不关绫罗的牌，有什么打什么，别人饿得哇哇乱叫，而绫罗呢，吃得肚皮溜圆。余韭花生气了，说，周老师，你不能拿别人的猪头去拜你的菩萨。桌上的周老师是好脾气的，笑着说，哪能呢，哪能呢。和了牌的绫罗笑靥如花，周老师满足得很，千金难买美人笑，有了这个笑，就什么都值了。有时周老师来晚了，没赶上桌，就坐在绫罗的边上看。周老师是不多话的，对绫罗的帮助都在桌子底下，若是绫罗想打哪张不该打的牌，周老师的腿就会轻轻碰一下绫罗的腿，绫罗就明白了，知道这张牌不能打，或许是下家的炮。周老师个子高，虽和绫罗挨着坐，但其实是眼看两家的，再说，当局者迷，旁观者清，看牌的人怎么也比打牌的人精明。所以绫罗一遇到为难的牌，就会一时拿东风一时拿西风地迟疑半天，似乎在仔细想，其实呢，是在等着周老师桌下的点子。这样一来，绫罗打牌的速度就会比别人慢，性子急的姚金枝忍不住了，说，你这样打，一把牌就要打到日落西山。余韭花说，你就当行行好吧，别催她，她是在把手中的牌当长生摸呢，哪舍得打出来。绫罗说，打牌如绣花，绣绣就开花。亏你们还是老手，连这个道理都不懂。但开花的不仅是绫罗手中的麻将，绫罗自己这朵花也开了，是周老师在桌下用腿绣开的。长生离家快两个月了，绫罗的身子愈来愈软了，软塌塌得像爬在土墙上的丝瓜花。可她的土墙不是还在上海吗？上海山高路远，怎么靠得上呢？倒是周老师的腿，周末在边上权且当当绫罗的土墙，可这种朝来暮去的土墙，管什么用呢？愈加地把绫罗撩得水波激滟。

绫罗开花的轻浮样子先把一个人惹恼了，那个人不是长生娘，也不是俞丽梅，是回娘家来走亲的长玉。

长玉那天回娘家是因为凤娥的儿子，凤娥的儿子过十岁。在乡下，男孩过十岁是件隆重的事，要大摆喜宴。长玉是有面子的堂姑姑——一个村子里住着，关系能远到哪里去呢？多少都有些沾亲带故的，自然要来吃酒，同来的还有长玉的老公石勇。四五月的天，日子长，中午吃了酒的长玉和石勇也不急着回家。各人都有各人的事忙——长玉要陪娘扯些闲话，石勇呢，也想打几圈麻将。打麻将的人是现成的，石勇、绫罗、沈小毛的老婆，还有凤娥陈家湾的兄弟——也就是绫罗的堂兄，正好凑一桌。那天石勇中午多喝了两杯酒，喝了酒的石勇面色绯红，眼睛发直，总盯了绫罗看——绫罗放在麻将桌上的手指像葱一样嫩白细长，绫罗的耳朵桃红粉白，绫罗的两个奶子掩在薄衫下像两只躲在那里的调皮的兔子。但长玉那时还没注意到石勇的眼神，长玉坐在院子的另一边，那边有棵栀子花，是长玉小时候种的，现在已长得枝繁叶茂。五月正是栀子花开的季节，长玉就坐在这栀子花香之中，听娘讲长生长福在上海打工的事，在边上坐着的艾叶有时也会插嘴说几句，替婆婆做个补充，长福过年回来时和艾叶讲了许多上海的事。长玉注意上石勇的眼神是因为绫罗，绫罗说，姐夫，给我也倒杯水吧。喝了酒的人容易口渴，因此石勇老要起身去厨房倒茶水。绫罗只是让石勇顺便给自己带杯水，这其实没有什么。让长玉不舒服的是绫罗的声音，声音在长玉听来有些邪，因为它不是平铺直叙的，而是有些短长，有些起仄，这使得一句平常的话有了意味，像篱笆上的青棘，带着勾人的毛毛刺。长玉对这样的声音并不陌生，石勇酒厂里的女同事徐燕子就是这样对石勇说话的。徐燕子住在石勇家的斜对面，每次她一拖音袅袅地对石勇说话，长玉全身的血都会往脸上涌，恨不得上前给那个骚货一个大嘴巴——长玉长得人高马大，徐燕子那个小狐狸精根本不是对手。但长玉不敢，长玉不是怕徐燕子，长玉是怕石勇，长玉如果有本事打徐燕子一个嘴巴，石勇就能当着徐燕子的面把长玉的嘴巴打歪了，再说也不是徐燕子一个人的事，石勇总是色迷迷的样子使得全酒厂差不多有一半女工都是这样对石勇说话的。但那不是在石桥镇吗？石桥镇的长玉早就让石勇弄得没有了颜面的，但这是在沈家村，沈家村的长玉是尊贵的、体面的，也是更敏感的，所以绫罗的毛毛刺一下子就把长玉刺痛了。长玉再没心思听娘的絮叨，而是来到了麻将桌边。长玉说，我们回去吧。石勇头也不抬，说，急什么？跟过来的娘也舍不得长玉回去，说，天还早哩，难得来，再多待会儿。麻将桌上的绫罗也说，再让姐夫玩两圈呗。长玉变了脸，但绫罗没留意到。绫罗是朵开了的花，只留意蜂，只留意蝶，至于其他，哪顾得过来呀？所以姐夫石勇的眼神绫罗是看出来了的，但那有什么呀？男人看女人大多不是这样吗？绫罗是习惯了的。别说是石勇，就是对了自己嫡亲的两个姐夫，绫罗也从不避嫌的——也不是有意，绫罗天生就是这样的，只要是和男人说话，绫罗就像被狐狸附了身，说话的腔调变了，看人的眼神也变了。变化其实是内在的变化，不是红变成了绿，不是白变成了黑，而是有些隐约的，有些微妙的，只有置身事中的人才能觉察得出来。石勇觉出来了，所以石勇神魂颠倒，长玉觉出来了，所以长玉怒火中烧，而旁人都还是莫明其妙的。愤怒的长玉借桌下的狗表达了她的情绪——那只狗之前还沉浸在幸福之中，中午在凤娥家吃饱了肉骨头，十分钟前又吃了艾叶儿子拉的屎，所以它有些得意有些感恩地在人们的腿间钻来钻去，没想到无端招来了长玉狠狠的一脚。长玉咬牙切齿地骂道，这是谁家的母狗？在这里摇头摆尾。旁人谁都没听出来长玉这是在骂绫罗，真以为是那只狗踩了长玉，但石勇却听懂了——长玉这种指桑骂槐、借桃骂李的手法能瞒了别人哪能瞒得了石勇呢？明白了的石勇就做不到装聋作哑，他实在还没有这个涵养，再说，替老婆之外的女人出头是石勇一贯的作风，这也是石勇对其他女人表达好感的一种方式。所以石勇扭头呵斥身后的长玉，你乱嚼什么蛆？若是在石桥镇，长玉也就噤声了，但这不是在沈家村吗？长玉打着灯笼走夜路，也不怕鬼。所以声音高得很，长玉说，噫，我自骂我脚下的母狗，碍你什么了？伤了你的肝？还是伤了你的肺？要你多管闲事。长玉伶牙俐齿的顶嘴，让石勇恼羞成怒，但丈母娘就站在长玉的身边，石勇的大耳光抢不过去。生气的石勇没情绪打牌了，一把抓起长玉的手，两人回石桥镇吵去了。

直到长玉和石勇扭着扯着出了院子，绫罗才明白过来刚才长玉是在骂她。绫罗对女人言语的反应总要慢半拍的，不是因为绫罗笨，而是绫罗的心思全不在女人身上——她哪怕是在和女人说话，那话其实却是说给男人听的；她哪怕是在看女人，那也是用半个眼珠子看的，另外半个眼珠子呢，是用来瞟男人的。绫罗的这个习惯其实是让她吃过苦头的，早在陈家湾娘家做妹头的时候，她就是因为喜欢顾盼男人而明里暗里得罪了村里许多女人，不然，她绫罗怎么会拖到二十四岁才嫁人呢？十八岁她就和村里的一个叫天保的后生好上了！可天保娘不喜欢她，好了二年了，也不托媒人上门，就那样让他们白白地好着。绫罗娘哪受得了这样的羞辱，一气之下，生生地拆散了他们。可绫罗前脚刚和天保断，天保家后脚就娶了人，若论姿色，那个媳妇是没法和绫罗比的，但天保娘不在乎。天保娘说，丑妻薄地家中宝，我们本分人家，哪守得住那么俊的媳妇呢？这是打绫罗娘的脸，陈家湾的人都知道，绫罗娘年轻的时候，也不是个规矩的媳妇，至今还有许多话柄攥在陈家湾的女人手里。而三个女儿之中，绫罗的长相和性情最随娘，都是又妩媚又泼辣——妩媚是对男人，泼辣是对女人。这就种下了祸根，乡下的舆论其实主要是女人在主导的，一个女人的名声好坏，是完全由另一些女人说了算的——她对男人越好，或者说，男人对她越好，她的名声就越坏。女人们在这个时候同仇敌忾明察秋毫，不冤枉好人，也不错过坏人。就算绫罗还是十八岁，还干净得像藕塘里初开的荷花，又怎样呢？村里的女人还是一眼把她看穿了。葱是葱，蒜是蒜，秧子在那儿，能往哪儿变呢？所以天保之后，尽管绫罗娘对绫罗的婚事上心得很，每次托媒人介绍的都是附近村里的好人家，家境好，后生好，无论如何总要比过天保的，但结果呢，总是不成，不成显然是因为村里女人的破坏，因为相亲时男方都是欢天喜地的——绫罗的样子，哪个后生会相不中呢？可总在"剪布"之前，人家就会找这样或那样的理由来推辞。绫罗娘气急败坏，其实每次都有怀疑的对象，可也没法子找上门去骂——这是丢脸的事，不好张扬的，再说，人家的破坏都在暗处，捉奸拿双，捉贼拿赃，你没有证据，平白无故地找别人的茬，谁能答应呢？叫花子门前也有三尺硬地，就算你绫罗娘再泼辣，有些事情也不好做过头的。无奈的绫罗娘只能把绫罗往远了嫁，远了就不知底细，远了别人就不好说闲话——都是过日子的女人，谁愿意走穿自己的鞋底去说别人的短长呢？陈家湾和沈家村，一南一北，相隔二三十里，而且沈家村还有侄女凤娥，胳膊肘子往里弯，自家人帮自家人，二十四岁的绫罗终于一波三折地嫁到了沈家村。

可生成的相，做成的酱，在陈家湾做妹头也好，在沈家村做媳妇也好，绫罗其实还是那个绫罗，有些东西是骨子里的，它变不了，长玉兜头一盆污水就把绫罗泼回了原形。但绫罗哪是盏省油的灯呢？无论是恩，或者是怨，绫罗都要让它从哪里来又到哪里去。长玉被石勇扯回了石桥镇，也不怕，她总有回来的时候，绫罗暗暗地等着长玉回家的日子。

也没有等多久，半个月后，长玉就回了娘家——石勇酒厂过端阳节给每个职工发了十斤白酒，长玉给爱喝酒的父亲送两斤来。绫罗那天的发作是借了艾叶做由头的，反正艾叶绫罗早就看不惯，也吃烂了她是个老实坏。那天的日头很好，绫罗和艾叶两人都洗了许多东西——天气骤然间热了起来，床上铺的盖的，还有身上穿的春衫春裤，都要洗了浆了，好收起来等下半年用。绫罗动作快，等到艾叶从桂子塘回来的时候，院子里向阳的地方都让绫罗占了。几根竹竿上晒满了绫罗的东西，被子、褥子、床单，还有珍珠用来垫摇篓的几件旧夹衣。艾叶做事向来是上不了台面的，她趁绫罗在厨房吃粥的工夫，把绫罗一根竹竿上的东西都挪到了阴处，而在那根竹竿上公然晒上了她的衣物。艾叶胆敢这样做，和长玉的回来有关。艾叶一向是有些巴结长玉的，两人的关系因此处得不错，而且艾叶也看出长玉不喜欢绫罗，所以她要借长玉的势来打击绫罗，平日里的艾叶其实是有些怕绫罗的。这真是瞌睡碰到了枕头，绫罗也正要寻长玉的是非。若长玉没来，还好些，绫罗也就是把东西再换回来——艾叶那样的人，绫罗总是懒得和她计较的。可长玉不是坐在院子里吗？事情就不能那么简单地了结。绫罗二话不说，铁青了脸把艾叶的东西都扔到了地上。站在长玉身边的艾叶，其实一直在等着绫罗从厨房里出来，想看看绫罗对这事的反应——按艾叶的估计，有大姑子长玉在，绫罗最多也就是找她理论几句，理论艾叶从来不怕，院子也不是你绫罗一个人的，日头也不是你绫罗一个人的，竹竿也不是你绫罗一个人的，凭什么我艾叶就不能用呢？可绫罗如此激烈的态度完全出乎艾叶的意料。艾叶被逼得没有退路了。妯娌之间的关系，有什么中间路好走呢？不是东风压倒西风，就是西风压倒东风，你退她就进，你进她就退，最后的结果，就是她骑到你的头上作威作福。类似的认识，艾叶早就有了的。所以艾叶只能冲上去扔绫罗的东西，可绫罗就站在竹竿边上，哪会让她扔呢？两人立刻扭打在一起。绫罗比艾叶高出半个头来，再说，她在娘家和姐姐们是打惯了架的，经验丰富得很，知道女人之间打架制胜的关键，所以一把就扯住了艾叶的头发，艾叶呢，根本就不是绫罗的对手，像一只被缚住了翅膀的母鸡一样在绫罗的身下乱扑腾。本来一强一弱之间的架，是要玉石俱焚的，是要丢车保帅的，可艾叶不懂，不但不去撕绫罗的脸，反而双手去护自己的头，这样的架还有什么打头呢？好在边上还有长玉，长玉暗中当然是帮艾叶的，所以用力去掰绫罗的手。一边掰还一边劝，说，都是一家人，在一张桌上吃饭在一个屋檐下进出，什么事情不能商量呢？要丢人现眼地打架。绫罗的目标本来就是长玉，长玉倒好，自己架个梯子爬上来了。这样的机会绫罗哪会放过呢？绫罗马上接嘴骂，谁和你是一家人？嫁出去的女，泼出去的水，你的家在石桥镇，要你在这儿狗拿耗子多管闲事。长玉气得脸红一阵脸白一阵，骂，你才来这个家几天？就说我不是这个家的人，我在这里长到二十岁，这树是我栽的，这花是我栽的，这院墙是我和长福垒的，你算老几呢？我算老几，绫罗咬了牙说，我是这里的正宫娘娘！你当初舍不得这里你别走哇，你嫁给长福也好，你嫁给长生也好，那你才算这家的人。长玉没了话——和这满嘴嚼蛆的人还有什么好争论的呢？长玉一个耳光扇了过去，这是打胡言乱语的绫罗，也是打狐媚妖气的徐燕子，新仇旧恨，全都在这五个指上，这指就成了段王爷的"一阳指"，指指都是要夺人性命的。绫罗粉白的脸上立即就像涂了五道胭脂一样。但绫罗不是艾叶，不会去捂住自己被打了的脸，而是捞起脚下的一块青石砸到了长玉的头上——那块石头平日是用来稳固晒衣竹竿的，现在却被绫罗信手拈来作了武器，长玉顿时头破血流。

　　长福和长生从上海赶了回来。鸟大各飞，树大分枝，既然过不到了一起，那就只好分家。在乡下分家是件啰唆的事，但长生家相对简单些，因为长生爹娘的儿子不多，只有长福长生两个，什么东西都一分为二就是了——房间一人两间，家里欠的债呢一人五百，鸡呀鸭呀鹅呀这些活物也平分，有单数的，就归长生爹娘，猪只有一头，只好让长生娘先养着，养到过年的时候再杀了三家分猪肉，菜园子呢，还是归长生的爹打理。有些东西本来倒是难分的，那些杯盘碗盏，坛坛罐罐，因为有大小，有新旧，往往会给分家带来麻烦——乡下的女人就是这样的，大的过节往往看不出来，可一些芝麻小的得失倒是会计较的，艾叶就是这样的女人，分给她的鹅刚好是瘦些的一只，她就不答应。长生娘的手下，哪里会没有轻重呢？之前分给艾叶的两只母鸡，一只芦花鸡一只九斤黄，都是正在生蛋的，还有那只豚鸭，样子倒是不肥，可它争气得很，隔些日子就会下个双黄蛋。可这些仔细处长生娘怎能和艾叶明说呢？长生娘的偏心要做在暗里，不能摆到桌面上来的。艾叶若是不蠢，就应该明了婆婆的心意——有公公婆婆做主，难道还会薄着替他们生了孙子的她吗？绫罗这时倒显出她的好来，鸡鸭肥些瘦些，家什新些旧些，坛砵大些小些，不在乎。但绫罗要在两家之间做个隔墙，长生爹本来是不同意的，千朵桃花共树生，家虽然分了，但依然是兄弟，何必弄出井水不犯河水的样子来呢？可长生娘说，隔就隔吧，兄弟的血缘也不是一堵墙能隔开的。长生娘这样说，表面是附和绫罗，其实呢，也还是因为疼艾叶——在一个屋檐下走动，两个女人免不了要生龃龉，万一再打起来，吃亏的还不是艾叶？既然娘都这样说了，那就砌呗。长福长生都是石匠，砌堵隔墙，一天的事儿。这样，一家就分成了两家，长福住东屋，长生住西屋，长生爹娘呢，住在北边的后厢房，但进出都是从东边。长生娘说，艾叶人本分，又迷糊，若没有老人在边上照看着，她恐怕连儿子都要被别人偷了。

　　长生娘可不是无中生有。乡下那些游手好闲的二流子，现在是越来越胆大了，不仅偷鸡偷鸭偷菜卖，还偷人卖。偷鸡偷鸭多辛苦？要在人家的门外候半夜，等到老的小的都睡安稳了，才能下手。若赶巧碰上夜里起来解手的，或者鸡鸣了鸭嘎了，那就倒霉遭殃。乡下人暗夜里打贼，都是往死里打的；偷菜挨打的风险倒是小些，可它累呀，要一个人背个麻袋到菜园子里去摘半夜豆角，或是辣椒，而且还卖不了几个钱！相比起来，偷人更挣钱也更省事，一个男孩听说能卖两千块。隔壁村几年前就有一个半岁的男孩被偷了，他娘把他的摇箩放在院子里，自己却下地给老公送饭送水去了，也就是半个时辰的工夫，回来摇箩里的儿子就没有了。开始还以为是哪个邻居抱去玩了，也不急着找，乡下从前也没有发生过丢人的事呀？可等到天快黑了，还没有人送儿子回来，女人这才慌了。后来周围村庄又有两个男孩丢了，这可吓苦了乡下人，在乡下什么能比传宗接代的男孩子金贵呢？各家各户都看紧了自家的男孩。二流子的地位一下子倒高了起来，人们对他们又提防又害怕，表现出来就是很尊重的样子。常言说，不怕贼偷，就怕贼惦记，得罪好人怕什么呢？他也不会去挖你家的祖坟，而得罪一个小偷他说不定就能让你断子绝孙哪！

长生娘说要帮艾叶看孩子，这其实是句生是非的话。绫罗真要在这上面做文章，也能弄得长生娘不安生。可绫罗不是无事生非的人，再说，长生爹娘从艾叶那边进出，也正合绫罗的意，独门独院地住着，自在。隔墙砌好的当天，绫罗就用她的新锅炒了几斤芝麻黄豆，分给她西边的邻居们吃，这是这地方的风俗，芝麻和黄豆在乡下都是吉祥物，都是用来为今后单过的小日子讨个彩头。绫罗的手艺好，芝麻黄豆炒得又脆又香。一家送一青花瓷碗，大气得很。而分了家的艾叶呢，日子就过得比绫罗仔细，芝麻贵，就用冻糯米替，一家送一小碟，好歹都是那个意思。

长生在家待了半个月，比长福晚走了一个礼拜。长生本来打算和哥哥一起走的，可绫罗不让。独守空房三个多月了，好不容易一石头把长生从上海砸了回来，哪能说走就让走呢？绫罗是一朵盛开的栀子花，要长生一瓣一瓣地把它撕下来，再一瓣一瓣地揉碎了；绫罗是一个长裂了的石榴，要长生一粒一粒地把它细嚼慢咽。长生哪里又舍得走呢？上海的日子又辛苦又卑贱，为了那一个月几百块钱的工钱，他们像一群异乡的狗一样在城里活着。也只有在家里，老婆还把他当宝一样地紧抱着，不撒手。绫罗在长生的耳边说，你可别在上海那个花花地方给我弄个花花女人回来。绫罗可不认为自己是杞人忧天，因为余韭花对她说过沈得财的事。沈得财在浙江拉黄包车，拉着拉着，拉着了一个浙江的寡妇，两人姘上了。本来这事，千里迢迢的，秘密得很。再说，沈得财和往年一样，腊月回家，也带了钱回来，钱虽说比原来少一些，可沈得财说，现在外面有钱的人都打的，黄包车的生意难做了。他老婆粉荷还有什么好怀疑的呢？可精明的粉荷还是发觉了。粉荷对好朋友余韭花说，往年回家，他急得什么似的。总是房门都还没关好，他就要亲嘴了，回家一个月，就像饿死鬼投胎一样，总是要不够。可那年呢？他倒先去打麻将，打到半夜才回来，不是外面有女人，他忍得住？但粉荷是个有心计的女人，不直接追问老公——男男女女这档子事儿，哪个会轻易坦白呢？所以粉荷悄悄地去了隔壁村，沈得财在隔壁村有个朋友，那人也在浙江拉黄包车。朋友开始自然是包庇的，但粉荷会诈，又带去了一包香烟糖——香烟糖在当地是很贵重的点心，里面有芝麻，还有桂花，朋友扛不住了，只得把沈得财和那个浙江女人的事抖搂了出来。这样一来，沈得财的浙江就去不成了，粉荷又让他做了朝出暮归的田舍郎。余韭花说，绫罗，你也要小心哪，你家的长生和沈得财一样，都是粉面小生，到时别让上海的小寡妇弄到她床上去了。绫罗说，呸，你家大头才上人家寡妇的床呢！但那是对余韭花，对了长生，绫罗在枕边也是要反复叮咛的。长生说，你听余韭花那张嘴乱嚼，外面哪有什么俏寡妇狐狸精，就算有，人家也看不上我们这些民工的。长生就和绫罗说上海工地上的事，长生说，倒是有一些不三不四的女人，晚上涂脂抹粉了来工棚，想挣我们的钱，都是又老又丑的，别说还要钱，就是她们倒贴我，我还不干呢。听到这话，绫罗忍不住嗤嗤地笑。长生也不放心家里的绫罗，说，你这只狐狸要是不老实，在家敢偷野老公，我回来就会像切菜一样把你们的头切下来。你切，你切，你有本事现在就切，绫罗把头一个劲儿地往长生的胸前拱，长生只得慌忙地招架。大白天的，两人关了院门，在屋里打打闹闹，纠缠不休——还是分了家好哇，绫罗想，日上三竿不起也好，深更半夜不睡也好，再没有人在门外长生、长生地叫。

可分了家日子还是要过的，两人就这样百般缠绵地拖了一天又一天，最后，长生还是背上他崭新的蛇皮袋去了上海。

现在绫罗的西屋成了余韭花这帮人的天下。原来有长生娘在边上，大家总还有些顾忌——来早了，走晚了，都有些不自在，怕长生娘说。落雨了，长生娘说，韭花呀，你给你儿子吃了什么灵芝仙草，吃得身体这么好，淋了雨，也不生病。这哪是夸余韭花，这是在怪韭花天落雨还趴在麻将桌上而没有去学校给儿子送伞；看到姚金枝的儿子穿了破裤子，长生娘也会说，金枝，你可真会过日子，裤头留来补，铜钱留来赌。这种阴阳怪气的话，韭花和金枝哪有听不懂的？但一来她是长辈，二来呢，也总要到她家走动，如果闹僵了，大家面上不好看，所以总不和她较真，打个哈哈就带过去了，再说，村里这样对她们说话的女人也不只长生娘一个。谁叫她们爱赌钱呢？被人看不起也是活该。但现在好了，长生娘和绫罗隔开住了，她们来早也好，走晚也好，和鲇鱼他们说荤也好，说素也好，再也不用看那老东西的脸色，自在得很。

其实自在的还有周老师。长生回来的这半个月，把周老师的两个周末都糟蹋了——家里待不住，有周小宝和俞丽梅在眼前晃动，周老师就烦；和以往一样去姚金枝家或余韭花家，周老师现在也不愿意了，嫌她们两家脏，地上总是有鸡屎，桌上也黑乎乎的分不出颜色，有时口渴了，连个干净的茶杯也找不出来。之前没到过绫罗家，周老师也就认了，乡下人家大多是脏的，何况是爱打麻将的女人家？可到过了就不同了，绫罗是乡下人，绫罗也是爱打麻将的女人，可绫罗比俞丽梅更讲究！人其实是不能长见识的，见识了绫罗的周老师，就不能再到余韭花家苟且将就了。没奈何的周老师只好拿本书，坐到学校的槐树下看，可哪看得进呢？眼前不是麻将，就是绫罗那张桃花般的媚脸。周老师其实在想绫罗了，可想有什么用？白想！现在搂着绫罗夜夜春风度的是长生。周老师是语文老师，因此有很好的想象力，想着想着，周老师的心就疼了，可脸却火烧火燎般地烫，半躺在椅子上的周老师，只好用书盖住自己绯红绯红的脸。天上一日，人间千年。这半个月的时间，待在人间的周老师失魂落魄，度日如年，而绫罗在天上飞，觉得半个月，眼睛一眨就过去了。

总算等到长生去了上海，没想到，藤蔓后面还带了瓜，花苞里面还掩了蕊，竟然还把长生娘也等到了后厢房。

坐在绫罗身边的周老师心里很踏实，现在和绫罗挨得紧些或疏些，都不要紧，院门关了，村子里的闲人再不能随便地进进出出，和东边又隔开了，艾叶不能来，长生娘也不能来，而麻将桌上的男女呢，也不会把这种挤挤挨挨的亲密当真。这算什么呢？若说放肆，鲇鱼和三黑都比周老师放肆多了，有时余韭花和了大牌，高兴，鲇鱼和三黑就会趁机动手动脚，在余韭花的肥臀上摸一把，或者作势要在她的胸前抓一把，余韭花自然是不肯的，挑起了柳眉骂，鲇鱼说，一把牌就赢了老子几块钱，摸一下就亏了？余韭花说，老娘还不是天天输，赢一次你就要吃老娘的豆腐。三黑说，扯到豆腐，韭花老娘，我给你出个谜，猜出了，我让你吃张牌。余韭花说，我上你的当？你狗嘴里能吐出什么象牙。你莫想邪了，我这是正经谜，你当心猜。三黑说道，十八岁妹头水涟涟，细皮嫩肉真可怜，叫声情哥哥你轻下手，弄坏身体不值钱。我呸！这种下流话也叫谜？怎么下流话啦？不就是七麻子每天挑着卖的豆腐嘛。那好，三黑，我也给你讲个故事，余韭花说。从前，有个人住在小偷的隔壁。那个人穷得响叮当，家里总是没吃的，一家人过得唉声叹气，没精打采，而小偷家呢，却常丰衣足食，欢歌笑语。过端阳节的那天，小偷又出去了，半夜回来。回来叫门的时候，把这个人惊醒了——小偷家的门当然是要紧关的，小偷在门外对妻子说，打开龙门，点起龙火，叫起孩儿，来吃粽果。这个人听得很耳馋，下半夜也出去了，妻子就在家里等粽果吃——家穷，别说小孩一天到晚念叨吃的，就是大人也嘴贱得很。半个时辰后，丈夫果然回来了，把门拍得嘭嘭响。丈夫对屋里的妻子喊，打开鬼门，点起鬼火，叫起孩儿，来看他爹耳朵的终身结果——这个倒霉的人去偷的还是先前那一家，哪有不被抓住的道理？结果一只耳朵被人割了。韭花的故事还没讲完，绫罗就笑得岔了气，手里的麻将也顾不了啦，只盯着三黑的耳朵笑。三黑是个缺耳朵，左耳的耳垂小时候爬树时被枝杈挂掉了，但绫罗不知道，真以为三黑的耳朵是被人割掉的。三黑索性也不打麻将了，跳起来要去拧余韭花的嘴。

周老师喜欢这样的气氛。平日在学校，大家都是客客气气的，不说一句过头的话，不做一件过头的事，喜也罢，怨也罢，都是一个人关在屋里的事。别说和女同事拉拉扯扯，就是和男同事一起喝酒，也是不尽兴的，表面似乎也脸热腮红，胡言乱语，可谁敢真胡说呢？个个嘴里其实都是暗藏了机关的，该开时开，该关时关。那种日子，就像喝萝卜汤，好自然是好的，可喝多了，嘴里会寡淡出鸟来，而在绫罗家呢，就像吃四川水煮，大鱼大肉、大麻大辣，让人过瘾。水煮这东西，什么到它这里都面目全非，变了颜色，绿不再是绿，白不再是白，周老师要的就是这种效果，他对绫罗那种暧昧的态度若是在学校，那是要生起轩然大波的，可隐在这帮打打闹闹没有规矩的人中，就像花开枝上、鱼行水底般不着痕迹。

但鱼游水底岸上人不知道，水却是同谋者，这一点周老师有把握。看绫罗的眉眼，周老师觉得绫罗一定把自己的心思看破了的。尽管绫罗是个话少的人，什么都没说，但这难不倒周老师，周老师在大学是学文学的，因此把女人都当作诗歌来读，诗歌是分很多种的，有乐府和元曲那样的，直接、泼辣，像余韭花，也有李商隐那样的，要费尽了心思去揣摩、去寻味，意思都是藏在言语背面的，所有的话里都还有话。面上是说宓妃说贾氏，其实呢，说的都是他自己百转千回的爱情。周老师是喜欢李商隐的，因此也就喜欢绫罗这种意在言外的女人——乡下的女人本来也是不能开口的，不开口，还是院子里的黄菊和梨花，虽然也带村野气，到底是妩媚的，可一开了口，就成了大喇喇的余韭花。余韭花在桌上豪爽地说男说女，说云说雨，似乎是风流的，其实呢，却不是，因为她的风流是对了许多男人的，所以男人也就不当真，和她动手动脚就像和身边的猫狗玩闹一样，闹过了就闹过了，不会弄出鸡鸣狗吠的事来。可绫罗呢，却不一样，是个用眼睛和男人说话的女人，女人看她安安静静，男人看她却是千言万语。

周老师现在正被绫罗这样的千言万语所迷。之前迷麻将，周老师迷得理直气壮，谁叫俞丽梅给他生了周小宝呢？男人的上进都是有理由的，或者为了爱情，或者为了儿女，他周述文为了什么呀？人生灰暗，索性就破罐子破摔了，借麻将来作践自己，也作践俞丽梅。所以每次出门，周老师都是大义凛然的，风萧萧兮易水寒，壮士一去不复返！还看什么俞丽梅的脸色，你俞丽梅的表情越阴沉，周老师我就觉得越解恨。可现在不行了，因为对麻将的迷恋里面掺杂了绫罗，这使得周老师有些心虚。迷恋麻将是一回事，可迷恋绫罗又是另一回事，这两者的区别，周老师清楚得很。有了杂念的周老师反而不敢那么一意孤行了。星期六清早起来的时候，不再像以往一样直奔绫罗家了，而是带儿子周小宝出去转一圈，到藕塘里摘个莲蓬，或者到田埂上去捉几只蚂蚱，但周老师心里知道，这都是敷衍，是敷衍儿子，也是敷衍自己。因为就连儿子那张欢喜的脸，都让周老师心疼——正常孩子的快乐的脸多明媚生动呀，像一首乐府歌，像一朵盛开的花，可小宝呢，脸上总有弱智孩子的那种痴呆气。看到小宝的脸，周老师就忍不住恨俞丽梅——小宝其实长得很像俞丽梅的，周老师只是奇怪，当初两人谈恋爱的时候，怎么就没从俞丽梅脸上看出弱智的端倪来呢？若早看出来了，哪还会娶她。周老师因为绫罗带来的不安瞬间就荡然无存。

去绫罗家去晚了，就赶不上麻将打，但这有什么关系呢？现在的周老师是项庄舞剑，意在沛公。只要能坐在绫罗身边看牌，只要能看到绫罗那张花枝招展的脸，周老师在沈家村过的周末就不冤枉。这倒合了绫罗的心意，绫罗其实也是巴望周老师只看牌不打牌的，一是因为想周老师帮她打点子，好让她赢钱，还有呢，有个不打牌的周老师在边上，也可以帮她照看一下珍珠，替珍珠把把尿，或者珍珠哭了，抱起来哄一哄。周老师抱珍珠的样子，若是让俞丽梅看见了，那是会让她伤心欲绝的——这个男人抱自己的儿子也没有过这般小心呀，这哪是在抱珍珠，这分明是在抱绫罗。好在俞丽梅看不见，她是从来不会出校门满村去找周述文的，一是因为骄傲，再就是没了那个心劲，夫妻到了这个份上，连架也懒得吵了。但绫罗却是受用的，看着镇上的中学老师手忙脚乱地侍弄自己的女儿，绫罗就像在三伏天喝冰水，百般惬意。

惬意的绫罗知恩图报，对周老师的笑容因此更妩媚，态度更温柔。周老师想必也领会了绫罗的意思，所以也就愈加沉溺于这种暧昧的关系。这种变化别人其实看不太出来，因为两人真正的亲密都在桌子底下——周老师从前用腿给绫罗打点子，都是稍微碰一下就挪开的，可现在，却有了几分如胶似漆的味道，两人的腿一挨上，就不舍得分开了。绫罗看着手中的麻将，周老师看着桌上的麻将，两人仿佛都把桌下的事忘了。绫罗打麻将时那种认真的样子，有时让周老师真以为她是无意于桌下的，可真是那样吗？鲇鱼的一个麻将子不小心掉地上了，还没等到他弯腰去捡，绫罗的腿刹那就成了兔子的腿，一下子就逃远了。

尽管经过桌下的试探周老师并不十分担心绫罗会拒绝自己，但周老师还是不知道如何把这层窗户纸捅破。当初在师大时，也是有过暗恋的，可那时年轻，所以好办，写几句酸溜溜的诗就表白了；和俞丽梅认识是朋友介绍的，一上来就是那种男女关系，也就没有什么为难，再说，对付读书的女人，周老师自认为还是有些经验的。可绫罗呢，是个小学没毕业的乡下女人，和这种女人的关系该如何开始呢？周老师完全不知道。平日听村里的男人闲嚼，似乎男人们对女人就像对公狗对母狗公鸡对母鸡一样，只要上前抱住她们的身子把她们按在下面就可以，成不成的只要按一次就知道了——要么按成了相好，要么挨一大嘴巴子，挺简单的事。可周老师不相信，女人不是狗不是鸡，怎么可以用这种方式呢？就算可以，周老师也做不来——自己好歹还是老师，到底和畜生还是两样的。

若不是绫罗主动，周老师还不知道要拖延多久。那天夜里三黑和邻村的一个后生偷来了一只大黄狗。快入冬了，余韭花早就嚷着要他们弄只狗来补补身子，鲇鱼说，你家大头又不在家，你要补身子干什么？韭花说，你三只脚的蛤蟆管得宽，我们女人畏寒，吃些狗肉好过冬。三黑说，弄只狗还不容易，过些天给你们弄只来就是。绫罗只当他们是说笑的，没想到真弄了一只来。大家丢下麻将不打了，一起来收拾狗，放血的放血，烧水的烧水，退下来的狗毛，埋在了栀子花树根下。狗肉白煮，生姜、大蒜、胡椒、酱油，这些蘸狗肉的调料，绫罗家都有，只是缺了小麻油，不过金枝家有，金枝回去取麻油的时候，顺便把儿子也带来了。周老师出钱，让鲇鱼去小卖铺买了几斤谷酒。一屋子的酒香、肉香、芝麻香，余韭花的脸喝成了狗肝色，鲇鱼的舌头也喝大了，让周老师没想到的是，绫罗的酒量倒大得很，大半蓝边碗喝下去，还没醉，依然和平时一样，只是笑，不多话。人却比平日还漂亮几分，眸如清水，唇如花朵，把一旁的周老师都看呆了。

接下来还有让周老师发呆的事。有点喝多了的周老师起身到院子里的栀子花树下小解，可没想到，喝了酒吃了狗肉之后的绫罗竟然色胆包天，也尾随了出来，周老师丝毫没发觉，一心在解自己的裤扣，绫罗突然从身后靠了上来，说，等他们都走了，你再折回来。

那天晚上之前，绫罗和周老师关系也就是丝瓜花和土墙的关系，因为长生不在家，也因为周老师是个镇上的老师，所以绫罗才对周老师有些情意绵绵的。对绫罗这样的女人来说，没有男人的日子是难熬的，可日日呆在家里的绫罗能接触多少男人呢？鲇鱼是不行的，三黑自然也是不行的——不光是瞧不起他们的不务正业，也看不上他们的长相。女人多是计较的，哪怕在偷男人这件事上，也不愿吃亏，总要拿那个男人和自己的丈夫比一比，不然，拼了名声去偷个还不如自己丈夫的男人，不让人笑话？剩下的，只有周老师。而且周老师和长生比起来，也是不孬的，高大、清瘦，是读书人的样子，尽管年纪比长生大些，可还不老，三十出头，正是男人金子一样的年纪，最关键的是，这个男人是在城里读过大学的，是那个一天到晚阴着脸的傲慢的俞丽梅的老公，以后就算东窗事发，闹出来，也不丢自己的面子。绫罗不计较鹅鸭的肥瘦，不计较芝麻和冻米的贵贱，但对男人的态度上，却是半点不马虎的。所以绫罗偷周老师，尽管是因为耐不住空房而带有苟且的性质，但也不是那种撞到阿猫是阿猫，撞到阿狗是阿狗的苟且，而是经过精打细算反复掂量后的苟且。

可这种苟且之中的认真最初和情爱是无关的。周老师对绫罗来说，只是暂时借用一下的东西而已，就像灶上缺了勺到邻居家借个勺，洗衣时缺了棒槌到邻居家借个棒槌一样，尽管也想使个好一点的，可好也是人家的好，终归是打算还的。所以，绫罗一开始，并没有和周老师天长地久的意思——不仅是因为还有长生，也觉得自己和周老师不配，篱门配篱门，竹门配竹门，做露水夫妻是一回事，做明媒正娶的两公婆又是另一回事，这一点，绫罗心里清楚得很。可男女的事情发生前和发生后哪能一样呢？经过了那夜的恩爱之后，绫罗的野心就慢慢滋生了出来。在周老师之前，绫罗真正经历的也就是两个男人，一个是长生，一个是天保，两个男人其实都差不多，都年轻、都莽撞，都重手重脚地把她绫罗当砖头当泥土来摔打，但周老师呢，却是把绫罗当作书来读的，小心翼翼，又百般珍惜。女人的排场是比出来的，男人的好也是比出来的，长生和长庚比，比出了长庚的粗糙，而长生和周老师比，又比出了长生的粗糙。男人就像一道道菜，没吃过猪肉，青菜肉腐是好吃的；没吃过鲈鱼鳜鱼，鲢鱼鲤鱼也是好吃的。因此呢，没偷过男人的女人其实都是井里之蛙。

现在绫罗这只井里之蛙跳到了井上面，这就有些糟糕，绫罗不是别的女人，别的女人见识了也就见识了，跑马观花一样，不留下什么的，可绫作敢为的胆大的青蛙——既然和他周老师有了枕席之欢，他们的关系就有了变化，她就具备了某种资格，说到底，女人对男人的非分之想都是由此而开始的。但这个时候的绫罗其实还并不想撇下长生，只是和周老师有了更长远的打算——这也怪不得绫罗，在乡下，有许多野夫妻也是恩恩爱爱相好一辈子的。

但周老师和绫罗正好相反，那夜之后，他待绫罗反而疏远了些，也不是不喜欢绫罗了，而是为了避嫌——周老师做事一向是瞻前顾后的，要想着俞丽梅周小宝，又要想着长生和珍珠，想到他们，周老师就努力克制，克制久了，又愈加地期待和绫罗的见面。这使得周老师的情绪极不稳定，有时冷，有时热，有时是急不可耐，有时又躲躲闪闪。但一心想着自己快乐的绫罗却是不管不顾勇往直前的，周老师如果不来，绫罗自己就会找上门去。总是在星期一，绫罗抱了珍珠回娘家。回娘家当然是为了放下珍珠，顺便呢，也给自己绣个遮遮掩掩的幌子，她真正要去的地方其实是县城的中学。陈家湾离县城不远，只有六七里的路，绫罗总是在娘家吃了中饭再去县城，下午就在街上瞎转悠，等到天黑了，再单枪匹马地杀到周老师的宿舍去，每次都把周老师吓得胆战心惊——哪能不吓呢？要知道，在县城中学里，连同事带家属，没有一个人不认识他周述文的老婆俞丽梅的。可没有这种惊吓就不叫偷了。吓不正是偷的好吗？和俞丽梅做倒不用怕的，白天也好，晚上也好，只要自己愿意，可以随时做，可以光明正大地做，但正是这种随时和光明正大，使得这种东西索然无味起来。可和绫罗就不同了——要把灯关了，把窗帘拉了，把门拴牢，所有这些零零碎碎的程序都把欲念撩得更饱满。人其实都是贱的，吃别人家的糕总是更香。走廊上时不时地常有人走动，更远处还能传来学生的打闹声，这都让绫罗觉着新鲜，也让绫罗觉得更幸福，这个男人的手是拿粉笔的手，可现在正抚摸着自己绸缎一样的肌肤，从头到脚，又从脚到头，那种仔细，像陈家湾的祥灯瞎子抚摸他的二胡一样。祥灯瞎子有一把乌黑锃亮的二胡，是他的命根子，整天抱着它走村串巷地替人算命。绫罗小时候就让他算过命，他说绫罗的命是杨贵妃的命，绫罗娘还高兴了半天——能不高兴吗？女儿的命是贵妃娘娘的命。陈贵妃现在躺在周老师的怀里，就像二胡躺在祥灯瞎子的怀里，直想唱歌，可隔壁有人，门外有人，绫罗到底也不是二胡，哪能无拘无束地唱呢？可正是这种被迫的抑制，使得两人愈加地觉得绕梁三日意犹未尽。男女之间的事情，就像绫罗家院子里的栀子花一样，原来也是半开的好，因为半开还有余地，若全开了，不但不好看，而且绝了今后的念想，如此一来，离败落也就不远了。可绫罗还指望他们这朵花天长地久地开呢。

可这朵花到底没能开长久，女儿玛瑙的来临硬是生生地把它从半腰掐了。在乡下，女人若不生儿子，那就像盖房子没有打地基，或者把花草种在墙头上一样，随时都有被连根拔起的危险。早在绫罗怀孕六七个月的时候，长生娘就要绫罗去县城医院打个 B 超——村里要生第二胎的女人都是这样的，若医生说是男的，那就早做准备，多吃些蹄膀、猪肚之类的补品，好生个膀大腰圆的孙子；若是妹头呢，就干脆引产，好赶下一茬。不然，明明庄稼地里长的是稗子，还忙着去浇水施肥，不是白白地浪费是什么？乡下人的日子不能那么过！但绫罗要和长生娘唱对台戏。绫罗说，花那几十块冤枉钱干什么？生男生女都是命。绫罗不肯去医院其实是受了周老师的影响，周老师说，生男生女有什么关系呢？最要紧的是要生个健康的孩子。你看看你的珍珠，比哪家的孩子差呢？绫罗觉得还是有文化的人开通，把女人当人看。绫罗不肯去医院还有一层原因，那就是绫罗猜自己肚子里的孩子十有八九是男的，因为这一次绫罗爱吃酸的，成天想吃的都是那酸桃酸李，连梦里都是成片的桃树李树，人家不是说酸男辣女吗？怀珍珠时可没有这样的胎相。绫罗表面不在乎，心里暗暗想要的其实也是一个儿子。艾叶不是又生了个儿子吗？她生儿子就像母鸡下蛋一样，容易得很。

可女儿玛瑙出生了，绫罗关于桃树的梦算是白做了。现在的绫罗有两条路走，第一条路就是对村妇女主任撒谎，说生了个死胎，然后偷偷地把玛瑙送人，这不难，因为长生娘早就未雨绸缪了，故意请了外村的接生婆，就是为了好瞒住村里人的耳目。长生娘说，也不用心疼，反正不是送给别人，是送给长玉。长玉和绫罗翻过脸，本来哪愿意带玛瑙？可她一个做长女的，怎能不管长生的香火？在娘家这样天大地大的事面前，姑嫂之间的恩怨简直就像一粒芝麻一样不足挂齿。可让长生爹娘没想到的是，绫罗竟然这样不懂事，长玉都不计前嫌打算帮她带玛瑙了，她倒翘起尾巴不答应，仿佛她生的是金枝玉叶一样。绫罗说，猪狗还晓得护豚呢，难道我绫罗还不如那畜生？一句话把长生娘噎得半天缓不过气来。这是什么屁话？大家急得团团转，图啥呀？还不都是为了你和长生，真是不识好歹的东西！长生娘冷了脸，说，你要自己带玛瑙，那出了月子计生办就要来抓你去结扎，你这辈子就别指望生儿子了。可没有儿子总归是不行的，实在没有办法的话，只好从长福那里过继一子来为你们传宗接代，养老送终。真是哪壶不开提哪壶，长生娘的话顿时让绫罗火冒三丈。绫罗说，真是好笑，我干吗要借别人的屁股装自己的门面？

自己的宝贝孙子一到绫罗的嘴里竟然成了屁股，长生娘那个气呀！只得把长生从上海叫了回来。黄蜂蜇了还是要黄蜂的蜜医，他的老婆也还是要他来治。长生一进家门，长生娘就说，别家的媳妇生了妹头就焉头焉脑的，像一只瘟鸡，你媳妇倒好，反当起娘娘来了。长玉说，宠女人也不是这般宠法，都把她宠成了飞到你头上做窝的鸟。生了二个女儿的长生情绪也萎靡得很，实在没有心情去做绫罗的工作。三言两语之后，就给了绫罗两巴掌。这是长生第一次打绫罗，绫罗伤心地放声大哭。长生娘听到哭声后从厨房跑过来，骂道，有话好好说就是了，长生，你干吗动手呢？

但打是打了，又有什么用呢？绫罗就是不接长生娘的轮子。绫罗说，过继别人的儿子有什么意思呢？到头来，辛辛苦苦的，也还是当别人的牛作别人的马！不就是要躲结扎吗？不就是要生个儿子吗？我们假离婚好了，你带珍珠，我带着玛瑙回娘家，他计生办再厉害，总不能抓一个离了婚的女人去结扎吧？你暂时也不要去上海了，白天待在沈家村，夜里就偷偷地去我家，等我躲在陈家湾替你生了儿子，咱们再复婚。

娶个聪明的女人真好哇！再艰难的事，她都有办法对付，长生想。长生本来要把这个好计谋告诉爹娘的，可绫罗说，你好歹也是做爹的人了，怎么这么担不住事呢？长生被绫罗说得不好意思了，就真的瞒了爹娘抽空和绫罗去乡政府把手续办了。手续办好的当天下午，绫罗抱着玛瑙，长生提着包，两夫妻说说笑笑地回了陈家湾。

长生怎么也没想到他和绫罗的夫妻情分就这样到了头。他是三天后去陈家湾找绫罗的，可绫罗瞪着眼说，沈长生，你有没有搞错？我们可是离了婚的。长生只当绫罗和他开玩笑，也笑嘻嘻地轻声说，离了婚又怎样？

我来找我的野老婆。我呸！绫罗突然变了脸，说道，白纸黑字，大红章子，你还想耍赖不成？你不是听你娘和你姐的话来打我吗？那你还来找我干吗？让你娘和你姐陪你睡呀，让艾叶陪你睡呀，她们不是都会生儿子吗？我没有本事，只会生妹头。绫罗说完扭身就进了她的房间，然后把房门啪地一关。剩下长生愣在堂屋，好半天不明白发生了什么事。为什么呢？为什么呢？不是说好了是假离婚的吗？怎么现在又假戏真做了呢？她这是何苦？用尽心思地和我离婚就因为那两巴掌？可乡下的女人有几个没有挨过巴掌呢？长生的脑子一下子成了马蜂巢，嗡嗡嗡嗡的，乱得很。绫罗娘这时从厨房走过来，黑着脸说，回去吧，既然离了婚，就不要来这里扯七扯八的，让邻居见笑。

女人总是最明了女人的。长生娘听了这事之后断然说，这西货一定在外面有了人。熊瞎子掰玉米，只有掰下了另一根，才会舍下手里的这一根。只是谁会是那根大的玉米棒呢？长生娘心里没把握。之前倒是听艾叶嘀咕过，说绫罗和周老师怎么样怎么样，可长生娘不准艾叶胡说——绫罗那个女人，跟哪个男人不是飞眉飞眼的呢？她是天生的风流样子，倒不一定真有事的；再说，艾叶跟绫罗不和，她的话自然有搬弄是非的成分，哪能信呢？但现在看来，湖里无风不起浪，绫罗和那个姓周的，或许真有些不清白。怎么办呢？长生爹不知道，家里一有难事，他只会唉声叹气，长生娘呢，本来是家里的主心骨，可遇到这种事，也乱了方寸——能不乱吗？婚是你儿子自愿离的，没人拿刀拿棒的逼着他。人家也没带走金，也没带走银，连娘家过来的嫁妆也没带走，怎么上门去寻衅呢？没个由头！但长玉可不这么想，长玉说，她不是和那姓周的好上了吗？长生，你提个粪桶到县城中学门口去候着，我不信，姓陈的那个西货能不去会他？堵上了，就不要铙了他们，用大粪泼，泼他们个抱头鼠窜，泼他们个臭气熏天，看那姓周的以后还怎么在中学混？看那不要脸的西货还怎么去找他？

长生没带粪桶。躲在人家的米粉店里守，怎能带个臭烘烘的粪桶呢？再说，长生也没有长玉那么恨绫罗，好歹同床共枕两三年了，恩情总比怨恨多，长生其实还指望绫罗回头的。两人还有珍珠，还有玛瑙，哪能说离婚就离婚呢？不就是和别的男人困了觉吗？困了就困了，想开了，也没什么大不了的，村长的女人还和来子会计困过呢，妇女主任还和村长困过呢，沈老五的老婆和村里的许多男人都困过呢，他们哪个不是村里有头有脸的人，也当了乌龟，当了王八，可还不是一样过日子？也没见谁用布遮了脸出门。男人和女人的事，说大了，天大地大，说轻了，就当是黄蜂蜇一下，苍蝇叮一下，有什么要紧？

坐在米粉店里的长生思前想后，一时倒清爽了，倒平和了。说实话，男人的成熟有时是需要女人的背叛来做铺垫的。先前夫妻云雨时长生说过要杀掉奸夫淫妇的话，那是枕边的意气话，是胡话，说来吓吓绫罗的，莫说绫罗不信，就是自己哪又信呢？现在的长生之所以守在中学的门口，不是为了要羞辱绫罗，邋遢绫罗，而是要拿住绫罗的短处，好要挟绫罗回家。

米粉店的老板是个三十多岁的女人，似乎并不讨厌长生在店里的逗留，一双眼睛在长生的身上睃来睃去，这让沮丧的长生心情稍微好了些——怎么说，我沈长生还不是没女人要的落脚货，只要自己愿意使个眼色，这个米粉店的老板怕是能上手的角色。长生虽然没有过勾搭陌生女人的经验，但没吃过猪肉还没看过猪跑吗？好歹也在上海待了一年多了，女人的眉高眼低还是能看出来的。小店逼仄，学生们中午时进进出出都有些艰难，不好意思的长生每隔个把时辰就要吃一碗粉，吃了麻辣汤粉，吃了肉丝炒粉，吃了三鲜粉，就在他坐立不安准备再要一碗豆芽凉拌粉的时候，绫罗出现了。

在下午四点多钟出现在县城中学，这在绫罗是头一次。从前为了避人耳目总是等到天暗了才来，可现在绫罗不怕了，被人看见又怎样？说闲话又怎样？她绫罗巴不得！就是要那些舌长的人把话传到余丽梅那里去——读过书的女人面薄，气又盛，当不了缩头雌乌龟，免不了要闹离婚，这正合了绫罗的意！这种借刀杀人的手法，是绫罗娘惯用的，不知不觉，绫罗也学会了这一招。可这怨得了我绫罗毒辣吗？我绫罗不是有我绫罗的难处吗？和周述文好是我抛的饵，和长生离婚是我下的套，都是自己跳起来摘的果子，能哭着喊着赖上周述文？可他周述文怎么能不离婚呢？他不离婚难道我一辈子单飞？不行哪！只好算计你余丽梅了，明亮亮的大刀既然出了刀鞘，不见血，如何回头呢？

周老师的宿舍在中学的西北角上，从围墙边的小路穿过去，又近，又隐蔽，可单身的绫罗却别有用心——以前来只是偷欢，可如今来却是想偷人的；从前只是"直把杭州当汴州"，现在却是生了改朝换代的野心的，能一样吗？所以要舍近求远，要化简为繁，要绕着圈子走，经过了食堂，经过了操场，又画蛇添足地经过了教学楼，花枝招展的绫罗才在许多人的目光下意犹未尽的、袅袅娉娉地进了周老师的房间。

尾随在后的长生气得七窍生烟。这个西货真是不要脸了，送上门去给野男人操还这么张狂，那个腰扭的！那个腚送的！恨不得要敲锣打鼓昭告天下似的。看她一步三摇、熟门熟路的样子，想必来这儿不是头一回了。这对狗男女是什么时候勾搭上的呢？是公狗先流涎呢，还是母狗先摆尾呢？长生几次都想冲上去，扭住绫罗的脖子让绫罗交代个明白。

但直到绫罗走进了宿舍，长生也还没有什么作为。二十六岁的长生其实是没有经过事的，实在不知道如何应付眼前这样荒唐的局面。到底该怎样做呢？念头倒是起了一茬又一茬——拿把菜刀把门劈了，宿舍的走廊就是单身老师的厨房，案板和刀都是现成的；去把校长请来，让他看看姓周的一丝不挂的狼狈样子；或者干脆就在走廊里大喊大叫几句。但长生不敢，不是怕周述文，那种豆芽菜一样的男人，有什么好怕的呢？也不是因为怕闹得名不正言不顺——在长生的概念里，绫罗还是他长生的老婆，自然是有理由闹的。长生怕的是绫罗，若把事情做绝了，让绫罗没有了台阶，绫罗索性就破罐子破摔，真不回头怎么办呢？软软绳子能缚住人，还是忍吧，反正在外面做事，早就习惯了忍气吞声的。再说，不就是再让那姓周的多困一回吗？困一回和困一百回有什么区别呢？既然是坛腌坏了的酱，也就没有什么好再金贵的。

想到这里，长生就到学校的小卖部花二两块钱买了瓶谷酒，坐在宿舍外的樟树底下，边喝酒边等绫罗。

等到绫罗出来的时候，长生手中的一瓶酒都快喝得差不多了。路灯下的绫罗溜光水滑，像一株盛开在五月夜里的栀子花。树底下的长生突然上前一把拽住了绫罗，绫罗吓了一跳，慌乱间还以为是俞丽梅呢，待看清是长生时，倒不怕了。问，你来干什么？长生说，你和我回去。为什么呀？

绫罗问。我都看见了，长生说，你怎么进的屋，你在那姓周的屋里待了多久，我都看见了。看见了又如何呢？绫罗不理长生，兀自走自己的。学校门口有几辆三轮车在等客，绫罗本来要叫一辆的，可胳膊还被长生拉着，脱不了身。坐不了车就走呗，六七里的路，二三十分钟的事，有长生在边上，正好走夜路，还可以省下一二块车钱呢！两人都急急地往城东走，陈家湾在城东南，沈家村在城东北。长生说，你跟我回去，我保证不打你，不骂你，你和野男人的丑事，我不张扬还不行吗？我替你瞒着！就当泡屎，我沈长生闭着眼，吃下去，还不行吗？谁是野男人？绫罗抢白道，谁要你替我瞒？好笑！我们可是离了婚的，我现在和一千个男人困也好，和一万个男人困也好，都是我的自由，和你沈长生再没有瓜葛。珍珠呢？珍珠呢？和珍珠总有瓜葛吧，就算你不看我的面子回去，你总不忍心抛下自己的女儿不管吧？那她也怨不得我，要怨也是怨你家那个老乞婆，怨长玉那个西货，怨你家容不下妹头，容不下我。长生哑口了，若理论事情，长生哪是绫罗的对手呢？那是蚂蚱和知了之间的对阵，是麻雀和画眉之间的对阵。没了法子的长生像女人那样哭了起来，这是这一天中长生第二次哭了，刚才在樟树底下就暗暗地哭过一回。伤心的长生哭得眼泪和鼻涕一起流，可那又有什么用呢？绫罗向来不是一个心软的女人，再说，周述文刚才在枕边和她说了，他受够了余丽梅，也受够了周小宝，他迟早要和他们作个彻底的了结。现在的绫罗，更是有恃无恐了，铁了心要到县城中学去当师母。

长生黔驴技穷了。但他仍紧紧地扣着绫罗的手腕，他不能放手，这个女人多滑呀，滑溜溜地像一条鲇鱼，今夜真要放了手，或许就再也抓不回来了。两人拉着扯着走到了三岔路口，却走不动了，因为这时长生要往左走，而绫罗呢，要往右走，往右转再走两里半就是陈家湾，绫罗依稀都能看见村里有些人家的灯火。但固执的长生死活就是不放开那只扣住绫罗的手，男人的力气不是更大吗？长生狠了心，要把绫罗拖回沈家村去。长生说，你今夜回也得回，不回也得回，由不得你了。可绫罗哪是个能吃素的？一脚就朝长生的跨部踢去。变了心的女人毒如蛇蝎，哪还顾念两人从前的恩情？绝望的长生忍住伤痛，追上去一把掐住了绫罗的脖子，问，你到底回不回呢？你到底回不回呢？

绫罗的尸体是绫罗娘第二天在自己院子里发现的。一大早绫罗娘起来，和往常一样，要到院子里来放鹅，一低头就看见了歪着身子坐在桃树下的绫罗。这时天还是灰蒙蒙的，绫罗娘看不清绫罗的脸，绫罗娘心里还疑惑着，这妹头怎么坐到树底下去了呢？等到一看清，老天哪！绫罗娘的三魂立时散了二魄。

　　长生跑了！跑到了上海他打工的地方，不到一年，他就被抓回来吃了枪子。村里的人都惋惜，说，笨哪！怎么那么笨？老大的地球，哪儿不好搁下一个人的身子？不说藏到美国伊拉克去，好歹你也要去西藏去广西呀，那儿山高皇帝远的，谁晓得你沈长生是杀人犯？偏要往上海那张网上撞。

　　可凤蛾却觉得那是命，逃不了的。凤蛾说，两人的前世一定有未解的冤孽，不然，绫罗就是人家长庚的老婆，是长生的堂嫂，哪能生出后来的这许多枝节？但长生娘不信，依然是怨凤蛾的——不是当初她凤蛾摇头摆尾地到她家来做媒，长生怎会娶绫罗那西货呢，不娶绫罗，哪有如今的家破人亡呢？千错万错，都是她凤蛾的错，长生娘恨凤蛾，恨得牙根都痒了，路上遇了凤蛾，总要先狠狠地吐口唾沫，然后再远远地绕了走。

锦　绣

李锦绣二十八岁那年才嫁的姚明生。

在李村，妹头到二十八岁才嫁人那叫什么呢？叫老蚌搬家，叫铁树开花。庄户人家的妹头，谁舍得养到那么老呢？又不是猪婆，养在栏里能生崽卖钱。妹头就如后园子里种的瓜，要赶季卖，趁着新鲜，趁着嫩，要瓜面上还有茸毛，瓜蒂上还有花，才能卖个好价钱。李村可不是那种山旮旯里的村庄，它紧靠着县城，村里许多人都在县城里谋生计，因此懂得经济，懂得买卖，懂得该放手时就放手，不会让一个好瓜生生地沤烂在园子里。但话又说回来，林子大了，什么鸟没有呢？也还是有贪的人。像村前的李福平老头，他家就沤烂过一只好瓜的。也是奇怪，两个腌菜一样的寒碜人，偏生出了一个花枝般的妹头，这可如何好呢？前面的三个妹头都随了爹娘，这不怕——乡下只有打光棍的男人，没有嫁不出去的丑妹头。一样生男生女，一样洗衣做饭，模样粗糙些，经摔打。上门提亲的媒人是不多，可这也省了做父母的左挑右拣的为难不是？手一撒，哗啦啦的，都嫁了。可轮到老四，两人倒慌了，先前的麻利劲全没了。嫁东家也觉着亏，嫁西家也觉着亏，是呀，做惯了小买卖的人，碰上了这么一单大生意，患得患失不是难免的么？这么一犹豫，一蹉跎，老四在家可就把事做下了，是和隔壁的一个有妇之夫，人家是明眼人，看出了他家的瓜熟透了，顺手就把它摘了。可怜李福平老头，愿指望靠老四狠赚一笔的，没曾想，到头来，却落个叫花子做官，叫花子团圆，空欢喜了一场。

但李锦绣晚嫁可不是因为长得排场。若谁要说单眼皮的锦绣排场，村里的妹头们媳妇们谁不会冷笑两声？排场么的？排场么的？要腰没腰，要腔没腔，鳊鱼一样。就这样薄薄的家底，也敢端着架着？村里女人背后说的话，难听着呢！但这样的话，锦绣听不见——锦绣哪有那闲工夫去听人嚼舌根子？一个杂货铺子得有多少事儿，油盐酱醋，针针线线，缠人哪！莫说没有工夫，就是有得闲的时候，锦绣也不屑去，一群女人袖了手扎一堆嚼人家短长，能嚼出什么来？能嚼出金？能嚼出银？还不如院子里咯咯叫的母鸡强，好歹人家还能咯出个三毛钱的蛋来。再说，嫁人仔细些，不是应该的吗？就算到街上去买双袜子扯块布，不还要比比花色？不还要掂掂厚薄，挑三拣四地花上半个时辰？要算起来，从十八岁到二十八岁，这中间锦绣回绝了多少个媒人呢？光是锦绣的姐姐绫罗就给妹妹提了不下三门亲，把李绫罗都惹恼了，可这怨得了锦绣吗？男方要么丑陋，要么懒惰，要么村子太偏僻了，怎么嫁呢？茶缸里有只苍蝇，饭碗里有几粒老鼠屎，若没看见，吃了就吃了，喝了就喝了，可锦绣不行哪，锦绣的眼睛睁着呢，把什么都看得清清的。既然都看见了，还怎么下咽？

锦绣的娘一向是由着锦绣的。二女儿能干，她懒得管。不像当年绫罗，事事都要她插手。不插手不行哪，绫罗在外人看来是能说会道，伶俐得很，其实呢，做娘的心中有数，她只是一只绣花枕头，外面是描龙绣凤，挑花挑朵，芯子里呢，却是一堆烂草败絮！所以一有媒人来提亲，就替绫罗赶紧应承了——自己是过来人，知道过了这一村再没有那一店的道理。但锦绣的事锦绣娘却不敢多插手，锦绣的事是好管得吗？莫说婚事，就是家里杂货店的事，替她张罗了，也未必就落个好。就说前些年，有一次锦绣娘进城去卖川香——锦绣爹种的川香，总是水嫩水嫩的，就像十八岁的妹头，俏得很，只一盏茶工夫，就脱手了，她正要收拾菜篓子回家，却有个卖干香菇的后生过来兜搭，她瞅着香菇不错，菇瓣肥，朵儿匀称，价钱呢，也公道，十二块钱一斤，她就做主买下了，心里想家里正好不是没香菇了吗？之前她听到木头娘来买半斤香菇而锦绣说没了的。可这一小蛇皮袋香菇一拿到家，锦绣的脸就沉下来了，说，叫你们不要乱进货，你们偏要进。锦绣娘也不高兴了，这小蹄子，越疼她越不懂事了，对娘说话这么轻狂。就没好气地回嘴说，怎么是乱进货？你看清了香菇再嚼。看？还用看？我不看都知道这是做了皮子的香菇，锦绣手一伸，把蛇皮袋底的香菇抓了一把出来，锦绣的娘顿时傻眼了，都是纸衣一样薄的陈年香菇。锦绣娘除了咒那卖香菇的后生，没话说了。为这一蛇皮袋香菇的事，锦绣娘足足看了锦绣一个多月的脸色。

　　类似的教训不只得了一次两次。锦绣娘后来索性就什么事都睁只眼闭只眼了。锦绣说东，她就说东，锦绣说西，她就说西。屋后的凤娥介绍了她娘家的侄子，别人都说好，都说后生看不出什么破来，可锦绣说，怎么有点木头木脑的？锦绣娘就说，可不，瞅着是像差灶火的清明粑。四婶细莲做媒的那个漆匠，锦绣娘本来觉得蛮好的，可锦绣撇撇嘴嫌人家瘦，说瘦了的后生或者身体不好，或者心思重，以后在一起过日子都难。锦绣娘也就附和说，也是，女人家瘦些不要紧，一个男客，瘦成豆芽样怎么养家小？锦绣娘现在几乎成了看光景的旁人，成了墙头的草，风吹往哪边就是哪边。这也难怪锦绣娘，她不这样又能哪样呢？莫说锦绣不让她做主，就是让，锦绣娘也不敢，锦绣可不是一蛇皮袋香菇，万一弄不好，那可是一辈子的牙齿印。锦绣娘就是这样对左邻右舍解释的，但锦绣娘还有一层心事没有对别人说，那就是锦绣娘其实也不想让锦绣出嫁，儿子小，还在学校读书，老头呢，只知道早晚摸在他的几亩菜地里，都指靠不上，家里的杂货店，全是锦绣在打理，有时地里忙，要赶季栽菜呀，摘菜呀，锦绣娘就得起早摸黑地和老头子去地里，这时候，锦绣就又要做饭，又要洗衣，还要喂猪喂鸡，所以，这个家其实也是离不了锦绣的。但这一层小九九，锦绣娘是不能对人说的，男大当婚，女大当嫁，她是明理人，知道不能因为家事而耽误儿女的婚事。但现在不是锦绣自己在挑挑拣拣吗？这就不能怨锦绣娘了。可回娘家的李绫罗却看不得娘对妹子那百依百顺的样子，背了锦绣恶狠狠地对娘说，你就由她，你就由她，由到她嫁不出去了，你养她一辈子。

　　姚明生是剃头匠李拐子做的媒。其实这两年上门来给锦绣做媒的人越来越少了，费那劲干吗，左右人家眼眶子深，什么人也看不上。村子里的人嘴上这么说，心里还有等着看李锦绣笑话的意思——是呀，你李锦绣本事大，嫌弃这个，嫌弃那个，有本事你别嫁，到时候别像村后癞痢头的女儿一样，两腿夹不住，被个外乡男客一勾搭，就和别人去睡屋檐下了。乡下人虽说厚道，可幸灾乐祸的坏心眼，也是与生俱来的。李拐子本来也是喜欢看这样笑话的人，他虽然拐了一条腿，却是个好风月的。借着他冬暖夏凉的剃头店，和村里不少女的有着拉拉扯扯的暧昧关系。可他却不想看锦绣的笑话，因为他一直有几分敬重锦绣，他是个不正经的男人，也喜欢调戏那些不正经的女人，可心里呢，还是更看得起像锦绣这样又会过日子又把自己身子骨看得千金重的妹头，再说，他又是锦绣的堂兄，这就和村里其他闲人不太一样了，锦绣的脸面也是他的脸面。所以他对锦绣说，妹子，哥哥知道你这么多年为什么不嫁，不就是嫌人家样子不好吗？回头哥哥给你找个模样风流的。李拐子这个没正经人的话，谁当真呢？所以，锦绣家的人都当他是调笑。可没想到，几天过后，李拐子真领来了一个后生，起初锦绣还以为他们是来买纸烟的，忙不迭地站起来，可那个后生却不看柜台下面的纸烟，只斜了眼看她，锦绣觉得有些不对头，再看李拐子，他笑嘻嘻地仄身进了东边的厨房，和锦绣娘嘀咕去了，锦绣顿时明白了几分。明白了的锦绣就有些慌乱。要说，锦绣相亲也不是头一次，何至于慌乱呢？可从前的那些和这次有些不一样，从前的那些后生一身簇新的，低着头跟在媒人后面，最调皮的也不过偶尔抬头朝锦绣这边扫一眼，哪敢这样从头到脚打量人呢？锦绣的脸被他看成了一匹红缎子，手脚一时都不知如何放了。好在锦绣娘这时从厨房出来了，端茶让座之后，开始问后生家中人丁生计之话。锦绣这才趁机溜进后屋，和从前一样，从窗隙间偷看外面的后生了。

偷看的结果是锦绣决定嫁了。也不全是因为姚明生长得好，也不全是因为他是城里人，也不全是因为锦绣的年纪大了，嫁不出去。而是这个穿着旧牛仔裤的后生身上有一种东西激怒了锦绣——他似乎不是来相亲的，却像是得闲来串门的，坐在那儿，和隔壁家来的人客有一搭没一搭地扯些家常。他说他在装潢队里做事，刮刮瓷，拼拼地砖，也不是什么了不得的技术活，二三十块钱一天，做一天有一天。家里现在只有两个人，娘，还有他，别看桌上的碗筷不多，可是赚钱的人也少，家里也就指着他一个人赚的那点钱过日子。一个姐姐，叫姚明珍，多年前就出嫁了，过得还不错，可姚明珍那个人，从小就又精明又自私，谁也别想从她身上揩出油腥来。

这些话让窗子后面的锦绣听得好笑，这个后生是怎么回事？别人对家里的困难都总要遮遮掩掩，尽量说些家里的好话，而他呢？唯恐别人不知道他家的家丑一样，为什么呢？看样子他也不是个缺心眼的，那么，他就是轻看她，所以他才带着那种可要可不要的神情。他说话的腔调，他唇边一丝若有若无的笑，似乎在对锦绣说，我家的条件就这样了，你爱嫁不嫁。如果这样，锦绣生意人的脾气还真上来了，你越想卖，我越不买，你不想卖呢？我还偏要买！这是锦绣买卖的习惯，也是她买卖的诀窍，现在锦绣顺手就把它用到了婚姻上，天下的道理不都是相通的吗？既然买卖错不了，婚姻呢，想必也错不了。

但锦绣娘心里是不太同意的，也说不清是为什么，只是觉得有些不踏实，人家是县城人，又长得一表人才，就算家里穷些，可好歹也有份混饭吃的手艺，为什么到三十岁还没讨老婆，又为什么要来找乡下的妹头？凡事都要有个说法才让人安心，像细细的女儿梅花，也是嫁到了县城里，可那是因为男方小时候得过小儿麻痹，一条胳膊不好用；还有蛾子的女儿小凤，去年也嫁给了城里一个干部人家的公子，可那不是小凤长得雪肤花颜如戏里的小旦一样吗？再说，这门亲事又是李拐子做的媒，什么藤结什么瓜，他那样的人，无非不过交些狐朋狗友，能有什么正经人家的子弟呢？这些话夜里和老头说，老头却是骂她的，妹头都二十八了，你这个老乞婆还要说东说西，难道你要让女儿当姑婆才甘心？锦绣娘想想也是，二十八岁的妹头，就像落了黄花落了蒂的丝瓜，还能撑多久呢？这么一转念，也就不作声了。

婚后大半年，锦绣都过得有些晕乎乎轻飘飘的。她从前是个最正经不过的人，从来不和村里那些后生眉来眼去动手动脚，不像村里一些妹头，身上的毛还没长全呢，就爱往后生堆里扎。姐姐绫罗就是这样的妹头，她没嫁人之前，锦绣和她去邻村看过一次电影，可她哪是去看电影哪？一出家门就把外面的罩衫脱了，说是热，热什么呢？九月的夜，凉得很，不就是想露出里面被毛衣箍得铁紧的胸脯来吗，也不好好站在一个地方看电影，而是带着她在人群里钻来钻去，她亲眼看见一个后生伸手在绫罗的胸前摸了一把，绫罗倒也是高声骂的，骂那人是臭流氓，锦绣那时候虽然不知道那就是打情骂俏，可那骂的语气却分明是锦绣不喜欢的，似乎有几分撒娇的意思，几分欢喜的意思。惹换了锦绣，骂什么骂呀？一巴掌过去，打他个脸上开花，或者干脆捡块大石头，当脑门砸过去，看他还敢不要脸不？可哪个后生敢来招惹锦绣呢？后生们贼得很，知道哪些妹头可以调戏，哪些妹头不可以。男女之间的事情，说白了，原都是要风吹草动的，要花香蝶舞的，妹头扭了身子，或者丢了眼风，后生才敢亦步亦趋地近身。不然，吃不着狐狸反惹一身骚，不值当。所以，锦绣虽然二十八岁了，却还真是一朵干干净净清清白白的黄花，没有和哪个后生在草垛后搂过，也没有被哪个后生摸过亲过。别的妹头在十七八岁就经历了的风月，锦绣统统都存在她二十八岁的身子里，然后，不折不扣地足斤足两地都给了姚明生。

好在给姚明生不冤。单论长相，老实说，两个锦绣也配不上一个姚明生。人家眉眼清爽，长腿长身，皮肤呢，也雪白，是个城里人的样子，而锦绣呢，尽管一天到晚守着她的杂货店，不下地干活，没有一般乡下妹头身上的泥土气，可那种没有见过世面的小气呢，那种没有受过多少教育的野蛮呢，却也是明眼人一眼就能瞧出来的。这一点，就是锦绣自己也知道。所以，夜里躺在姚明生的身边，她是骄傲的，是暗喜的。村里和她一般年龄的妹头都急匆匆地早就嫁人了，可谁的老公有姚明生长得好？呸！给姚明生提鞋都不配。她们倒是眠思梦想要嫁个风流的郎君，可结果呢，嫁的却多是田舍郎，而她锦绣呢？从来都是不好色的，却偏找了个小生一样的男人，真是有心栽花花不发，无意插柳柳成荫，世上的事情真是捉弄人哪。村里的妹头媳妇都在嫉妒她，她知道。不说别人，就是姐姐绫罗，替她操办嫁妆时，态度一直也是阴阳怪气的。她还听到过绫罗在后院里对姐夫说，姚明生真是被婚姻遮了眼，不然，怎么会看上我们锦绣呢？这是什么话？看不上我锦绣，难不成就看上你绫罗？可你不是等不及吗？不是二十出头就找了老公吗？锦绣当时就想冲出去和她理论，可碍着姐夫在场，才忍住了没发作。所以，锦绣现在的幸福几乎是两重的，一重是姚明生给的；另一重呢，是李村那些酸不溜秋的女人们给的。只不过这种幸福完全是心理上的，不像前者的幸福那样来得结实。之前的锦绣不知道，原来一男一女在一起可以这般快活的，要说，在电视上在电影里也不是没有看到过男男女女在一起亲嘴和搂抱，甚至有一次还有半光着身子的，可从前看他们那样子就像看院子里的公鸡和母鸡，公狗和母狗，胡乱地在地上扑哧扑哧折腾一气，有什么意思呢？鸡狗是因为吃饱了撑的，没事做，反正有人养着，不用操心那张嘴的，而且它们都是活今天没明天的，所以过一天算一天，自然要寻些没油盐的事做；可人呢，自己要糊自己那张嘴，而且日子又是天长地久的，就没必要那么浪费自己的气力，若省下那力气，去把一亩田耕了，把几垄地的草除了，就算薄收，不总还有些仨瓜两枣的进账？锦绣过日子，算盘子总是拨得啪啪响的。可现在，躺在姚明生的身下，锦绣的算盘子就有些乱了，脑子也有些迷糊了，总觉得自己要飘起来，要飞起来，像气球一样，像蝴蝶一样，锦绣才明白为什么村子里的女人总骂人骨头轻，原来女人的骨头真可以轻到棉花一样。黑暗中的她想喊，想唱，想和破茧而出的蝴蝶一样，漫天飞舞，可其实呢，她什么也做不了，她根本没有唱和舞的经验和本事，而本事这玩意儿，原是要经过学习的，经过训练的，要经风雨，经世面，要在实践中体会揣摩才能掌握的。村子里别的妹头在十七八岁就偷偷摸摸地学会了的本事，但锦绣二十八岁了还不会，可这有什么呢？锦绣压根也不想要这本事！为什么要让别人知道你的心思呢？就像做赢了一单生意——你花买豆腐的钱买到了一块猪肉，或者快要坏了的香肠还卖了个好价钱，那种高兴自然要藏着掖着，不能让别人看破了去，不仅不要露出高兴的样子，还要把嘴撇着，把眉皱着，仿佛你对这单生意没把握，或者让对方以为你觉得自己吃了亏，这单生意才牢靠，才不会最后闹个鸡飞蛋打。所以，现在的锦绣几乎屏声静气，把自己的嘴巴和身子管得紧紧地，不言语，也不动作，任姚明生在上面翻云覆雨，独自辛苦。

但是，锦绣新婚的日子其实是一分为二的，一半是夜里姚明生给的隐秘的快乐，另一半呢，就是婆婆余金枝那张马脸给的不快乐。余金枝不知道为什么，打从锦绣进门，那张马脸就没短过，左眼总是往下斜的，左唇也总是往下耷的，一张好好的长方脸生生地被她拉成了一张驴马脸。最初锦绣以为她是天生的那种面相，就像村里的杨寡妇，笑也是哭，哭也是笑，都一个样儿。但日子一长，锦绣就知道了余金枝那张马脸几乎是专对了家里人的，尤其是专对了她锦绣的，因为有几次锦绣明明看见她和隔壁老太婆站在院门口谈得兴头，一张老脸，笑成了一朵干菊花样，可等锦绣一近身，她们却突然不作声了，而且刚刚还上拉着的脸皮又都挂下来了，完全是一副做生意蚀了本的样子。这不免让锦绣不快，也觉得奇怪，为什么呢？她锦绣自嫁到这个家，从没有得罪过婆婆的，让她做饭她就做饭了，让她洗衣服她就把婆婆的衣服也揽过来洗了，这不是怕城里的婆婆，而是她锦绣在家里做惯了家务，也勤快惯了，不在乎这点活。城里人怎么做媳妇她锦绣还不知道吗？院子里就有一个现成的样，听姚明生说那一对也不过结婚一年多，可那个涂脂抹粉妖精般的媳妇却已经像个母夜叉一样威风，整日里劈劈啪啪地在屋子里摔打盆碗，隔着几重门也能听到她老东西老东西地骂，那个个头矮小的婆婆总是一脸阴沉地在院子里忙，可人家一脸阴沉，不是因为媳妇不好吗？你余金枝为什么呀？

夜里锦绣就问姚明生，姚明生说，你管她摆什么脸？你吃你的饭，你做你的事，管那么多干什么？怎么能不管呢？锦绣说，我是好吃懒做了，还是偷人养汉了，平白无故地要看她脸色？姚明生这下不耐烦了，姚明生现在常常会不耐烦的，他们结婚有半年多了，最初的那新鲜劲头似乎要过去了。不耐烦的姚明生就睡到另一个枕头上去，不动锦绣了。不动就不动，锦绣不是那种管不住自己身子的女人，就算如火烧火燎，就算如蚂蚁上身，锦绣也不会去动姚明生一下，主动去惹男人的女人那是什么女人呢？那是村里三毛的老婆陈水花，外号花观音，她总是自己送上男人门的。三毛打她，她还理直气壮地还嘴说，我图什么呀？我偷你大哥，是图你家圆，我偷你隔壁，是图好借油盐，我偷过路哥哥，也是图两个现钱。这样的说法简直让人笑歪鼻子，结果全村的人把陈水花的话当歌唱，一些不学好的青皮后生遇到三毛就会一唱一和地说，我图什么呀。但锦绣可不是陈水花那样因为管不住自己的身子而被全村人看轻的女人，锦绣是《寒窑记》里的王宝钏，虽粗衣陋质，可还要敝帚自珍。即便当着嬉皮笑脸的薛平贵，也要把衣衫紧系。更别说当着你薛平贵的大脑勺？所以，姚明生这样的做法根本要挟不了李锦绣。

再说，你姚明生不说的事情，保不住别人就不说。院子里对门的那个老太太有一次就把什么都对锦绣说了。那天是个大晴天，婆婆一大早就上女儿家去了，姚明生也去做事了，留下锦绣一个人，在院子里洗被单被套，还有婆婆的夹衣夹裤，五月天了，天气说热就热起来了，这些衣物都要洗了晒了，收起来，好来年用。那个对门的老太太也在一边洗着，洗她儿子媳妇床上的东西，老太太年纪大了，又个子小，那么大的床罩，她拧不动，锦绣看不过去，接过来，三下两下就给她拧干晾到了晒衣绳子上。这个老太太姓陈，锦绣听别人都叫她陈婆，她似乎和余金枝关系不太好，因为两家虽在一个院子里住着，锦绣从没有看见她们互相走动过。余金枝总是和院子里另外一个姓韩的胖老太来往。锦绣从前和这个老太太从来没有搭过什么话的，锦绣本不是个多话的人，又初来乍到，和一个与婆婆分明有过节的老太太，能说什么说呢？但这一次，老太太却想和锦绣说说话了，衣服晾好了之后，又拿把野蕨菜出来，站在锦绣身边，磨蹭着不走。老太太说，还是余金枝有福气呀，要是姚明生娶了沈美琴，她能过现在这么享清福的日子？怕不和我一样，被小贱货作践着。沈美琴是谁呀？锦绣忍不住扭头问。是谁？姚明生的青梅竹马呗。人家可是这榆树巷子里有名的大美人，两人从中学时就好上了，有年头了，都以为他们要结婚的，最后呢，沈美琴却突然嫁给了一个外乡人，那个人说是上海人，其实大家都知道，他是上海那边过来的乡下人，在城北开一家叫"大上海"的馆子店，有钱哪！不过，姚明生也绝，沈美琴还没嫁多久呢，他也娶了你。想当初余金枝还做张做致地反对，嫌你是乡下人，可结果，因祸得福，她余金枝倒因祸得福了。

锦绣一时有些懵了！之前她也拐弯抹角地问过姚明生为什么会看中她。姚明生嬉笑着说她是美女，说她长得像电影《卧虎藏龙》里一个叫章什么的女演员。锦绣心里是不信的，但嘴上什么也不说。后来有一次姚明生真带她去电影院看那个章什么演的电影了，让锦绣吃惊的是，她和那个演员果真是有几分像的，都是薄削脸，薄削唇，还有那种总爱寒着脸的神态。她这种面相，瞎子说过，是薄命相，且命里注定要嫁二夫的。锦绣记得那次娘不但没有给那个瞎子算命钱，还把那个臭瞎子骂了一顿，骂他胡说八道骂他老了嘴里要生蛆而死。那个瞎子可不要生蛆而死吗？人家女演员，总是命好的，不也是这种长相？锦绣本来就是个有心气的妹头，除了长相，她从没认为自己配不上姚明生，看了那场电影之后，心里更是有底了，原来即使长相，自己也是不输姚明生的。可没想到，这个老太太给她的却是另一个说法，尽管她知道这个陈老太太这么说，有些不怀好意，有挑拨是非的意思，可那又怎样呢？这个世上有个沈美琴总是真的，她锦绣是乡下人总是真的。如果这样，她锦绣就是被算计了——姚明生娶李锦绣原来不是因为李锦绣，而是因为沈美琴，她只是一个巴掌，是姚明生在气头上甩向沈美琴的一个大巴掌，她还是一块石头，是姚明生和沈美琴打架时随手在地上捞起的砸向沈美琴的一块大青石。

沈美琴眼冒金星了吗？沈美琴头破血流了吗？锦绣不知道。锦绣只知道这块石头现在又砸到了自己的头上，一下子就把她砸醒了过来。这半年来，她一直是晕的，晕在姚明生那狭小昏暗的房里，快活的时候，她对姚明生甚至是有些感恩的，是他让她知道了枕席之欢，知道了自己身体的好处。她以为姚明生是迷恋她的，所以他们几乎夜夜不空，但天晓得，原来他们黑咕隆咚的房间里还站着个美人沈美琴，所以，他姚明生其实一直是在做戏，所有的这些都是做给边上的沈美琴看的，或者她李锦绣就是沈美琴，反正房间黑，他姚明生一闭眼根本就可以把李锦绣当沈美琴来要的。

这样的结果简直让锦绣哭笑不得。这算什么回事呢？这家人家本来是要拨姜的，却莫明其妙地拨回了蒜，本来是要捋麦的，却因为赌气捋回了黍，这样的拨这样的捋自然有几分勉强，有几分不甘不愿，所以，无论是捣蒜也罢，熬黍也罢，就不免来气，不免心猿意马。可这怨得了蒜怨得了黍吗？人家本来清清白白地待在地里，是你们多事。现在好了，蒜已经被他们捣成了蒜泥，黍已经被他们熬成了黍糊，回不了头了。

锦绣本来是应该伤心的，应该哭一回或者找个由头和婆婆和姚明生吵一架的——村里的女人不都是这样的吗？如果男人因为赌钱彻夜不归，如果男人在外面偷腥，如果自己的小鬼被别家小鬼欺负了，那些没用的女人就可以坐在家门口一把鼻涕一把眼泪地大哭一回，然后再躺到床上饿几顿，而厉害的女人呢，就寻上对家，去生事去撒野，然后再披头散发地回家。但锦绣什么也没做，她不是个娇惯自己放纵自己的女人，自小到大，她就没哭过几回的，再说，眼泪有什么用呀？还不如一泡尿，屙到地里去，还能肥几棵青菜。锦绣也不想撕破了脸和他们吵架，不是锦绣怵，怵什么呢？锦绣和别人吵架还没有输过呢，在村里也罢，在街上也罢，个头大的也罢，个头小的也罢，都是锦绣的手下败将，但锦绣不是那种没事生事的人，不像姐姐绫罗，屁大的事就先跳起来，嗓门扯得破锣似的，可最后呢，总是被别人打得鼻青脸肿，或者被别的女人把脑后的头发扯下一大把来，锦绣之前从来都是不动声色的，等到别人过分了，指手画脚地骂到眼前了，她才瞅准机会动手，她不动手就罢，一动起手来，总是比别人狠的，村里的妹头其实没有几个敢惹她的，背后都叫她青蛇精。所以，锦绣现在不会找茬和他们闹，闹什么？她才结婚半年，不能走来就落下个打公骂婆的坏名声，也不能让对门的老太婆看了笑话去，以为她这个乡下媳妇没脑筋，好挑拨，三言二语，就和自家的婆婆干上了，这不合算，她不能随了那个老太太的心。余金枝的驴马脸自然让人看了来气，可好歹她们是一家人了，是在一个锅里吃饭，一个屋檐下进出的，里是里，外是外，这一点，锦绣分得清清的。

但这不意味着锦绣要忍气吞声，锦绣这样的人，什么时候吃过哑巴亏呢？她是有恩报恩有怨报怨的人，哪怕恩是芝麻大的恩，怨是绣花针尖小的怨，都不能稀里糊涂地过去。一个人活在世上，连个好歹都分不清，那和四只脚的猪狗畜生有什么区别？锦绣先收拾的是姚明生，因为这简单，不用闹多大的动静，天下的女人收拾男人不都是用同一手吗？夜里锦绣就不让姚明生挨自己的身子，他动手，她就把他的手拨拉开，他动脚，她就把自己的身子从他的脚下挪开。这样做其实是要有牺牲精神的，要有鱼死网破同归于尽的决心的，要知道，锦绣自己此刻也是想要的，说不定比姚明生还想要，可想要而又能不要，这才叫有志气。锦绣从小就是有志气的妹头，有一次，娘因为什么事错打了她，她躺到床上去，不吃不喝，娘做了葱油炒饭，搁在桌上，自己躲出去，以为她会和绫罗一样偷偷地起来把那碗葱油炒饭吃掉。葱油炒饭不要命地香，香气一缕一缕地，透过篱笆隔墙，钻进她的鼻子里，她肚子里像有一百条虫子在爬，眼泪鼻涕都被憋出来了，可最后如何呢，她到底还是忍住了，娘也从此下马投降。所以，锦绣是有牺牲的习惯的，也知道牺牲的意义。但姚明生什么也不知道，不知道葱油炒饭，也不知道锦绣已经晓得了沈美琴的事，他只是觉得这个晚上锦绣有些莫明其妙，但他不愿意为此花什么脑筋，不让动就不让动好了，那就睡觉，反正白天干了一天活，累得很，再说，莫说你李锦绣这样的女人，就是当年沈美琴，他姚明生也从没有低声下气摇头摆尾过。

接下来的若干个夜晚都是这样井水不犯河水般过的，头两夜姚明生还会习惯性地试探一下，后来就有些负气，试也不肯试了，也懒得问为什么，姚明生不问，锦绣更不主动说什么，两人一下子疏远了起来——其实也没真正近过的，两人除了身体做了夫妻，其他方面，跟陌生人也没有什么两样。姚明生不知道锦绣到底是什么样的女人，他也不想知道，他只要找个沈美琴以外的女人就可以的，他只知道，沈美琴现在躺在那个上海来的乡下人身下，那么，他的床上就也要有个女人的，不然，他受不了，他会因为满脑子乱七八糟的想法而得神经病的。锦绣呢，也不知道姚明生到底是怎样的男人，她倒是一心一意的，没存什么杂念嫁了他，可她那样的性格，又太沉得住气了。这两人，倘若命运不生什么变故，让两人把床上夫妻一直做下去，天长地久，便也会生出一些情意。多少夫妻不都是这样过来的么？就算从前有过相好的，日复一日，那也渐渐成了隔夜的月光了，没有一丝温热的，抵不得身边热气蒸腾的身子。但这有个禁忌，就是不能提过去，提了就阴魂不散，就沾了阳气，从此成形，成精，就有了勾魂摄魄的法力，提它干什么呢？找个坛子，赶紧把这个不干净的东西封了，再念几道咒语，找个僻静处深埋了，它就死了，再也不能生；而且，你也不能使什么性子，人家是大病之后的身子，要吃药，要料理，要不离左右地侍候一阵，他才会痊愈，不然，你一撒手，他又回去了。人活在世上，不就是图个当眼前的快活吗？你管他从前，你管他今后，都是枉然的。

　　但锦绣就是不要眼前的快活。自己不要，也不让姚明生要。这是锦绣一贯的作风。只是，没有了夜里的快乐做底子，锦绣在这个家过的日子其实是让她有些难以忍受的。余金枝那个老太婆，作得很，一天到晚，什么也不做的，除了买买菜——可买菜算什么活？买斤毛豆衣，不过走过两个巷子的事，那余金枝也要邀上张三叫上李四，然后坐在院子口的弄堂里，剥一上午的。锦绣猜她买菜是一定要买到死的，因为看样子余金枝是喜欢买菜的，是把它当乐子来耍的，不仅如此，买菜还可以掌握经济，像他们这样的小家小户，平日主要的开销还不就是那张嘴？所以，拎菜篮子就像皇帝老儿带玉玺一样，是权力，是身份，算不得受累。姚明生一个月能赚几多钱？交了三四百块伙食费，剩不了几个子，他还要抽烟，还要和朋友打打牌，还有什么给锦绣呢？从前锦绣是不吱声的，尽管这些事情也看在眼里，也觉得有些看不惯，可因为心里高兴，轻易地也就带过去了。从前的白天虽然也是一个人在家，可依然是满盈盈的、沉甸甸的，一边干些手头活，一边想想夜里的事情，上午想想头一个夜，下午想想后一个夜，一天就像抽鸦片一样过去了。可现在呢？头一个夜是空的，后一个夜也是空的，不想倒好，越想人却是越烦的。人一心烦肚燥，看什么就不顺了，从前那些流光水滑的事情，落在现在的眼里，就都生毛毛刺了。可余金枝还不知道呢，依然还在摆她城里婆婆的谱——她一星期要吃两次桂圆炖肉饼汤的，买了里脊肉来，让锦绣剁得细碎，和了藕粉，再剥几颗干桂圆，放在锅里隔水蒸，她说这是治心口痛的药方。余金枝总是有这样那样的药方的，有治心口痛的，有治胃痛的，有治头晕眼花的，稀奇古怪，但药引无非都是鱼肉虾鳖。锦绣想，这老太婆分明是嘴馋，装什么样呢？当了儿子姚明生的面，就做出一副病模样，说话是有气无力的，走路是一步三摇的，那样子，简直是百病缠身，活不了多久了。可锦绣知道她什么病也没有，一餐吃两碗饭的人能有什么毛病？有时半下午还加上一碗弄堂口小店里的馄饨，或者一碗酒酿汤圆。锦绣觉得余金枝真是把自己看得忒金贵了，你也不是电影里的慈禧太后，也不是大观园里的贾老太太，摆什么脸呢？也没有家财万贯，儿子也没有得做高官，不过是个住在破院子里的老寡妇，偏要做出那金枝玉叶的姿态来，不让人见笑？如果只是这些，也还罢了，或许她余金枝从前是有钱人家的小姐媳妇，如今破落了，但花落叶不落，藤倒架不倒，往日的荣华没有了，一些富贵习惯还在。可她哪里是？看见锦绣洗菜时多扯去了两片老菜叶，也要嘀咕几句，看见淘米时掉了几粒米在水池里，也心疼得不行，赶紧地捡起来，那小气样子，比乡下的锦绣娘都不如，还凭什么嫌弃她锦绣是乡下人呢？这些且都不说，还有更寒碜的。一个蜂窝炉煤饼，不过一毛七分钱的事，即使是锦绣娘家，一天也是烧四个的，早饭一个，中饭一个，晚饭一个，再换一个过夜，省得第二天起来重新生火，麻烦。可余金枝呢，却要锦绣每晚把炉子都熄了，第二天再把炉子拎到院子里去生火，这样早晚折腾锦绣的结果，就是为了能省下一个煤来。这让锦绣瞧不起。锦绣觉得，你穷也好，你富也好，总要靠一边，穷有穷的过法，富有富的过法，小姐是小姐的日子，丫头是丫头的日子，都要守本分。不能明明是丫头的命，却去装腔作势地扮小姐，那算什么回事呢？

　　看不过的锦绣不侍候了。锦绣买来了一台补鞋机，放在弄堂外的街口上，补起鞋来了。补鞋这活计看起来有些脏，有些不体面，但其实是门好生意，之前她看过城东的那个老头补鞋，不过抹胶水呀，缝线呀，钉掌呀，都是些手头活，难不到哪里去。而且每件活儿都要收个几块几毛的，遇上手头阔绰的，还不用找零，比卖水果强，卖水果又担心天下雨，又担心水果烂；也比到街上的店里替别人站柜台强，那样赚的钱太少，一个月站下来，不过二三百块钱。而补鞋没有什么担心的，进的鞋钉鞋掌，不会烂，也不用担心没有生意，锦绣看那老头的脚下总是堆满了破鞋的，现在这世道，什么东西不是越来越差？就是人的身体，也常得些奇怪的病痛，所以做这些缝缝补补的生意，就和在医院里做大夫是一样的，还能没钱赚？锦绣看生意，那是不走眼的。不过，赚钱只是锦绣扔石头要砸的其中一只鸟，另一只稍带要砸的鸟呢，则是余金枝。锦绣现在是不做什么家务了，不做饭，也不洗衣，每天要早出晚归，披星戴月。

余金枝的肺都气炸了。这个闷葫芦一样的乡下女人，之前没有和她言语一声，就撂下家务不管了，衣服也不洗了，饭也不做了，灰也不抹了，挑个修鞋担子，屁也不放一个就出门了。开始老太婆以为姚明生一定是知情的，两人夜里躺在一张床上，这么大的事情，能不合计合计？所以她就在姚明生面前哭，哭自己命苦，哭老头死得早，哭儿子媳妇卯起来欺负她。姚明生不理她，皱着眉沉着脸兀自吃他的饭，洗他的脚，完了，没好气地说，家里死人了？你这样哭。

其实，姚明生这样恼怒不单是对余金枝的。这些天，他心情不好，不仅牌桌上不顺，而且还看见了沈美琴那婊子。那天，他从东家屋里刚干完活出来，一身灰扑扑的，满脸满手都是涂料，这时劈面就走来了沈美琴，还有她那个王八老公，一条一米左右宽的弄，想躲都没法躲，他甚至闻见了沈美琴身上的胭脂香，还有她发梢上掠过的那种海飞丝洗发水的味道，还有她腋下那种若有若无的半香半臭的体味。这半年多来，他一直都绕着她走，绕过她娘家门，也绕过她婆家门，有时情愿多走几条巷子，也不想撞见她。可到底还是撞见了，而且还是这么没有余地的几乎是擦身而过的撞，而且还是在这么难堪的情况下——他穿着工作服，灰头灰脸，而他们却红光满面，衣物光鲜，早知道有这样的时候，他躲什么呢？不如就事先打扮体面，在他们常进进出出的地方来回走几遭，若论长相，他姚明生比谁差？还怕和那上海来的土王八单挑。现在倒好，他这样子等于给她上了一课，让沈美琴从此义无反顾的了，没有什么后悔的了，后悔什么？明显的，他的样子也就是她的样子，他的生活也就是她的生活。她一定在想幸好当初没嫁给姚明生，不然，她现在过的也是这种卑贱日子。这种乱七八糟的念头折磨得姚明生神魂颠倒，牌桌上几乎不认得牌了，该吃的时候不吃，该碰的时候不碰，甚至都和牌了，却跑了马，又给别人放一铳，混子，无宝，一把就去了十多块。把在后面看牌的刘勇那小子都急死了，拼命要把他扯下桌来，要替他几把。可姚明生就是不让，他不能从牌桌上下来，他的手上眼里现在总要忙些什么，不然，沈美琴那婊子就会跑出来，在他的面前晃荡。他本来以为他已经忘记她了，可就在那擦身而过的几秒钟的工夫，过去又都铺天盖地地回来了。他自己也不知道自己到底爱不爱沈美琴，有什么爱不爱的，男人和女人，不就是那么回事，之所以忘不了，只是因为从前的快活日子都是和沈美琴一起过的，电影院里，公园里，中学后面的那片樟树林里，那些角角落落的黑暗处，他们都偷偷摸摸地在那里亲热过，这些岂是好忘记的？更别说沈美琴还伤了他，一个没心没肺的男人或许会忘记一个女人从前对他的好，可伤害呢，背叛呢，却是一辈子都忘不了的，说到底，男人最在乎的还是自己。至于锦绣呢，更不要说爱了，她不过是他的戒烟糖，之所以把它含在嘴里，不是因为他爱吃，只是骗骗他的嘴，让他忘记烟的味道，可戒烟糖到底没起什么作用，他的烟瘾还是犯了。所以，姚明生这些天的心思全在沈美琴的身上，根本没有管锦绣的事情。没想到她竟然出去摆摊补鞋了，这是什么意思呢？嫌他没有钱养她？他妈的！女人怎么都这个样子？先是沈美琴嫌他，现在又轮到这个乡下女人了，没有钱怎么啦？没有钱怎么啦？没有钱的男人就不是男人了吗？连出门去摆摊这样的事都可以不和他商量一下。姚明生的心里那个气呀！夜里锦绣一进房门，他什么也懒得问，冲上去就是一个大耳光，锦绣的脸顿时红艳艳的，如开了一朵五瓣的喇叭花。锦绣有些被打晕了，她完全没有想到姚明生会和她来这一手，这是她锦绣的风格，突然的，让人猝不及防。好在锦绣对打架是有经验的，不慌，也不怕，挨打了就挨打了，她不会像别的女人那样去护脸，然后哭几声，骂几句，有什么用？锦绣不这样，锦绣反手猛地朝姚明生的脸上一把抓去，锦绣个子高，又是蓄了指甲的，这一抓，姚明生那张好看的脸更好看了，像白芙蓉花上栖了一只红蝴蝶样。姚明生也没料到，只觉得脸生生地痛，一时真恼恨起锦绣来了，之前他的爱恨，其实本来都和锦绣无关的，他那恶狠狠的一巴掌，与其说是打锦绣，不如说是打沈美琴。可这个女人竟然朝他的脸下手，就算他没有钱，就算他没有一份体面的工作，可那终究是一张男人的脸，是能破的吗？恼恨中的姚明生一脚朝锦绣的下腹踢去，锦绣没站住，一下子跌倒在床头柜边，床头柜上有一个姚明生夜里用来喝茶的蓝花茶杯，锦绣想也没想，一把抓过来，用尽了气力朝姚明生的脑壳砸过去。

锦绣没回娘家。按说她是该回娘家的，夫妻打了场恶架，就如地里收割了一茬庄稼一样，伤了元气，需要一段时间来休养生息，要施施肥，翻翻土，再把烂菜叶子菜梗子统统埋到地里去，好下一季再种东西。村子里的女人都是这样，在婆家和老公打架了，就包裹一卷，回娘家，男人多是熬不过女人的，要不了三五天，总会低着头来丈母娘家接老婆，有理没理的，让丈母娘骂几句，让老婆骂几句，有什么办法呢？娶个老婆，不容易，无论如何，也是不能弄丢的，莫说老婆，就是家里走了头猪走了只鸡，不也要去寻吗？碰上猪和鸡被一些难讲话的人家牵了关了，就算你寻着了，别人不也要反咬你一口，找碴儿数落你几句？那有什么呀，笑嘻嘻地受着就是了，反正猪寻回来了，鸡寻回来了，就是好事，至于口头上当当别人的鳖崽子，不打紧的，乡下男人的处世哲学，和女人倒是没有什么区别的，都是务实的，都是要赢就赢在骨子里的，不在乎让别人讨那点嘴上的便宜。当然也有些性子倔又有别的女人撑腰的男人，不开窍，拧住了不去接老婆，三天过去了，五天过去了，七天八天过去了，女人在娘家也就待不住了，惦着家里的母猪要喂，惦着家里的浑小子和人打架，惦着隔壁的那妖精趁自己不在会和自家那没良心的男客勾搭，还有娘家兄弟媳妇的脸色也一天比一天难看，没有办法，只好收拾包裹趁夜色灰溜溜地回去，这一回，女人的身份从此就低了，因为没有了退路，以后，任男人再打，再骂，娘家是不好回去了。可锦绣一开始就没回娘家的打算，她结婚也不过半年多，就因为夫妻打架回娘家，丢人！再说，又不是姚明生打伤了她，倒是她把姚明生打得头破血流，她回去干什么？难不成还指望姚明生会去李村接她回来？那真是瘌痢头梦里戴桃花，想得美！李锦绣这般伶俐的人，不做那样睁着眼屙屎尿在裤子上的蠢事。

锦绣在这个家里现在成了一个旁人，姚明生不理她，余金枝也不理她，她早上出门也罢，晚上回家也罢，厨房里都是冷锅冷灶，什么吃的也不会给她留下。锦绣倒也不生气，气什么？她不侍候余金枝，人家余金枝自然更不肯侍候她李锦绣。这没什么，她李锦绣也不是三岁小鬼，能让人饿死？只要兜里有钱，哪里不能买到吃的，街上到处都是小吃摊。她早上吃一碗稀饭，或者两个包子，中午吃碗凉拌粉或者汤面，晚上呢，买几个糯米粑回家，一天就打发了，这些钱加起来，也不过三四块，她花个把时辰替人钉几个鞋掌也就回来了。有时她回来的稍微早些，炉里的煤还是红的，余金枝还在灶上用通壶烧着水，她就把壶拿下来，用钢精锅焖上两把米的饭，拌些酱油，就着一些有辣味的腌萝卜或柚子皮，一个人坐在厨房里慢慢吃了。厨房里的灯泡是二十五瓦的，上面还积着一层油垢，有些暗。相比起来，外面的院子似乎是更亮的，因为水池边有盏灯，而且对门那个媳妇房间里的灯也明晃晃的，能照到外面来。那个女人看来是极爱热闹的，隔三岔五的，她家就会有一桌麻将，那些上她家打牌的男男女女都像是吃了火药的，时不时的，就用麻将把桌子敲得噼啪响。不打牌的时候，女人就折腾电视，她家电视的声音也大，吵吵闹闹的，让人半夜不能安生，有时不光是电视的声音，还有那个女人和她男人做那种事的声音，那种声音夹杂在嘈杂的电视声音里，本来是有些含糊的，但余金枝似乎老马识途，每次总能听得出来，因为每到这个时候，余金枝就细声细气地骂开了，骂那个女人是堂子里出身的货，骂那个女人不要脸。余金枝的骂是断断续续的，说书一般的，只是一句比一句脏，让人入不了耳，和隔壁女人咿咿哦哦的声音没什么两样，都让锦绣听得两腮绯红，连耳根子都是烫的。以前和姚明生好的时候，姚明生每次也会被那些声音撩得忍不住，气咻咻地爬上锦绣的身。但自从他们打了架之后，他就再也没有那样过。姚明生现在几乎都是后半夜回家的，那时，院子里的各种声音都肃静了，他一个人，在厨房里，哐当哐当地舀水洗面洗脚，再窸窸窣窣地摸进房来；有时，他喝了酒，就什么也不管，把房门一踹，往床上一倒，死人一样的。

锦绣现在的日子完全颠倒过来了。从前她喜欢夜里，现在倒喜欢起白天了。那些来补鞋的人，多是一些上了年纪的，又空闲，又话多，拿个小竹椅往锦绣面前一坐，就不舍得走了。锦绣对他们，态度总是殷勤尊重的，这是自然，他们是她的生意，是她的衣食父母。尽管这些几毛块把的生意，在别人看来，没什么了不得，可对锦绣而言，那就是一斤半斤白花花的大米，一两二两通明透亮的菜油，都是能活人性命的东西，能不像对佛对仙一样弯腰屈膝揣着敬意？再说，人怕老，钱怕积，赚这个几毛，赚那个几毛，一天下来，算算也有二三十块，一个月呢，竟然不比姚明生赚得少。这让锦绣觉得踏实，本来她在城里是没有根的，有些浮，有些飘，像人疾走在荒郊野外的大风里。可有了这些沉甸甸的钱在腰包里揣着，就有些不同了，那就如船有了舵，如秤有了砣，稳重了，不怕了。锦绣现在甚至有心情听那些老头老太扯闲话，他们什么都知道，见得人的见不得人的，说得的说不得的，他们都不管，哗啦哗啦的，全给抖出来——人一上了年纪，又开始往回活了，活着活着，倒又活成了三岁的小孩，上下都没了把门儿的了。锦绣现在知道了这个城里的许多秘密，比如对面那个金铺的王老板，他是有两个老婆的，大老婆在家里侍候他娘，那个天天坐在柜台后面的年轻女人是他的小老婆，听说那个小老婆跋扈得很，几乎不准王老板和他大老婆同房的，有时，王老板实在想那一头了，就偷偷摸摸地溜回去，三下两下把那事做了，再急匆匆地赶回来，不然，若被小的看出了些蛛丝马迹，就饶不了他。还有街斜角的"花样红"酒店，那个老板娘从前是在广州做小姐的，赚了一大笔钱，回来就开了这个店，其实"花样红"哪里是什么酒店？分明就是个堂子，每天在那儿进出的都是些不要脸的货。锦绣院子里陈婆的媳妇，结婚前就是在那儿做的，即便现在，有时她还会从那个地方进出，想必还在那儿赚零花钱，反正女人一旦做了这行，就舍不下了。上算哪，又不用本钱，又不用力气，只要往那儿一躺，银子就来了。这些乱七八糟的事，要搁在以前，锦绣是不要听的，莫说没时间，就算有，也不想脏污了自己清清白白的耳朵。但现在锦绣不在乎了，她是结过婚的女人，做都做过了，还怕听？再说，她也是为了生意，那些寂寞的老人，有的根本就是为了来这儿说说话才找几只破鞋来补的。他们的话，流水一般，从东街到西街，从南街到北街，几个月下来，锦绣对这个县城也了如指掌了。本来都是些不相干的人，可因为知道了他们的秘密，他们的家事，倒生出几分知根知底的亲了。

要不是后来发生的那些事，锦绣就会把这样的日子往下过的。虽说姚明生还在冷落她，可锦绣有钱撑腰，不怕这样的冷落——她可不是绫罗那样的女人，一天也离不得男人，即使打了架，还哭着闹着往男人的怀里钻。要锦绣成这样子，除非母鸡打鸣，除非公鸡下蛋，除非三伏天，天上能落下大雪来。不就是男人不理自己吗？有什么了不得，把心一横，就当他死了，就当自己是个寡妇好了。村里年纪轻轻就当寡妇的人也不是没有，村东头李树贵的老婆不就是吗？新婚不过三个月，树贵就去浙江做泥工，想赚钱还结婚时欠下的债，可结果呢？人却从六层高的脚手架上掉了下来，树叶一样，说没了就没了。树贵的老婆上哪去找树贵？就是半夜想找，隔着阴阳界，隔着奈何桥，也够不着呀。锦绣现在就当她和姚明生之间阴阳阻隔，他看不见她，她也看不见他，各人过各人的，也好。可谁叫锦绣那天中途回家一趟呢？本来锦绣都是早出晚归的，中间从来不回去，可那天偏偏生意特别好，带出来补鞋的轮胎皮竟然到半下午就用完了。锦绣只好让隔壁卖米糖饼的老头帮她看了摊，自己回家去取轮胎皮。就在她急匆匆抬腿要跨上院子的石门槛的时候，从院子里突然出来了一个女人，两人差一点撞上了。锦绣这时还不知道这个女人就是沈美琴，她以为又是陈婆媳妇那帮狐朋狗友中的一个。所以，锦绣就一点也不客气，站在那儿，等着那个女人给她让路——别看锦绣是乡下人，可她照样瞧不起那些好吃懒做，大白天到处浪荡的城里女人。锦绣不让，那个女人只好侧身往边上避。就在女人侧身的那一下，锦绣闻到了一点点桂花香。这让锦绣觉得奇怪，又不是八月，怎么会有桂花香呢？但锦绣没多想，径直往自己家门前走。那只旧轮胎就放在门口一堆红砖上，她打算割一块轮胎皮就走的。托别人看着鞋摊子，不好耽搁久的，人家有自己的生意要照看，再说，万一有哪个性急的人来补鞋，见没有人，说不定就去找街那头的老头补了。可就在锦绣转身要走的时候，却瞥见自家的门是虚掩的，这不对，余金枝这些天都待在她女儿那儿，她女儿做了阑尾炎手术，她到医院侍候去了；姚明生这个时候也应该不在家，那是谁呢？难道余金枝回来了？可她说了要在那边待上个把星期的，要不然就是家里来了小偷。这么一想陡然让锦绣紧张了起来，她这个月攒的几百块钱还没存呢，都用手巾卷着，藏在箱脚柜的一个角落里。锦绣屏住了气息推门蹑手蹑脚往里走，对于捉小偷，她锦绣可是很有经验的，从前她的杂货店，也来过小偷的。乡下人捉贼，不真捉的，喜欢开门赶贼，夜里听到门口有动静了，就把灯扯亮，或者咳嗽一声，表示屋里的人知道外面来事，请他换个地方。可锦绣却不这样捉贼，她听到外面有人拨门，就悄悄地起来拿个鱼叉，在暗中往门边一蹲，专等小偷进来。倒霉的小偷千辛万苦地才把杂货店的门拨开，才刚把半个身子仄进门，冷不丁的，大腿就挨了一鱼叉。现在锦绣手上也拿着割轮胎的短刀，这是为了壮胆，倒不一定真拿来捅人的，但万一那小偷要钱不要命呢，那就也怨不得她李锦绣狠。屋里倒是没有被翻动过的样子，但自己的房门是半开的，锦绣贴着门槛往里觑，没觑见小偷，却见姚明生半裸子身子躺在床上。这有些不正常，但锦绣这时还没有把姚明生和门口遇到的那女人联系起来，她的心思还全在箱脚柜里的那几百块钱上，她想，好在刚才屋里没有来小偷，万一自己回来之前真的有小偷来过了，那几百块钱肯定就不姓李而改和别人姓了，既然回来了，干脆就取了去银行存了，省心些。姚明生的脸这时是朝里困的，锦绣放轻了手脚，想拿了钱就走。可没想到，她还没把箱脚柜的门打开，那边的姚明生却说话了。他问，怎么回来了？锦绣吓了一跳，以为自己耳惊了。自从上次她把姚明生的头砸破了之后，有几个月，他都没有和她搭过腔，进进出出的，他看见她眼皮也懒得抬一下，就当她是个隐身的女鬼一样。可现在，他却突然和她说话了，而且那语气懒散得很，亲昵得很，仿佛他们刚刚还有过肌肤之亲。锦绣一时就有些感动，眼泪都差点掉了下来，别看锦绣平日面上那是铜盔铁甲刀枪不入，可心里呢，也有像花朵一样柔软的地方。这些日子，她在这个家，无依无靠，孤魂野鬼一般，这样的日子有几苦，也只有锦绣自己知道。有时半夜里醒来，锦绣看着躺在身边的姚明生，甚至都有不管不顾地要去抱住这个男人的冲动，管它要脸不要脸呢？管它下贱不下贱呢？就学一回绫罗，就学一回陈水花，又如何呢？也不会死的，可一个女人真要学另一个女人，说起来容易，做起来难。别以为只是潘金莲做不来王宝钏，其实呢，王宝钏也做不来潘金莲。做好女人难，做坏女人又哪里容易呢？难不成是个女人就可以做潘金莲吗？笑话！那不仅要有如花似玉的身子，还要有翻云覆雨的手段，要能屈能伸，要能丫环能小旦。硬的时候要如刀剑铿锵，软的时候要如流水蜿蜒。但锦绣呢，却是只能伸不能退，只能小旦不能丫环。生就的相，酿就的酱，有什么办法呢？剩下的只有等，只要耐心，有什么会等不到呢？是条鱼儿就有嘴，有嘴的鱼儿就会饿，锦绣不信，它能不咬钩？果不其然，姚明生先开口了。犟赢了的锦绣此刻心头十分欢喜，但她不想让姚明生看出来，所以，依然背对着姚明生冷冷地说，我回来拿点东西。姚明生接下来的反应却有些莫明其妙，他突然转过身来"咦"了一声，那声音不是平调的，而是有些乍，有些陡，似乎大白天碰到鬼一般。锦绣的疑心就是这个时候生起的，他"咦"什么呢？莫非刚才那话不是问她的？那又是问谁呢？女人一生疑，就变成了一条狗，所有的感觉都来了。锦绣一下子就闻到了从床那边飘过来的隐约的桂花香，也一下子意识到刚才在院子门口差点相撞的女人一定是姚明生的相好，姚明生之所以大白天裸着身子躺在床上，肯定是两人刚刚困过觉了。明白过来了的锦绣就如遭了五雷轰顶，身子全散了，足足有四五分钟的时间，她蹲在箱脚柜前一动不动。怎么办呢？按锦绣的脾气，她应该跳将起来，拿那把割轮胎的短刀去和姚明生拼了，不就是不想和自己过了吗？行，就成全你！但这种念头也就是持续了几秒钟，几秒钟之后它就烟消云散了。捉贼拿赃，捉奸拿双，就凭姚明生那声奇怪的"咦"，房间里和那女人身上一点点若有若无的桂花香，就能说他们奸上了？那些玩意儿就像屁一样，当时放过了就放过了，不留下什么的。乡下人捉奸和捉贼可不一样，捉贼是捉贼，一个袋口捉一个袋口放，只要家里没丢什么，就大路朝天，各走一边，姑且放人一马，因为这些贼都是乡下的二流子，说凶恶也凶恶，说仗义也仗义，给他们留条路，也是给自己留条路。但捉奸却是要实在的，在乡下，当王八并不稀奇，也没什么难为情的，难为情的是当睁只眼闭只眼的王八——那样的人也是有的，有些是因为贪利，有些是因为懦弱，总之都是让人看不起的。只要有本事把两个光溜溜的狗男女赌在床上，再嚷起来让别人来看了，就是眼里揉不得沙子，就是有血性。对方要么从此服帖，要么卷包裹走人，铁证如山，翻不了案的。但如果没捉个现形，仅仅凭些捕风捉影就生事的话，那就只是图个嘴上快活，落不下什么好。遇上厉害的主，不依不饶起来，自己反倒被弄得下不了台。村后的艾艾就做过这样的蠢事，老公和人家大白鹅搞上了，半村的人都晓得了，她却不晓得，还和大白鹅姐呀妹呀的来往，一向爱管闲事的三凤看不过，就把这事对艾艾点破了。这下好，性急的艾艾丝毫证据也没捏到，就不管三七二十一地跑到大白鹅门口去叫骂了，大白鹅是能让别的女人在门口胡乱撒野的女人？上前就给了艾艾一个大嘴巴，问，你在你家床上捉到我了？你在你家菜园子里捉到我了？没捉到，就别在这儿嚼蛆。艾艾的嘴巴都给打肿了，可这还没完，大白鹅还要艾艾和三凤放个二百响的鞭炮上门赔礼，因为艾艾在吵嘴时牵扯出了三凤，三凤又哪里亲眼看到过大白鹅和艾艾的老公光着身子在一起呢？既然都没看到，那就是平白地往人身上泼大粪，污人清白，碰上个没用的女人，泼了也就泼了，污了也就污了，可大白鹅这个能用锅铲把婆婆的门牙敲下两颗的女人，肯轻易饶她们？没有法子，两个蠢女人只好灰溜溜地提了鞭炮去大白鹅家门口放。受了羞辱的两个女人下决心非要捉奸来雪耻，大白鹅却鬼得很，金盆洗手了，再也不沾艾艾老公的边。可怜两个女人整日里眼睛瞪得和牛眼一样，也没有了反败为胜的机会。但锦绣不是艾艾，她是个稳当人，没有十分十的把握，是不会出手的。再说，这样的事情急什么呢？有了一，自然就会有二，有了二，自然会再有三。只要不动声色，不怕没有瓮中捉鳖的机会。所以，当下里锦绣竟一声没吱，没事儿一般地，站起来转身走了。

姚明生那天也吓了一跳，他没想到那个时候锦绣竟然会回来。他和沈美琴是一个月前又好上的，是沈美琴找的他。那天他在城南一户人家刷涂料，一起做事的小王刚好那个下午有事，只是他一个人在那儿干活。沈美琴就来了，也不知她向谁打听的。来了也不说话，只是倚着门用两只水汪汪的眼睛看他。看就看呗，姚明生不理她，只顾刷自己的墙。这样过了大概半个钟头，姚明生的一面墙刷好了，正要开始刷第二面墙。沈美琴突然扑了过来，从背后一把抱住了他。姚明生陡然就火了，这个女人，当别人是抹布吗？想用就拎起来直接用，不用就扔了。我呸！他猛一转身两手用力一推，沈美琴一下子被摔倒在地上，地还是毛坯水泥地，又糙又硬，地上还散扔着乱七八糟的各种边角料，所以沈美琴这一跤，轻不了。可谁叫她自己找上门来呢？活该！姚明生不心疼，她是人家的老婆，要心疼也是那个上海土王八心疼，轮不着他，所以姚明生依然只是刷他的涂料。但沈美琴此时，不怕疼也不怕死，在地上也就是躺了半分钟工夫，又爬起来软软地贴在了姚明生的背上。姚明生这下子没推她，因为这一次他感觉到沈美琴有哀求的意思，不像前面那样凶狠，完全是霸王硬上弓，志在必得似的。而且这一次他感觉到了她的两个木瓜一样的肥实的奶子——前面那一次太激烈了，也太快了，他什么也没来得及感觉，就把沈美琴推了出去。这一次却不同，一切都慢了下来，她的脸埋在他的颈脖子里，一左一右地来回蹭着，像极力讨好主人的可怜的猫儿狗儿一样，她的木瓜一般的奶摩挲着他的背。姚明生受不了了，背简直像着了火一样。他把手中的活什一丢，转身一把抓住了沈美琴的奶，沈美琴忍不住叫唤了起来，姚明生也忍不住叫唤了起来。已经好几个月了，姚明生过的都是没有荤腥的素淡日子，他的身子简直都荒了，荒得角角落落里都长满了虫子长满了草。即使和李锦绣打架之前，他的性生活也是有些将就的，是聊胜于无的性质，也可以说是望梅止渴的性质。锦绣的身子那是和沈美琴没办法比的，那是到了八九月里都还没有长熟的李子，看起来让人扫兴不说，吃起来还涩口。但更让姚明生不喜欢的是锦绣对那事的态度。姚明生是过来人，知道女人在那事面前的反应，沈美琴是株风情万种的桃树，手一碰，一朵又一朵的桃花就灿烂开了，而锦绣呢，那一刻是铁树，任你风也罢，雨也罢，她都岿然不动的。这让姚明生很沮丧，就像平日里有十分酒量的人却总是只能喝二分酒一样，不过瘾。所以，打从沈美琴一进这个门，他就知道结果的。他之所以把沈美琴推倒在地上，一半是为了志气，一半是做做样子，杀杀沈美琴的威风，他算定了沈美琴不会轻易走的，沈美琴也是不达目的不罢休的女人，她既然进了这个门，就是要再拿下姚明生。她为什么又要拿下他呢？是她后悔撇下他了？是那个又矮又瘦的男人不能满足她了？姚明生不想管那么多。从她用她的身子慢慢摩挲他背的那一刻，他的旧病就复发了，他男人的志气也不翼而飞。两个人拼命似的，就在人家还没有装修好的房子里做了起来。窗户是开的，没有窗帘，对面的人家只要有人站在窗前，就看得见；门也是没有反锁的，房东随时有可能会进来看看施工进度，可姚明生不管这些，看见了就看见了，他是什么也不怕的，他只管用力地冲撞着身下的沈美琴，一点也不怜惜的，只图自己快活的，他看见了沈美琴腰下有根毛糙的木条子，还有个他用坏了的刷子，可他不愿腾出手替她抽出来，任它们硌着她。她看起来似乎也没觉得疼的，半闭着眼，嘴里哼哼叽叽的，像一只正在吃着美味饲料的母猪一样。这个婊子，为了钱嫁别人，现在又为了快活回头来找他，她倒是两头都不误的。不过也好，也给了他报仇雪恨的一个机会，这一次他一定也要抛弃她的，只不过不是现在，现在他还有些身不由己，身心正好是一对矛盾——尽管心里恨她，想让她滚得远远的，可身子呢，却还想要她——想得要命，但他相信总有一天他会厌了的，到时再踹了她，也不晚。至于是哪一天，他现在也说不定，总之要走在沈美琴的前头。

两个再次接上了头的男女现在是真疯了。他们差不多每隔一天就要偷一次情的。不，说偷情其实不确切，应该说偷欢的。两个人现在还有什么情呢？一见面，总是做得多说的少，有什么好说的呢？不能说山盟海誓，也不能说柴米油盐，不能说过去，也不能说未来。他们现在是以做代说的，姚明生恨，所以他的动作就分外地狠，完全由着自己的性子来，放马过去，不收缰的；沈美琴内疚，所以就自轻自贱，有时干脆就把自己当作母狗了，叫她趴就趴，叫她立就立，有时自己还主动摇头摆尾地弄些新花样。他们现在真是彻底自由了，成了天上飞的鸟，成了河里游的鱼，两人都放开了手脚，每次都是大干一场的样子。大碗喝酒，大块吃肉，水泊梁山，落草为寇。他们是今朝有酒今朝醉的，过一天算一天的，不用为天长地久的日子作打算。这样一来，他们反倒吃了上顿念下顿，没个完。他们平时总是在晚上八点钟左右的时候约会的，那时姚明生和朋友的牌局还没开始，而沈美琴的那个上海老公还在他店里张罗，没空顾上她，她偷偷地溜出来个把小时，一点问题也没有。姚明生有房东家的钥匙，每次他先去，坐在黑暗中等她，他们是不能开灯的，房子还在装修阶段，夜里应该是没有人的，灯一亮，别说房东会起疑心，就是自己的同事万一瞅见了也要上来看看怎么回事的。所以，沈美琴也只能摸着黑前来。有时为了省事，她里面就只穿件睡衣，再在外面罩件风衣就来了。南方三月天，其实还是寒气重的，沈美琴就那样穿着薄如蝉翼的丝绸睡衣躺在冰凉的水泥地上，姚明生本来可以给她铺几张报纸的，可他不铺，他现在就是要糟蹋她，作践她。那天要来榆树巷家里做也是姚明生的主意，沈美琴开始时是不肯的，那样做太危险，院子里人多嘴杂，一不留神，说不定就传到了老公的耳里，那可不是什么好戏的。那个上海佬，别看他平日里笑嘻嘻的，真发起脾气来，沈美琴也是有几分怕的。和姚明生在一起是快活，可她要的快活是锦上添花的快活，而不是非此即彼你死我活的快活，她不想因为这有今天没明天的快活而丢了她现在锦衣玉食披金戴银的好日子。但姚明生现在却是和她唱反调的，她愈不想，他就愈想，谁叫她是个背叛者呢？背叛者的下场都是这样的。所以姚明生把脸一寒，说，谁会发现呢？我老娘去了姚明珍那儿，李锦绣在街口补鞋，院子里那些人，大中午的，不都还在睡午觉吗？谁有工夫来管你的闲事，吃饱了撑的。沈美琴一下子动心了，她本来就是个容易动摇的女人，加之又急着想讨姚明生的欢心，也就答应了。还有，沈美琴心里其实也是想的，要在另一个女人的床上和人家老公做那种事情，这事还没做，光是想想，就是刺激的。那种事情，表面看来是生理的事情，其实呢，还是意念作祟的。要说那个上海佬，这方面也是不差的，虽说天天在店里忙前忙后，可也总要忙里偷闲，一星期和沈美琴做上一两次的——他也是生意人，费不少钱娶个如花似玉的妻子，哪能不用呢？不用，那可不就亏了？但沈美琴却不乐意，开始时还有个新鲜，后来就觉得索然无味了，她原是偷偷摸摸做惯了的，一下子光明正大地合情合理地躺在自己的床上做，倒不习惯了，倒打不起精神了。沈美琴也觉着自己是被养坏了胚了，就像父母家门口的那株桃树，一开始枝丫就是斜着长的，开始时大家没留意，等时间一长，再也正不过来了。所以姚明生的建议虽然不厚道，可其实呢，也正挠到了沈美琴的痒处，于是她也半推半就地去了一次。去时心里还存着侥幸，觉得不会有人发现的，她和姚明生也不是第一回了，虽然每一次都心惊胆战，可哪一回不是安然无恙？但常走夜路真遇到了鬼，没想到，李锦绣那天竟然回来了！在院门口撞上李锦绣的那一刻，她简直被吓得魂飞魄散，多悬呀！要不是几分钟前她接了个要紧的电话，她一定还一丝不挂地躺在人家的床上，那将会怎样呢？沈美琴不知道。看李锦绣那样子，似乎不是个善茬子。好在她运气好，已经到了院门口，也好在李锦绣不认得她，她才得以化险为夷，死里逃生。

李锦绣开始捉奸了。她是干净人，容不得这等龌龊的事，再说，这事儿也不公平，她这边辛辛苦苦地吃着斋，守着寡，他那边呢，却早就破了戒，七荤八素，大鱼大肉了。那还有什么意思呢？本来锦绣要的是鱼死网破偃旗息鼓，可现在，她的网倒是破了，可那条鱼却还欢蹦乱跳的，又游到了别的水里；她这面鼓倒是消停了，可他的旗却不倒，依然在那儿迎风飒飒。闹了半天，姚明生既没饿着，也没干着，一直忍饥挨饿的原来只有锦绣自个儿。如果这样，锦绣的守还有什么出头之日？恼羞成怒的锦绣恨不得立时立刻把这对狗男女捉了。可捉奸这事说起来容易，真做起来，其实还是有一定难度的。首先她不认得那个女人，尽管她凭着女人的本能猜想就是沈美琴——女人在这方面都是天赋异秉的，城里的女人也罢，乡下的女人也罢，有文化的也罢，没文化的也罢，一到这个时候，没了区别，统统成了手握扫帚的巫婆，扫帚是下了咒语的，就像指南针一样，总有着自己固定的方向。但猜总归是猜，没什么用的，能凭这个闹上沈美琴的门？能凭这个让姚明生低头服罪？不能呀，关键还得有证据。所以，锦绣现在要做的第一件事就是要想心思和沈美琴见一面，看看她是不是那天锦绣在院门口相撞的那个女人。可没等李锦绣费心思呢，机会就来了。不过就是第三天，院子里的陈婆拿了两只鞋到锦绣这儿来补，恰好沈美琴也在对面的金铺，锦绣其实没留意到——她正低着头给鞋纳着线呢，陈婆不经意间瞅见了，忍不住说，锦绣，你看对面那个穿绿衣的女人。哦，锦绣嘴里答应着，并没有抬起头来。锦绣是个做事认真的人，不喜欢一边干活一边东张西望。但接下来陈婆的一句话着实让锦绣吓了一跳，手一抖，钻子差一点没把手指钻一个窟窿。陈婆说，那个女人就是沈美琴呀。锦绣赶紧抬起头，果然，对面的女人就是那天她在院门遇到的那个女人。虽然那天锦绣没有正眼看沈美琴，可就是斜眼的工夫，也看了个大概——偏高的个儿，偏白的皮肤，眼睛是大的，胸脯也是大的。说良心话，是个美人儿。但锦绣却不喜欢女人这样的长相，因为不是个正经样子，天生就是个风流胚，摆明了要勾搭男人的，滴溜溜的眼睛，胀鼓鼓的胸，全身上下那都是勾。这样的女人总要生事的——能不生事吗，你手里攒着一大把钱，去招摇过市，或者弄一株结满了果子的树长在路边，还能太平无事？被人抢被人摘那不是迟早的事吗？锦绣此刻在心里把牙咬得咯咯响，恨不得冲上前去快意恩仇，和那个女人做个了断。但锦绣不是李村的艾艾，不会做那种自己上门找屎吃的蠢事——平白地去说人家偷了你老公，哪个女人能答应呢？所以锦绣依然不动声色地坐在那儿补鞋。君子报仇，十年不晚，急什么呢？是鸭就改不了嘎嘎，是猪就改不了哼哼，只要自己不打草惊蛇，还怕没有掐住它七寸的机会？陈婆说，这个女人的命好呢，不然她就嫁给了你家姚明生，嫁了姚明生还能这么惬？还能整日打扮得花枝一般地逛金店？不定就和你一样，坐在这儿补鞋呢。那是啊，锦绣说，女人的命前半截由父母，后半截由老公，都不由自主的。可是，那由老公的好命是能长久的？如果半路上老公死了，或者老公喜新厌旧，又姘上了别的女人，或者因为女人作出了祸，那好日子不也到头了吗？但这后半句话锦绣没有说出口，要给沈美琴换命只是锦绣在心里打的毒辣算盘，成不成的，她也没把握，谁知道那个上海佬会不会为了一顶戴绿帽子而休妻呢？假如他舍不得休的话，那沈美琴就要继续过她的富贵日子。但就算上海佬能容她胡来，她李锦绣是不容的，真要给她捉住了，她一定饶不了她。不说让她伤筋动骨，不说让她全身皮开肉绽，但粉面开花是一定的，天旋地转是一定的。锦绣要用巴掌给这个女人上一课，偷人前不要眼里只看到男人，还要看到那个男人背后的女人。她李锦绣的老公也是好偷的吗？

　　接下来的一些日子锦绣白天都会回一趟家。时间是不定的，有时是上午，有时是下午，有时早上刚出门，不到半个小时，她又突然杀个回马枪，但每一次她都无功而返，别说逮着光身子的姚明生和沈美琴，就是姚明生的影子，她也一次没碰上。她这种不寻常的举动让余金枝起了疑心，不知道李锦绣中间回来到底是为什么，难道是回来吃东西？余金枝白天一个人在家是会弄些好吃的。余金枝顿时紧张起来，一看见李锦绣回来，赶紧就到厨房去，守着不走。但看李锦绣的样子，又不像。她总是急匆匆地往房间里走，不到两分钟又出来，难道她房间里藏了什么东西？她要趁姚明生不在时偷出去拿回她娘家，那是什么呢？余金枝在儿子房间里仔细地左看右看，也没看出什么名堂来。这就怪了。余金枝就去问儿子姚明生，姚明生自然知道锦绣在做什么，但他什么也不说，从鼻子里哼出一声，算是回答了老娘的过问。

　　这样过了十余天，李锦绣一无所获。她想这对狗男女一定转移了地方。转移到了哪儿呢？转移到了沈美琴家？这是可能的，那个上海佬整天守在店里，忙得昏天黑地的，哪顾得了自家后院里红杏出墙的事。可沈美琴住在哪儿呢？锦绣不知道。锦绣决定跟踪姚明生。这事儿十分难，弄堂是窄的，没有树，也没摆什么摊，若姚明生回头，她连个藏身的地儿也没有；早上街道的行人也少，稀稀拉拉的，掩护不了锦绣。但事儿再难，能难倒一个决心捉奸的女人？她不远不近地身手敏捷地跟着姚明生，从榆树弄跟到豆腐弄，从东街跟到西街，一直跟到了姚明生做事的那户人家楼下，锦绣之所以知道那是姚明生做事的地方，不仅因为那是一栋新楼，而且她看到了刘勇，刘勇正往嘴里塞着包子朝姚明生这儿跑呢。锦绣是认识刘勇的，他来她家喝过酒。那一次她做了盘鲇鱼炒腌菜，一盘螺蛳，还有一大钵地衣鸡汤。刘勇大口大口地吃喝，狼吞虎咽，马不停蹄。坐在一边的余金枝的脸越拉越长，他也不管，依然满头大汗地吃着。最后余金枝看不过，干脆扭身出了门。之后好几天余金枝还心疼还念叨这事，说，没见过这种人，在别人家，吃成那个样子，前辈子没吃过东西怎么的？想到这事，锦绣觉得好笑，简直都忘记了她眼前的尴尬事。姚明生和刘勇有说有笑地进了楼，但锦绣还不想走，她决定守株待兔，既然千辛万苦地跟到了这儿，她不能就这样不了了之，她一定要看个究竟，看看姚明生和沈美琴到底是怎样碰头的。她又细心又耐烦地躲在外面守了一天，从早上守到了晚上，期间姚明生出来过一次，锦绣看到他往远处走，紧张得要命，以为他要去沈美琴家了，可他只是到小卖部买了包烟，又上去了；刘勇也出来过一次，他中午下来买了两盒炒米粉。再后来两人就是一起出来的，想必是收工了。两人在楼下就分了手，刘勇往城西走，姚明生往城东走。城东是回家的路，锦绣觉得奇怪，难道姚明生就回家不成？才五六点钟的样子，怎么可能？果然，姚明生折身进了王胖子饭馆。锦绣此时也十分饿了，她除了半上午时吃了两个芝麻发糕，到现在几乎什么还没吃呢，她估计姚明生这顿饭的时间省不了，说不定还会喝瓶啤酒什么的，所以锦绣也在对面的馆子店要了个盒饭。馆子店的生意不太好，有些冷清，锦绣一个人脸朝外地坐在一张长条桌上吃着盒饭，吃着吃着，眼泪就落下来了，想着也就是一年多前，自己还在家里做着荣花娇女，饭桌上有爹娘有兄弟，大家七嘴八舌，有说有笑，可现在，却独自坐在一个陌生的店里吃盒饭，女人的命真是奇怪呀，像虫子一样，会蜕变的，前一半是一个样子，后一半又是一个样子。对面的那个男人是她的老公，可那个离她远远的男人真是她老公吗？他们真的曾有过枕席之欢吗？锦绣觉得有些恍若隔世。恍惚间她记起了从前那个算命瞎子的话，瞎子说过她锦绣命里是要嫁二夫的，莫非那瞎子真是金口玉言，算定了她和姚明生是过不到头的？难怪他们结婚都一年多了，而她的肚子还没有动静，原来老天还有另一层意思。如果这样，那还不如趁早呢。锦绣离婚的念头就是这样突然生起的。这样的念头一生起，锦绣想摁都摁不回去，眼前立刻是雨过天晴柳暗花明——这半年多来她的日子多阴霾呀，又暗又沉，简直把她压抑得喘不过气来，虽然她是要强的，死命地扛着，对谁也不说半句——她不是绫罗，事大事小都跑回娘家哭一场。她原以为扛过一阵就会好的，可没想到，沈美琴又出来了，那什么时候是个头呢？她心里苦哇，苦得像苦瓜，苦得像黄连，苦得她来生也不想要了。既然来生都不想要了，那今生还图什么呀？锦绣原是个能杀伐决断的人，一旦下了决心，就无意回头了——命里注定过不到头的夫妻，还思前想后干什么？还拖泥带水干什么？但离婚归离婚，奸也还是要捉的，她不能就这样便宜了沈美琴，也不能就这样便宜了姚明生，借斗米还斗米，借斗粟还斗粟，道理是这样的，她锦绣是个凡事要清清楚楚的人，容不得这样不明不白的事。

姚明生从王胖子饭馆出来的时候，天都擦黑了。锦绣本来以为吃饱喝足了的他现在一定会去沈美琴家，这个时候对他们来说也还是好时候，馆子店的生意正忙，那个上海佬肯定还在店里守着，他们想做什么事来不及呢？可这次锦绣又估计错了，姚明生竟然又杀回了他白天做工夫的那栋楼。他要做什么呢？难道要加班？可他上去了那么久，灯也没亮，摸着黑怎么做事呢？难道他想偷装潢材料？可上去这么久了，他也没下来。锦绣在楼下左想右想，百思不得其解。可就在这时，一个女人突然从一个巷子里朝这边走了过来，锦绣吓了一跳，赶紧躲到一堆废木料后面去。因为天黑，锦绣看不清那个女人的脸，可那女人一扭一扭的身段，还是让锦绣一下子就认出来了那就是沈美琴。锦绣一下子明白了怎么回事。原来这对不要脸的男女把捣弄的地方换到了这里，难怪她每回都扑空了。谁能想到呢？在别人家崭新的房子里做这种龌龊事，真是伤天害理呀。沈美琴熟门熟路地进了那栋楼，锦绣强压住心中的愤怒，才没有马上跟进去，她必须等，等到那对狗男女赤溜溜一丝不挂后再进去不迟。她在那堆废木料里挑了根不大不小的木棱子，是想用来打沈美琴的，她那身细细白白的肉，这糙木棱子打下去，还不得疼死她。可谁叫她偷别人男人呢？活该！可万一姚明生过来护她呢，怎么办？那情况说不定就反过来了。男人在这个时候，大多数可都是护�400头的，有的还会心狠手辣地朝自己老婆下毒手。隔壁村子里整日里给人家阉鸡阉猪的吴兽医，就是这样的男人。他姘上了妇女主任马如花，两人白天没有机会，只好夜里偷偷地去菜园子里做，没曾想，吴兽医的老婆竟也单枪匹马地尾随了去。结果呢，被那对黑心的男女给弄死了，就埋在马如花家的丝瓜架下。要不是她家的黄狗那个雨天多事，吃饱了撑的跑到菜园子里用爪子把吴兽医老婆白生生的半拉手刨了出来，这事儿除了天知地知他们知还有谁知呢？这么一想，锦绣的汗毛顿时根根竖起，觉得全身上下都寒飕飕的。楼里那么黑，她一个人摸进去，鬼晓得会发生什么事呢？真要被谋害了，那她不就成了第二个吴兽医老婆吗？说不定连吴兽医老婆都不如，人家好歹一条命拼了两条命，怎么说，不亏！锦绣这么念想后有几分怕了，怕了的锦绣在地上又蹲了半个小时后决定回娘家。罢！罢！罢！留得青山在，不怕没柴烧。老娘今夜且饶了你们，但你们躲得了初一，还躲得了十五吗？你们就等着！锦绣当夜就这样咬牙切齿地回了李村。

再回来时已是两天后的黄昏。锦绣，绫罗，姐夫，三个人，杀气腾腾地守在那栋楼的边上。按锦绣的脾气，这事她原是不想告诉绫罗的，又不是什么有脸的事，说什么说？可她现在不是需要帮手吗？也就顾不了那么多，再说，她反正决定了要离婚的，瞒得了今天也瞒不过明天。姐夫手上拎了个黑布袋，袋子里有麻绳，有手电筒，还有把张小泉的剪刀，是绫罗放进去的。锦绣问，你放剪刀干什么？干什么？绫罗睁圆了眼说，剪那婊子的头发呀，把她剪成个光溜溜的尼姑，看她还怎么勾引别人的男人。绫罗的情绪有些激动，和不动声色的锦绣比起来，她显得更愤怒，因而也更像个当事人。她不停地来回走动着，每隔几分钟就会不安地问，怎么还不来呢？怎么还不来呢？这对狗男女该不会嗅着了什么今夜里不来了吧？可被情欲席卷了的男女除了能嗅出对方的气息还能嗅着什么呢？倒霉的他们到底还是一前一后地来了。来了就好，来了可就不容易脱身了。三个人，结成了一张网，齐刷刷地罩向那两个已经合二为一的男女。姐夫的麻绳三下二下就把姚明生捆结实了，不是姚明生不中用，而是那一刻他的力气全在下半身，手是绵的，头是昏的，对这突如其来的变故，完全反应不过来。沈美琴呢？也被这几个天兵天将打懵了！绫罗用手电筒在她头上狠狠地敲了两下，锦绣的木棱子也是劈头盖脸地朝她打来。叫你偷人，叫你偷人，两个女人一边骂着，一边下着狠手。沈美琴满地界爬着，一面躲着打，一面想去摸刚刚被姚明生脱下的裙子。可裙子现在不晓得去了哪里，想必被姚明生扔到了阳台。她又朝阳台爬去，可绫罗以为她想跑，扯住她的头发一把又把她扯了回来。锦绣说，姐夫，过来把这个女人也捆起来，一起送到大上海饭馆去。对，把这个骚货也捆起来，让我来把她的头发剪了。绫罗把手电筒塞给锦绣，从黑布袋里掏出了剪刀。沈美琴吓得半死，剪头发也罢，送她到饭馆去也罢，都是要她命的事。这怎么行呢，她哭着喊，干什么？干什么？求求你们，求求你们。求我们？现在晓得求我们，晚了！绫罗依然要去抓沈美琴的头发。姚明生虽然被绑着，可他倒还是镇定的。说，绫罗，别这样，你们有什么气，冲我来，弄她干什么。姚明生说这话表面是帮沈美琴，其实呢，是害了她，他本来也不想帮沈美琴的，早知今日，何必当初呢，如果她当初嫁的是他，怎么会有今天？所以，他是袖手旁观的，他是幸灾乐祸的，甚至是有几分挑拨离间的。果然，绫罗更恼火了，冷笑着说，喊，这时候了，还在护这条母狗。更加凶狠地去抓沈美琴。沈美琴双手护着自己的头发，死命地往左右躲闪着，锦绣的手电筒也跟着沈美琴的脑袋来回地晃。别剪，别剪，我给你们钱，我给你们一万块钱吧。情急之下的沈美琴突然想到了这个绝招。绫罗的剪刀停在了空中，问，多少？一万，一万，要不一万五？锦绣感觉姐夫的喘气声突然粗了，可不？一万五，一万五得让他在地里掏弄多长时间呀，二年？三年？有时市场上的菜贱起来，没个边，一板车的萝卜只能卖两块钱。一直吵闹的绫罗那边也突然没有了声音，黑暗中锦绣看不见她脸上的表情，但锦绣知道她一定张开了嘴——她就是这样，一有什么意外的事，她的嘴就张得像白鱼的嘴，好半天不会收拢。锦绣知道姐姐姐夫都在看着她，等她拿主意。这毕竟是她的事，他们就是再想也不好做主的。可这个女人多可恨，放着自己荣华富贵的日子不好好过，偏要做这偷鸡摸狗的事，作出事来了，就想用钱来了结。我呸！你当你是嫖娼呢。意气中的锦绣真想缚了这个一丝不挂的女人去大上海饭馆，那样的话，那个上海佬还有脸要这个婊子吗？只能把她休了。可那一万五呢？也就打了水漂了。说不定还不止一万五，看沈美琴那架势，似乎二万三万也是肯拿的。想到这，锦绣又有些软了下来，没办法，她锦绣是个生意人，怎能拗得过钱呢？她沈美琴不也是为了钱才嫁那个上海佬的吗？但即便这样想了，锦绣也不愿去和沈美琴讨价还价，这太那个了，不仅尴尬，而且不甘，锦绣有些做不来。结果呢，反而提高了声音要姐夫去捆沈美琴。她这一招完全是欲纵还擒，是虚张声势。但沈美琴没看出来，别看她是个城里女人，真要和锦绣斗起法来，未必是锦绣的对手。两万，我给你们两万。没了办法的沈美琴只好继续抓住这根救命稻草——反正她是不能去饭馆的，让她就这样去饭馆，她还不如一头撞死拉倒呢。绫罗这时开口说话了，她到底是锦绣的姊妹，知道锦绣的意思。我做主了，绫罗说，三万，三万就饶了你，不然，咱们就游完半条街后，再去你那王八老公的馆子店。一边的姚明生听绫罗开了价，却急了——他不是替沈美琴心疼钱，那是那个上海乡下人的钱，被糟蹋完了才好，他心疼什么？他只是不愿意事情是这个样子了结的，他不要风平浪静，他不要无声无息，他愿意和沈美琴一起被缚到北城去。惊天动地的，倾城而出的，他丑什么？又不是他的老婆被偷了，是他偷了别人的老婆！他正好借刀杀人呢，他正要一箭双雕呢，既给自己从前平反昭雪了，又让那个乡下人的脑袋从此要低到胯下去，解恨哪！可这样的好事竟然就要流产了，那怎么行？他赶紧劝沈美琴，慷慨激昂地说，你怕什么？上有天下有地，哪一日没有男女做这档子事儿呢，哪个人没见过男女身上那东西？就去你老公那儿，也就是那么大的事儿，羞不死人的。可对沈美琴而言，这哪里只是羞不羞的事儿呢？这是她锦绣江山保不保的大事。沈美琴不理他，兀自对绫罗说，就依你，就依你好了，三万。可三万不是个小数目，即便有钱人家里也不能放这么多现金。怎么办呢？没办法，只好有多少拿多少，剩下的打欠条。锦绣让姐夫在这里守着姚明生，她和绫罗随沈美琴去了她家里——她料她是作不了怪的，这个风流的女人除了会在男人身下哼哼叽叽外，没别的本事。沈美琴的家里现金只有一万一，剩下的一万九，锦绣让沈美琴写了张欠条。除了欠条外，还有一张交代书，交代她和姚明生通奸的时间、地点等。锦绣和绫罗都是正儿八经的小学毕业生，看明白这点东西，那是一点问题也没有。

只是一个月后，李锦绣和姚明生就离婚了。两个人都是能狠下心肠的人，又没有孩子的纠葛，又没有情意的纠葛，所以离起婚来倒是十分撒脱，没有一点儿藕断丝连。锦绣的嫁妆全让弟弟李根香用三轮车给拖回来了。两床大红花被褥，一个樟木大衣柜，一张水曲柳方桌，还有一个骆驼牌落地扇，都还是崭新的，几乎和去时一样。只是坐在三轮车上的锦绣略有些老相了，虽说做了一年多城里人，可其实呢，有半年多是待在街口上的，日晒风吹，和在乡下种田的妇人家也差不多。重回娘家的锦绣现在住后厢房，因为她原来的房间现在被李根香占了。这是自然的，根香是这个家唯一的儿子，又说了亲，自然需要一间正房。但家里只有东西两间正房，爹娘住了东面的一间，李根香住了西面的一间，哪还有锦绣住的？没奈何，只能住后厢房。后厢房其实算不得房，算过道，因为东边的人要到西边来，西边的人要到东边来，都要打这儿过。原来李根香住这儿，倒没觉得有什么不方便，他是男的，平日里又住校，即便周末回家了，人也多在外面晃荡。但锦绣就不同了，要抹个澡，要换个衣物，都要避人。厢房没有门，家里又没有卫生间，没办法，锦绣只好扯了块厚厚的蓝花布，在床前围个帘儿，算是遮挡。家里的杂货铺也没锦绣什么事了，根香没考上大学，就由他管了——这小子在学校别的本事没学到，倒是学会了轻视和憎恨土地，因此无论如何也不肯做面朝黄土背朝天的农民。母亲说，小满，要不你就歇两天，等哪天歇烦了，再说。跟你爹爹去地里也罢，帮我在家张罗家务也罢，随你。

但锦绣有自己的打算。村口上有条大马路，一头通向县城，一头通向韩家渡口，那是做生意的风水宝地，方圆几十里的乡下人，不论要去县城，还是要去渡口，都要打这条路上过。路口上有几株老槐树，树下原是一片供路人歇脚用的空地。可村里的九麻子把那里利用上了，在那里开了个纸烟铺，裁缝叶秀秀是个玲珑人，也眼疾手快地在他边上开了个裁缝铺。余下的边角地就只有巴掌大小了，别人再想插手，有些难。但锦绣的补鞋机摆过去却正合适，九麻子喜欢，叶秀秀喜欢。九麻子就怕再来个卖纸烟的，叶秀秀就怕再来个卖布做衣服的，现在锦绣只是个补鞋的，生意不纠葛，皆大欢喜。九麻子是个有意思的人，因为喜欢麻将，别人都叫他九饼。他做生意不是顶上心的，只要麻将搭子一来，他就赶紧把那张折叠小方桌提出来，说，摸一圈，摸一圈。有时别人捉弄他，突然喊一句，九饼，九饼，哑巴来了。哑巴是九麻子的老婆，厉害得很，只要看见九麻子打麻将，不管青红皂白，上前就是一个大巴掌。九麻子赤溜一下就蹲到了地上，泥鳅一样。可老半天，也没听见哑巴哇啦哇啦的声音，倒是那几个坏东西，在那儿挤眉弄眼，吃吃地偷笑，他这才明白上了当。下次再有人喊，九麻子就不理了，依然纹丝不动地打他的麻将。但有时偏偏又是真的，九麻子脸上就会挨上重重的一掌。哑巴是个老实人，不惜力的，一个巴掌抡过去，九麻子的脸上就开了一朵鸡冠花，红艳艳的，煞是好看。但九麻子是从不还手的，他心疼哑巴，怕一拳打过去，把白天给他做饭晚上陪他睡觉的哑巴打坏了。偶尔叶秀秀也使坏的，看到九麻子打牌得意忘形了，开始哼小调了，冷不丁地朝路那边喊一句，哑巴，你给九饼送什么好吃的来了？九麻子又被吓得魂飞魄散。锦绣经常被这群人逗得笑岔了气，她从前是个略有些严肃的人，什么事又爱较真，所以别人都离她远远的，没有谁敢和她开玩笑，现在才晓得，一群人在一起打打闹闹，原来也是很有意思的。

　　要不是根香的老婆芙蓉厉害，锦绣是不会急着再嫁的。锦绣是八月离婚的，在家才待了不过五个多月，根香就结婚了。弟媳是外人，比不得自己的爹娘兄弟，进进出出的，总把锦绣当根刺。先是巴结锦绣，她从多嘴多舌的根香那里知道了锦绣有三万块钱——其实只剩下两万了，借了五千给绫罗盖房子；又借了五千给娘办根香的婚事，她就开始算计那钱了，没事老姐姐姐姐地叫。姐姐，你尝尝这个。姐姐，你把那两件衣服拿过来，我给你一起洗了吧。锦绣有些不习惯这样的殷勤，虽说是弟媳，其实还是个陌生人，突然就这样没铺垫地好了起来，让人不自在，让人难为情。莫说是和初来乍到的芙蓉，即便是和朝夕相处了一二十年的绫罗，也不是这样好法的。清淡经长久，细水慢慢流。锦绣是个稳重人，喜欢不远不近的关系。芙蓉的嘴像涂了蜜，每次她一开口，锦绣都觉得自己身上黏糊糊的，有毛毛虫在爬。而且，芙蓉的好，是只对了锦绣一个人的，对其他人，态度却是有些目中无人的，这让锦绣生疑，也让锦绣起了戒备之心。果然，这样好了不到两个月，根香有一天晚上就期期艾艾地向锦绣开口了，要借钱，五千块，说芙蓉想买个大冰柜，好卖冰棒，卖冰啤酒。锦绣觉得奇怪，问，芙蓉那儿不是还有一万多我们家里给的彩礼钱吗？根香说，哪还有哇？早借给她哥哥做生意了。锦绣不高兴了，把脸一沉，说，哦，自己的钱借给别人做生意，又来向我借钱做生意，哪有这样做事的？再说，我的钱哪好动呢？都是存了五年定期的。芙蓉的脸第二天就不好看了，鸡走到身边也要踢一脚，猪走到身边也要踢一脚，骂道，这些瘟神，到处窜什么？养你们是要赚钱的，不赚钱只吃闲食不成？锦绣的娘一下子摸不着头脑，不晓得她的猪和鸡怎么得罪这个女人了，锦绣却明白她在指桑骂槐，但她只在边上听着，不接嘴——她不是怕芙蓉，她锦绣长这么大，还没怕过谁呢？只是觉得离了婚没奈何住娘家，再和弟媳打起来，没意思。

　　锦绣这种忍让的态度让芙蓉愈加地嚣张。原来锦绣中午的饭都是根香送的，从村口到村尾锦绣家，也有大半里路，走起来费工夫不说，还耽误生意；锦绣家的中饭又不定时，有时早，有时晚，锦绣也不好掐时间回来。再说，根香骑自行车送一下也方便，来回几分钟的事。但芙蓉不让了，芙蓉说，又不是叫花子，天天在路边吃饭干什么。回来吃呗，还能吃上热的，还能喝上汤。根香看看娘，又看看老婆，不敢送了，锦绣娘只好自己送饭。但锦绣如何忍心呢？再过两年，娘就六十了，又要和爹去地里，又要侍候一家人和畜生的吃喝，再让她每天给自己送饭，怎么行呢？锦绣就只好每天中午回来。回来锦绣其实也吃不上好的，回来晚了，桌上自然只剩下些汤汤水水，——娘第一天倒是给锦绣单留了一些菜的，可芙蓉硬是把它从橱子里又端了出来，说，咦，这里还藏了一碗好菜呢，娘便不作声了；锦绣回来即便不晚，也没有用——芙蓉在饭桌上，是极没有吃相的，一双筷子就只拣了那好菜挟。有肉挟肉，有鱼挟鱼，秋风扫落叶一般，无所顾忌。锦绣知道她是摆出那个少奶奶的架势给自己看，但她闭了眼，任她去。锦绣现在不但不理芙蓉了，就是根香，她也懒得看一眼——看他干什么？这个窝囊废，书都读到背上去了，读到床上去了，只晓得怕老婆。可理不理的这也不由她，她不理他们，他们却还是要找她的，找她要钱。只不过他们现在学滑头了，化整为零地来要，今天进烟进酒缺一百，找她借，明天进油盐酱醋缺二百，找她借。虽说是借，其实哪有还的时候？都是肉包子打狗，有去无回的。锦绣想，这个家看来真是住不下去了。

74　绫　罗
　　　　阿袁中短篇小说选

三冬家就是这个时候来提亲的。之前其实也有两个，一个是下坡村一家卖豆腐的。那人老婆在卖豆腐时和人跑了，丢下一双儿女。家里经济是殷实的，人也长得魁梧，年龄呢，也相当。那男人到李村来看过锦绣之后，十分满意。差媒人天天往锦绣家跑，腿都跑细了，可锦绣硬是不答应，也不为别的，只是嫌他有两个孩子；另一个是隔壁桃村的老光棍，四十岁了，是桃村小学的看门人，那人倒是无牵无挂的，只身一人，可锦绣更嫌他。不仅嫌他岁数大，还嫌他看人时那色迷迷的眼光，那样的男人，别说嫁，连想一想都是恶心的——刚离婚时的锦绣，心气还是高的。不知道结二茬婚，就如进十月的果园，不由自己挑的。那些溜光水滑的果子早被人摘了，剩下的都是些长了虫眼的歪瓜裂枣。但三冬来的时候却正合适。当媒人说出是本村的三冬时，锦绣吓了一跳，怎么可能呢？他虽说也是离过婚的，虽说还有一个三岁的儿子，可他才二十四岁，比她要小五六岁，看上去还是一个青皮后生。她和他怎么配呢？她做他的姐姐差不多。但媒人说，大几岁有什么关系呢，三冬家不嫌弃，大几岁的才稳重，三冬娘就想要一个稳重些的儿媳。这倒是老实话，三冬的前妻就是因为年轻，不懂事，说了些不知轻重的话，才落得婆家不容的。那个女的叫小青，锦绣是知道的，长得好看，嘴也伶俐，说起话来，十指拨算盘珠子一样，哗啦哗啦的，让人接不上嘴。结婚才一年，又生了儿子阿宝，一家人自然都是疼她的。她就有些骄傲了，有些翘尾巴了，有些不知好歹和天高地厚了。先是好吃懒做，家里的花生也好，冻米糖也好，只要是能吃的，都搁不住，全家似乎只有她一个人是长了嘴的，这且罢了，更过分的，是她还偷阿宝的奶粉吃——乡下人家，有几家舍得给小人吃奶粉呢，断奶后不过吃些米糊吃些稀饭对付着长大。可三冬家条件不是好些吗？一个孙子也看得重，所以就给买奶粉了。只是奶粉很不经吃，一包奶粉，十几块钱，几天就完了，三冬娘心疼，也觉得奇怪，一个才一岁来的孩子，怎么那么能吃呢？而且奶粉吃了那么多，孙子怎么也不见胖？三冬娘多留了个心，一留心才发现，奶粉原来都是被儿媳偷吃了，难怪孙子的脸还是一条扁豆而她的脸成了满月样。这还得了，气极了的三冬娘不管不顾了，当着许多人的面劈头盖脸地说了儿媳一顿。这惹恼了小青，但这事儿她理短，说不上话。可梁子却是结下了，之后就总寻衅生事。一家人在一起过要找个由头生事还不容易吗？扫帚倒了是个事，菜咸了淡了也是个事，没个完。三冬娘本来也不是盏省油的灯，无奈小青的嘴实在太厉害了，因此每每落了下风。三冬爹看不过去，就站出来护老婆，这不护还好，一护却护出事来了。小青丢下婆婆不骂，转身开始骂公公了。你这个老屌头，老畜生，每次偷看我胸脯你以为我不知道吗？偷看我大腿以为我不知道吗？只要我衣服一撩开，你的眼珠子就不动了。当我不晓得？其实我一清二楚，不过让你看几眼，反正你看得见，够不着，馋死你这个老东西！天哪！这话能说吗？这话一说出口，一家人还怎么做一家人哪？三冬爹的眼睛从此没处搁了，三冬爹的脸从此也没处搁了，莫说三冬爹，就是三冬娘，别人看她的眼神打那以后也是不对头的，有些暧昧，又有些幸灾乐祸，总之让人不清爽。这样的媳妇只能休了，三冬娘下了决心，三冬爹也下了决心，三冬本来有些舍不得——正是身强体壮的年龄，哪能舍下花朵一样的老婆？但他是个懦弱的人，一向由父母安排惯了的。小青也逞强，又还年轻，当下不晓得留恋孩子，两人的婚说离就离了。他们家的事全村人都是知道的，锦绣娘怎么也没想到他家会相中了锦绣——三冬是独子，年轻，人又老实本分，家里的经济也好，两父子除了田地种得好，还在城里棉纺厂扛棉包挣现钱。房屋又宽敞，东西两大间，有前院有后院，前院种了月季花栀子花，后院种了桃树李树。这样的人家要再找个条件相当的人做儿媳，按说不难，怎么会相中锦绣呢？看来他们真是一朝被蛇咬，十年怕井绳。锦绣娘的心思活动了。但锦绣还是有些忐忑，不是她没看上三冬，而是觉得这事儿有些荒唐，有些好笑，她和三冬，除了都是二婚的之外，除了一个是母的一个是公的之外，再没一样是相配的，完全是风马牛不相及，怎么做夫妻呢？还有小青和三冬的那个儿子，也是果子上的一个虫眼。但锦绣顾不得了，锦绣现在真是很想嫁人——芙蓉那张脸，她是一天都不想看了，后厢房那间又昏暗又逼仄的房，她是一天也不想住了。管他呢，反正是要再嫁的，不如就嫁三冬！世上的事，谁说得清？说不定没一样相配的人，却正好样样相配，就像红配绿，就像青配白，本不相干的颜色，最后却成了绝配。

三冬和姚明生是不同的。尽管两个男人对锦绣都有些冷淡，但姚明生的冷淡，是居高临下的冷淡，是漫不经心的，不把锦绣放在眼里的冷淡；

而三冬呢，却是有些拘谨的，客气的，有些敬而远之的。他眼里倒是有锦绣的，只是这种有还不如姚明生的没有，因为他总是要有意绕开锦绣的。锦绣又不是飞蛾一样的女人，又不是青藤一样的女人，何况年龄还大他一截，哪还有觍着脸去就他的意思？因能愈加地端庄自重。他离她一尺远，她就离他二尺远，他离她一丈远，她就离他二丈远。

可再远也还是一张床上的夫妻。再婚后不到半年，锦绣就怀了孕。锦绣的孕相不好，只要闻到一丝荤腥，就翻肠倒肚地吐，一天到晚只是靠吃些桃李梅子喝些稀饭度日，几个月下来，人黄成了九月的菜叶——而且还是长了虫眼的菜叶，因为脸上又布满了褐色的蝴蝶斑，一块一块的，人就愈发地显得老相。和三冬走在一起，就很有些老妻少夫的意思。芙蓉远远地看了，撇着嘴对根香说，你这个姐姐，真有福气，老牛吃嫩草耶。锦绣娘听见了，不吱声，只装作没听见。不然又怎样呢？对芙蓉这样的女人，她这个做婆婆的真是没奈何的，她翻手为云，覆手为雨，要用你，就不计前嫌，低声下气；可一转身，就变了脸。你硬也硬不过她，你软也软不过她。和这样的人吵，落什么好？那些难听的话，她一箩筐一箩筐地往外倒，不气死你不算。再说，这件事，就连锦绣娘自己，毕竟也有几分心虚，看人家三冬那样子，还像刚从地里拔出的青萝卜，连着叶，带着泥，而女儿锦绣呢，则像是晒了几个日头丢了水分的萝卜干，皮色又黄，又干巴。锦绣娘现在就求菩萨保佑锦绣赶紧生个儿子，女人生了儿子，才算安营扎寨，才算平了天下。

可世上的事情多是不如人意的。第二年五月栀子花香满院落和屋子的时候，锦绣却生下了一个女儿。女儿是端阳节那天生的，所以就取名端阳。端阳长相随了锦绣，细长脸，单眼皮，性子呢，也随了锦绣，安静，不爱哭闹。锦绣娘有些讪讪地——在乡下就是这样，一荣俱荣，一损俱损，要是女儿一到婆家头胎就生个儿子，娘家人脸上也沾光的，要婆家去喝酒走路就咚咚的，也可以说几句骄傲的话；要是生个妹头呢，娘家人就成了挨墙脚走的猫，有些灰溜溜的。但三冬家其实是无所谓的，他们家反正已有了个孙子，再添个孙女，也好。可那是他们的意思，对锦绣来说，这怎么能一样呢？小青的儿子是小青的儿子，和锦绣如何都是不相关的。她锦绣怎么能借了别人的屁股来做自己的脸面呢？

锦绣做不出那样的事。锦绣打小就是这样的脾气，别人的东西再好，那是别人的，锦绣正眼也不瞧它一眼；自己的东西再不好，那也是自己的，也得百般珍惜。一块破手绢，她用香皂洗了，方方正正地折好，压在自己的枕头底下，最后呢，破手绢比绫罗那皱巴巴的新手绢看上去还体面。态度是决定身份的，锦绣知道。所以锦绣带端阳，那是十二分的仔细。决不让她饿着了，也不让她凉着了，身上总是干干净净的，要扑爽身粉，要洒花露水，金枝玉叶般的。有时三冬娘刚喂完猪食，又要过来抱端阳，锦绣就不让；阿宝偶尔也会走到摇箩边，想用他的脏手摸摸端阳妹妹，锦绣也赶紧把他弄走，仿佛他是个麻风病人一样。三冬娘看见了，便有些不高兴，她是邋遢惯了的，觉得锦绣这个样子简直是拿腔作势，再说，阿宝是他家的香火，是他家的根基，这是在百姓家，若生在皇家，阿宝就是太子，哪能容锦绣这等轻慢呢？真要论起来，妹头端阳算什么？可她锦绣偏要拿粒鱼眼睛当珍珠，拿只野鸡当凤凰，她这个做婆婆哪能由她？于是她不客气地说，妹头家贱，好养活的，马虎些就是了。

　　这话伤了锦绣。没生儿子的乡下女人骨子里总是自卑的，即便是锦绣这样傲慢的女人也不例外。欢笑其实是强颜欢笑，清高其实是假作清高。都是桌边上的瓷碗，一碰就哗啦啦碎了的。有些女人碎了就碎了，认命，从此破碗破摔，把怨气不分青红皂白地一股脑地都撒在自己的妹头身上——和公婆拌嘴了，也是打妹头；丈夫有二心了，也是打妹头，妯娌生儿子了，也是打妹头，不打她打谁呢？要不是她腿贱，跑得快，说不定自己也是个生儿子的命。但锦绣不这样，冤有头，债有主，平白地乱来干什么？锦绣从不把怨气撒在端阳身上，而是任了它，让它在暗处生根发芽。不然，又如何呢？别人骂了你一句，你骂回去，别人打了你一巴掌，你打回去。可现在和别人无关，是自己生了个妹头，你要打谁的巴掌？没道理。锦绣的这种怨气没有出路。

　　没有出路的东西都是危险的，三冬娘并不知道她那句话已种下了祸根。她是个快言快语的人，从前的儿媳小青也是个快言快语的人，都是一言不合，就大动干戈的，你来一刀，我还一刀，你来一箭，我还一箭，都在明处。所以，她看锦绣没有接嘴，以为事情就过去了，照样前后左右地张罗。但锦绣却不让她插手了——她要去抱摇箩里的端阳，锦绣连忙先抱了；她要捎带着把端阳的尿布洗了，锦绣也说，先放那儿吧，回头我自己洗。三冬娘隐隐地觉得有些不对头，锦绣似乎有意要和她分清白了，不让她碰端阳，她自己也不招阿宝了——之前她对阿宝还好的，替阿宝洗澡，替阿宝剪指甲，偶尔还会牵了阿宝的手去杂货店买根棒棒糖什么的，可现在，阿宝一近身，她就避开了。为什么呢？只为那天她的那句话？但看锦绣的脸，风平浪静的，也实在看不出什么名堂。

满腹狐疑的三冬娘就去试探三冬。三冬是个孝子，从小到大都喜欢和爹娘磨磨矶矶在一起的。别家的后生爱在外面游荡，总是不到半夜鸡叫不归家的。可三冬从不出去瞎混，白天就随爹去地里或棉纺厂，早晚呢，就待在家。娘做饭了，他就在灶间生火；娘喂猪喂鸡，他就蹲在边上看猪鸡争食，一边和爹娘扯些村里的家里的闲话。从前的小青最看不惯三冬这样子，一是因为她喜欢把三冬吊在她自己的裤带上，二是担心婆婆背了她会教唆丈夫，所以，只要他们一拢身，她就在房里开始三冬三冬地大叫。三冬娘恼了，咬着牙狠狠地说，又在发贱呢，又在发贱呢。但现在锦绣是从不叫的，他蹲在他爹身边也好，他蹲在他娘身边也好，她都随他去。不但不叫，而且还有意避开他们，他们在厨房，她就待在堂屋，他们在后院，她就到前院。所以现在三冬娘想和三冬说些私心话，容易。三冬娘问，三冬，锦绣为什么不高兴了呢？你惹她了？三冬吓了一跳，心下想，不会吧？这么快就东窗事发了？几天前，小青刚来棉纺厂找过他，他当时正在厂门口的水龙头下喝自来水，一抬头，竟看见小青从大门外伸进头来朝他招手。他赶紧偷偷地溜出去，一出门，小青就拉了他的手朝远处走。小青的眼圈红红的，她说她想三冬，也想儿子，想得要命。她现在的老公是个生意人，有两个钱，可一喝起酒来就成了畜生，死命地打她，有时还去发廊和小姐勾勾搭搭。她后悔同意离婚，后悔得肠子都青了。三冬一时不知如何是好，但他也是心疼小青的，他们曾经是少年夫妻，是恩恩爱爱过来的。尽管后来小青和公婆闹得水火不容，在他们面前小青也骂他，也啐他，可一关上房门呢，小青又是另一个样子的，挑他，逗他，很风流的。三冬本来以为女人都是那个样子的，可娶了锦绣才知道，根本不是那么回事。女人原来可以像花朵，也可以像木头。所以三冬其实也是很想念花朵小青的。两个想念中的人四目相对，望梅止渴。小青到底忍不住，软软地说，三冬，我们去看录像吧。三冬也是很想去的，可怎么去呢？爹爹还在那边等他去扛棉包呢。小青说，你个猪头，你就不会扯个谎，说你拉肚子？三冬因为爱喝生水，常常拉肚子的。果然，三冬爹一点也没怀疑。两个人坐在黑咕隆咚的录像厅里看录像，小青胆大，不停地在三冬身上摸来摸去，摸得三冬又想喝自来水了。但录像厅里那么多人，他们能干什么呢？只是过了把干瘾，还是意犹未尽。没办法，两人只得又约了下次见面的时间和地方。难道这事就被锦绣知道了？不能哪！锦绣在家里，他们在城里，她也没长千里眼，她也没长顺风耳，如何知道呢？可老话也说了，要想人不知，除非己莫为，你夜里躲在被窝里剥个卵，别人都能晓得，何况大白天还和小青在街上走呢？或许真有人打眼了。怎么办？三冬在肚皮里打着官司，最后决定不去和小青见面了。不管怎样，他和小青已经离婚了，再偷偷摸摸地在一起，让人捉住了，不划算，也在锦绣那儿交不了差，三冬其实是有几分怕锦绣的。

但小青不怕。耐不住的小青竟然跑到李村来了。她没有直接去找三冬，而是躲进了村边上的白梨家。白梨是木生的老婆，也是个排场的风流女人，和小青是朋友。白梨抱着女儿摇摇摆摆地进了三冬家的院子，阿宝，阿宝，白梨一边叫着阿宝的名字，一边朝蹲在台阶上的三冬使眼色。三冬木讷，竟然没会过意来，看白梨频频地朝他乜眼睛，还以为她在卖弄风情，一时倒红了脸。但这些都没有落在锦绣眼里——她一向是不喜欢白梨这个女人的，所以还没和白梨敷衍上两句话，就抱起端阳去了后院。这下正好，白梨赶紧附着三冬的耳朵说，小青来了，在我屋里呢。三冬吓得魂飞魄散，好半天回不过神来。白梨急了，抬脚在三冬的屁股上踹了一下，三冬这才起身朝外走。婶子，婶子，我带阿宝去戏了。白梨朝屋里喊了几句之后，一手牵了女儿，一手牵了阿宝，也跟着三冬出了院门。

这事儿锦绣第二天就知道了，是叶秀秀告诉她的。叶秀秀的表姐夫在城里开了家布店，想邀叶秀秀合伙。叶秀秀就想把她现在的裁缝铺的地盘让给锦绣——锦绣补鞋的机子一直就存放在叶秀秀的铺子里，那块遮阳避雨的绷布也一直没收起来。所以，叶秀秀盘店第一个就想到锦绣。朋友一场，我也不多要，叶秀秀说，当初做这个铺子时材料和工钱用了一千多块，你就给一千。锦绣也没多话，一口就应承了下来。两人接下来扯些关于九麻子的闲话。叶秀秀说，说到九麻子，有一件事，我不知道当不当告诉你？什么事呢？锦绣问。九麻子说，昨天摸黑时看见小青从白梨家出来。锦绣的心里咯噔一下，但她极力稳住了脸上的颜色，慢慢地说，这件事我倒是晓得的，她只是过来看看阿宝。叶秀秀说，那就好，那就好，我只是怕小青想吃回头草，害你吃亏。

锦绣又一次身陷绝境。头一次在姚明生家还好些，有娘家做退路，现在呢，根香娶了芙蓉，这条路算是彻底断了；公婆也指靠不上，他们虽然表面上和小青断了恩义，可心呢，却还在阿宝身上，在阿宝身上就等于在小青身上，他们之间就是叶黄枝青，就是藕断丝连，和她锦绣就有了嫌隙，就分了彼此；至于三冬，虽说夜里也同床共眠，虽说面上也相敬如宾，其实呢，和前夫姚明生没什么两样，都和她隔得山高水远。前一次隔着沈美琴，这一次隔着姜小青。这算怎么回事呢？当初你们如果恩爱，就莫分手，就莫离婚，就学那交欢的公狗母狗们，任那些青皮小子们用石头砸，用树枝戳，拼了性命也要做到底，那倒也是好汉。可既然各自西东了，又何必鬼鬼祟祟地回头偷嘴？别人嘴里的东西，再好吃，不也沾了别人的口水？人活一张脸，树活一张皮，没脸没皮了，还活什么？锦绣打心里瞧不上这些不要脸的男女。

但这次锦绣先要收拾的不是姜小青，也不是李三冬，而是木生的老婆白梨。说到底，姜小青和李三冬，总归有阿宝，总归有旧情，可她白梨，凭什么呢？明明知道三冬现在是她锦绣的老公，竟然还去学那戏里的王婆，做那拉皮条的事。难道当她李锦绣是武大郎，好欺负？呸！不给她点颜色看看，还当她李锦绣是唐僧，吃素的。但如何收拾白梨呢？最好是等下一次到她家捉奸，到时铁证如山，容不得她红口白牙的抵赖。可锦绣怎么好意思再捉奸呢？前一次捉姚明生和沈美琴，因为芙蓉的多舌，村里已经有些风言风语了，再捉，那些人的嘴里怕飞不出一群乌鸦来？或者借个别的由头，修理她一顿，可白梨和她，素不相干，能找出什么碴来呢？要么干脆些，就这样杀上门去，什么也不说，劈面抽她几个嘴巴，让她以后少管些闲事。她白梨自然瞎子吃馄饨，心中有数。可她的老公木生呢，那可是个二愣子，不好惹的。无凭无据地跑到他家打他的老婆，他能肯？怕打不下锦绣的几颗门牙。怎么办呢？桃树下的锦绣左思右想，一时也没想出个好法子来。

阿宝就是在这个时候从锦绣的眼皮底下跑出院门的。这是伏天的大中午，是乡下小孩最容易出事的时候。锦绣本能地想开口把阿宝叫住，可不知为什么，光是张了张嘴，没发出声音——阿宝的脸长的实在太像小青了。院子里这时没有一个人，三冬父子去了棉纺厂，三冬娘正在西厢房的竹床上睡得昏天黑地。树上的蝉声不歇，像五月大河里的水，一波一波，此起彼伏。锦绣的心扑扑地跳，有汗从唇上细细地渗出，但手脚却冰凉了。也就是迟疑了几分钟的工夫，锦绣放下手里的蒲扇，一把抱起摇箩里的端阳，闪身进了自己的东厢房。

这时，西厢房的三冬娘正在做梦，梦见阿宝坐在一朵硕大无比的花上，呜呜地对她哭。她打了一个寒噤，醒了过来。转身去摸身边的阿宝，却摸了个空。三冬娘的心一下子就悬了起来，赶紧爬起来去寻阿宝。屋里没有人，前院和后院都没有人。三冬娘撒腿就往桂子塘跑——那塘就在村边上，是口有些邪的塘。塘里开满了蓝色的花，有红色的蜻蜓在绿叶蓝花间盘旋。村里人都说那红蜻蜓是水鬼变的，专门变成那好看的样子来引诱小孩，好找个替死鬼，能让它再投胎做人。村里的大人都不让小孩靠近那塘，可腿长在小孩身上，哪禁得住？偏偏挑了没人的时候往那儿跑。因而，那塘每年都要都要淹死一两个小孩的。惊慌中的三冬娘跌跌撞撞地沿着塘边跑，叫一声阿宝，又叫一声菩萨，叫一声阿宝，又叫一声菩萨。但菩萨这个中午看来也打瞌睡了，阿宝的一只红色的小拖鞋竟然孤零零地躺在塘边的一块青石下。三冬娘的两条腿立时绵软了，叫声陡然间变得撕心裂肺。

从城里赶回来的三冬爹疯了，像打一条狗一样追着打三冬娘。三冬娘一边躲闪，一边呼天喊地地叫骂隔壁富贵家的女人——那个女人和三冬娘是冤家对头，她孙子去年就是在桂子塘溺死的。三冬娘认为一定是这个老巫婆托梦给了她孙子，让他来勾走了阿宝的魂，不然，大中午的，她阿宝在竹床上睡得好好的，一个人跑到桂子塘去干什么？但富贵家的女人说，这干我家什么事呢？你真要怨，也得先怨你自家人。怨我自家人？你打屁呢。三冬娘骂道。我打屁？你去问问你家锦绣是不是我打屁，富贵家的女人说了半句，又吞了半句。

但那天中午发生的事三冬家后来还是知道了。富贵家的当时站在楼梯上晒茄子，把一切都看得清清的。三冬也好，三冬爹三冬娘也好，谁也没有开口责骂锦绣——骂又有什么用呢？就是骂破了嘴也不能让他们的阿宝起死回生，再说，这种恨是骨子里的恨，远不是言语所能化解的。但恨依然是要表达的，也依然借的是语言这种形式。只是他们是反其道而用之，是以不言语为刀剑的。锦绣抱着端阳，在屋子里进也罢，出也罢，他们都当她隐身人一样。锦绣呢，也从不主动搭讪的，兀自板了脸，做自己的事。

村口上的铺子是李拐子帮锦绣收拾的。李拐子虽然拐了一条腿，却是个能干人，不光会剃头，泥工瓦工也会来一手的。李拐子把西面的一堵墙拆了，往外移了几尺地，再砌上。这样一来，原来逼仄的裁缝铺子就有些像模像样了。锦绣在里面放了一张椅子床，又在床边放了一张方桌，一个蜂窝煤炉子，以及其他一些过日子的零碎东西，带着端阳住了进去。端阳一岁多了，已经会摇摇摆摆地走路，锦绣怕她趁自己补鞋的工夫，走到车来车往的大路上去，就在她的腰间系了根布条，拴在铺子的门框上。布条不长，因此端阳就走不远，最多走到九麻子的纸烟摊前。有时九麻子闲了，就会拿个小零嘴逗逗端阳，若正巧被哑巴赶上瞅见了，哑巴就会哇啦哇啦地大叫。

锦绣头也不抬，只扯扯手边的布条，小小的端阳就撇撇嘴，一扭一扭地往回走。

姹紫嫣红

一

顾嫣红逃学的事，是隔壁沈娘娘发现的。

沈娘娘那天和同事小苏到西门去办事，事情办完了，时间还早，小苏就缠着沈娘娘要逛街。沈娘娘以前从不逛西门的，西门在辛夷街是有些邪的地方，差不多算是红灯区，不到五百米的地方，有十几家洗头店，十几家足疗馆，还有十几家服装店。那些服装店，据说都是些退休的二奶们开的，二奶们当年都是狐狸精，如今人老珠黄，做不了狐狸了，不想坐吃山空，于是赁间小店，卖衣裳了。卖的也不是什么正经衣裳，都是些颜色鲜艳薄如蝉翼的背心吊带裙之类的东西，基本属于风月女子的行头，良家女子是不好意思买的——也买不起，巴掌大的一个布头，一开口都是几百几百的。所以沈娘娘一开始就不想答应小苏，沈娘娘说，我还要去"李记"买泡椒凤爪呢，我家老周早上就叮嘱了的。但小苏不依不饶，小苏说，回头我陪你去行不行？我们就逛一小时，不，半小时，之后就去"李记"买你的泡椒凤爪。小苏的话软到这个份上，沈娘娘便不好再拒绝了。再说，她心里其实也是有几分好奇的，也想看看那些传说中的二奶，以及二奶们卖的妖里妖气的玩意儿，只是向来以庄重女人自诩，哪好意思逛这种地方？现在有小苏的怂恿，也就半推半就了。

沈娘娘没想到在那儿能碰到顾嫣红。最初沈娘娘没认出她来，店里的光线有些暗，顾嫣红当时浓妆艳抹，又微微地低了头，斜了身子在那儿修手指甲，沈娘娘还以为又是一个过了气的二奶。所以她一边假装看衣裳，一边睥睨那女人。女人的身段一波三折，极婀娜。十个手指也修长雪白。沈娘娘都有些惊艳了，心想，这个二奶从侧面看还是很年轻很有姿色的，怎么也下岗了？男人这种畜生，还真是挑嘴呢，有了两个臭钱，就要吃带露水的草了。正愤愤不平又幸灾乐祸着，顾嫣红一转脸，沈娘娘差点儿被惊得魂飞魄散，这不是隔壁顾家的二女儿吗？她怎么会在这种地方？

二

顾嫣红是个高三学生，到顾娘娘在西门发现她的时候，已经逃学两个多月了。

本应该要枕戈待旦厉兵秣马的，顾嫣红却跑马溜溜了。老顾和孟婵娟气得心口痛，好几天都病恹恹的，打不起精神。他们对顾嫣红其实也没做什么指望的，能指望什么？在普通中学，普通班，六十个人的班级，顾嫣红倒数十几名。别说倒数了，即使顺数，那样的名次，也是三本都考不上的，班主任早就放弃顾嫣红了。这是他们学校一贯的精神，好钢要用在刀刃上，至于刀背，只好任他们自生自灭。

然而老顾和孟婵娟却不能任顾嫣红自生自灭。他们是父母，怎么也不可能有老师那样的潇洒。可即便没有不合实际的想法，但也希望顾嫣红能正常地参考高考，是骡子是马，溜一溜，才死心。再说，高考那种事情，也不好说的。比如隔壁陈金凤的女儿小葵，成绩一向好得不得了，在重点中学的文科班，经常考前三甲的。街坊们都以为她要上北大呢，陈金凤夫妇也不客气，扬言说，他们家小葵，不喜欢北京呢，风沙大，天又冷。好像北大是她们家的菜园门子，只要想进，随意就进了。结果，莫说北大，就是省重点，都没上，最后灰溜溜地上了一所外地的二流学校。而楼下阿娟的儿子，在街坊们的印象里，差不多是小流氓了，又抽烟，又泡妞，还常常打架斗殴。可人家高考的成绩一出来，竟然也不比小葵差。

这样的事情当然属于小概率事件，老顾是数学老师，虽然是小学数学老师，但对概率还是略懂一二的，知道小概率事件不会总发生，但只要有可能性存在，他难免还是存了一丝侥幸之心。而孟婵娟，是小学语文老师，习惯敝帚自珍，平日又爱看《聊斋》之类的传奇，所以对顾嫣红，虽然在同事面前邻居面前，她话里话外的，十分低调，但内心也还是抱了几分传奇的希望。

然而顾嫣红长达两个月的逃学，让老顾的小概率愿望和孟婵娟的传奇彻底化为了泡影。

三

好在还有顾姹紫。顾姹紫才是顾家的荣耀。这个大女儿十分争气，在省城读了大学，又读了研究生，研究生呢，整个辛夷恐怕也没几个！虽然最后还是回到了辛夷街，但那也是以衣锦还乡的姿态回来的——市图书馆可不是谁想进就能进的，至少他们弄堂里还没有哪家的女孩子凭自己的本事进了这样的文化单位，而且还不是一般的文化呢，是给外文编目，编目这个工作说出来弄堂里的人听都听不懂，更别说外文编目，真是玄之又玄了。每次顾家夫妇和别人谈起顾姹紫的工作，都要解释小半天的。虽然很费口舌，但感觉还是十分美妙。图书馆在广场北边，是辛夷街的第二座标志性建筑。辛夷虽然不是大城市，只是一个人口不过几十万的县级市，但他们的市长是从省城文化厅下来的干部，最重视文化建设。所以新图书馆的气派几乎比公安局甚至比银行还要大，很堂皇很威风。顾家夫妇每次经过它的时候，都十分骄傲。仿佛那气派十足的高楼是他们家的，这感情也不算太离谱的，毕竟这楼有一间房是他们家女儿的。顾姹紫的办公室在11楼，最东边的1101。老顾和孟婵娟经常去那儿的，反正有电梯，也不用爬楼。门房早就认识他们了，不用登记，一般人进去都要在门房那儿登记呢。虽然顾姹紫并不欢迎他们，甚至很反感他们没事去她办公室，但老顾和孟婵娟总能找出事来。下雨了送伞，或天气变凉了用保温杯送碗红枣桂圆茶。他们喜欢站在11楼的窗口俯视这个城市。从这个窗口看下去，他们那个弄堂真是很渺小很渺小的，坐在弄堂口修鞋的老张头，还有老张头身边卖茶蛋的宋婆婆，还有在街上走来走去的人，都成了蚂蚁成了绿豆——这样的比喻一说出口，就遭到了顾姹紫的无情嘲笑，顾姹紫说，你们是不是老眼昏花了，不过11楼，宋婆婆头上的银簪子我都看得见，怎么会成蚂蚁成绿豆呢？顾妊紫这么一说，他们便有些难为情了。他们也承认有些夸张，但也没有那么夸张，下面的人和物看起来果真是很小的，尤其是他们眯缝了眼看的时候，说成蚂蚁和绿豆可能过分了，但说成麻雀那真是很恰如其分的。

麻雀就麻雀呗，顾妊紫心情好的时候，就由了他们这样自娱自乐。人上了年纪，有些行为就有些古怪了。比如孟婵娟，每天晚饭后喜欢跑到图书馆前面去跳扇子舞，这是舍近求远，因为群艺馆门口就可以跳，离家不过几十米，而且还有退了休的专业老师在那儿领舞。但孟婵娟说，图书馆那儿开阔，热闹，有沸腾的生活气息。顾妊紫嗤之以鼻，什么沸腾的生活气息，不就是一群老太太在那儿舞胳膊弄腿？但那边更热闹倒是真的，而且跳舞的老太太们也常常有新陈代谢，这合孟婵娟的意，孟婵娟这方面几乎是喜新厌旧的。她跳舞时最爱和陌生人搭讪，只要一出现新面孔，她一定会十分热情地过去打招呼。哪怕那人身份是保姆，或者是从乡下进城来带孙子的老太太，她也不嫌弃。三言两语，她就有本事把话题绕到图书馆上面，再绕到顾妊紫上面。而话题一到顾妊紫这儿，那就具有了无限的繁衍性，一生二，二生三，三生万物。这万物让孟婵娟乐不思蜀。有时到了晚上十点钟，孟婵娟还不回家，把老顾急得团团转，倒不是着急孟婵娟会出什么事——从广场图书馆到他们家，是辛夷最繁华的一条街，即使是晚上十点多钟，也还是灯火璀璨的。但十点钟差不多是老顾休息的时间，孟婵娟没回来，他就没办法休息了。他和孟婵娟结婚虽然近三十年了，是老夫老妻，但他还是喜欢和孟婵娟双宿双栖。因为这个，他常常遭到隔壁陈金凤的嘲笑，他只好找个借口，说自己胆小，怕鬼，这说法又让无神论者顾妊紫小看了，还是人民老师呢，难道没读过马克思的唯物论，还迷信鬼？

孟婵娟这时就咯咯地笑，也是快五十岁的人了，一笑起来，那声音竟然有些狐媚的，顾妊紫被她笑出了一身鸡皮疙瘩，一生气，懒得理他们了。

四

对顾妊紫而言，不争气的不仅只是老顾和孟婵娟，更不争气的，是妹妹顾嫣红。

　　早在读小学时，顾姹紫就怀疑顾嫣红是弱智。这是极有可能的，老顾和孟婵娟是表兄妹，而根据科学研究，表兄妹结婚生出有缺陷孩子的概率是4%，顾姹紫显然在那4%之外，这是被证明了的，她学习成绩那么出色，无论如何也不可能有智力问题。但顾嫣红或者就是那4%了，不然，五年的小学怎么可能读七年？即使读了七年，她也不是合格的小学毕业生，因为四则运算她都始终没学会，为什么又要加又要减呢？为什么又要乘又要除呢？她常常蹙紧了眉头问老顾，老顾被她气得翻白眼，捂了胸口来向顾姹紫求救，他在心理上，一向有些依赖这个大女儿的。顾姹紫开始还教教她，几次之后，就冷笑着放弃了，朽木不可雕也，粪土之墙不可圬也。就顾嫣红那样的榆木脑子，白白浪费了她的宝贵时间。她的时间可是一寸光阴一寸金的，她这样警告老顾。老顾于是也不敢麻烦顾姹紫了，一寸金呢，他们家可是节俭惯了的，从来不能那样挥金如土。老顾只好继续翻白眼了，他是父亲，又是老师，在劫难逃。再说，还有孟婵娟在那儿盯着呢——对顾嫣红心灰意冷是后来的事，之前在小学，孟婵娟还是非常积极乐观的，每次考试的时候，孟婵娟都会逼着老顾给顾嫣红补课。孟婵娟的性情本来是有些绵软的，个子也小，但管起高大的老顾来，却也是十分厉害的。当初孟婵娟的母亲就是看准了这一点，才会毫不犹豫地把孟婵娟嫁给老顾的。孟婵娟管老顾的方法，和陈金凤不同，陈金凤人高马大，长相英俊，那样子和穆桂英一样的，性子也如穆桂英，她管教老王，那是铿铿锵锵，惊天动地的，整个弄堂都被闹腾得鸡犬不宁。但孟婵娟呢，却是一点儿动静也没有的，每次和老顾一闹别扭，她就不声不响地往床上一躺，之后就如冬眠的蛇一样，不吃，也不喝，这要了老顾的命，老顾一向最担心的，就是孟婵娟的身体，孟婵娟身子弱，像林妹妹似的，平日很仔细地将养着，还不够呢，哪经得起这么作践？最初他还能扛一两天，到后来，不出几个时辰，老顾就煲了汤到床前去软语温存百般哄劝。顾姹紫最看不得他们两个人这肉麻兮兮的样子，尤其是孟婵娟，明明是个满脸褶子的老女人了，却还做出娇滴滴的模样来，也不知羞。老顾也是白痴，不就是绝食吗？老花招了，人家圣雄甘地玩过12次了，最长绝食21天，最后也没被饿死，活到七十九呢，要不是一个印度教徒暗杀了他，他一定能活更长久的。这话，顾姹紫背了孟婵娟和老顾说过，她是为他好，不想他一辈子被孟婵娟耍着玩，但老顾被惊得瞠目结舌，说，你这孩子，怎么这么没良心呀？

顾姹紫无言以对，朽木不可雕也，粪土之墙不可圬也。顾嫣红是这样，老顾也是这样。

五

顾嫣红在西门卖衣裳这事，一开始老顾和孟婵娟当然是坚决反对的。卖衣裳有什么前途呢？何况是在西门那种地方卖衣裳？他们这样的清白人家，怎么丢得起这种人？沈娘娘那天过来说的时候，老顾和孟婵娟的脸都羞成了两朵红艳艳的鸡冠花。沈娘娘的话还很婉转呢，还很阴险呢，她先从顾姹紫说起，一说顾姹紫，孟婵娟就如服了回春丹一样，顷刻间变得容光焕发。她本来是有些不喜欢沈娘娘这个女人的，因为这个女人心术不正，她一直对老顾这么说，但真实的原因却是沈娘娘的胸脯很大，孟婵娟是个小胸女人，基本"一马平川"。因此打从年轻时起，她就痛恨一切胸脯大的女人。而沈娘娘不仅胸脯大，还放任纵容它们，总是又巍峨又汹涌地出现在弄堂里，她以为它们是九华山吗？是长江吗？孟婵娟有时看不过，就说，如今的胸罩，海绵也忒厚了。那意思，是说沈娘娘的山峦起伏，是人造的，和公园里的假山性质一样。老顾不言语，也没法言语。他是老师，且是数学老师，说话讲究根据，而沈娘娘这事，又是没办法求证的。再说，一个女邻居的胸脯，你管她真假呢！真也罢，假也罢，又不关他的事。关键是人好不好相处，这一点，老顾认为沈娘娘还是很好的，为人温和，又懂分寸。比陈金凤好多了，陈金凤爱嚼舌根，又爱问邻居借东西，今天借姜，明天借盐，连小葱都要借，鸡蛋下锅了，她火烧眉毛般地跑过来，要孟婵娟给她拿根葱。老顾最烦她这种爱占小便宜的习惯，孟婵娟也烦，但烦归烦，她和陈金凤的关系，还是比和沈娘娘的好。女人有时真是不可理喻的。

但那天因为顾姹紫的关系，孟婵娟对沈娘娘的态度还是十分友好。她甚至让老顾给沈娘娘泡了杯普洱茶，拿了一小碟枣糕和南瓜子出来——枣糕和南瓜子都是顾姹紫单位过年时发的，虽然不值几个钱，却是绿色生态食品呢，吃了益寿养颜的。沈娘娘少不了又夸了顾姹紫好几句，老顾和孟婵娟听得眉开眼笑。他们以为要过一个醋畅淋漓的周末呢，然而还没等到醋畅开，沈娘娘却话锋一转，问，你家嫣红呢？嫣红？嫣红在学校补课呢。老顾和孟婵娟还沉浸在顾姹紫世界的幸福里，一时有些回不过神来。但沈娘娘接下来的一句话，却让老顾和孟婵娟的幸福戛然而止。沈娘娘说，昨儿我在西门看见了嫣红呢。怎么会在西门看见嫣红呢？你是不是眼花了？孟婵娟一着急，话音儿就有些不好听了。孟婵娟这么一说，沈娘娘的神情便有些讪讪地了，或许吧，或许是我看走了眼。沈娘娘说。

沈娘娘一走，老顾就给顾嫣红的老师打了电话，果然，顾嫣红不上学已经有两个多月了。班主任说，我还以为是你们同意了的呢，快高考了，我们班好些差生顶不住压力，都不来了，虽说半途而废有些可惜，但学校也不能逼学生呀。逼出事来了，谁担得起？

这话是放屁了，一个学生两个多月没去学校，老师怎么能不和家长联系呢？但老顾和孟婵娟现在没有心思和老师扯，顾嫣红这蹄子，每日也是在他们眼皮底下背了书包早出晚归，她怎么就混到西门去了呢？

依顾姹紫的意思，他们两口子应该去西门揪了顾嫣红头发把她拖回家，或者干脆把顾嫣红锁在家里，一个女孩子家，脑子本来就不好使，又这么不洁身自爱，以后还怎么做人？就算她不做人，可她顾姹紫还要做人呢。万一被她的朋友同事知道了，她的脸，她那如花似玉的脸，往哪儿搁？

老顾和孟婵娟当然也明白这个理，他们的脸虽然不如花似玉了，但也是要爱惜的，不能由了顾嫣红糟蹋。然而去揪顾嫣红的头发，这么暴力的行为他们做不出来。他们对孩子教育的方式向来都是温柔的，孟婵娟温柔，是天性如此，莫说女儿，就是自家养的猫，养的狗，她一向也是温柔的。而老顾温柔，一方面是近朱者赤，近墨者黑；另一方面呢，是文明的结果，他向来以知识分子自诩，哪能和修鞋的老张头一般，动不动就用鞋拔子敲女儿的头呢？然而温柔的结果，却是把顾嫣红温柔到了西门。

而且还死不悔改。不是顾嫣红死，而是孟婵娟用绝食死谏——然而这方法在老顾那儿战无不胜攻无不克，到顾嫣红这儿却不管用了，嫣红任了孟婵娟不吃不喝。老顾于是走另外的路线，老顾口才好，所以他苦口婆心，循循善诱，可无论老顾如何舌生莲花，顾嫣红也不为所动。你们走你们的阳关道，我走我的独木桥。不管老顾说什么，顾嫣红只有这一句。老顾和孟婵娟完全没辙了。孔子说，唯上智和下愚不移。他们家两个女儿正是孔子说的这两种人，顾姹紫是上智，顾嫣红是下愚。不论哪一种，反正都我行我素，自以为是。

孟婵娟甚至后悔生下了顾嫣红，她身体本来不好，不能多生育的，要不是想生个儿子，哪里会有顾嫣红出生的机会呢？早知道会生出这么个下愚，当初何必多此一举？倘若只生了顾姹紫一个，那有多好！这是痴人说梦了。孟婵娟一旦陷入困境，就会玩两招把戏，一招是绝食，另一招就是痴人说梦。每每绝食失败，接下来就是痴人说梦。老顾就现实多了，天作孽，犹可活，自作孽，不可活。她顾嫣红也不小了，虚岁都二十一了，既然她自己选择独木桥的人生，他们能怎么办？只好由她走了。是死是活，到时怨不着他们。

六

老顾和孟婵娟在两个女儿头上一直是有些偏心的，偏顾姹紫。但从前偏心他们还有些遮遮掩掩，犹抱琵琶，现在呢，就干脆落到明处了。

顾姹紫喜欢吃荠菜虾仁水晶饺，老顾和孟婵娟就隔三岔五地包。新鲜虾仁很贵，几十块一斤呢，荠菜也不贱，尤其是春天刚上市的野生荠菜，但顾姹紫好吃这一口，老顾和孟婵娟也就只能慷慨解囊了，穷养小子富养女，女儿是要当金枝玉叶养的，尤其是顾姹紫这样的女儿，不能怠慢了，她以后的人生一定是锦衣玉食的人生，至于顾嫣红，那又另当别论了。她也不能和父母生活一辈子，谁知道她以后能吃上什么？把她脾胃养娇了，不好，反害了她。所以荠菜虾仁饺子顾嫣红从来是吃不上的，老顾和孟婵娟自己也不吃，他们三个人一起吃虾皮萝卜丝的，或者肉沫雪里蕻的，或者白菜豆腐干的。这样做，虽然是经济的原因，其实呢，也是因材施教理论的举一反三，作为人民老师的老顾，对孔子因材施教的教育思想是有深刻的理解的，并且把他的这种理解还贯彻到了孟婵娟那儿。有时赶上虾仁和荠菜价格划算，他们就多买了，多买就多包，一次包上好几屉。可即使好几屉，顾嫣红也吃不上，最多能尝上一两个，其余的，孟婵娟会用塑料饭盒装了，放冰箱里，留给顾姹紫下餐吃。

在家务上老顾也实行因材施教。顾姹紫是不用做家务的，那么一双水葱儿般的手，拿书拿笔的读书人的手，怎么能做粗活呢？弄糙了，和纸笔就不配了，和她文化干部的身份就不配了；而顾嫣红，虽然她的手现在也是水葱，可将来呢？将来就难保了，手的命运可是要由主人的命运来决定的。它的主人既然是一个高中也没毕业的体力劳动者，那它的命运也就是体力劳动者的命运。老顾是用发展的眼光来看待这两双同样是水葱儿似的手的。所以，让顾嫣红洗碗，或者拖地，老顾认为这是非常必要的职前教育——既然将来免不了要干这些活，那现在学会了习惯了岂不更好些？

这样的理论当然是有些奇怪的，至少孟婵娟的妹妹孟红果觉得十分奇怪，什么因材施教，全是狗屁！都是一棵树上开出的花朵，怎么就能一朵当洛阳牡丹待了，另一朵当油菜花待了？做父母的，原来也这么趋炎附势。孟红果是孟家的侠客，最爱打抱不平的，所以一到老顾家，就会对老顾夫妇及那朵洛阳牡丹冷嘲热讽。世上什么最凉薄？是偏心的父母，孟红果有时过来，正碰到顾嫣红拖地，或者洗碗，而那朵洛阳牡丹正斜插在沙发上看闲书，就会瞪圆了眼，问老顾和孟婵娟。

好在顾嫣红一点儿也没有凉薄的感觉。不就是荠菜虾仁水晶饺吗，顾嫣红其实不怎么爱吃，荠菜那个味儿，太青了，吃在嘴里，有一股吃地苔的感觉。她喜欢吃虾皮萝卜丝的，加点干辣椒末，加点小葱，吃起来，那个香。但顾嫣红从来没有把这个感觉告诉老顾和孟婵娟，她不习惯告诉，老孟和顾婵娟也不习惯听。而家务，顾嫣红也是不烦的，甚至还有几分热爱。她喜欢坐在厨房里，一根一根地摘豆芽菜，或者把碗儿碟儿洗了再一个一个地抹得锃明瓦亮。这是顾嫣红从前逃避学习的策略，但后来策略就演变成了迷恋，看着肮脏的碗碟在她手上脱胎换骨，顾嫣红是很有成就感的。每个人都要有成就感，老顾和孟婵娟的成就感在顾姹紫那儿，顾姹紫的成就感在书那儿，而顾嫣红的成就感呢，就在厨房那儿。

七

顾嫣红现在成了家丑，家丑不外扬。老顾和孟婵娟以前最爱聊孩子的事了，现在呢，最怕聊孩子了。但怕什么来什么，无论以什么话题开始，邻居们同事们都有本事把它们百转千回到顾嫣红那儿。

这成了顾家人的心头之痛。顾姹紫说，干脆让她搬出去住。眼不见心不烦。

但老顾和孟婵娟不能这样，一个没结婚的女孩子家，他们怎么放心让她单独住外面呢？即使他们硬得下心肠，他们还舍不得让顾嫣红搬出去呢，顾嫣红每个月交五百块伙食费呢，老顾和孟婵娟第一次拿到这个钱，两人真是暗暗地有些激动的。毕竟五百块呢，老顾每个月的工资也就是一千多，孟婵娟呢，也一样，顾姹紫的工资，在顾家是最高的，然而林林总总加起来，也不过二千多。再说，顾姹紫挣得再多，也和老顾夫妇没什么关系的，打从工作起，她还没交过生活费呢。最多过年过节给老顾和孟婵娟买点儿小物件。给孟婵娟买条真丝围巾，给老顾买双打折的旅游鞋，或者买一打棉袜。反正没给过老顾和孟婵娟钱，她的钱，都要存起来的，存起来买房子呢，辛夷的房子很贵的，市中心的，要二三千一平方呢。顾姹紫是深谋远虑未雨绸缪的孩子，老顾和孟婵娟也理解她的这种未雨绸缪。然而理解归理解，顾嫣红的伙食费还是让他们的心态产生了微妙的变化的。

至少顾嫣红成了自食其力的孩子。

老顾这么对孟婵娟说。孟婵娟也这么对老顾说。

两人渐渐地就有些想开了，不就是在西门卖卖衣裳嘛，也没偷，也没抢，有什么好丢人的。虽然西门是不怎么干净的地方，但荷花呢？藕呢？还不是从污泥里出来，可它们照样鲜艳，照样洁白，照样出淤泥而不染呢。他们家顾嫣红就是那荷花呢，就是那藕呢。

孟婵娟这么对邻居说，老顾呢，在孟婵娟的启发下，也这么对邻居说。

八

顾姹紫谈了个对象，对象叫孙彦，也在图书馆工作。

孙彦是外省人，和顾姹紫谈恋爱之前，一直在单位食堂吃饭。食堂的饭自然很难吃，最关键的，还花钱，孙彦的钱现在就是顾姹紫的钱，所以孙彦花钱，心疼的不是孙彦，而是顾姹紫。

顾姹紫一心疼，干脆就让孙彦到家里来吃饭了。

孙彦来家里吃饭，老顾是不太高兴的。因为孙彦不是老顾最想要的女婿。老顾最想要的女婿是沈校长介绍的陈希望。陈希望是教育局长的公子，在市一中当政教处主任。政教主任当然只是过渡，沈校长说，不出几年，人家肯定要当校长的。市一中呢，别说校长，就是一个普通老师，也是不得了的，那经济待遇，那社会地位，比一般的学校，要翻上几番呢。顾姹紫若嫁了他，将来的生活就一定是锦衣玉食的生活，不单顾姹紫，老顾肯定也能沾沾光，教育局长的亲家嘛，学校里的同事还能不高看他？校长还能不高看他？说不定退休前还能弄个一官半职的。可顾姹紫和陈希望只喝了一次茶就拒绝了，嫌陈希望长相不好，嫌陈希望谈吐恶俗。顾姹紫说，和他谈电影，他就只知道张艺谋冯小刚，连日本岩井俊二的《情书》都没看过，更别说小津安二郎的《东京物语》；和他谈小说，他竟然说郭敬明的《左手倒影，右手年华》，快三十岁的人了，还在粉郭敬明？这也罢了，说郭敬明就说郭敬明，好歹总要说些什么，可即使这个，他原来也没读过，只看过书皮，因为一个学生上他课时偷看小说，他缴了来的。这样的人，结婚后和他说什么呢？还有脸叫陈希望呢，我看他叫陈绝望还差不多。

　　老顾才绝望呢，但绝望也是白绝望，在他们家，他老顾说了不算，顾姹紫才是说了算的主。

　　孟婵娟倒是很理解顾姹紫，理解她为什么不喜欢陈希望，也理解她为什么会喜欢孙彦。陈希望她见过，细眉细眼细身材，穿件绿衬衣，螳螂一般的。站在弄堂口，风一吹，就是我欲乘风归去的感觉。那个样子的男人，女人的一生怎么依靠呢，还不如依靠一个靠垫来得稳当呢。孙彦就不同了，英俊，高大，那双腿，修长结实得如两株白桦一样。和这样的男人恋爱过，女人才不枉了自己的青春年华。而且孙彦不单长得好，还温柔，比老顾还温柔，这温柔不单是对顾姹紫的，也对孟婵娟。孟婵娟在厨房做饭，他会倚在厨房门口和孟婵娟聊天，孟婵娟去买菜，他会拎了菜篮子跟在孟婵娟身边去菜市场——那本来是老顾的差事，可孙彦一旦插手了，孟婵娟立刻喜新厌旧，开始嫌弃老顾了。老顾是看惯了孟婵娟的眉高眼低的，因此多数时候就很配合孟婵娟的嫌弃，孟婵娟说，老顾，你就别去了，在家拖拖地。地其实头天晚上顾嫣红已经拖过了，还和镜子一样呢，有什么好拖的？但孟婵娟这么说了，他就只好在家拖地了。但有时也不想拖，周末的上午他向来是和孟婵娟在菜市场比翼双飞的，现在突然改成和拖把比翼双飞了，而且还在自家的笼子里，他委屈呢，尤其是春暖花开的日子。于是一任性，就不看孟婵娟的脸色了。

老顾一加入，孙彦一般就要退出了。不是孙彦自己要退，是顾姹紫要他退。既然老顾去了，那提菜篮子的人就有了嘛，那孙彦去还有什么意义？既然没有意义，那就待在家里好了。待在家里又有什么意义呢？老顾和孟婵娟一走，孙彦会嬉皮笑脸地问顾姹紫。顾姹紫脸一红，反手就会给孙彦一个耳刮子。孙彦自然不肯让她白刮，两人立刻扭成一团了。这一扭，可以扭上两三个小时了，周末顾嫣红也还是要上班的，一个打工妹，没有什么周末的概念，而老顾和孟婵娟在周末的日子会去城东大菜市场，那儿菜更加丰富，什么品种都有的，当然路也更远，所以顾姹紫和孙彦的扭，就可以比较从容了，比较尽兴了——平日一有机会他们其实也会扭一扭的，但因为时间和空间的限制，只能蜻蜓点水般地浅尝辄止，顾姹紫这个人，在孙彦看来，这方面是很理性很可怕的，有时办公室明明没有人，完全可以多扭上几分钟，但顾姹紫说停就停了，因为隔壁办公室有声音，隔壁是情报室，情报室里有叶三德，叶三德会搞情报，也会破门而入，所以顾姹紫即使和孙彦扭得再迷离再恍惚，也会因为隔壁的声音而毅然中断，这常常让孙彦恼怒，他们又没有乱搞男女关系，他们是恋人呢，即便叶三德看见了什么，又有什么关系？不伤大雅吧。但顾姹紫不这么想，办公室是办公的地方，怎么可以假公济私呢？莫说是恋人，就是夫妻，也不可以。虽不伤大雅，可小雅还是伤了的，顾姹紫向来是严于律己的，也严于律人。不过，在家还是不一样的，在家的顾姹紫就大度和放纵许多，尤其家里只有两个人时，孙彦更可以扭出花样，扭出深度。孙彦是十分耐心的人，每次都把顾姹紫扭得面若桃花，眼波激滟。

面若桃花的结果，是顾姹紫想结婚了。结婚要有房子，但他们的钱还不够在市中心买半套房子呢，如果是城郊的房子，一套都差不多了，按孙彦的想法，城郊就城郊吧，辛夷又不大，骑电动车上班，也就是二十来分钟的事儿。但顾姹紫不同意，这哪是二十分钟车程的事儿呢？这明明是精神层面的东西。住市中心有市中心的象征意义，住城郊有城郊的象征意义。表面的困难可以克服，但象征呢，其影响既缥缈，又深邃，是决不能苟且的。所以，顾姹紫在房子这个问题上就宁缺毋滥了。老顾和孟婵娟也支持顾姹紫的宁缺勿滥——是理论的支持，不是实际的，本来孟婵娟想实际支持十几个平方的，但老顾暗暗地消灭了她的这个想法，老顾说，孙彦家为什么不支持呢？他们是男方，儿子结婚他们出钱买房不是天经地义的吗？这是意气话了，孙彦家在农村，他们父母即使想支持，也心有余而力不足。不过，老顾这样的意气话，孟婵娟还是很爱听的，因为它正中孟婵娟的下怀了。她虽然很爱顾姹紫，也爱屋及乌地爱孙彦，可再怎么爱，孙彦也是人家的儿子，她不能为了人家的儿子把自己养老的钱先赔了进去不是？

　　怎么办呢？顾姹紫决定婚后先住娘家了。这个决定孟婵娟举双手赞成。真是妙，妙不可言，一箭双雕，一石二鸟，既不用从口袋里拿出钱来，又让孙彦住了进来。孙彦这么一住进来，不就有倒插门的意思了？一个女婿半个儿，倒插门的外地女婿就是一个囫囵儿了。比别人的囫囵儿还好呢，至少弄堂里还没有哪家的儿子能和孙彦比。就说沈娘娘，虽然有一对大胸脯，也有儿子，又有什么用？那儿子高中没毕业就去当兵了，当兵回来也没分配上工作，在家吃了一年闲饭后只好到超市去做保安了，一个保安，不过是蓝领，怎么好和研究生毕业的文化干部孙彦相提并论？孟婵娟带孙彦在弄堂里出出进进的时候，恨不得把胸脯挺得比沈娘娘还高呢！当然，顾姹紫婚后住家里还是要克服一些困难的，因为家里只有一南一北两间房，南面的房是老顾和孟婵娟两夫妻的，北面的房是顾姹紫和顾嫣红两姐妹的，如果把北面的房腾出来做新房，那顾嫣红住哪儿呢？顾嫣红说，她住阳台。阳台是封闭式的，十分小，只有三平米，一张单人钢丝床放进去就没法转身了，顾嫣红用花布把三面的玻璃窗团团围了，再在床头放个方纸箱子，纸箱也用花布罩上，上面放个小台灯，灯一开，也很温馨的。老顾和孟婵娟安心了。孟红果却看不过，孟红果对姐姐姐夫说，你们以为嫣红是盆栽呀，放阳台养？但孟婵娟懒得理这个妹妹，她自家的事还一团乱麻呢，竟狗拿耗子多管闲事。有那闲工夫，不如去管管她那风流老公，她老公是二医院的外科医生，成日拈花惹草，不是和女护士勾勾搭搭，就是和女病人牵扯不清。这丑事在孟家上上下下谁不知道呢，偏偏孟红果就以为别人不知道，还人模狗样地到处指手画脚。孟婵娟不点破她，孟红果心高，脾气又不好，一旦捅破了，她怕她没脸活了呢。

九

　　顾姹紫和孙彦本来打算旅行结婚的。也不走远，就到附近的辛夷山去住一星期，又浪漫又经济。但孟婵娟不同意，顾姹紫是长女，是顾家的体面呢，她的婚事当然要大张旗鼓地办。而且，以前老顾同事孟婵娟同事的孩子们结婚他们是随过了份子钱的，弄堂邻里也有人情往来的，他们不办酒，怎么回收那些礼钱呢？但大张旗鼓地办酒要钱呢，钱从哪儿来？顾姹紫是不肯为婚事出一个子儿的，顾姹紫说，又不是她要办酒的，凭什么她出钱？老顾和孟婵娟只好咬咬牙自己出了。有什么办法，金枝玉叶养惯了的女儿，到头来，不能当狗尾巴草打发了。十桌酒，五千块，加上烟酒糖果，七七八八下来，上万块就出去了。礼钱收了几千回来，倒没亏多少。只是图书馆那边过来的礼钱却是顾姹紫接了。老顾和孟婵娟以为婚礼之后她会拿出来的，毕竟酒席钱是父母出的，可等了好几天，顾姹紫那边也没提这个事。老顾和孟婵娟便有些不自在，孟婵娟嘀咕了好几次，老顾说，自己的女儿，你就问一问，又有什么要紧。孟婵娟有一天趁孙彦不在，真就问了。顾姹紫当下就马脸了，顾姹紫说，图书馆的份子钱怎么能拿出来？下个月馆长的儿子就要上大学，再下个月，中文编目部的小马也要结婚，难不成到时再问你们要？

　　账这样算，当然也可以。孟婵娟一时讪讪地，说，我也这样想呢，这是你爸的意思。顾姹紫伤心了，老顾那么疼她，怎么还惦记着那份子钱呢？气冲冲去问老顾，老顾不承认，老顾说，我什么时候说过这事呢？你妈总这样，什么事情喜欢往我身上推。这话顾姹紫信，孟婵娟是有这个不好的习惯，喜欢让老顾替她背黑锅。孟婵娟这下子哑巴吃黄连了，钱没要着，倒被女儿埋怨上了，为了将功赎罪，她第二天就包了好几屉荠菜虾仁水晶饺。这一次当然不只顾姹紫一个人吃，孙彦也吃。孙彦本来无所谓，萝卜丝的也好吃，虾仁的也好吃，但顾姹紫非要往他碗里搛虾仁的，他也就吃了。

十

　　顾嫣红现在不怎么回家了。因为要当晚班，店要开到晚上九十点才关门呢，原来六点之后都是老板马小骊在那儿盯着，但马小骊最近常常有事，就让顾嫣红替她盯了，当然，也不是白盯，她给顾嫣红加了工资，一个月加到一千五了。顾嫣红干脆让马小骊替她买了张折叠床，搁店里睡了。老顾和孟婵娟起初不肯，一个女孩子，晚上睡那种地方，让人担心呢。但晚上没公车了，顾嫣红也不能走回来，从西门到东门，就是一路小跑，也要四十来分钟呢。按老顾的意思，顾嫣红就应该小跑回来——在店里坐一天了，跑一跑，活动活动筋骨，对身体好呢。但顾嫣红却坐小黄鱼，小黄鱼一般要四块钱，有时碰上黑一点的家伙，人家还要收五块。五块呢，一个月下来，就是好几斤粉红细白的鲜虾仁呢，就是一件打折的"咩咩咩"羊毛衫呢，快秋天了，百货大楼正在搞羊毛衫促销活动，老顾看中了一件铁灰色开衫，去看过几回了，也没买回来。顾嫣红若小跑一个月，几斤虾仁就跑出来了，一件羊毛衫就跑出来了。老顾这么一说，顾嫣红就忍不住嗤嗤地笑，笑过之后，顾嫣红说，那我在店里睡吧，这么来回折腾，有什么意思，回来也不过睡阳台。老顾和孟婵娟不吱声了。他们到店里去看了看，卷闸门还是很结实的。而且顾嫣红说，隔壁店里的小青，还有隔壁的隔壁小陶，都在店里睡的，能出什么事？

　　顾嫣红一日三餐现在都在店里吃。马小骊在的日子，她们就自己做。店里面有一个小电饭煲，一个电磁炉。顾嫣红炒两个菜，再煲个汤，一顿饭就吃得美美的了。如果顾嫣红烧了啤酒鸭，或胭脂鸡，老板就会喝几口酒，红酒。马小骊说，红酒养颜。这话顾嫣红信，不然，三十多岁的马小骊，怎么还那么面若桃花呢？而且三十多岁还是马小骊自己说的，据隔壁小青的老板说，十年前她就三十多岁了。那样的话，马小骊就四十多了，四十多岁的女人应该是老女人，和顾嫣红的姨妈孟红果形象应该一样了，水桶腰，一脸的褐色蝴蝶飞飞。可四十多的马小骊看上去，真是很年轻很妖媚的，妖媚这个词，是顾嫣红从顾姹紫那儿学来的，顾姹紫认为日本的女人很妖媚，特别是川端康成笔下的女人，而中国，五四之后，基本就没有妩媚的女人了。顾嫣红那时不明白妩媚到底是什么意思,顾姹紫白她一眼,说,你文盲呀,没读过《聊斋》?妩媚是什么,就是狐媚,也就是狐狸精的样子。顾嫣红这才有些明白了,川端康成笔下的女人她不知道是什么样子,但狐狸她在动物园是见过的,那脸上的表情,和一般动物确实不一样。

马小骊经常出门,或者去广州拿货,或者去打麻将。顾嫣红一个人的时候,自己就不做饭了,一般到"一箪食"叫碗馄饨或小笼包,"一箪食"的馄饨,在西门是出了名的,小笼包也一样,都特别鲜,是一种很奇怪的鲜。小陶说,那是胎衣的味道,他们在小笼包和馄饨的馅里放了胎衣呢。"一箪食"老板的小姨子,原来在乡下做接生婆,现在西门开个小诊所,表面给人看伤风感冒,看头疼脑热,其实呢,是专门给人做人流做引产的。所以,"一箪食"的胎衣有丰富的来源。这说法在西门是很流行的,但"一箪食"的生意依然很好。放了胎衣不是更好吗?电影《饺子》里的媚姨,不就是因为常吃放了胎衣的饺子,六十多岁的老妖婆看上去才会有三十岁的如缎肌肤、三十岁花瓣红唇,才会有和年青男人颠鸾倒凤的可能和精力。西门的女人是没有禁忌的,只要能红颜永驻,让她们吃屎都愿意。但小青的老板从来不吃"一箪食"的馄饨,什么胎衣呀,不过胡诌了出来骗西门女人的。小青的老板私下对顾嫣红说。小青的老板很喜欢顾嫣红,比喜欢小青还喜欢,经常趁马小骊不在时叫顾嫣红到她们那边去吃饭。一开始顾嫣红总是有叫必应,她喜欢吃老板娘蒸的米粉肠,只要一闻到米肠那香味,顾嫣红就馋得流口水。但后来顾嫣红就不太敢去了,因为马小骊知道了后很不高兴,马小骊说,你少往她们那边跑,那个女人是很怪的。怎么怪呢?顾嫣红问。马小骊笑了,笑得很诡异。怎么怪呢?顾嫣红又问。马小骊乜斜了眼,反问顾嫣红,你看那个女人和小青的关系正常吗?怎么不正常?顾嫣红不明白马小骊话里的意思,小青的老板和小青是有些没上没下,但那又怎样呢?很多老板和自己的伙计处得都如姐妹呢。她们可不是姐妹。那她们是什么?顾嫣红不依不饶,又问。马小骊笑眯了眼——马小骊每次一开心,眼睛都是很扑朔迷离的样子,马小骊说,嫣红,难怪你不敢参加高考呢,就你这样的脑子,怎么做得出那些稀奇古怪的题目?

这其实有点羞辱顾嫣红了。但顾嫣红不生气,马小骊也不过是开玩笑呢，没有恶意的。再说了，这样的羞辱顾嫣红也习惯了，莫说别人，就是自己的姐姐，自己的父母，不也是这样的语气？但后来顾嫣红就很注意观察小青和她老板了。两人果真是有些怪怪的，小青老板看上去有些怕小青，小青不仅敢撅脸子，敢顶嘴，而且还敢动手，有一次，顾嫣红亲眼看见小青给了她老板一个大嘴巴，虽然是玩笑似的，但老板白生生的脸上还是有了几条红印子呢，像一朵盛开的菖蒲花。顾嫣红吓一跳，以为这一次小青老板一定要翻脸了，毕竟老板是老板，伙计是伙计，关系再好，也要有分寸的，不能蹬鼻子上脸。但小青老板反倒笑了，笑过之后，拍了拍小青的屁股，就作罢了。

这事顾嫣红和小陶说了，小陶很古怪地看着她，说，你不知道哇？小青的老板喜欢女人呢，以前是小雪，再以前是小美，现在是小青，走马灯似的换呢。

顾嫣红羞得满面通红，她想起来，小青老板原来也轻薄过她的。有一次，小青不在，她把顾嫣红叫过去，说是要帮她试试一件裙子的上身效果，是件黑色的镂空吊带裙。顾嫣红当时觉得奇怪，为什么不等小青回来了再试呢？但小青的老板说，这种衣服小青穿不出来的，小青的腰没有你细，小青的皮肤也没有你白。这话顾嫣红爱听，小青在西门是有名的美人，从来不把顾嫣红放在眼里。没想到，在小青老板那儿，顾嫣红竟然也有胜过小青的地方。士为知己者死，女为悦己者容。顾嫣红一激动，拿了吊带裙就往试衣间冲。她本来想等穿好了再出来给小青老板看的，但老板跟了进来，她要指导顾嫣红穿呢。顾嫣红果然不会穿这件裙子的，竟然胸罩没脱就把裙子直接往身上套，这怎么行呢，这样的裙子是要光了上身穿的，不然，就穿不出这件裙子的妖艳和性感来，就糟蹋了这件裙子。顾艳红就听话地把胸罩脱了，反正都是女人，也没什么关系。她自己的老板，也经常让她这样把店里的衣服试来试去的。裙子有些紧，也没有拉链，在胸那儿卡住了。小青的老板于是就在一边帮忙，帮忙的过程中小青老板的手有好几次都碰到了顾嫣红的胸，有一次，顾嫣红甚至觉得小青老板的小手指在她胸的下侧来回划了几下，很温柔的。顾嫣红没在意，她左胸的下侧贴了只蝴蝶，这是学《燕尾蝶》里的女人，《燕尾蝶》是顾姹紫买的影碟，她一点也看不懂，故事乱七八糟的，人物也多得让她眼花缭乱。但电影里有个女人在胸前纹的一只蝴蝶却让顾姹紫喜欢得不得了，那时她就特别想也在自己的胸上文一只那样的蝴蝶。但辛夷没有文身店，同桌告诉她，西门有文身贴卖，她便逃课过来了，她之前没来过西门的，一过来就爱上了，是那种一见钟情式的爱，前世今生宿命般的爱。她爱这里的颜色，也爱这里的女人。都是和顾姹紫不一样的女人，眉眼不一样，表情也不一样，那生活看上去也不一样。有一种懒散的、与世无争的气息。顾嫣红那天一口气买了好几只蝴蝶文身贴，胸侧贴了一只红色的，肚皮上贴了一只绿色的，屁股上贴了一只蓝色的，都在隐私处，没有谁知道。除了那个同桌。她们躲在厕所，把门销插上，顾嫣红撩起衣服，把一只一只蝴蝶露给她看。同桌惊讶得不得了，小心翼翼地摸，仿佛那是活的蝴蝶呢。女人都是爱小动物的，尤其是色彩艳丽的昆虫。所以，小青老板的抚摸，顾嫣红也把它理解为这种昆虫之爱了，她一点也没有大惊小怪，她不过是抚摸那些蝴蝶吧，是因为那只红色的蝴蝶附身在那上面，她才会在那儿划来划去吧。后来小青就回来了，小青一看到她们在后间的样子，脸色顿时就黑压压的，啪的一下把桌上的计算器摔了，又啪的一下把几个衣架丢到地上。小青老板一言不发，样子悻悻的，顾嫣红当时还觉得莫明其妙，这个小青也忒不像话了，不过一个伙计，脾气怎么这么大？

搞半天，原来是这么回事。两人竟然在搞"玻璃"呢。顾嫣红知道这种人叫"玻璃"，从电影里知道的，她本来以为"玻璃"只有电影里才有，没想到，身边也有。之后顾嫣红就吓得再也不敢过去吃饭了。

十一

顾嫣红的生活，现在基本和家里没什么关系了。顾姹紫向来是不怎么管顾嫣红的，何况现在她有了孙彦，更没时间管了。老顾和孟婵娟也不去西门。偶尔他们也会生出要去一去的念头，因为有点过意不去，顾嫣红交了生活费呢，每个月六百块——开始是五百，但她加了工资后，主动把生活费也加了。这一点，让老顾和孟婵娟十分满意。笨女儿原来也有笨女儿的好，不会算计。她一个月在家总共才吃几顿饭呀，竟然交六百块的生活费。六百块，他们一家子的生活费也差不多了。如果是顾姹紫，就一定会这么说了。顾姹紫的数学学得多好呀，高考几乎考满分呢。而顾嫣红，数学经常考不到两位数的。什么叫祸兮福所倚，福兮祸所伏。这就是了。这么想的时候，孟婵娟就有些内疚了。有时做了凉拌小菜，或做了梅菜扣肉，就想着要让老顾给顾嫣红送一些过去。顾嫣红很喜欢吃这些呢。但老顾总没时间。没时间一半是借口，一半是事实。学校里的事倒是不多，但家里的事呢，现在却是纷至沓来。先是顾姹紫要结婚，他忙着收拾房子，忙着筹划婚礼，接着呢，又是孟婵娟生病，孟婵娟一生病，老顾就慌了，除了陪孟婵娟看病养病，再没心思干别的；再后来，就是顾姹紫怀孕，顾姹紫怀孕是顾家的大事，绝对大过顾嫣红的梅菜扣肉，所以，老顾没时间去西门呢。当然，如果老顾真想去，也还是能抽出时间的，鲁迅先生不是说过，时间是海绵里的水，只要愿挤，总是有的。关键是，老顾不愿意为了顾嫣红为了西门挤他的时间海绵呢。不挤就不挤，孟婵娟也不勉强他。人民教师嘛，去西门那种地方，让人看见了，确实不太方便。而且，老顾不肯去西门，孟婵娟表面有些愠，心里却是窃喜的。西门那么乱，妖精云集，男人去多了，说不定，就迷乱了。老顾的身当然是不会迷乱的，这一点，孟婵娟有把握，但眼呢，心呢，就不好说了。男人嘛，身在曹营心在汉的事，那是常有的。女儿她是管不着了，但老公呢，那身心一定要高度统一的，身要在她这个曹营，心呢，更要在她这个曹营。

所以，老顾和孟婵娟对顾嫣红的牵挂，也就只停留在说一说的阶段，说过了，也就过了。昙花一现般的。之后就全力侍候顾姹紫了。顾姹紫怀着孕呢，孕相又不好，吃什么吐什么，吐了，又接着吃。且要吃的都是些稀奇古怪的东西。什么紫蕨炒腊肉，什么南瓜花炒鸡蛋，什么貂蝉豆腐。顾姹紫性子急，一旦想吃什么了，就恨不得立时立刻到嘴边。老顾现在上课都有些心不在焉了，老想着要到哪儿去弄这些玩意儿。一旦弄到了，孟婵娟就十万火急马不停蹄地往厨房赶，弄好了，再往图书馆送。孙彦看着老两口的阵势，忍不住乐，说，这简直是"一骑红尘妃子笑，无人知是荔枝来"嘛。顾姹紫也乐了。这就是住在娘家的好哇，如果和婆家人住在一起，还吃什么南瓜花。女友小韩说，她怀孕时不过想吃一盘炒螺蛳，婆婆也推三阻四的，说什么螺蛳里有寄生虫，屁话呢，不过是怕麻烦。她一生气，跑到大排档的夜市上吃了两大盘又麻又辣的炒螺蛳呢。

住在娘家的好处当然不止南瓜花。顾姹紫存折上的数字，现在像窗台上的水仙，每天都蹭噌噌地往上涨呢。老顾有时当了她的面，数顾嫣红给他们的生活费。数就数呗，顾姹紫假装看不见。倒是孙彦，有些不好意思了，孙彦说，我们要不也和嫣红一样，交伙食费吧。顾姹紫白他一眼，问，交多少呢？孙彦也不知道交多少，如果按顾嫣红的标准，他们就要交一千二了，这个数目他也是有点舍不得的。但如果低于这个数字，他们面上就下不来了，毕竟他们的身份和顾嫣红总是不同的，他们两个研究生，两个干部，到头来竟然不如顾嫣红一个打工妹了。这么一想，孙彦就低了头，不作声了。顾姹紫的逻辑和孙彦却是不一样的，顾姹紫说，世上的财富分两种，一种是物质的，另一种是非物质的。顾嫣红给父母的，就是物质部分，而她给父母的，就是非物质部分。非物质部分比物质部分更有价值呢。她这样的女儿，给了父母多少精神安慰呢？多少光荣和体面呢？所以，她也不欠父母的，不就是几百块伙食费吗，和精神比起来，和光荣比起来，算什么？

顾姹紫的白吃白住因此理直气壮。但孙彦还是有些心虚和忐忑，特别是顾姹紫不在家的时候。顾姹紫有时会和小韩在外面吃，当然都是小韩请客。小韩总是和婆婆闹矛盾，一闹矛盾就不想回家了。这时候顾家的饭桌上就只有老顾孟婵娟和孙彦了，老顾平日在饭桌上话就不多，一旦顾姹紫不在家，老顾的话就更少了。不说话的老顾就让孙彦觉得有压力。好在孟婵娟话多，孟婵娟的表现和老顾正好相反，孟婵娟平日也是话多的，一旦顾姹紫不在家，她的话就更多了，像只老麻雀，叽叽喳喳地说个不停。说单位里的人事，说弄堂里的事非，说辛夷的旧闻和新闻，还有孟家和顾家的七大姑八大姨。如果顾姹紫在家，孟婵娟的话题一般是没有多少机会充分展开的，因为顾姹紫会及时地表达她的反感，或者用讥讽的表情，或者用讥讽的语气，或者拦腰就将孟婵娟的话题斩了，直接就说别的事儿。不管何种方式，总之会让孟婵娟的谈兴遭到打击。但顾姹紫不在家，情况就不同了。孙彦从不打击孟婵娟的谈兴，不仅不打击，还十分鼓励。顾姹紫不是有非物质财富理论吗？陪孟婵娟说话，应该也属于非物质财富这部分。所以，孟婵娟无论说什么，孙彦都能亦步亦趋地积极响应。孟婵娟的谈兴，在孙彦的鼓励下，愈发如火如荼不可遏止了。半个小时的饭，孟婵娟现在能吃上一个时辰。十分钟能洗好的碗，孟婵娟现在能洗上半个小时。只要顾姹紫还没回家，孙彦就绝对进不了他的房间。即使进去了，孟婵娟也能找个借口，再把他叫出来。

老顾很不高兴，他实在看不惯孟婵娟和孙彦有说有笑的样子。看不惯孟婵娟他不敢表现出来，但看不惯孙彦呢，他就要挑刺了。一个大男人，怎么好这么窝囊呢？在单位，他还不如顾姹紫，顾姹紫是采编部主任，而他呢，不过是普通馆员。每个月的工资比顾姹紫还要少两百。倒是会哄女人，顾姹紫那么心高气傲的丫头，却被他哄得滴溜溜转了。两人一下班，就钻到房间里去了。老顾甚至担心他们还没有禁房事，因为半夜里他们房间里经常会传出哼哼叽叽的声音，为这个，他和孟婵娟嘀咕过。顾姹紫怀孕五个多月了呢，房事频了，会引起流产的。他让孟婵娟去提醒顾姹紫，孟婵娟不肯。她一向有点怵顾姹紫的，何况这种事，她也说不出口。老顾只好自己出马了，也没有直接说这事，而是用调虎离山那一招。他让孙彦去阳台睡，顾嫣红反正也不怎么回家，阳台多是空着的。可孙彦还没开口呢，顾姹紫先急了，顾姹紫说，为什么？有毛病呀，房间不睡睡阳台。老顾也不好说为什么，孟婵娟也不说，睡阳台的事也就不了了之。

十二

顾姹紫果然就早产了。

本来应该十一月的预产期，可十月中旬顾姹紫的背部就开始隐隐作痛了，之后就断断续续地见红。老顾和孟婵娟慌了，赶紧找孟红果的老公。可顾姹紫不想去二医院，辛夷最好的妇产科医生是叶锦屏，叶锦屏在妇幼保健医院呢，所以顾姹紫坚持要去妇幼保健医院。去妇幼保健医院自然没什么问题，但如果指定要叶锦屏问题就很大，叶锦屏的日程安排饱满着呢，辛夷上流社会的女人几乎都在叶锦屏手上生儿育女。可孟红果的老公虽然是医生，可他是外科医生，还是二医院的，和叶锦屏扯不上关系。孟婵娟急得团团转，直埋怨孟红果的老公。平日看上去和女人的关系不都是千丝万缕的吗？怎么偏偏和叶锦屏就这么小葱拌豆腐一清二楚。这是胡搅蛮缠了，老顾认为，人家再风流，也不能把辛夷的女人都一网打尽了，总还有漏网之鱼的。何况他对他们家的事，一向也是尽心尽力的，不说别人，单是孟婵娟，没少麻烦他呢。所以，瑕不掩瑜，不能因为这一次的事，就责怪人家。要怪也只能怪孙彦，这本来是孙彦的事，怀孕是他的事，早产也是他的事——肯定是因为房事引起的感染，不然，怎么会有早产的症状呢？可他倒好，什么忙也帮不上。当初顾姹紫如果嫁的是陈希望，这事就不用他们操心了，陈局长一个电话就搞定了。可现在呢，没有办法了。他和孟婵娟，两个小学老师，有什么办法？顾姹紫找小韩，小韩的老公在税务系统，有许多社会关系的，小韩的儿子就是叶锦屏接生的。小韩倒是热心，但小韩的老公却支支吾吾。老婆是老婆，老婆的女友是老婆的女友。这完全不同的。社会关系也是一种不可再生资源，用一点就少一点。为老婆当然可以不计较这个，可为一个不怎么相干的女人，他就不想用了。

顾姹紫什么时候受过这种委屈？一委屈，背痛得更厉害了。

只好去二医院了，顾姹紫虽然一向任性骄傲，到这时候，却也不敢任性了。

顾嫣红却打了电话来，顾嫣红说，叶锦屏那边联系好了，可以直接去找她，只要说是李北岳的朋友就可以了。

十三

李北岳是辛夷商业局的副局长，也是西门商业城的老总。

他和顾嫣红的老板马小骊是中学同学，因为是同学，所以经常会来店里坐一坐，有时赶上了，也会留在店里一起吃中饭。这时候，马小骊就会让顾嫣红加个菜，西门的菜市场就在她们店后面，不远，顾嫣红走快一些，来回不过十来分钟的事儿。

起初都是马小骊在的时候才过来，后来就不一定了，马小骊在时他过来，马小骊不在时也过来；再后来，李北岳就专门挑马小骊不在的日子过来。

李北岳过来的时候从来不空手的，或者带瓶香水，或者带套化妆品，或者带条手链。顾嫣红开始有些不好意思，但后来，也就习惯了。李北岳说，反正都是别人送的，他老婆从来不用那些玩意儿，放他那儿也浪费了，不如就送给嫣红了。宝剑赠英雄，红粉赠佳人。最合适的。

李北岳读过大学，所以说起话来，经常会有些文绉绉的。

马小骊看到顾嫣红用娇兰彩妆盒，拿过去，细细地看，是正品，不是西门卖的假货。暗了脸问顾嫣红，谁送的？嫣红低了头，不言语。马小骊啐了嫣红一口，骂，小婊子，才到西门几天，就学会勾男人了？

顾嫣红觉得十分委屈，她真没有勾过谁。她不过是不会拒绝，不会拒绝父母和顾�紫，不会拒绝马小骊，也不会拒绝李北岳。

再说，之前她也不知道李北岳是马小骊的人，要不是小陶告诉她，她真以为他们只是同学呢。

之后顾嫣红在店里的日子就有些不太好过了。

马小骊的脸，现在一如二八月的天，会变，刚刚还是阳光灿烂呢，一转脸，又是黑云压城城欲摧了。还找茬。一件裙子卖了二百块，她说，怎么才二百块呢？那意思，是顾嫣红黑了她的钱。有男人陪女人过来买衣裳，女人进了试衣间，男人无聊，瞄了顾嫣红一眼，又瞄了顾嫣红一眼。正好小青店里的狗过来，马小骊立刻嗅一嗅鼻子，然后阴阳怪气地说，我们店里有骚味吗？怎么总惹了公狗过来瞎转悠。顾嫣红本来不太懂指桑骂槐的，但因为马小骊指桑骂槐的意思总是太直白，几乎直白成了指桑骂桑，所以，即使头脑简单的顾嫣红，多数情况下，也能听懂了。

听懂了的顾嫣红就觉得难堪。

李北岳现在白天很少过来了，即使过来，也碰不上马小骊的唇枪舌剑。当了李北岳的面，马小骊对顾嫣红一如既往的温柔，不，是更温柔，总嫣红嫣红叫得十分亲热。顾嫣红觉得别扭。不懂马小骊为什么要这样做生做旦，问小陶，小陶是西门的人精，什么都懂的。小陶说，马小骊是在笼络李北岳呢，在西门开店，谁敢得罪李北岳李总呢？

她笼络李北岳，为什么对我又做生又做旦呢？顾嫣红还是不懂。

有什么不懂的呢？马小骊是生意人，做生意自然要求财，所以要委曲求全，所以要强颜欢笑。可她也是女人呢，是女人就会嫉妒，就会争风吃醋，你抢了她的男人，难不成还要她真对你好？没拿针锥你或拿硫酸泼你算是仁慈了。

这话不对了，但不对在哪儿，顾嫣红也说不上来。

照小陶这么说，顾嫣红难道只能哑巴吃黄连？

小陶咯咯地笑，小陶说，嫣红，你真是老实，干吗哑巴吃黄连？你告诉李北岳呀。

十四

告诉李北岳的结果，是顾嫣红有了一间自己的店。

本来李北岳不让顾嫣红在西门干了，他替她在朋友的公司找了个事，但顾嫣红干了不到一个月，就不愿意了。换一家公司，又没干到一个月。顾嫣红还是喜欢西门呢，也喜欢卖衣裳。李北岳没办法，只好让顾嫣红回西门了。在西门盘一家店，至少要十万。十万顾嫣红自然没有，别说十万，就是一万顾嫣红也是拿不出来的。不过，拿不出来也没关系，不是有李北岳吗？有了李北岳，顾嫣红就成了西门最年轻的老板。顾嫣红才二十二岁，二十二岁的顾嫣红有了自己的店，店名就叫"嫣红"，是李北岳起的名，也是李北岳写的字，黑漆木板上，二个红艳艳的小篆体的"嫣红"，很别致的。

顾嫣红的脸红成了一朵芙蓉花，嗫嚅半天，说，我不是，不是这个意思。李北岳说，我知道你不是这个意思。

十五

但顾家人知道这事，已是三个月后了。

三个月后顾姹紫的女儿孙蔻儿周岁，正好孟婵娟五十岁，前后相差不过六天，于是就放一起庆生了。老顾本来要在"福膳房"摆几桌的，是顾姹紫的主意，顾姹紫说，"福膳房"那个月正搞活动呢，打九折，而且大堂经理还是她们馆长的熟人，能折上折，合起来，也就八折了。那里的富贵鸭做得十分地道，板栗鸡羹也不错。这两道菜，可都是孟婵娟爱吃的。老顾想想也是。老夫老妻几十年的感情，用富贵鸭表示表示也应该的。但孟婵娟不肯，孟婵娟说，想吃富贵鸭，你不会在家里给我做呀？还非要到那里去吃？倒是把别人吃富贵了，自己吃穷了。再说，女人五十岁有什么好庆祝的，又不是三十岁，又不是十八岁。这些话孟婵娟是当了顾姹紫面说的，私下里，孟婵娟对老顾说，这丫头，又算计我们呢，让我们到"福膳房"请客，她搭顺风车，朋友来一桌，同事来一桌，到算账时，肯定又一毛不拔。凭什么？蔻儿姓孙，又不姓顾。这话一下子就把老顾说心酸了。他们原来试探过顾姹紫和孙彦的，想让蔻儿姓顾，反正孙彦有兄有弟，兄弟又都有儿有女，全姓孙的，孙家少一个姓孙的蔻儿，又不影响香火。但孙彦不作声，顾姹紫也不作声。顾姹紫本来事事都要做主的，却偏偏在这个事上由孙彦了。老顾和孟婵娟只能悻悻作罢了。既然这样，他们为什么还要给孙蔻儿摆周岁宴呢？要摆也是孙家来摆。这么想之后，老顾就决定在弄堂口的"鸿运来"摆几桌算了，"鸿运来"和"福膳房"的排场自然不好比的，完全是家宴的性质。家宴就家宴，既然寿星孟婵娟不在意，老顾也乐得省钱。

顾嫣红那天来得比较晚。虽然晚，却晚成了家宴的高潮，因为那辆黑色奥迪。黑色奥迪是李北岳的，那天李北岳没什么事，便过来看看嫣红，想一起吃个饭，之后再安排一个什么活动。但嫣红说不行，嫣红说，她要回家过五一呢。什么五一？李北岳被她说迷糊了，都十月下旬了，还过什么五一？嫣红笑弯了腰，好半天，才直起身来，说，是我家的五一呢，老太太孟婵娟五十大寿，外甥女孙蔻儿一岁宴。这完全是顾嫣红风格的玩笑，很无聊，也很白痴，但李北岳也被逗笑了，说，要不我也去你家过五一吧？李北岳这话一说出口，顾嫣红的脸就耷拉下来了，什么意思嘛？明明自己不能去的，还说这种话，寻开心呀？顾嫣红不理他，一转身，准备拉卷闸门了。四点多了，她还要去"乔家栅"拿蛋糕呢。"乔家栅"在她回家的路上，早上顾姹紫特意打电话叮嘱过了的，要她早点去，拿那盒双层的"花开富贵"，因为是电话里订的，没付定金，去晚了，怕被别人拿走了。李北岳却不让顾嫣红走，伸手把卷闸门一拉，却是把自己和顾嫣红拉在里面了。生气的顾嫣红，总是让李北岳觉得十分性感，尤其是她噘起嘴时，那鼓鼓的面颊，有一种孩子般的丰满和圆润。四十五岁的李北岳，常在西门出入的李北岳，对妖媚已经有相当的免疫力了，女人再风情，再狐媚，在他面前，基本也是良辰美景虚设。因为这个，马小骊时不时地会笑话他，说他现在简直就是东方不败。官场就如葵花宝典，要练此功，必先自宫。即使没有自宫，在里面耽溺久了，最后都免不了要翘起兰花指说话的。李北岳被她说得有些恼，但恼归恼，却也是不好较真的。一个和你耳鬓厮磨过的女人，说起话来，总是有些放肆的。所以孔夫子说，唯小人与女子难养也，近之则不逊，远之则怨。马小骊现在就是这样又不逊又怨的状态，不逊是因为以前的关系，怨是因为他现在的表现。要说，马小骊在他面前基本还是克制的，至少没有撒泼。辛夷的女人，或者说，西门的女人，一旦撒起泼来，那也是十分狰狞的。而马小骊的不逊也罢，怨也罢，都是在笑靥如花的掩饰下的。这笑靥如花的奥妙，他自然也明白，无非是不想倒了他这棵大树。但女人能做到发乎情止于礼的，不多。到底是个高智商的女人，也到底是个有素质的女人。

这智商和素质让李北岳十分欣赏，不过，欣赏却是同志般的欣赏，不是一个男人对女人的欣赏。在男人对女人这方面，李北岳现在有反智倾向，既反妖，也反智。女人越妖媚，他越心如止水，女人越智慧，他越敬而远之。他实在不喜欢和人斗心眼了，他斗够了。年轻时他有与天斗与地斗与人斗的革命理想，斗得激情澎湃，斗得不亦乐乎。但二十多年亢奋地斗下来，他把自己斗到了商业局副局长这个位置，也把自己的身体斗出了三高，血压高，血脂高，血糖高。医生建议他从此要清淡饮食。清淡饮食只是表象，他知道，最根本的，其实还是要清淡思想，他于是开始反思这种斗争的意义。人又不是公鸡，为什么一天到晚要乍了毛抖擞着自己的翅膀？他现在基本进入了一种弃绝圣智返璞归真的境界，这种返璞归真，贯彻到女人这个问题上，就是要女人思想简单，感情朴素，越简单越好，越朴素越好，最好简单朴素成动物植物一般，如猫，如狗，如花，如草。

即使动植物，李北岳也还有要求，动植物的世界也是纷繁复杂的，这是世界不断进化的结果，大千世界进化到一定阶段，就是又回到混沌一片，你中有我，我中有你。人有了动物性植物性，而动植物呢，又具备了某种程度的人性。所以，李北岳还要去菁存芜，删繁就简。如果是狗，李北岳希望是一只老老实实的土狗，城市的狗现在都太机警了，它们个个都是见过世面的，不仅过马路时认得红绿灯，而且还会由表及里地认识人，他不喜欢这种人格化了的狗们。如果是花呢，李北岳希望是桃花李花甚至喇叭花那样的单纯花朵，不要牡丹，太有身份意识了；也不要茉莉那样阴险的花朵，面上是做小伏低，骨子里呢，却使暗器，用氤氲的香气来湮没人，这差不多是生化武器了，很多女人都擅长走这个路线的，比如马小骊，比如他老婆。

但顾嫣红还没有这样的进化。她完全还是一朵初开的桃花，鲜艳、葳蕤、无邪。李北岳第一次看见她，就被打动了。不仅心动，而且身动。他在老婆那儿、在马小骊那儿已经被讥笑为东方不败的身子，一到顾嫣红那儿，竟然感觉又如沐春风了。这让他惊喜莫名。原来他的萎靡不振他的气若游丝，不过是冬眠呀，一旦惊蛰，就又起死回生了。他差点就被马小骊骗了，什么东方不败？什么兰花指？简直是诬蔑。这个女人真是阴险哪，为了逃避自己的责任，竟不惜从根本上摧毁他。

顾嫣红却让他惊蛰了。每次看见顾嫣红，他的身体里面都噼里啪啦的，犹如芝麻开花一般。他自己都觉得奇怪，从前和马小骊刚好上的时候，他也激动过的，可再激动，他也能坚持住自己的原则，比如不在马小骊的店里亲热。有时马小骊把持不住，会乜了眼看定他。他知道她的意思，但他假装不懂。正正颜色，走了，丢下面若桃花的马小骊在那儿欲罢不能。虽然之后他会打电话给她，让她在什么什么时间去什么什么地方。马小骊讥笑他，认为这是脱了裤子放屁，多此一举。怎么会是多此一举呢？这一举其中奥妙无穷呢，既坚持了他的原则，又有了延宕的快乐，当然，这一举最关键的奥妙，还不在上面两点，而是摆正了他和她之间的关系，他要她明白：是他在控制她，而不是她在控制他，他要她往东，她就得往东，他要她往西，她就得往西。她不是叫马小骊吗？他就要她名副其实地变成一匹马，一匹随他的指挥棒马不停蹄地奔跑的战马。每次她撅着肥臀在他胯下扭得欢实的时候，他都忍不住产生一种幻觉，仿佛他真在纵马驰骋。这幻觉，李北岳自然没说出口，他只是说，店里的沙发床那么窄，束手束脚的，影响水平发挥。马小骊便嗤嗤地笑，然后伸了手去挠他。

但现在，李北岳不控制了，不仅不控制顾嫣红，也不控制自己。

沙发床真的很窄，而且会嘎吱嘎吱地响，然而李北岳不管了，就那么嘎吱嘎吱地要了顾嫣红。

之后还要缠绵，李北岳原来没有这毛病的，但自从和顾嫣红好上之后，他就添上了。他喜欢侧身抱着顾嫣红，用下巴去蹭顾嫣红的耳朵，或者用手指一下一下地去划顾嫣红的脸颊。但顾嫣红今天没工夫让他蹭了，她还要去"乔家栅"呢，还要拿"花开富贵"呢，顾姹紫的电话刚才已经响过两次了，一次是沙发床嘎吱嘎吱响的时候，她要去接，但李北岳按住了她，没让；第二次李北岳干脆把顾嫣红的手机关了。顾嫣红有些生气了，又�’起了嘴。李北岳觉得好笑，说，小样，不就是一盒蛋糕呀，让小东去拿就是了。小东是李北岳的司机。

那是顾嫣红第一次坐李北岳的车子回弄堂。李北岳自己没有去，但他让小东替他包了两个一大一小的红包，大的那个二千，给孟婵娟；小的那个一千，给孙蔻儿。

弄堂和顾家，一时起了轩然大波。

十六

顾家这才知道了李北岳，之前他们也知道李北岳的，在顾姹紫生孙蔻儿的时候，他们打了李北岳的名号去找叶锦屏，然而那时他们以为李北岳和顾嫣红是没关系的，他只是马小骊的同学，他是看了马小骊的面子才打那个招呼的，所以后来孟婵娟还特意做了一小坛酒糟鱼去谢马小骊。没想到，白谢了，原来李北岳和顾嫣红好上了。

这小蹄子。

孟婵娟又一次被气得卧床不起。她孟婵娟前世造了什么孽吗？怎么这辈子生出一个这么笨的女儿，不会计算数学也就罢了，还不会计算自己的人生，你一个黄花闺女，和一个四十多的有妇之夫姘，以后还怎么嫁人？还怎么在辛夷生活？

老顾这一次也不管文明不文明了，虽然没有和修鞋的老张头一样去用鞋拔子敲女儿的头，但家里的饭桌还是被他敲得咚咚响——舍得这样敲饭桌也说明老顾的情绪已经恶劣到极点了，因为那张饭桌是他们家最奢侈的家具了，柚木的，差不多花了老顾和孟婵娟两个人整整一个月的工资呢，是顾姹紫结婚前才买的。老顾平日对它十分爱惜，爱惜到几乎从来不肯让它素面朝天，一层厚厚的塑料膜上面，又盖了一层花塑料布。顾姹紫笑话他们，说，这桌子是金枝玉叶呀，还整个"顾家有女初长成，养在深闺人不识"的景。但现在，老顾管不了这个金枝玉叶了，一巴掌一巴掌地在上面拍。两千块的红包也被老顾扔到了顾嫣红的脚下，老顾嘶哑了嗓子喊，谁要他的臭钱？谁要他的臭钱？他算什么东西？到这儿来摆谱。

倒是顾姹紫小两口的反应相对平静。孙彦的平静是自然的，他是外人，还没有建立起"一荣俱荣一损俱损"的伦理观，何况，一个做姐夫的，对小姨子的感情生活也实在不好插嘴。而顾姹紫呢，态度也表现得前所未有的理性。她不明白老顾和孟婵娟为什么会动这么大的肝火，难道他们真相信顾嫣红会是一朵出淤泥而不染的荷花？一支出淤泥而不染的白莲藕？不可能的。荷花和藕之所以反复被人讴歌，就是因为出淤泥而不染太困难了，困难到许多风流名士都做不到，风流名士都做不到的事，顾嫣红能做到？她加减乘除都弄不清楚呢，还指望她出淤泥而不染？老顾和孟婵娟既然当初让她去了西门这个污浊之地，那有今天的龌龊不是意料之中的吗？

所以顾姹紫一点也没有大惊小怪。她当然也批评了顾嫣红，不过不是从伦理道德的角度，而是从数学和经济学的角度。这一点和孟婵娟是异曲同工，什么叫鼠目寸光？什么捡了芝麻丢了西瓜？顾嫣红的所作所为就是呀！为了眼前的一点小恩小惠，她把女人的一辈子都搭上了，不划算呀！她又没学历，又没能力，仅有的一点资本，也就那几分青春，几分姿色，本来应该精打细算用来物色一张长期饭票的，可她倒好，浪费给一个有妇之夫了。中国女人的平均寿命可是七十四岁，而顾嫣红那种头脑简单的女人，或许要活更长呢，像日本女人那样活到八十五岁也说不定。二十岁时当然可以凭色相吃饭，三十岁呢，四十岁呢，如果能风韵犹存成巩俐或者张曼玉那样，或许也行。问题是世上有几个半老女人能当巩俐和张曼玉呢？就算能当，那之后呢，八十五岁的老女人也是要吃饭的，孟婵娟的母亲就八十多了，比孟婵娟还能吃呢，每餐能吃两碗饭，还要喝肉饼汤。没有婚姻繁衍出来的儿女供养，到时吃什么？和弄堂口的老槐树一样，吃西北风？

顾嫣红不言语。不言语不意味着她听进去了，相反，她完全是屏蔽的状态。顾姹紫的话总是太快，又总是喜欢夹杂数字，简直和数学题一样，让她晕。每当这个时候，她就把自己屏蔽了。屏蔽是她的绝活，是打小练就的童子功。在学校上课也罢，在家听老顾孟婵娟和顾姹紫训话也罢，只要那些话她不爱听，她就想别的事儿，看别的东西，脚下扛了饭粒子赶路的蚂蚁，窗外树上啾啾鸣叫的麻雀，或者书上不知什么时候不小心溅上的一团黑乎乎的墨渍。即使是墨渍，也比顾姹紫的话更有意思呢。顾姹紫一看顾嫣红恍惚的神情，就知道自己又白费精神和唾沫了。总这样，不管你如何深入浅出，如何化繁为简，她横竖愣是不懂。顾姹紫相信，顾嫣红的脑袋一定是榆木做的，甚至比榆木都不如，人家还知道四月开花，五月结果，知道什么时候做什么事儿，而她呢，什么都拎不清。

顾姹紫懒得管她了。老顾和孟婵娟却不能不管，虽然这个时候管已有些亡羊补牢的无奈，那也不能不管。

管的方式是让顾嫣红和李北岳马上一刀两断，马上，趁还没有四面楚歌，弄堂里的流言还是欲说还休闪闪烁烁的阶段，毕竟他们只是看见了奥迪而已，看见奥迪能说明什么呢？什么也说明不了，捉贼拿赃，捉奸拿双，他们又没看见李北岳和顾嫣红在一起。不像弄堂十四号的钟家丫头，光着身子被别人老婆堵在了床上，那才是铁证如山无法狡赖的。但顾嫣红还没狼藉到那个程度，不过是看见了奥迪，不过看见了红包。

何况红包他们还是要退回去的。关于这个红包的处理，顾姹紫却有不同的意见，为什么要把红包退回去呢？李北岳的钱，是他自己的吗？都是民脂民膏！既然是民脂民膏，那不就是他们自己的钱？自己拿自己的钱，应该的呀！再说，难道退了红包顾嫣红的清白就回来了吗？又不是在菜市场买卖萝卜，一手交钱一手交货，典型的小市民思维。女人的名声如水，一旦泼了出去，就再也回不来了，这就是覆水难收。既然覆水难收了，那退红包还有什么意义？

什么意义老顾也说不上来，即使能说上一二，也一定会被顾姹紫三三四四地驳了回来。在顾家，顾姹紫绝对是理论的高手。老顾知道顾姹紫的心思，不就是不想退孙蔻儿的那一千块钱吗？扯什么民脂民膏覆水难收之类的废话呢？其实老顾也不想退呢，在最初的愤怒之后，退红包的决心其实也很脆弱了。二千块钱呢，在辛夷好买一平方的房了。对老顾夫妇而言，这几乎是有些悲壮的行为。他们做这个决定的时候，自己都被自己感动了呢。孔夫子说，君子爱财，但取之有道。他们虽然生活在弄堂里，却是弄堂里的君子呢，修养和居陋巷的颜回都差不多了。而现在，顾姹紫的一席话，又让老顾做不成君子了。

想想也是，如果顾嫣红和李北岳已经有了实质性的关系，那这礼钱他们就是该拿的，不仅该拿，而且还拿得不够呢，虽然它弥补不了什么，可补一点是一点，总比赔了夫人又折兵好哇；如果顾嫣红和李北岳还没有什么，那更好，白拿呢，反正周瑜打黄盖，愿打愿挨。

他们到底是什么关系呢？问顾嫣红——当然不能直接问，他们是父母，怎么好意思直接问这种事情，只能犹抱琵琶半遮面地问，顾嫣红不知是没听懂，还是不好意思，总之死不开口，无论他们问什么，她都和哑巴一样。

老顾没辙，只好去问李北岳了。

代表顾家出面找李北岳打探虚实的，是顾姹紫。老顾夫妇因为红包的关系，有些心虚了，而顾姹紫理直气壮。当然，见面的由头还是退钱，这是虚晃一枪的策略，她有十分的把握李北岳不会把钱拿回去，所以顾姹紫把红包往桌上一放，凛然说，李局长，无功不受禄，这礼，我们不能收。

李北岳笑笑，说，不过一点小意思，又何必客气。很随意地，李北岳又把红包朝顾姹紫的面前轻轻推了过来。

顾姹紫要再推的时候，服务员进来了。

他们在"锦绣阁"见的面，下午五点多，正是晚饭时间，所以李北岳自作主张给顾姹紫点了一盅木瓜炖燕窝，李北岳说，这玩意儿女人吃了好，养颜，淡斑。

顾姹紫的脸上，有很隐约的蝴蝶斑，是怀孙蔻儿时长上的。

气氛一上来便有些不对了，太友好了，顾姹紫觉得。她本来要先礼后兵的。然而现在，一边享用着"锦绣阁"燕窝汤，一边享用着李北岳的软语温存，她竟然有些兵不起来。

而且李北岳的形象和她想象中的也不一样。她本以为要见到一个汤肥脑满的中年男人，官僚嘛，尤其是小城市的官僚，样子都差不多的。一张油光可鉴的脸，一双又混浊又傲慢的眼睛，一身没有品味的灰黑色官服，那形象整个一只《诗经》里的硕鼠。可李北岳却一点也不硕，甚至有点瘦，虽然也没瘦成玉树临风，但那意思也还是树的意思。

这让顾姹紫有些为难了。顾姹紫对硕鼠可以横眉冷对可以义正词严，对树，却没有办法这样。

尤其这棵树上还结了果子。临分手，李北岳给顾姹紫送了一只又大又红的果子：一张"自然美"的保养年卡。

李北岳说，初次见面，不成敬意。

顾姹紫先礼后兵的念头，顷刻间成了落花流水。

十七

恼羞成怒是之后的事情。顾姹紫一回到家，情绪就开始有些恶劣了。怎么说自己也是个研究生，是个在省城见过世面的人，难不成为了一盅燕窝和一张保养卡就缴械投降了？就放弃自己的伦理和道德立场了？不可能的。顾姹紫如果是这样的人，就嫁陈希望了，甚至就不会回辛夷了——顾姹紫当初是可以留省城的，读研二时，导师带她参加过一次省自考阅卷，考试办的一个科长，看上了她。省考试办是十分有钱的单位，那位科长的年收入有十几二十万，且有房有车，并私下里向顾姹紫许诺，如果她嫁他，他能把她弄进省图书馆，或者人事厅的资料室。顾姹紫十分挣扎，她真的很想进省图书馆的，也真的很爱那房那车，然而科长的长相，实在离顾姹紫的理想有些差距，而且还三十多了，是离异的。她如果嫁他，只能算续弦。她才二十几岁，风华正茂，凭什么一开始就做续弦呢？犹豫再三，她还是把他让给了同宿舍的小白——说让，其实有些拔高了自己的姿态，因为在顾姹紫挣扎的过程中，科长和小白已经眉来眼去打得热乎了。周末他经常开了车到宿舍来，顾姹紫爱理不理，而小白却是蛾眉婉转，科长对顾姹紫的感情，本来也没坚决到非卿不娶的程度，小白婉转几次之后，科长自然而然就移情于小白了。小白的姿色，虽然比顾姹紫差一些，但在她们宿舍，也算第二号美女了，而且人家还有摇曳之美呢。摇曳之美是宿舍里老四对小白的经典评论，本是亦褒亦贬的，然而小白却毫不客气地做褒义地理解了。后来小白果然进了省图书馆，同学们都十分艳羡，如今要在省城的事业单位谋一份差事，简直比李白走的蜀道还要难呢，但顾姹紫却嗤之以鼻，有什么了不起的，不过是自己的残羹冷炙！当然，形容为残羹冷炙又有些不准确了，因为那羹和炙毕竟是她没有动过筷子的，但只要她愿意动筷子，哪还有小白什么事儿呢？

只要这么一想，顾姹紫就不由得不敬佩自己了。好女人有所为有所不为，她虽然也爱锦绣前程，也爱出有车食有鱼的生活，但为了自己做女人的原则，为了自己的精神高度，她牺牲了自己的车与鱼，世上有几个女人能做到这一点呢？小白做不到，顾嫣红更做不到。这是境界！

　　不过，李北岳的东西，性质不同，不是民脂民膏吗？她收了它，算是替天行道，算是杀富济贫。所以，她该吃吃，该拿拿，该说什么就说什么，完全不用有思想负担。老顾问她，嫣红到底和那个男人是什么关系呢？顾姹紫好笑，不就是想问顾嫣红和李百岳发没发生肉体关系吗？这种事，顾姹紫又不是当事人，怎么知道？难道她好意思问李北岳？什么脑子！到这时候，老顾和孟婵娟竟然还心存侥幸，希望顾嫣红和李北岳还是泾渭分明的关系，他们以为，如果他们泾渭分明，顾嫣红这时赶紧撤，还来得及，他们偷了鸡，又没蚀米，吃了狐狸，还没惹上骚。这算盘真是打得如意呢！但顾姹紫一句话，就让他们的算盘子稀里哗啦地散落了，顾姹紫说，什么关系？还能是什么关系？男女关系呗。这当然是顾姹紫的猜测，但顾姹紫认为，自己的这个猜测绝对是负责任的，不是男女关系李北岳会这么慷慨？现如今的男人，都是不见兔子不撒鹰的主。有些猥琐男，捉了兔子还不撒鹰呢，他们图书馆就有一个，和一个女人好了一年了，一年里同进同出，形同夫妻，临分手，女人没说什么，男人却一五一十地索要起分手费来，哪月哪日他们一起吃了火锅，哪月哪日他们一起出远门了，火车票是他买的，甚至他们第一次在外地开房的钱，他都记在账上了，要 AA 制。他的这种行径遭到了图书馆所有女同事的唾弃，然而他在这种唾弃面前却很坦然，很自若。男人已经现实到了这个程度，老顾竟然还指望顾嫣红和李北岳泾渭分明，真是太天真了，太乐观了。顾姹紫有些恼，白他们一眼，更坚定地说，别痴心妄想了，他们绝对是男女关系。这说法和这语气让老顾和孟婵娟很绝望很惶恐，怎么办？怎么办呢？李北岳是有妇之夫，辛夷也不大，万一哪天那个妇知道了，杀到这个弄堂里来，那顾家怎么还有脸在这儿住呀？顾家在这个弄堂，可是住了几十年呢，但顾姹紫一点儿也不惶恐，有什么好惶恐的呢？李北岳既然敢公然让司机把他的奥迪开到这儿来，妇那边一定是搞掂了的，不然，他傻呀，给妇留下这么一个大脚印？

十八

在局里，李北岳算是很低调的一个人。和他一般年龄一般位置的男人，哪个没有一两个婚外的女人呢？守身如玉是女人的美德，对男人而言，尤其是对仕途中的男人，就完全没有必要了。关于这一点，局里上上下下的男人都有高度的共识，甚至局里的女人，也都心照不宣地遵循着这种不平等意识。当然有些女人最初也是觉得屈辱的，也努力抗争过的。比如王局的老婆徐十五——徐十五其实原来不叫徐十五，而是叫徐初一，徐初一是年轻的，相对于王局而言；也是漂亮的，相对于其他局长夫人，但她的年轻漂亮，和王局的打字员比起来，也还是望尘莫及的。这种望尘莫及被一向傲慢的徐初一大意地忽略了，而王局却没有忽略。他向来是个细腻的人，对女人和对领导，就更加细腻了。细腻的结果，就是以更细腻更彻底的方式认识了打字员。本来王局认识打字员的方式还是较隐秘的，但被认识的打字员却不想隐秘，也不知是有意还是无意，竟然就让徐初一知道了，自认为还年轻漂亮的徐初一哪能咽下这种气呢？立刻跑到局里来大闹，自然是闹不出什么结果的，除了打字员挨了一个耳刮子之外，没有引起任何的影响。气急败坏的徐初一于是就扬言说，他能做初一，我就能做十五。朋友开始还以为她只是虚张声势，毕竟她是骄傲惯了的，受这样的羞辱，面子上过不去，所以，唇枪舌剑一番，聊以自慰。可没曾想她果然就做十五了——和女儿的英语家教，一个二十多岁的年轻人，无比骁勇地搞上了，徐初一的无比骁勇，直接带来了两个后果，一是她从此被叫作徐十五了，二是被王局弃若敝屣了。而那位打字员，两个月后，成了发展规划科的一个副科长，再两个月后，就走马上任为局长夫人了。

徐初一的错误，在于没有认清形势，形势是"只许州官放火，不许百姓点灯"，哪怕是如豆的灯，也是要遭灭顶之灾的。而徐初一，竟然把女儿的英语家教，当作大红灯笼高高挂了。这不是自寻死路吗？徐初一的下场，成了夫人们的反面教材。以史为镜，可以知兴替；以人为镜，可以知得失。夫人们表面是懦弱的阿斗，但其实呢，也很懂自己的生存智慧。都是为了屁股下的那把交椅，谁也不比谁有尊严。一往直前谁不会？驴子都会呢，把它牵到大道上，它绝对闷了头往前走。这样说起来，徐初一的表现，和一头驴也差不多呢。夫人们在一起闲谈时，偶尔会忍不住作践作践徐初一，这是难免的，成者王，败者寇，何况这个败者，当年仗了老公的地位和自己的姿色，也作践过她们呢，所以幸灾乐祸是应该的，落井下石也是应该的。当然，这样的闲谈，主要目的不是为了作践徐初一，说到底，她们和徐初一的矛盾，还属于人民内部矛盾，她们真正的敌人，是狐狸精一样的打字员们。徐初一就是牺牲在狐狸精手上的，从这个意义上来说，徐初一差不多是她们的先烈了。所以，闲谈徐初一，就是要从先烈的身上得到启示。启示就是：不要意气用事，而要委曲求全。韩信能忍胯下之辱，所以韩信成了大将军，刘备和曹操在青梅煮酒论英雄时，被雷雨吓得掉了筷子，最后才能三分天下。这叫识时务者为俊杰，叫守大节不拘小节。只要屁股下面的交椅坐稳了，外面再莺歌燕舞，也由她去。风平浪静的王朝，是没有的，总会有此起彼伏的流寇。一味的铁腕，不一定管用。纣铁腕不铁腕？秦铁腕不铁腕？一样亡了江山。怀柔有时比铁腕更见效果。狐狸精的看家功夫就是温柔，她们要师夷长技以制夷。懂得了这一手，就不会像徐初一那样逞匹夫之勇了。婚姻也是很高深的政治经济学呢，也是很高深的哲学和军事学呢。当然，不是所有的夫人都有这样的觉悟，都能达到这种理论的高度。吴局的夫人就用更朴素更直白的语言，用半戏谑半认真的口吻，代表局里的夫人们提出了她们的口号：坚决不下岗。山为陵，江水为竭，坚决不下岗；冬雷震震夏雨雪，坚决不下岗；天地合，还是坚决不下岗。夫人们把心酸化成了幽默，把悲剧演成了喜剧，你死我活的斗争变成了团结紧张严肃活泼的游戏，这就有智慧的意味了。这智慧利于建构和谐社会和谐家庭，所以男人们就笑纳了。毕竟，在"家中红旗不倒"这个核心问题上，男人和女人差不多是殊途同归的，关键是对"外面彩旗飘飘"的认识容易有分歧，既然现在夫人们能够理解且默认后面这句话，那就最好不过了。

有了这样一群忍辱负重顾全大局的夫人们，商业局的男人，就活得十分招摇了。商业局的狐狸们，也活得十分招摇了。商业局简直成了蒲松龄笔下的聊斋，辛夷的狐狸们有事没事都爱在那儿出没。只要不是特别官方的活动，无论是开会，还是酒宴，局长们都可以携狐狸同行的。这让教育局文化局的领导们很艳羡了，纷纷开玩笑说，要把自家的夫人送到商业局的宿舍大院里去进修。

不过，李北岳是从来不招摇的，也不允许他的狐狸招摇。开始的时候，马小骊也试图想招摇，有一次打扮得花枝招展地跑到他的办公室来，当时他的办公室还有吴局在，他忍住了没发火，之后整整冷了她一个月呢。马小骊后来就不敢了，夹紧了尾巴躲在西门。这就对了，人都要明白自己的身份。僭越是不对的，公然的僭越就更不对了。莫说马小骊，这个连妾都不是的女人，不能如此肆无忌惮。即使夫人姚纹，打从他当了局长之后，声气也开始绵软了。她本来就是江浙人，说话有绵软的传统，但当李北岳三十几岁还是副科的时候，她说话的声气一度也表现出了很北方的气质。他那时才知道，女人的声音，原来也如候鸟，会迁徙的。他虽然是学经济出身，但他一向喜欢文学，很相信风花雪月的浪漫爱情，但姚纹声音的迁徙，一下子让他发生了嬗变，他从一个浪漫主义者变成了一个现实主义者。做一个现实主义者的好处，就是他很快升迁了。职位升迁了，房子升迁了，家里存款升迁了，而女人也升迁了——这是姚纹最不想要的升迁，但这时不由她了，树的生长都有自己的既定流程，开枝了就要散叶，散叶了就要绽花，绽花了就要结果。至于这果子是不是姚纹想要的，李北岳是不管的。不仅不管，内心还有一种隐秘的快感。姚纹不是不知道马小骊，一开始就知道了，女人在这方面，都有天赋的。她之所以隐而不发，是投鼠忌器。这一点，李北岳也知道。因为知道，他隐秘的快感就更强烈了。锦衣玉食的生活是需要付出代价的，鱼与熊掌，不能兼得。要么做徐十五，宁为玉碎；不碎，就只能做瓦了——完整的，却灰兮兮的瓦。

十九

李北岳以为，嫣红不属于狐狸系列，倘若是的话，也是一只笨狐了。嫣红从来没主动向他要过什么，以李北岳的经验，女人只要不主动要求物质，不过分要求物质，基本就是好女人了。热爱物质的女人是健康的女人，大学时他的哥们老季对他这样说，他不信，那时他正和中文系的姚纹谈着恋爱，中文系的女生很风花雪月，不谈仕途经济，也不吃食堂的红烧肉——五食堂的红烧肉那时很有名的，是他们大学的一绝，魅力和外语系的校花，中文系教授的讲座差不多的。甚至更有魅力，至少对老季而言是这样。老季经常在食堂对了艳若樱桃般的红烧肉摇头晃脑地说，校花，我所欲也，红烧肉，亦我所欲也，二者不可得兼，舍校花而取红烧肉也。因为这句话，姚纹很鄙视老季，老季呢，倒不鄙视她，却讨厌她，认为她虚伪。老季判断女人时，有一套很朴素的标准：喜欢红烧肉的女人，是诚实和健康的女人；反之，就有问题——不是德行有问题，就是身体有问题。为了哥们的幸福人生，老季于是极力反对李北岳和姚纹好，只要有机会，就要进行或含蓄或公然的挑拨离间。但那时的李北岳对女人的认识，还处于"蒹葭苍苍，白雾茫茫"的阶段，完全不能接受老季庸俗无比的红烧肉理论，所以老季的挑拨离间丝毫起不了作用，李北岳最后还是和风花雪月的姚纹结婚了。之后李北岳就领教了风花雪月的姚纹的妙，姚纹还是不吃红烧肉的，但她爱吃鲈鱼脍，无比热爱，爱到桌上如果没有它几乎就不想下箸。姚纹说，知道晋人张翰吗？人家为了鲈鱼脍莼菜羹，连洛阳的官都不做了。这句话李北岳懂，是说爱吃鲈鱼也是一种文人风流，虽然也是口舌之欲，却是升华了的口舌之欲，还在风花雪月的范畴。鲈鱼在辛夷，十几块一斤，是五花肉的二倍价格。李北岳醍醐灌顶，才明白风花雪月的女人是怎么回事。也才理解老季理论的高明，却晚了。

于是就有马小骊。马小骊和姚纹不一样，马小骊一上来就是很物质的。物质到十分纯粹的程度，他隔段时间，就会给她一些钱。开始的时候，他还会找个名目，后来，名目都不用找了。马小骊拿钱的时候，也没有不好意思。他本来以为，她会有点不好意思的，然而她没有，姿态极优雅地接过去了。他想起初中时她干干净净的样子，有些伤感。当然，也是云淡风轻的伤感，一会儿就过去了。这样也好，老季不是说，热爱物质的女人是健康的女人。有了姚纹的经验，李北岳现在也这么认为了。这样的关系或许更简单更诚实。但马小骊不仅热爱物质，还热爱赌，麻将越打越大，最初五块钱一个子，后来十块，再后来，二十块一个子了。每次的输赢都上千，有时连着战斗几天，就近万了。马小骊的牌打得极好的，也因为这样，她才艺高人胆大。但她的艺，在西门的女人面前玩玩，当然没什么问题，但和西门的男人玩，就捉襟见肘了。不仅艺捉襟见肘，经济亦捉襟见肘。

捉襟见肘的后果，便是开始打李北岳的算盘，当然是犹抱琵琶的打，姿态依然很优雅的，可李北岳还是意味索然了。

到底过分了。

姚纹和马小骊的毛病，都在于太高估自己的智商了，女人高估自己的智商没有问题，但不能低估男人的智商，尤其不能低估李北岳这种男人的智商。四十五岁的李局，身体各项功能基本都开始呈衰退的态势，唯有智力和眼力，却老而弥坚了。所以，即使姚纹的鲈鱼披上张翰的外衣，即使马小骊的算盘用了琵琶遮掩，李局也还是看得明明白白，明白了的李局对老季的理论就做了修正和补充：热爱物质的女人是健康的，但过分热爱物质和主动要求物质的女人是不健康的。

健康是理想。年纪越大，位置越高，就越要追求健康。所以李北岳现在热爱粗粮，热爱锻炼，也热爱顾嫣红。

让司机小东带了红包去顾嫣红家，说起来，是一时兴起，但其实呢，却也是一石几鸟，一鸟是姚纹，一鸟是马小骊，还有一鸟呢，就是顾嫣红的父母。

二十

老顾和孟婵娟彻底偃旗息鼓了。

因为"嫣红"。老顾和孟婵娟有一天偷偷去了一趟西门，他们去找马小骊。既然顾嫣红不肯回到家里，他们只好让马小骊辞退顾嫣红了。马小骊用极其古怪的眼神打量了他们好半天，然后说，我这个小庙怎么能养下你家那尊大菩萨呢？人家做老板都已经好几个月了。

老顾和孟婵娟面面相觑，什么老板？谁做了老板？

马小骊不理他们了。隔壁的小陶听到动静，过来把他们带到了"嫣红"。"嫣红"就在斜对面，走过三四家店就是了。

店里有客人，是个小秧子，一张脸，涂抹得和胭脂铺子一样。看不出她身上试穿的是一件什么衣服，又像内衣，又像外衣；又像上衣，又像裙子，顾嫣红正帮她系腰上的那根带子，见老孟和孟婵娟进来，惊得两眼溜圆。小陶忙过去招呼客人。顾嫣红放下手上的腰带，却不过来，依然站在小陶旁边。老顾和孟婵娟一时也不知说什么好。一起看着小陶和客人讨价还价。那件怪里怪气的衣裳，在孟婵娟看来，真是白送人家也不会要的，小陶却开口就要三百块。小秧子还价二百，小陶撇撇嘴，不说话，拿眼睃嫣红，嫣红木木的，没有反应。把一边的孟婵娟都看急了，这样的衣裳不赶紧卖掉，留在店里等着生蛀虫吗？小秧子跨出店门的时候，孟婵娟差点开口这样说了。好在没说出口，因为小秧子没过两秒钟，又转身把那件衣裳买了去。老顾的好奇心一时也被勾引了起来，忍不住问，这件衣服花多少钱进的呀？小陶说，肯定五十不到呢。五十不到？五十不到那两百还不卖？老顾不明白。小陶笑笑，说，叔，你不懂我们这行，我们卖衣服不能只看进价的，还要看人。那秧子有钱着呢，你没看见她拿眼手上的包包，LV 的，好几百呢。

老顾不懂 LV 是什么东西，但他是数学老师，会算数。五十不到的衣服竟然卖了三百，这样的买卖一天要是做上一单，那顾嫣红一个月的毛收入就赶上他们全家总和了。这丫头也太阴了吧？竟然几个月也没和家里言语一声。顾姹紫知道了不得气死呀，自己读了那么多书，又是大学，又是研究生，到头来，白读了，还没有一个高中都没毕业的笨丫头赚得多。什么书中自有黄金屋？什么书中自有千钟粟？

老两口心情十分复杂地离开了西门。他们原打算把顾嫣红弄回家的，现在看情况，是弄不回来了。覆水难收，老顾到现在，才真的理解了顾姹紫之前说的那句话。顾嫣红现在就是覆水，且覆在西门，他们根本没有办法把它舀上来。只能，也只能听之任之了。

只是，关于荷花和藕什么的，他们再也不好意思说了。

他们过起了半蛰居的生活。孟婵娟现在除了去单位，几乎很少出门。出门总要碰到人的，碰到人总要说话。孟婵娟是那么爱说话的女人，要让她不说话，那真是一件很痛苦的事。可如今说什么呢？说什么都很危险，说什么都有可能被绕到顾嫣红那儿去，尤其是沈娘娘陈金凤这些女人，最讨厌，也最恶毒，有时弄堂里遇见了，孟婵娟明明想擦身而过，她们却不肯，想方设法去挑起孟婵娟的话瘾。陈金凤笨一些，开门见山就说顾嫣红了，说顾嫣红孟婵娟当然不乐意，支吾一两句就转身走了。但沈娘娘狡猾着呢，她总是先从顾姹紫一家下手，说孙彦呀，说孙蔻儿呀，说到孟婵娟的警惕性放松了，沈娘娘这时才如台上的花旦一样，突然甩甩水袖，来一个转身，转到顾嫣红那儿了。孟婵娟气得要命。回家就发誓再也不理那鬼娘娘了，可下一回，或者下下一回，孟婵娟还是会上沈娘娘的当。

和孟婵娟比起来，老顾的日子要好过一些。他本来就是个严肃的人，不太喜欢和别人家长里短。现在因为顾嫣红，他更加严肃了。整日板了脸在弄堂进进出出，弄堂口的老张头，或宋婆婆，经常顾老师顾老师在后面追着叫，他假装没听见，拎了菜篮子低了头往前走，若有所思的样子。老顾才没工夫搭理那些小市民呢，有一次，他不过抱了孙蔻儿在槐树下站了不到一刻钟，宋婆婆就过来了，要给顾嫣红介绍对象。是城北"胖子粥铺"家的老二，二十五岁，煮粥的手艺特别好，干贝粥，皮蛋粥，煮得比他父亲还可口，如果和顾嫣红成了一对，那真是郎才女貌，宋婆婆拍着老顾的胳膊说。老顾觉得好笑，什么才？不过一个煮粥的！当然，这话老顾不会说出口，老顾只是说，嫣红还小呢，不急！宋婆婆说，怎么还小？二十多了！顾老师，闺女不比母鸡，可以放家里多养养，养肥了，好炖汤，好生蛋。闺女不好放家里养久的，养久了会出事。先前钟家那丫头，我给她介绍过好几户人家呢，都是家底殷实的好人家，她父母不肯，也是说还小还小，结果小不小？自己找下男人了！依我说，不怪钟家丫头呢，怪只怪老钟夫妇，不懂万事万物的道理。猫儿到春天也晓得跳到屋顶上去叫春呢，何况一个二十几岁的大活人。

这是什么话？老顾一生气，抱了孙蔻儿就回家了。一边的老张头偷偷地笑，笑什么呢？未必你家丫头就好？不也离过婚，眼下的这一个，说不定还要离呢，前几天，老顾还看见她哭天抹泪地，又往娘家跑。

老顾再也不给宋婆婆他们搭讪的机会，没意思，也没时间。老顾忙着呢，要上班，要买菜，要带孙蔻儿。孙蔻儿现在快两岁了，调皮得很，一没人注意就往厨房溜。她喜欢玩锅碗瓢盆，抓住什么都野蛮地往那些东西上面叮叮当当地敲，孟婵娟心爱的四个青花瓷碟，被她敲碎了三个。还有阳台，她也喜欢去。顾嫣红的床很低，她小屁股一撅，就爬了上去，摇着钢丝床玩，或者撩起花布趴在那儿看窗户外面的光景。老顾和孟婵娟吓得要死，阳台窗户的插销不太好，万一被她弄开了，掉了出去，那可如何是好？可顾姹紫和孙彦一点儿也不上心。顾姹紫一回到家，就看她的书。孙彦呢，要么陪顾姹紫看书，要么陪孟婵娟说话，总之不怎么管孙蔻儿。

老顾很有意见。这意见主要针对孙彦。顾姹紫看书也就罢了，她从小爱看书，养成习惯了。再说，她是采编部主任，业务上精益求精也是应该的。就算看的不是专业书，是闲书，那也是提高素质，一个部门领导，文化素质当然也是很重要的。可孙彦呢，他算什么？在单位是一个被领导的老百姓，在顾家呢，一个事实上的倒插门女婿，要在从前，这样的身份是要倒马桶的，他倒好，不识趣，当起大爷来了。他老顾伺候顾姹紫那是没办法，可凭什么伺候他？

还有经济。这差不多是老顾的难言之隐了。顾姹紫打生下孙蔻儿后倒是开始交生活费了，可一个月才交五百块，够什么呢？水电，煤气，还有他们一家三口的吃吃喝喝——孙蔻儿一天要一个苹果一个蛋呢，还要土鸡蛋，顾姹紫说，那些饲料鸡下的蛋，缺钙呢，它们被关在笼子里，整天不运动，能下出什么健康的蛋？孙蔻儿如果吃那种蛋，能健康？这个道理谁不懂？可土鸡蛋要一块钱一个呢，而饲料鸡才五毛，五毛的蛋当然没有一块的蛋健康。

要不是顾嫣红，老顾和孟婵娟恐怕要倒贴呢，倒贴做他们的保姆。顾嫣红现在基本都待在她的店里了，但每个月的月初，她会坐了小东的车过来，一般都在晚上八九点钟左右。车子从不开进弄堂，就停在弄堂口的槐树下面。老顾还是不和顾嫣红搭腔的，他或者在房间里改他的作业，或者在厨房洗碗，很专心致志的姿态。孟婵娟有时过意不去，会板了脸和顾嫣红寒暄几句，或者问问顾嫣红生意上的事，她也不懂生意的，所以三言两语之后，又没话说了。好在还有孙蔻儿，孙蔻儿如果没睡的话，顾嫣红就逗一会儿孙蔻儿，也就半个来小时，然后就要走了。走之前，她把钱放在电视柜上——原来是交到老顾手上的，可自从知道了李北岳，老顾就不接那钱了。给孟婵娟，孟婵娟也不接。顾嫣红只好把它放柜上了。

二十一

孙彦想买房了。

自然是老顾暗示的结果。顾姹紫不在家的时候，老顾洗碗时会让碗碟发出很响的声音，老顾也会和孟婵娟谈论房子的事。单位上谁谁买房了，弄堂里谁谁又买房了。不管孟婵娟如何使眼色，老顾都装作看不见。还十分愤怒地说到啃老族，说如今的年轻人，把中国优秀传统文化丢到背后，不仅不敬老养老，反而啃老，这行为，是寡廉鲜耻的饕餮了。

孙彦被说得面红耳赤。他的饭量其实不大，每餐两小碗而已，有时菜不合适，两小碗还不到。现在却被老顾形容成了饕餮，心里很觉委屈。夜里便和顾姹紫商量了，他想搬出去住，搬出去住就要先买房了。

顾姹紫不乐意，为什么现在搬出去？她的钱还不够呢。孙彦说，钱不够可以先按揭，图书馆里的许多同事不都这样。顾姹紫说，那孙蔻儿呢，孙蔻儿才一岁半，又不能上幼儿园，搬出去之后谁带？孙彦说，可以请保姆。顾姹紫冷笑了，请保姆？你知道辛夷带孩子的保姆一个月要多少钱吗？八百块呢，还不算其他开销。你的工资按揭之后，不吃不喝的，怕是半个保姆也养不起。那就让我的母亲过来带孙蔻儿，孙彦被逼急了，想出了这么个馊主意。

真是馊主意，在顾姹紫看来。自己聪明伶俐的女儿，在孟婵娟调教下能背出"鹅鹅鹅"的女儿，怎么能交给一个乡下老太太带呢？乡下老太太能教孙蔻儿背诗吗？能教孙蔻儿数数吗？小两口第一次有了真正意义上的矛盾，而且这矛盾因为牵扯到了各自的父母，于是就有不可化解的趋势了。以前孙彦总是很容易妥协的，只要顾姹紫冷他几天，他一定就缴械了。可这一回，孙彦的态度十分强硬。夜里顾姹紫用背对着他，他就和顾姹紫背靠背，不，应该说背对着背，因为没有靠上来，孙彦的背离顾姹紫的背远着呢。饭桌上的孙彦也面目全非，以前他喜欢替顾姹紫盛汤盛饭，现在不盛了，电饭煲就在他身边，汤也在他身边，顾姹紫的碗明明是空的，他装着没看见，自己盛了吃自己的。还经常不回来吃，到图书馆的一个老单身那儿去打秋风。老单身姓刘，同事们当面叫他老刘，背后就叫他老流氓，因为他有躲到女厕所偷看女人的历史。那也是图书馆最经典的历史，每年只要一有新同事进馆，大家都要把这段馆史很认真很快乐地重新温习一遍的。老单身那时还不老呢，才三十，而被偷看的女人叫俞大凤，已经五十六了，且奇丑无比，且力大无穷。这就活该老刘倒霉了，俞大凤不仅将他生捉，而且还十分热衷于对别人讲述她生捉老刘的过程。讲得绘声绘色，讲得跌宕起伏。这本来不是什么光彩的事儿，哪个女人愿去张扬？可俞大凤偏把它当作一件光彩的事，逢人就说。可怜老刘当时躲在图书馆厕所的单间里，本来想偷看另一个女同事的，谁知道进来了俞大凤呢？老刘从此身名狼藉，再也没办法有正常的婚姻生活了——连俞大凤都偷看的男人，辛夷的哪个女人还好意思嫁呢？就连图书馆的临时清洁工，都耻于做他老婆了。馆长有一次突然心血来潮，想为老刘和一个叫小娥的清洁工牵线搭桥，他怕老刘不同意，还苦口婆心地做了老刘好半天的思想工作，老刘倒是被说服了，可人家小娥不干，脸一马，毫不客气地拒绝了。老刘一个人过了二十年，守着一间阅览室和一副围棋。老刘守的阅览室是过期杂志，在顶楼，黑咕隆咚的，平时几乎没人去那儿，孙彦现在常去了，去和老刘下棋。孙彦以前也喜欢下围棋的，后来因为顾姹紫，他基本放弃了这个爱好。然而现在，又热爱上了，有事没事就去图书馆的顶楼。孙彦竟然和老刘那样的男人厮混在一起，是可忍，孰不可忍？顾姹紫和小韩聊天时，说到孙彦从前的好，说到孙彦近来的糟，这么参差对照之后，情绪不禁十分慷慨激昂了。小韩这一次却站在孙彦一边了，小韩说，这不怪孙彦的，橘生淮南则为橘，橘生淮北则为枳，在别人家生活，总会水土不服的，有些变异，很正常。你为什么不买房呢？买了房，孙彦肯定就不会找老刘了。毕竟，图书馆的顶楼，能好过自己的家？老刘和围棋，能好过你和蔻蔻？顾姹紫，还不是我吓你，如果你老这样赖在家里不出去住，你家孙彦，现在是枳，但将来会变成什么，还真不知道呢。

这话要是半年前说，顾姹紫是不信的。但现在，顾姹紫信了。孙彦的变化确实很大，不仅变了性情，甚至还变了长相。有一天，顾姹紫站在弄堂口，看孙彦提了两个大塑料袋远远地走来，突然觉得孙彦有些陌生了，不，准确地说，是熟悉的陌生，因为孙彦的样子，和弄堂里的男人——顾姹紫看了二十几年且深恶痛绝的弄堂男人，竟然差不多了。而之前，孙彦风流倜傥，玉树临风。就因为这个，顾姹紫嫁了他，顾姹紫一直向往树一样的男人。可现在，孙彦不是树了，即使是，也不是玉树，而是枯藤老树。

这让顾姹紫有些伤心了，为孙彦，也为自己。

顾姹紫开始看房了。顾姹紫从前也到处看房的，但从前看房是跑马观花似的看，看闲书似的看，看过了就看过了，挥一挥衣袖，不带走一片云彩。但现在，却是私订终身般的认真和紧张，甚至比私订终身还慎重呢。她和孙彦确定关系时，也没有这样患得患失的心态。一起看房的小韩笑话她，不就是一套房子吗？用不着这么战战兢兢如履薄冰，不好的话，还可以买二房嘛！还可以三妻四妾嘛！

这有炫耀的意思了，顾姹紫觉得。老公在税务局做科长的小韩，经济一向阔绰，因为经济阔绰，语言也连带着阔绰了。这十分铜臭，十分庸俗。说起来，小韩也算是读过大学的，是顾姹紫在辛夷最好的朋友。可即使这个最好的朋友，顾姹紫在骨子里，也是看不上的。

小韩在"夏威夷"选中了一套房，复式结构，两百多平米，有车库，有露台。靠露台的那间房，是书房，朝南，十几平方呢，窗台特别宽，特别低，是欧式的设计，顾姹紫在电影《成为简·奥斯汀》里看过，奥斯汀就坐在那样的窗台上读书，阳光洒进来，斑斑驳驳地，洒在地板上，也洒在奥斯汀的脸上和书上。

一时间，顾姹紫都有些恍惚了。

可小韩说，她要把这间房装修成麻将房，她老公最近在学打麻将，不学不行，新来的局长是麻将迷，据说总是根据手下打麻将的表现来提拔人的。

顾姹紫听了，微微地笑，什么叫明珠暗投？什么叫暴殄天物？这就叫了。原来世上不只英雄美人有怀才不遇之悲，一间房，也有。

二十二

顾姹紫要买的房在"千百度"，"千百度"和"夏威夷"一样，都在辛夷的繁华地段，不同的是，"千百度"的房子都是小户型的，面积从五十到一百平方不等。孙彦本来想选一套八十平方的，二室二厅，他们一家三口，住起来还是很宽敞很舒适的。可顾姹紫不同意，她不比小韩，小韩可以买二房，可以买三妻四妾，她却是打算和这一房过一生一世的——就算不是一生一世，也至少要半世吧？女人半世的光阴，她不能过得太寒酸逼仄了。所以顾姹紫坚持要买一百平方的。"千百度"一百平方的房价，加上税，加上维修基金，要四十二万。以顾姹紫和孙彦现在的存款，交清首付，还差六万。

　　孙家是指望不上的，只能打老顾和孟婵娟的主意，但老顾和孟婵娟说，我们有什么钱呢？要不，你问问你姨？怎么可能没有钱呢？不就是担心他们借了不还吗？所以把这烫手的山芋丢到孟红果那儿去。可孟红果那么不喜欢顾姹紫，打小就不喜欢，怎么可能接下这山芋呢？

　　顾嫣红却接下了。

　　顾嫣红送钱过来的那个中午，孟婵娟留她在家吃了饭。嫣红本来不想吃的，小东的车还在槐树下等她呢。但孟婵娟说，叫他进来一起吃吧。嫣红于是很温顺地出去请小东了。孟婵娟那天做了梅菜扣肉，还包了水饺，水晶虾仁的，萝卜丝的，都有。虾仁的不多，只有两小屉。孟婵娟给嫣红和小东各乘了一碗之后，就只剩下几个了，给孙蔻儿。孙蔻儿和顾姹紫一样，最喜欢吃水晶虾仁饺。顾嫣红端起碗，刚挟了一个饺子要往嘴里送，突然瞥见顾姹紫碗里的萝卜饺，脸一红，站起身要和顾姹紫换，正推搡间，老顾咳嗽一声，说，不过一碗饺子？换什么换？

　　老顾的嗓门有些大，顾嫣红一惊，赶紧坐了下来，低头吃她的虾仁饺了。顾姹紫顿了顿，想说什么，到底没开口。之后就端了碗，牵了孙蔻儿，到阳台去了。

天花乱坠

　　马可打电话来的时候，我正在厨房做一道新学的菜。那道菜叫"天花乱坠"，是楼下朱周教我的。朱周是外语系的老师，贪吃，又有很好的想象力，还在英国待过两年，因此她做的菜，有十分独特的气质，按她老公沈岱宗教授的评价，基本可以和马尔克斯的《百年孤独》相媲美。这评价有些奇怪，令人费解，什么意思？拿一道菜和一本小说比，还是本哥伦比亚的小说，比得着吗？完全风马牛不相及的。但如果吃过朱周做的菜，又看过马尔克思的《百年孤独》，就会莞尔一笑，知道沈岱宗的评价十分精当了。因为两者之间确实有相当的可比性，都既有激情，又有想象，当然更重要的共性，是他们都采用了魔幻现实主义的创作手法。

　　马可说，小灯吵着要到二姑姑家去，他想念动物园里的一只绿鹦鹉了。上次去，他看见两只鹦鹉打架，一只灰鹦鹉把一只绿鹦鹉脑袋上的毛啄掉了一大撮，啄得都露出粉红色的头皮了。他想去看看那只绿鹦鹉脑袋上的毛长现在出来了没有。正好顾艳也放假了，没事，可以带他去。

　　顾艳是马可的老婆，我的弟媳妇，小灯是我侄子。

　　我有点儿不高兴。我其实不喜欢他们到我家来，好不容易暑假了，我们想过过懒散而清静的生活——这我们，包括我老公孟文，孟文比我还懒，比我还不好客，家里一旦来了客人，他的脸，就拉得像马脸一样。即使楼下的朱周来，他也一样，脸一拉，就进他的书房了。朱周背后叫他老马，老马在不在？每次来我家之前，她都先打电话这么问一句。如果在，她就不来了。当然，她一般都挑孟文上课的时间来，她知道孟文的课表。

　　我和孟文的家务都严格分工了的，我做饭，他洗碗；我洗衣服，他拖地。这听起来，有点儿像《天仙配》了，你耕田来我织布，我挑水来你浇园。但我们其实和《天仙配》没有一丁点关系，人家是恩恩爱爱比翼双飞，我们呢，是锱铢必较寸土必争。在我们过婚姻生活之前，我十分欣赏孟文身上的超凡脱俗，但漫长的婚姻生活之后，我就痛恨孟文的这种脱俗了。我现在喜欢男人俗，最好俗得像沈岱宗一样，可以很坦然地系了围裙在楼道里上上下下，也可以很坦然地在课堂上谈苏东坡的《洞仙歌》时突然谈起了东坡肉的做法甚至怎样选五花肉，而且，起承转合，十分自然，那种不拘小节的做派，简直有《世说新语》的名士风度。我对男人的审美，和对文学的审美一样，因此风格大变，从以前的浪漫主义，变成了现在的现实主义。大俗即大雅，最好的男人，原来也和最好的诗歌一样，都是亦俗亦雅的。像沈岱宗一样，既上得课堂，又下得厨房。很可惜，这种认识我婚前没有，如果有，我就不会嫁孟文了，而是嫁沈岱宗。其实沈岱宗在追朱周前，是先追我的，但我那时看不上沈岱宗，看不上的原因也不是别的，就是沈岱宗竟然在楼道里用单口煤气灶烧东坡肉。我们那时住青年教工楼，大家都是吃食堂的，只有结了婚的夫妇才会在楼道里自己做饭。而沈岱宗，明明是单身汉，却也把自己当"夫"了，不仅会哼着歌在楼道里做饭，而且还会用他的讲义包去菜市场买菜，而且把菜带到课堂上。我觉得这简直俗不可耐，但朱周喜欢。朱周也是个喜欢做饭甚于看书的人。好一对男女！如果他们结婚，就有共同语言了，就可以琴瑟和鸣了。我几乎以一种反讽的态度替朱周牵线了。钱钟书说，做媒是中年妇女的一大爱好。我那时虽然还不是中年妇女，但对做媒，似乎也不反感。加上朱周是我的室友，比我大好几岁呢，对爱情有如饥似渴之意，我不忍看她对沈岱宗瘤痹思服，只好陪她去沈岱宗那儿吃东坡肉了——说只好，有点假惺惺了，因为我当时陪朱周的心情是近乎甜蜜的，沈岱宗喜欢我，而朱周喜欢沈岱宗，这样的三角关系让我有一种优越感，我于是乐此不疲地作陪了无数次，当然，名义上是她陪我去吃东坡肉，因为沈岱宗一开始邀请的是我，但几次之后，就变成邀请朱周了。我不知道朱周是怎么做到的。我怀疑朱周主动投怀送抱了，朱周是学外语的，对身体的态度，和学古典文学的我，是截然不同的。她完全可能像西方人一样开放身体。我的心情一度微微地有点酸意和失落，我虽然看不上沈岱宗，也没有对沈岱宗产生爱情，但我还是希望沈岱宗对我的爱情一直不变，最好海枯石烂，最好像金岳霖对林徽因一样，能为了我终身不娶。这念头多少有点文学式的夸张了，也有点阴暗，我知道，所以就怀着一种类似于负罪的心理愈加起劲地替朱周和沈岱宗撮合。大龄男女其实是经不起撮合的，没多久他们就被撮合成了夫妇，和青年教工楼里所有其他的夫妇一样，在楼道里过起了柴米油盐的庸俗小日子。我呢，过了很久之后也和孟文谈起了恋爱，那时候，我已经年纪不轻了，按后来孟文的说法，差不多是"菡萏香消翠叶残"的程度了。我恶狠狠地回敬说彼此彼此。我和孟文其实是一类人，可以说臭味相投，也可以说志同道合。孟文清高，我也清高，孟文"君子远庖厨"，我也"君子远庖厨"，两个远庖厨的男女在结婚前，还是很美好很诗意的，但一结婚，后果就严重了。谁都不想做家务，但家务每天像窗户外面的灰尘一样纷至沓来，挡也挡不住。无奈，我们只好分工，很严格地分工。这多少伤害了我们的爱情，甚至影响了我对孟文人格的认知。我原来以为孟文是个老实的书生，但我发现我错了，孟文其实也有他狡诈的一面，善于利用一切机会，来尽可能地逃避家务。比如，洗碗本来是他的事，但每次我家里一来人，他就不洗碗了，也不说不洗，躲在书房总不出来，任杯盘狼藉在桌上，或水池里，直到下一顿之前，也不出来洗。我大叫，孟文，孟文。他听不见，作耳聋状。如果来的是马可夫妇，他们在一边看着我们这样就有些尴尬了，就会主动帮着把碗洗了。他们来作客，可不愿意因为家务让我们夫妇产生什么矛盾。尤其是马可，一向习惯察言观色的。但如果是顾艳呢，她就不管了。她在自己家，也是从来不做家务的，不可能到我家来洗碗。于是，每次顾艳一来，我家的分工就乱了，变成了我做饭，我洗碗，我洗衣服，我拖地。孟文呢，袖了手，理直气壮地什么也不干。我知道孟文为什么理直气壮，就因为她们打扰了他的生活，他有理由要求得到补偿，而且得由我来补偿他，因为那是我的家人。

所以我不喜欢顾艳来我家。

但马可没有问我的意见，他只是告诉我，顾艳和小灯要来我家了。小灯要来看动物园里的那只绿鹦鹉。

我差点说，要不我到动物园去帮他看一看那只绿鹦鹉，看看它脑袋上的羽毛长出来了没有，再打电话告诉小灯。这话我当然没说，说不出口，一个做姑姑的，怎么好意思拒绝侄子来家呢。

　　但我知道其实不是小灯想来我家，而是顾艳想来。每次都这样。学校一放假，顾艳就指使马可给我打电话了，理由永远是小灯要来姑姑家。小灯要看海洋馆的蝴蝶鱼了，小灯要看动物园里的孔雀了。我知道顾艳的伎俩，她会拿了蝴蝶鱼或孔雀的图片给小灯看，小灯看了，自然就闹了。但看蝴蝶鱼也罢，看孔雀也罢，也就看半天，接下来的几天，小灯就在我家看电视了。而顾艳忙得很，她是一个标准的小城女人，对大城市有着一种近乎病态的迷恋。她喜欢地铁，喜欢梦时代广场，喜欢苏圃路的那些时尚小店。她每次来都要上"化蝶"做头发的，她说，小城那些发型师土着呢，总有本事把好端端的少女弄成少妇，再把好端端的少妇又弄成老妇。但"化蝶"呢，正相反，可以把老妇弄成少妇，再把少妇弄成少女。那你现在是从一个老妇变成了少妇？还是从一个少妇变成了少女？我开玩笑地问，带点恶意的，是一个姑子的恶意。顾艳一个小城的小学老师，工资三千不到，竟然到"化蝶"做头发，花谁的钱？还不是花马可的。

　　顾艳和小灯住孟骊的房间，孟骊本来最讨厌别人进她房间的，不要说别人，就是我偶尔进去一下，她也不高兴，说我侵犯了她的隐私权。十八岁的孟骊，很有维权意识的。但孟骊现在维不了她的隐私权了，她去西班牙做交换生了。小灯于是可以在她的房间胡作非为，孟骊挂在墙上的蝴蝶标本画框被小灯拆了，里面的一只只蝴蝶全被他取了出来，缺胳膊缺腿的堆在桌子上了；孟骊的冬不拉的弦也被小灯扯断了两根；最要命的，是几米的那套书，那是孟骊收藏的心肝宝贝，也被小灯在当小人书看。小灯一边吃着薯片，一边用他脏兮兮的手指翻着书，书上面于是有薯片屑，还有油渍。孟文看了，不高兴，他对书一向是有洁癖的，他吃东西可以不洗手，但每次看书前，都会像女人一样，用夏士莲香皂把他又白又修长的十根手指仔仔细细地洗干净了，仿佛书不是书，而是不能亵渎的贞洁女神，我有时会讽刺他，说，你怎么不焚香更衣？

　　但小灯这样看孟骊的书我也有点吃不消，孟骊一回家，孟文肯定会告状的。他现在特别喜欢巴结孟骊。孟骊小时候，他其实没怎么管孟骊的，我甚至一度怀疑过他对孟骊的爱；但孟骊长大之后，长成了一个如花似玉的小美人，他的父爱就泛滥成灾了，爱孟骊爱到了不讲做人的原则和道义。我们去超市，孟骊喜欢吃德芙黑巧克力，我买了，回家时，他三步并着两步上楼，我家住五楼呢，加上贮藏间，就是六楼了，他本来是四体不勤的书生，平时上楼总显出"蜀道难"的沉重，我纳闷他怎么一下子身轻似燕了。没想到，原来他要赶在我之前把巧克力进贡给女儿，一进门，拖鞋都没顾上换，就冲进女儿房间了。我哭笑不得，巧克力明明是我买的，他却掠我之美，太不仗义了，太不道德了。我气得赶紧和女儿申明，说巧克力是我买的。但晚了，孟骊最初的惊喜已经给孟文了，我这么一申明，类似于画蛇添足，孟骊看着气呼呼的我，说，幼稚！

后来我和孟文上超市时，我再也不肯买巧克力了，他腿长，我是跑不过他的。孟文于是就告状了，说，我本来说要买德芙黑巧克力的，你妈不肯。

钱钟书说，女人天生都是政治家。这话不对，男人天生才是政治家，即使孟文这样的书呆子，玩起家庭政治来，也玩得如鱼得水的。

孟骊现在和他的关系比和我的好，我们三个人，如果说是魏蜀吴三国演义的话，他们就是蜀吴，而我是魏，蜀吴是经常结盟一起反魏的。

我不想给孟文告状的机会。但小灯这孩子，不好对付。我说，小灯，你看这本书怎么样？是插图本《鲁滨孙漂流记》，他瞄一眼，就没兴趣了，鲁滨孙是黑白的，而几米是彩色的。我又找出《爱丽丝漫游奇境记》，这回爱丽丝是彩色的了，但小灯还是不要，因为是英语版的，我家只有英语版的。我没辙了，我不是个耐心的人，三下两下，我就会发火的。我蹙了眉看顾艳，小灯是他的儿子，她应该管小灯的。但顾艳不看我，顾艳看着电脑。

顾艳到我家已经四天了，还没有回去的意思。

孟文急了。顾艳在，他不方便，本来大夏天的，他在家喜欢裸着上身，现在裸不成了，要穿成上课的正经样子。

你问问她什么时候走，孟文说。

我当然不会问——这种话，怎么问得出口？

但我其实比孟文还希望顾艳早点走的，孟文还只是个不方便的问题，而我呢，简直被顾艳沦为保姆了。

顾艳完全把我当马可奴役了，她和马可结婚十年了，早就习惯了马可的侍候，而且，她还十分可恶地有着小城的伦理观，认为小姑子不过是嫁出去的女，而她作为马家传宗接代的媳妇，家族地位比我高。所以，她可以心安理得地接受我的侍候。

我哭笑不得。我堂堂一个大学教授，在这个小学音乐和舞蹈老师眼里，只不过是一个小姑子。

家里的事现在由我一个人做，孟文幸灾乐祸地袖手旁观。

顾艳的内裤都扔在洗衣篮里，大红色带蕾丝花边的三角内裤。只有巴掌大。我用衣架挑了，扔进洗衣机里。我实在没办法手洗弟媳妇的内裤，太恶心了！

我每天都做"天花乱坠"——所谓"天花乱坠"，就是一锅煮，把所有的菜，素的，荤的，红的，绿的，都扔进骨头汤里的，好看得紧，简直有姹紫嫣红开遍的景致。

朱周的"天花乱坠"本来很繁复的，要放许许多多的调料、扇贝、干果（松子或杏仁）、柠檬、奶酪，还有迷迭香，尤其要有迷迭香——朱周说，迷迭香是欧洲人最爱用的一种调料，法国的"炭烧羊排"，意大利的"佛罗伦萨牛排"，都是以迷迭香作腌料。而且，朱周说，迷迭香是能增强记忆的药草，莎士比亚在《哈姆雷特》里都说过："迷迭香是为了帮助回忆，亲爱的，请您牢记"，所以迷迭香特别适合我们这些脑力劳动者。最要紧的，是迷迭香还象征了忠贞，这也特别适合我们这些中年人。人失去爱情的忠贞，基本都发生在中年，吃了迷迭香，中年人就不容易对爱情失贞了。

我不信迷迭香有这种神奇的作用，如果有，法国女人在厨房里那么爱用迷迭香，法国男人怎么还这么风流？

我的天花乱坠里什么调料也没有，没有扇贝，没有柠檬，更没有迷迭香，我把朱周的天花乱坠化繁为简了，且美其名曰，我是东方的极简主义的天花乱坠，是陶渊明的繁花落尽见真淳。

小灯显然不喜欢这陶渊明的真淳，顾艳也不喜欢。

不喜欢好，不喜欢才在我家待不住，才会回去。

孟文知道我的阴险用心，很配合地说，这菜好，好看，又养生。

但十岁的小灯对养生没有兴趣，果然闹着要回去了。

可顾艳还是没有走的意思。

奇怪了！

都第六天了，省城所有顾艳该去的地方她都去过了，梦时代逛过了，苏圃路逛过了，"化蝶"也化过了，顾艳怎么还舍不得走呢？

是孟文发现了顾艳的秘密。

孟文那天夜里待在书房，他习惯每天睡觉前在网上的"清风"棋院下一盘围棋的，一般只下一盘。但那天他遇到了一个很好的对手，就多下一盘了——因为是暑假，他有点放纵自己了。大约一点钟的时候，他刚结束第二盘棋，正准备睡觉了。这时听到客厅里的门"咔嚓"一声，继而楼道里也有隐约的脚步声，他警觉起来。小区前不久才出了事，前面楼里的苏教授家进了小偷，从排气扇窗口爬进去的，把苏教授的笔记本电脑偷了，笔记本里还有好几篇没发表的论文呢，据苏教授讲，那都是要引起学术界轰动的论文，其价值远远大于那个联想笔记本电脑。孟文是手无缚鸡之力的书生，胆小，不敢打开门察看楼道，而是从厨房探头往下看楼下单元门，既然楼道里有脚步声，那么小偷总要从单元门出去的吧？果然，单元门里走出一个人，奇怪，是个穿裙子的女人。

门廊前有灯，虽然灯光昏暗，但孟文还是能看出，那个穿裙子的女人好像是顾艳。

孟文赶紧去看孟骊的房间，顾艳真的不在，只有小灯。

按说孟文这时应该叫醒我，顾艳是我的弟媳，深夜一点出门，太诡异了。

但孟文没叫我，我的睡眠状况有些糟糕，如果醒了，就再也难以入眠了。而且，更可怕的是，我很可能会因此而陷入一种失眠的恶性循环，处在这种恶性循环中的我，按孟骊的说法，是会很可怕地发生畸变的。我会变得既萎靡又暴躁，还会歇斯底里，还会上纲上线，动不动就把形而下的日常生活升华成形而上的哲学思考，完全不像个文学教授，而像个哲学教授——还是叔本华那样的悲观主义哲学教授，怀疑爱情，怀疑生命意义，言语里还会流露出严重的轻生倾向。所以，他们父女俩尽管平时总结盟在一起对付我，只有逮了机会，就会你一言我一语配合默契地对我进行冷嘲热讽，但在我的睡眠这个问题上，他们都会小心翼翼地保护我的睡眠，就像保护国家野生动物一样。

而且，孟文以为顾艳马上会回来的，他虽然不知道她为什么这种时候还出门——或许突然胃不舒服到药房去买药？我们小区前面有一家二十四小时开业的"黄庆仁药栈"；或许到小区后面的大排档去吃东西了？顾艳显然不喜欢吃"天花乱坠"，特别是晚餐，总是吃得蜻蜓点水，这时候有可能饿得受不了，于是偷偷到大排档去吃碗汤粉或吃几个蒜蓉烤生蚝。她特别喜欢吃蒜蓉烤生蚝，在饭桌上说过很多次。

孟文为了等顾艳，又下起了围棋，下着下着就忘记顾艳的事了。

顾艳回来已经是早上七点了，她还买回几个糯米藕丝烧卖。她说她醒得早，所以去湖边散步了。小区不远有个李白湖，早上很多人去那儿慢跑或遛狗的。隔壁的周教授，就每天一大早牵了狗，拿本书，到湖边去散步。

我一点儿也没怀疑顾艳，虽然顾艳穿着吊带裙，高跟鞋，但我觉得顾艳就是那种穿吊带裙高跟鞋去散步的女人。

孟文当时没作声，他觉得这事太严重了，要三思而后言。

但还没等孟文三思。顾艳第二天夜里又花枝招展地出去了，孟文这才觉得不告诉我真的不行了。

我简直不能相信自己的耳朵。怎么还有这样的事？这女人是不是疯了？竟然在姑子家彻夜不归！

我立刻拨打顾艳的电话，电话关机。

这大半夜的，她去哪儿呢？干什么呢？

还是孟文冷静，他去孟骊房间，打开了孟骊的电脑——顾艳出去之前，一直都在玩孟骊电脑的，或许那儿会有蛛丝马迹。

果然有，顾艳的 QQ 头像还是亮着的，是个戴了满头珠饰的京剧小旦，叫"顾盼生姿"。

QQ 上有她出去前的聊天记录，和一个叫"一杆老烟枪"的——之前的想必都删了。

怎么还不出来？

再等等。姐姐房里的灯刚刚还亮着呢。

我等不及了。

呸!

我真等不及了!

呸呸呸!

不信？不信你过来看看就知道了。

"顾盼生姿"打了个娇羞的头像。

"一杆老烟枪"回了个流口水的头像。

我现在到"锦绣"门口去接你？

嗯。

——显然，顾艳是和网友约会去了。

怪不得顾艳不回去，原来她在这儿勾搭上男人了。

只是，这"一杆老烟枪"是她来这儿之后才勾搭上的，还是来这儿之前就勾搭上了？

应该是之前就勾搭上了，不然，短短几天，不至于狎昵和污秽到这个程度。

那么，她来这儿就是为了"一杆老烟枪"了。什么小灯要看鹦鹉，纯粹是幌子。我也是幌子，孟文也是幌子——待在自己的姐姐姐夫家，不管待多久，马可肯定也是放心的。

我们都被顾艳耍了!

这个不要脸的淫妇!

我第一个反应是要给马可打电话。他不是一直把自己的老婆当宝吗？我要让他看看他的宝，是个什么货色!

但孟文阻止了我，孟文说，你看看时间，现在是半夜二点，你这个电话一打过去，马可说不定会出什么事呢。

这倒是。马可有辆本田摩托，接了这种电话，一定会不管不顾地骑了摩托就往省城冲。他这样的精神状态怎么能骑摩托呢？夜里国道上货车又多，司机经常疲劳驾驶，货车一个趔趄，可能就把马可的摩托辗得粉碎了。

那怎么办？

孟文的意思，等顾艳回来再说。

我等不了。

只好先给马果打电话。家里有什么事，我一般也是先和马果商量的。

孟文对此倒没有反对。

马果的反应和我一样，先惊诧，再愤怒，再幸灾乐祸。马果激动地说，顾艳的好日子这回怕是过到头了。

我们都看不惯顾艳，打她一嫁到我们家，就看不惯。结婚第二天，直到中午前她没出房门，中间是马可出来给她端早点的，包子稀饭早冷了，老蔺——也就是我妈，又重做了鸡蛋面条，端进去不到一分钟，马可又端出来了，说顾艳不爱吃面条，要吃酒酿汤圆。家里没汤圆，马可看着老蔺，那意思，是要老蔺出去买。我们以为老蔺要发作的，太过分了！但老蔺没有，老蔺看一眼老马，老马于是嘀咕着出去买汤圆了。我们不知老蔺唱得是哪一出，是曹操的"先礼后兵"？还是在用《郑伯克段于鄢》里"姑息养奸"那一招？

我们觉得顾艳太没家教了，太没羞耻了。新婚宴尔中的男人，哪个不是女巫胯下的扫帚一样，女人指向哪，就飞向哪。但有家教的女人会把这扫帚藏好，不会骑了它乱飞。我们都知道的，恃这种宠而骄矜的女人，又轻薄，又愚蠢。

何况，男人能宠你多久？一个月？一年？我们都是过来人，知道男人的这种宠，最靠不住。我们在一边冷笑，等着看马可对顾艳的爱情消失。它总会消失的，这一点，我们坚信。

眼看他起朱楼，眼看他宴宾客，眼看他楼塌了。

顾艳十指纤纤把自己当金枝玉叶了，顾艳飞扬跋扈把自己当杨玉环了。但我们从来不在马可面前说什么，顾艳作得再过分，我们也只是相视一笑。我们有时候甚至会怂恿她作。这一方面，是因为我们自诩教养好，我们是有文化的小姑子，不屑在背后挑拨离间的；另一方面，我们也相信"多行不义必自毙"，我们想让顾艳"自毙"，只有这样，我们才更觉解恨——这是我们的刻毒，我们再自诩有文化，也还是小姑子，身上也还有女人的嫉妒天性，我们实在看不得马可对顾艳的那种好法。

但顾艳的朱楼一直不塌。几个月过去了，几年过去了，小灯都上幼儿园了，小灯都上小学了，我们望穿秋水，我们曲项成鹅。但马可对顾艳的好，还是一如既往，不，甚至比既往还要好。

我们好奇死了。顾艳到底是用什么招数让马可一直这么爱她？

马果说，难道她会房中术？

我白马果一眼，这种话，她竟然能说出口。但我其实也狐疑过这个。朱周曾经说，男女关系，一旦解释不了，答案就只能到床上去找。朱周说这话是因为我们单元里的一个女人，那女人是历史系的资料员，姓姜，长得普普通通，还比她老公程教授大六岁。每次看到玉树临风的程教授十分温柔地挽了他夫人的胳膊出门时，我和朱周都叹为观止且觉得匪夷所思。朱周说，没别的，只能作形而下的理解。那资料员长得像只鹌鹑，圆滚滚的，十分肉感。程教授可能喜欢那种"软肉温香抱满怀"的感官快乐。我对朱周的话不以为然，但我喜欢听朱周这样胡说八道。顾艳的长相虽然比那资料员好一些，但也就那样。她面若银盘，胯若骏马，或许以小城的审美观，也勉强可以算个美人。毕竟对女人最原始的审美，是表现在生育方面的。但马果坚决否认，马果说，小城的审美观怎么啦？小城的审美观也不是就只会审美女人的大屁股！

马果是中学英语老师，对汉语的修养，还是差。一着急，说话就直白了。我为此批评过她，但马果说，你不懂，我这是返璞归真之美。

马果这是在讽刺我，因为我经常用"返璞归真"来狡辩的，我素面朝天，马果批评我，我说"你不懂，我这是返璞归真之美"；我衣着随意，马果批评我，我也说"你不懂，我这是返璞归真之美"。

我们虽然一直看不惯顾艳作，但我们也一直拿顾艳没办法。

但这回，顾艳的好日子怕是过到头了。马果说。

我也这么以为，我不相信马可知道这事后，还能对顾艳好？好成那个样子？

怎么办呢？我问马果。

要不，我们慢慢来？

什么意思？

就是先别告诉马可。

为什么？

你不觉得凌迟比大劈的惩罚更严厉？

比起我，看来还是马果更讨厌顾艳。毕竟马果和顾艳在一个地方生活，因此对顾艳的作，也看得更充分。

顾艳又是早上六点回来，又买了几个糯米藕丝烧卖回来。她说，她又去李白湖散步了，早上李白湖的空气真是好。

顾艳还是穿着吊带裙，高跟鞋，一夜没睡，她非但没憔悴，反而容光焕发。

这个淫妇！

我阴沉着脸坐在客厅的沙发上，一言不发。

你几点出去散步的？我本来想问，但话到唇边，又打住了。

顾艳没看我的脸色，兀自进孟骊的房间蒙头睡觉去了。

中午时，我们还是吃"天花乱坠"，这一回，天花更简单了，只有生菜一样，飘在清汤寡水里。

小灯扁着嘴，不肯吃，但顾艳不管他，顾艳有些神情恍惚地用筷子挑了饭粒往嘴里送。

我看不得她这幅慵懒的样子，简直把自己当杨贵妃了。"侍儿扶起娇无力，始是新承恩泽时。"顾艳的表情，现在就是那种该死的表情。

你姐夫昨夜一夜没睡。我突然说。

顾艳抬头看我，神情仍然缥缈得很。

你QQ名叫"顾盼生姿"？我又说。

顾艳的脸这才煞地白了。

马果说，顾艳变了，从前是杨贵妃，现在变成花袭人了。

她一反常态，侍候起马可来了，姿态也像花袭人，奴颜婢骨的。

我能想象顾艳当花袭人的样子，她原来学过下腰。练过下腰的女人，柔韧性都很好。当花袭人，还不是看家本领？

马果说，她就在边上觑着，只要顾艳略略有些翘尾巴，她就阴阳怪气来一句，夜里到李白湖散步感觉如何？或者，一杆老烟枪是谁？

顾艳立刻就老实了。

马果极得意。她喜欢这样，捏着顾艳的七寸，然后看顾艳战战兢兢如履薄冰的样子。

但我觉得这样做有些不合适，这样对马可不公平，马可有权利知道真相。

真相有那么重要吗？

当然。

哪怕真相一点儿也不美？

是的。

所以你一直素颜？

这是什么话？我有几分不悦了。

可世上大多数人是喜欢浓妆艳抹的，顾艳喜欢，马可也喜欢。

你的意思，是不告诉马可了？

你觉得马可能离开顾艳吗？

我不知道。但那是马可的事。

我知道，马可是离不开顾艳的。这是顾艳的本事，不服不行。虽然一怒之下，马可因为男人的面子，可能会和顾艳离婚，他只能选择离婚不是？他总不能在两个姐姐的眼皮底下做一只缩头乌龟？但男人谁没有做乌龟的习性？退缩是男人的本能，在可以退缩的情况下，男人都是选择退缩的。但我们把这事一说，马可就不能退缩了——不是不想退缩，而是不能退缩，他只能伸了脖子前进，哪怕前面是刀山，他也只能往前了。之后呢，不用之后多久，他会后悔，这是一定的！他那么爱顾艳，不后悔才怪。再之后，他就恨我们了，他会想，要不是我们两个从中挑拨，他们就不会离婚了。

我没想那么多。我只知道爱情和婚姻里不应该有背叛和欺骗。

你太理想主义了！其实这事没什么大不了的，在小城，很普遍的。

我冷笑。确实是普遍。不论马可，还是马果，都被普遍到了。

马果的事，全家没人知道，除了我。

就在前两年，马果也出过类似的事，她和一个男同事，夜里去湿地公园。湿地公园在城外，是有些偏僻的，白天都人迹罕至，一到夜里就更没什么人影了，如果有，也多是一些野合的男女。但他们还是被她老公的一个朋友撞见了。那朋友是个多事的人，立刻报告了马果的老公。马果的老公狠狠地扇了马果几耳光，然后把马果赶出了门。马果于是可怜兮兮地来找我——她老公不信任她，却一向很信任我这个大姨子的。马果说，她和那个男同事，只是在公园附近偶然遇到的，然后一起去公园探讨教学上的事。我不信。这话鬼才信。但我是马果的姐姐，别无选择，只能相信马果。有意思的是，马果的老公竟然也信了。当我向他转述马果这个说法的时候，我自己都羞得面红耳赤。但事情真的就这样过去了。

你和那个男同事夜里九点在公园真是探讨教学？

我后来问马果。马果说，你问这话的样子，一点也不像一个文学教授，而像小城里那些长舌妇。就算我不是，就算我做了别的什么，又有什么关系？不过像学生考试作弊一样，一个学生，谁还不会偶尔做一次弊？

我就没作过弊。

一次也没作过？

一次也没作过。

也没想过作弊？

想过，但没作。

那没什么区别，意淫也是淫。

我不同意。如果这样定义淫的话，那么全天下就没有贞洁可言了。

本来就没有贞洁可言。马果说。

这话有含沙射影的攻击意味了。我知道马果的意思，虽然我是她姐姐，虽然她一有什么事就依赖我，但她还是不喜欢我在道德上也站在上风。为此她一再打探过我和孟文的私生活，偶尔我说起孟文对某个女研究生好，好到让我不高兴了，马果就会变得十分激动，虽然她想极力掩饰住这种激动，但我还是能捕捉她的这种微妙情绪。

她不相信我和孟文结婚二十年了，我们的婚姻还是冰清玉洁。

有时，在她推心置腹的私语下，我也真想投桃报李说点什么。可说什么呢？总不好虚构出一个故事来，给自己泼脏水，或给孟文泼脏水。在漫长的婚姻生活里，孟文这方面做得最过分的，也就是熬夜帮女研究生修改论文。这虽然让我不高兴，但这说明不了什么，因为孟文也会熬夜给男学生修改论文。只不过，给男学生修改论文我不在意，但给女学生修改，我就在意了。我这也是无理取闹没事找事，我和孟文的婚姻生活实在太寡淡无味了。

顾艳的事，就这样按马果的意思，被延宕下来了。

但孟文说，这事你还是别听马果的。你和马果的处境不同，这事发生在我们家，今后如果再生出什么枝节，那就是你的责任，不是马果的责任。到时马可会怪你，不会怪马果。

生出枝节？生出什么枝节？

男女的事，一旦开始了，那就是白居易笔下的草，野火烧不尽，春风吹又生。

什么意思？

孟文嗤之以鼻。

我恍然大悟。孟文是在说"顾盼生姿"和"一杆老烟枪"呢。

但"顾盼生姿"已经回去了，而"一杆老烟枪"还在这儿。隔着几百里呢，他们怎么春风吹又生？

你到底有没有长脑子？既然顾艳能来这儿，那个男人不能去那儿？在情欲驱使下的男人，按你的比喻，不就是一把女巫胯下的扫帚？嗖地一下，就日行千里了。区区几百里，算什么？

我突然被孟文惊出一身汗，我没想到这一点。

说不定，就在我和马果商量来商量去的时候，就在顾艳做小伏低的同时，他们早已"春风吹又生"一回了，或者几回。

这事真不能再延宕了！

但我还是没有给马可打电话，我不知怎么对马可启齿。孟文说，你就老老实实说，白描，白描会不会？

不会。白描其实更难，比彩绘难多了。

斟酌再三，我给老蔺打了电话。

三个孩子里，老蔺是最疼马可的。妈妈是杜拉斯的妈妈。我曾经说。但这是白说，因为小学毕业的老蔺不可能知道杜拉斯，更不可能读过杜拉斯的《情人》，所以听不懂我其中的委屈和批评意味。就算听懂了，估计她还是会置若罔闻的。世上最不可理喻的，就是生了好几个孩子的母亲的感情。不知为什么，全天下的母亲似乎都更偏执于没出息的孩子。所以杜拉斯的母亲不疼杜拉斯，而疼她的恶棍大儿子；老蔺呢，不疼大学教授的我，而疼小邮递员马可。

孟文说，你颠倒了因果关系，不是母亲偏爱没出息的孩子，而是孩子因为偏爱而变得没出息了。被爱也是要付出代价的，你应该庆幸你妈不疼你。

讨厌！我讨厌这种时候的孟文。他在外人面前，是个像植物一样安静的男人，但在我面前，就像鸟一样饶舌了。有时我刻薄起来，会骂一句：什么鸟男人！当然只是以腹骂的形式，毕竟鸟这个字，在我们的语言里，已经被异化了。

我觉得老蔺会告诉马可的。她们那个年纪的人，是最看重妇德的。德言容工，德在第一位。而且，她是这么爱马可，不可能让马可不明不白地受这种羞辱。

而且，她肯定也讨厌顾艳，虽然在我们面前——尤其在马可面前，她想掩饰这种情感。假如我和顾艳同时掉到水里，你是先救我？还是先救顾艳？老蔺不是问出这种话的幼稚母亲。她不可能把马可置于这种左右为难的处境。她对马可伟大的母爱让她变复杂了，也变高尚了。她甚至试图在我们面前帮顾艳润色，仿佛顾艳是篇拙劣的文章——你们看看，这是顾艳给我买的衬衫。那是件雪纺面料的花衬衫，做工低劣，一看就是地摊货。我和马果不说话。不用说，老蔺以前是裁缝，在这种职业彻底沦落前，她在我们小城是颇有点名气的蔺师傅，就连戏团里唱小旦的苏小渔的旗袍都是她做的，苏小渔一年三季都是穿旗袍的。会做绸缎旗袍的蔺师傅不可能看不出衣裳的好歹。看出了还假装看不出，这是把我们当外人瞒了。也就是说，相对于马可，甚至顾艳，我们是外人了。

所以，告诉老蔺这事，也让我有一种"外人"的报复快感。

那之后，我就等着马可或者马果的电话。

这事老蔺一告诉马可，家里肯定就如被捅的马蜂窝。

以马可的脾气，他可能会杀了顾艳，或者杀了"一杆老烟枪"——邮递员马可，看上去有点蔫蔫的，骨子里却也有嗜血的野蛮一面，还在小学时就用手撕开过一只活蹦乱跳的小鸡，他说那是"五马分尸"；中学时又用水果刀把一个男同学的屁股捅开了花，他说那是"牡丹花开"——说牡丹花开，有点夸张了，其实只是茉莉花开。别看马可温和，却是匹烈马呢。老蔺说。什么烈马？劣马还差不多。老马说。我和马果偷着笑，我们都同意老马的说法。

不论是烈马，还是劣马，是顾艳驯服了他。

从这个方面来说，老蔺是有点儿感激顾艳的。

一物降一物，老蔺说，一半不甘，一半欣慰。

这也是为什么老蔺会容忍顾艳的作。

可顾艳到底作过头了。

竟然把自己作成潘金莲了。

就算老蔺再想帮顾艳润色，这一回也没法润了，估计她也不想润。

我心急如焚地等着。

但几天过去了，家里竟然无声无息。

怎么回事？

我终于憋不住了，拨了马果的电话。

马果说，老蔺病了。

这没什么，老蔺是经常病的，不想煮饭了生病，想吃凤梨罐头了生病，马可不听话了也生病。用白手绢把脑门一系，皱了眉闭了眼往躺椅上一靠，老马就急得团团转，像只被踩住了尾巴的狗。我和马果不明白，老马也是几十岁的人了，怎么还那么天真呢？打小学开始马果和我就能看出老蔺是装病，老马都这么老了，怎么会一直看不出来呢？我反正活不长的。老蔺还呻吟说。像福克纳笔下的康普生夫人一样。自从我读了《喧嚣与骚动》之后，我就在背后把老蔺叫作康普生夫人了。康普生夫人又病了？我有时打电话这样问马果，马果虽然没读过《喧嚣与骚动》，但她也知道康普生夫人是怎样的人，我给她描述过这个文学形象。

我们喜欢在背后这么损老蔺，谁叫她偏心眼儿。

但这回老蔺是真病了，马果说，都三天了几乎滴米没沾，连凤梨罐头也不吃了。老马急得什么似的，他怕老蔺得绝症了。凤梨罐头都不吃了，不是绝症是什么？

那顾艳呢？

顾艳？顾艳还在当她的花袭人呗。这回比花袭人还殷勤呢，她亲自下厨给老蔺熬了白米粥，又炒了几碟小菜，端到老蔺的床前，可老蔺一抬手，把粥打翻了。马可还以为老蔺是不小心，我其实看得清清的，老蔺是故意的。顾艳当然也看见了，却没说什么。

你是不是告诉了老蔺顾艳的事？马果问。

我不说话。

你为什么要告诉老蔺呢？

马果的语气有些不好，她是怪我之前没和她商量。

老蔺没说什么？我问。

说什么？你指望她告诉马可？马果讥讽地反问我。

我不知道，可事情不应该是这样的。

你知道马可最近看上去有多幸福吗？顾艳甚至会挽了他的手上菜市场，作小鸟依人状。你知道，这可是从没有过的事，顾艳是从不上菜市场的，也从不挽马可——她不是嫌马可个矮吗？

马可是典型的南方男人，个不高，身段还柳枝似的。顾艳怎么作小鸟依人状？她明明是大鸟，一只鲲鹏似的大鸟。

我不明白马可为什么会爱人高马大的顾艳，按男人的心理，应该爱比自己更娇小的女人。所以当初胡兰成会十分幽怨地问张爱玲，你怎么可以长这么高？他们一起坐在黄包车里，胡兰成把高大的张爱玲抱在膝上，感到百般不适。

我能想象胡兰成的尴尬，马可难道没有这种尴尬吗？

而且，身段柳枝似的马可，能满足那么丰硕的顾艳吗？

这种怀疑有些不道德，有些伦理意义上的不合适，我知道，所以即使是对马果，我也没好意思把这种怀疑说出口。

这难道是顾艳找"一杆老烟枪"的理由？顾艳看上去有点像那种欲壑难填的女人。

可顾艳现在又挽着马可的胳膊上菜市场了。

我觉得恶心。女人不是不可以外遇，可外遇也是分格调的，有潘金莲那样恶俗不堪的，也有安娜·卡列尼娜那样崇高的。托尔斯泰把安娜的外遇升华成了爱情，升华成一种类似于宗教般一丝不苟的东西，你就不能不向安娜致敬，或者说向那种外遇致敬。

但顾艳的外遇显然没有安娜那样的美好品质，而是肮脏又苟且，她又挽着马可的胳膊上菜市场了。

这怎么可以？

我决定告诉马可了。马可的幸福，是赝品，虽然看上去也美，但那种美，到底是虚假的。

但还没等我打电话给马可，老蔺先给我打来了电话。

老蔺说，我问过顾艳了。她说什么事也没有，她就是觉得闷，出去走了走，透透气。

这话你也信？

我信。你家房间是小，孟骊的房间只有巴掌点大，她觉得闷，出去走走，也正常。

半夜出去，走到早上回来，也正常？

不是半夜，她说是早上出去的。

你的意思，是孟文和我在造谣，我们诬陷顾艳了？

我没这么说。

你就是这个意思。不过，我和孟文有证据，孟文把顾艳的QQ留言打印了的。

我不懂这个，我只是告诉你，这事就这么过去了，听见了吗？这事就这么过去了！你别在马可那儿多嘴。

老蔺咔地挂了电话。

老蔺最后的那句话，说得斩钉截铁。

几乎是警告了！

我懵了。好半天回不过神来。怎么回事？老蔺难道疯了？

孟文也不明白老蔺为什么这样。他读书万卷，自诩对世事和人性的复杂有洞察入微的能力。她们在我这儿，就如玻璃瓶里的昆虫那样纤毫毕现。他吹嘘。他喜欢在我面前吹嘘。他没喝酒时，基本是个谦虚的人，但一喝了几口米酒——他只会喝米酒，就变得夸夸其谈了。但他到底也是纸上谈兵了。他虽然能把《孔雀东南飞》里刘兰芝那个恶婆婆的心理，甚至《金锁记》里曹七巧作为婆婆的畸形心理，分析得头头是道，但在现实生活里他却分析不了同样作为婆婆的老蔺。以老蔺的立场，以及老蔺那个年纪的人所应该持的旧式道德观，她小市民的修养，怎么能对顾艳这件事装聋作哑藏污纳垢？

这事颇有点后现代的解构与颠覆意味了。一直以来，我以为小地方的道德环境是更肃杀的，因此小地方的女人，会过着一种更道德更贞洁的婚姻生活。如果她们不守妇道，即使不会像旧社会那样被婆家浸猪笼，或者像潘金莲那样被小叔子白刀子进红刀子出，或者像包法利夫人那样被逼得服了毒，至少结局不可能再花好月圆了。这是世道人心。是小地方的狭隘，也是小地方的本分。如果这样子还能花好月圆，哪个女人还愿意过道德的婚姻生活？毕竟道德的生活比不道德的生活辛苦。

但顾艳还就花好月圆了。

马可比以前更爱她了。马果说。

还有老马，老马以前不是总在背后嘀咕顾艳的吗？按你家孟文的说法，是对顾艳颇有微词的，但现在一句微词也没有了。因为顾艳会哄老马。她以前只哄马可一个人，现在呢，全面开花，个个都哄了。哄老蔺，哄小灯，还哄起在家里没地位的老马来了。老马平时最喜欢哼几句老戏。什么《女驸马》，什么《玉堂春》，"我也曾赴过琼林宴，我也曾打马御街前"，顾艳会翘了兰花指，陪老马唱上几句。老马就乐得什么似的，说比起我们，顾艳倒更像他的女儿了。你说这好笑不好笑？顾艳就陪他唱了几句戏，就比他嫡亲的女儿还亲了！马果说。

是好笑。

奥兹在《爱与黑暗的故事》里说，所有的悲剧，都有喜剧的成分。看来是真的。

老蔺呢？老蔺也更爱顾艳了？我忍不住揶揄。

你别这样！老蔺也有苦衷。你知不知道？马可和顾艳结婚花了十几万，十几万哪！把老蔺和老马都弄得倾家荡产了。

我当然知道。因为那时他们还打电话问我借钱了（是老马出的面，家里凡是有借钱之类的事，一般都是老马出面的），说要给顾艳买金手镯，顾艳看中了"老凤祥"的一个金手镯，镂花刻朵的，有二两重呢。我一口拒绝了，我和孟文自己也拮据得很；而且，结婚为什么要买金手镯呢？我不明白。执子之手，与子偕老。《诗经》里的那手，应该是素手吧？！难不成那执的手上，非要戴了镂花刻朵的金手镯才更牢靠？才更有固若金汤的寓意？

我不信这个邪。我和孟文结婚几乎没花一个子儿，两人在宿舍外贴了幅大红对联，就算结婚了。对联是孟文自己写的，但愿人长久，千里共婵娟。婵娟两个字，被孟文写得圆乎乎的。朱周说，瞅着像两只戏水鸳鸯。但老蔺说，什么鸳鸯？我看也就两只野鸭子。老蔺对我们这种寒碜的结婚方式十分愤怒和伤心。白养了！她说。

可老蔺没白养我，因为后来还是我们出钱给顾艳买的"老凤祥"的那只金手镯，是孟文的主意，我是不肯的。孟文劝我说，你就当是反哺好不好？乌鸦都会反哺呢，难道你连乌鸦都不如？

乌鸦会用金手镯反哺？用几条蚯蚓，或者用几粒谷子就可以了。

再说，金手镯也不是给老蔺，而是给顾艳，我用得着反哺顾艳吗？

孟文忍住笑，说，用不着，完全用不着。

但我们贫完嘴之后还是给老马寄钱了。我总是这样，一开始总要高调反抗老蔺的，但最后又都按老蔺的意志行事。这也是我讨厌老蔺的原因。

给顾艳买金镯子的事马果也知道。

马果说，不冲别的，单冲顾艳手上的那只二两重的金手镯，马可也不能离婚是不是？

老蔺和老马都七十岁了，不可能还有精神为了马可的再婚又折腾一回。

现在你明白老蔺为什么要哑巴吃黄连吧？黄连虽然苦，可对身体好哇。

所以小地方的人，是不容易离婚的。结一次婚都结不起呢，还要结两次？

不像你们大城市的男女，在门口贴副对联就算结婚了。那样廉价的婚，自然可以结上十次二十次的。不就是多写几副对联吗？

可你姐夫懒，不想再写对联了。我急赤白脸地说。

写副对联都嫌麻烦，那马可就更不能离婚了。他要再婚的话，可比写对联麻烦。

而且，顾艳还生了马小灯。你应该知道的，在我们这个小地方，生了儿子的女人，就如花散了籽，树生了根。

我生的是孟骊，尽管孟骊长得如花似玉，也没用，我依然是朵不结籽的花，是棵没有生根的树。

　　这就是马果的言下之意。马果最喜欢用这种方式暗示我，作为女人，我也有不如她的地方。

　　我挂了电话。

　　之后很长时间我没回老家了，不想回，我懒得看顾艳和马可的恩爱样子。这样也好，孟文说。是的，也好。我说。

　　中国人不是都喜欢故事大团圆结局吗？

　　是的，都喜欢大团圆结局。

　　我们一边吃着"天花乱坠"，一边说。

　　我现在的"天花乱坠"，按沈岱宗的说法，做得比朱周还好。

米 红

米红命相好。

这是弄堂口的老蛾说的。老蛾在临街的弄堂口摆个小吃摊，卖酒酿。酒酿蒸蛋，加几粒干桂圆或干荔枝，五块钱一碗；酒酿汤圆，芝麻馅儿的，十小粒，也是五块钱。都是养颜的东西，女人们爱吃，尤其是街对面的那些美容店里的妖精们爱吃。妖精是老蛾在背后对她们的称呼，当了面，她也是很客气的，人家照顾了她的生意嘛，总不好一点儿人情不讲的。她们一般是近中午的时候过来，穿着睡衣，披头散发，眼圈的一周经常是乌黑青紫的。老蛾这时候便有些怜惜了，也不容易呢，年纪轻轻的，就这样在外讨生活。这么想，老蛾手下就会慷慨一些了，多放一匙酒酿，或者多放一粒汤圆，都是自家做的东西，用不着那么仔细的。夜里照例还要做一拨她们的生意，那已是十二点后了，老蛾的摊子早收了，不过，这不要紧，她们会到老蛾家里来买，老蛾的家就在弄堂第三家。她们中的一个人，或两个，拿了保温瓶过来，装个三五碗，然后到店里几个妖精们一起吃，算是消夜了。这时候她们果真很像妖精的，脸上涂得五颜六色，半裸了雪白的奶子雪白的腰身。老蛾最看不得她们这个样子，不过，她不爱看不要紧，因为老蛾的儿子阿宝爱看。阿宝本来是很懒的，懒到一根灯芯的家务事也不做，但对夜里的生意，阿宝却一反常态，十分积极。阿宝谄媚地说，姆妈，你辛苦了一天，早点睡，不就是煮几碗汤圆吗？简单。老蛾当然知道阿宝的心思，不过想趁机吃吃那些妖精的豆腐。吃豆腐当然也不能白吃，所以阿宝经常要拿老蛾的酒酿来借花献佛，不，是借花献妖，或借花献狐。老蛾也睁只眼闭只眼由他献——不由也不行，二十好几身体壮实的阿宝，这方面是很难管的。再说，也就是一两碗酒酿换个摸一把捏一把的，败不了家，也得不了花柳梅毒。

老蛾除了卖酒酿，还有好几个营生，其中之一就是给人看相。老蛾看相的生意不太好，比不得西街的沈半仙。沈半仙是有文化的人，戴金边眼镜，懂周易八卦，还懂麻衣相书，所以给人看相时总要引经据典，这提升了看相的格调，辛夷街的人是很讲生活格调的；而老蛾是文盲，别说周易，就是她自己的名字，一旦别人写潦草些，她都认不出的。所以老蛾看相，完全凭天赋，或者说凭自己的个人经验，是美女私房菜的那种性质，比如她说布店的老苏命中注定会离三次婚，而且最后一次一定会嫁外乡人——老苏那时还是小苏，正新婚宴尔，成日和老公比翼双飞，老蛾的话，在辛夷街的人听来，那几乎是臆说了。然而后来小苏果然离了三次婚，最后的老公布店老板也果然是个外乡人，这就有些玄了，老街坊觉得不可思议。问老蛾，老蛾说，是小苏的眉毛没长好，女人的眉毛太弯曲太斜长，姻缘就会多波折，也就是说，女人的婚姻波折和眉毛的波折直接相关，而且波折的次数是成正比的。这理论没来历的，是老蛾自创的理论，老蛾有许许多多这种私房理论。这理论在米红家甚至引起了家庭争执，米红的父亲认为老蛾是信口雌黄，他是中学老师，信仰科学，反对迷信。但米红的母亲朱凤珍却还是很信老蛾的，不然，怎么解释小苏的事？米红的父亲说，这有什么不好解释的？因为心理暗示呀，既然命里要结三次婚，那还啰嗦什么？三十岁再嫁比四十岁好，四十岁再嫁比五十岁好，总之宜早不宜晚哪！一个女人，总不好拖到六十岁七十岁再嫁的，不仅难为情，也没有了行市呀！小苏本来就是个急性子，做事从不拖沓的，所以她就心急火燎地，在四十岁以前完成了命运给她的婚姻任务。

这话是很荒唐的，朱凤珍以为。但她却没办法反驳老米，老米的口才好，老米的理论水平也比她高。可她还是更信老蛾的理论，尤其是老蛾关于米红命相的理论。

老蛾认为米红的长相里，有所有的富贵征兆。米红的头发细软；米红的下颌圆润；米红的小腿丰腴；最关键的，是米红的左右食指上各有一个十分标准的螺纹，"一螺穷，二螺富，三螺四螺卖麻布；五螺六螺，养鸡养鹅"。米红的妹妹米青是四螺，米白是五螺。也就是说，她们的命，以后就是沿街走巷叫卖小生意或在家养鸡养鹅的命了。

但米红是娘娘命，老蛾斩钉截铁地说。这让朱凤珍的双颊顷刻间变得绯红，能不绯红吗？她的米红将来是要戴凤冠霞帔的娘娘呢，是要坐八人抬的——不，十六人抬的大轿的娘娘呢！虽然米青米白的命似乎不怎么样，但三个女儿里面有一个娘娘，也就应该知足了。朱凤珍不是个贪得无厌的女人。再说，一人得道，鸡犬升天。既然姐姐是娘娘，那做妹妹的，就是皇亲国戚了，是皇帝的小姨子了，两个皇帝的小姨子，命再差，能差到哪儿去？

朱凤珍偏心米红，很明显的偏心。一个谢花梨或黑芝麻饼，一分为二之后，米红吃一半，剩下的一半，米青米白再一分为二；逢年过节，米红米青米白都会添新衣裳，但新衣裳不一样，米红的新衣裳料子好，枣红灯芯绒，绿底蓝花哗叽，都是在街上百货大楼扯的布；但米青米白的新衣裳，却有些像百衲衣，前襟是这个花色，后襟可能是另一种花色，左袖是这种布，右袖可能是另一种布。米白的一条裙子，最多的一次，可以数出八种不同的布色来。穿到学校去，被同学笑话为"八国联军"——当时他们正在上历史课，老师讲到八国联军火烧圆明园，结果一下课，米白的绰号就由"米老鼠"，变成"八国联军"了，后来又演绎成了"米八国"，班上所有的同学，除了苏茂盛——米白的青梅竹马，一生的暗恋者之外，几乎所有人都把米白叫作"米八国"了。

"米八国"含沙射影，因为朱凤珍是裁缝。裁缝不偷布，三日一条裤。苏家弄里的女人们，每次看见米青米白花花绿绿的新衣裳，就会挤眉弄眼地说。米白不懂什么意思，问朱凤珍，朱凤珍一个爆栗敲到米白脑门上，说，你听她们嚼蛆。米白被敲得一头雾水，又去问米青，米青说，知道"三年清知府，十万雪花银"是什么意思吗？

米白说，不知道。

米青说，你去问老米。

米白听话地去问老米。

老米很高兴，循循然说，这是讽刺手法，也就是说无官不贪，即使号称清官知府，三年下来，也贪污了十万两白花花的银子了。

可知府贪污银子和裁缝有什么关系？

米白想这么问，但她有点怕老米，又一脸茫然地来问米青。

米青哭笑不得，世上最笨的妹头，原来不是《红楼梦》里的傻大姐，而是他们家米白。都初一的学生了，竟然连举一反三都不会。没办法，米青只好不拐弯转角地说知府了，直接说裁缝。

米白这才明白了"裁缝不偷布，三日一条裤"的意思，苏家弄里的女人，是骂朱凤珍是贼。

难怪同学把她叫作"米八国"，原来也有讽刺的意思。八国联军抢了中国的宝贝，朱凤珍呢，偷了别人家的布给自家女儿做衣裳。

明白了的米白，就再也不肯穿那件有八种花色的裙子。

米红有一个玛瑙佩，红色的，敛翅蛾的式样。先前是朱凤珍婆婆的，缀在一顶黑皮绒帽子上，一年四季戴着，安静地坐在门口。那只敛翅蛾，就一年四季也很安静地栖在老太太的头上。朱凤珍讨过几次，米红身子弱，夜里总被梦魇住，听说玛瑙驱邪，朱凤珍就想讨了来，给米红做护身符。当然也有另一个想法，是先下手为强。那块玛瑙，色泽晶莹，通明透亮，蛾子的样子，也栩栩如生，是米家传了好几代的什物。老太太，老老太太，老老老太太，都戴过。据说每一个戴过这只朱蛾的妇人，都活过了八十多。所以，这只朱蛾，不仅是只富贵蛾，还是只长寿蛾。小姑子米香也一直虎视眈眈呢。每次来看老太太，闲言碎语里，总捎带着讥讽朱凤珍没有儿子。朱凤珍知道她的险恶用意，一直很担心，担心哪天老太太糊涂了，把这块玛瑙给了米香，可就糟糕了。米香是个死蚌性情，什么东西入了她的手，断没有能再要回来的时候。所以朱凤珍找了这个能上台面的由头，反复问老太太讨。老太太却不肯，她实在看不惯朱凤珍那沉不住气的小家样子，她都八十一了，还能活几年？几年她都等不了！几件旧东西，一个缠枝铜手炉，一个玉镯，一支银簪，她都想着法子要了去——玉镯她是没给的，那是她从娘家带来的陪嫁，她十六岁嫁到米家，上花轿前，她娘眼泪汪汪地给她戴上的，这一戴就戴到六十岁，戴到再也戴不住——以前丰腴圆润的手腕，后来干枯了，骨瘦如柴，一垂手，玉镯就要落下来。老太太只好把手镯脱了，用蓝布层层叠叠地包了，放到床头樟木箱子里去。有些夜里，她睡不着，会把它再拿出来，细细地摩挲。几十年前的好时光，就恍如昨天一样。那么清清秀秀文文静静的一个男人，私塾先生呢，没想到一到夜里，却那么有力气，蛮子一般，箍着她，箍到她喘不过气来。她差点叫出声来，他捂住她的嘴，老老太太在隔壁，咳一声，又咳一声。他总是不肯等到夜深沉，她嗔他。他不管，依然拱到她怀里。她咬着被角，双眼迷离地看雕花床上镶的瓷板画，是两个妖娆的人儿在后花园挤眉弄眼，起初她以为那是两个妇人在那儿闹春，那么衣衫鲜艳的两个人儿，可不是妇人吗？私塾先生笑她，说哪里是两个妇人，分明是一男一女。那画上的故事是《西厢记》，男的叫张生，是个书生，后来进京赶考中了状元；女的叫崔莺莺，是个千金小姐，长得闭月羞花沉鱼落雁。郎才女貌，两人一见钟情。后来呢？她问。后来就颠鸾倒凤百年好合呗，他说。她不知道颠鸾倒凤是什么意思，问他，他不说，身下却更加用起力来。雕花大床被他摇出了不小的动静，老老太太的咳嗽，一声紧似一声，急鼓繁花似的明显，她实在难为情，慌忙用胳膊去摁床沿，胳膊上的玉镯，碰到床沿，叮当叮当的。那叮当叮当的声音，就在老太太的后半辈子里的夜里，响了几十年。二十六岁他就没了，她那年不过二十四，二十四的寡妇。医生说，他是房事太勤，导致阳气亏损，肾精不固。老老太太听了，叹口气，没有说什么。因为这个，她后来和老老太太一直相敬如宾相濡以沫。

世上的东西说起来就数人最不结实了，私塾先生和老老太太已经一先一后灰飞烟灭了，可雕花大床呢，却还纹丝不动，朱红的油漆，擦一擦，仍然泛出暗沉沉的光。她经常半倚在雕花床上，眯了眼，摩挲着玉镯，心静如水。人老，玉不老呢。偶尔她会想和儿子打个商量，她死后，他能不能让她把这个玉镯戴到棺材里去。有了这个玉镯，她就什么都不怕了。她现在这么老，鸡皮鹤发的，到了那边，他恐怕认不出她来了呢！可他总认得出这玉镯吧？

玉镯却被朱凤珍偷了去。有一次她去米香家住了两天，外孙子过十岁生日，她打了长命银锁过去做外婆。回来就发现玉镯不见了。她的樟木箱是锁了的，用一把錾花长方形锁，却被撬开了，什么也没丢，除了那玉镯。

朱凤珍怀疑是阿宝干的，老太太不在的这两天，阿宝来过米家的。老太太心里明镜似的，却也不挑破。媳妇手脚不干净，她是知道的。可家丑不外扬，这是米家的传统。婆婆这么待她，她也要这么待媳妇。只是朱凤珍实在不应该偷了那玉镯，没那个玉镯，到那边她怎么和他夫妻团圆？也罢，五六十年过去了，他在那边或许早娶了别的女人，他的坟边，后来埋过一个小妇人，三十多岁，得美人痨死的。她提心吊胆了好些日子，每年七月半烧纸的时候，她再也不大手大脚了，而是算计着烧，她不能让他有余钱寻花问柳。那个得美人痨死的妇人，生前最嫌贫爱富了。他没钱，她应该不会缠他。

那块朱红玛瑙，她是要留给米白的。米白打三岁，就在她床上睡。冬天当她的暖身炉，人老了，畏寒，有个米白搂着睡，就不冷了。夏天又当她的蚊香。米白细皮嫩肉的，一上床，整间房子的蚊子都往她身上叮。她半夜半夜摇着蒲扇替米白赶蚊子，可早上起来，米白依然一身红斑点。她心疼孙女，让米白去和米青米红挤一挤，她们床上挂了蚊帐，还洒了花露水，米白不去，糯声糯气地说她胖，血多，蚊子咬几口，不要紧。再说，蚊子咬了她，奶奶就能睡安稳了不是？老太太被哄得那个高兴！米红米青这两个丫头从没有在她面前这么撒过娇，米青不爱和她说话，和谁都不爱说，米红呢，倒是伶牙俐齿的，可和她说话时总皱了眉，不耐烦的神情，嫌弃她呢。小时候她也在雕花床上睡过的，后来就生死不肯睡了，嫌老太太的房间里有骚味，马桶就靠床边放着，应该有骚味吧？她虽然闻不着。七老八十的人了，老的不光是曾经葱茏似的胳膊，还有鼻子，她现在什么都闻不出来了，院子里的金桂，以前一到八月，那香味就铺天盖地，经常熏得她恍恍惚惚的，后来却没有了味，什么都没了味，桂花也罢，马桶也罢。

她八十四岁那年死的，七十三，八十四，再不死，没意思。

死的头天晚上，她把那块朱红玛瑙从帽子上剪了下来，用根墨绿色丝绳穿了，挂到了米白的脖子上。

但那只敛翅蛾只在米白的脖子上晃悠了几天，老太太的后事一办完，朱凤珍就把它从米白那儿哄骗了过来，给米红戴了。

老米为这事责怪了朱凤珍，都是自己嫡亲的女儿，又没哪个是抱养的，何必厚此薄彼？既然老太太在临终前把它给了米白，那就应该尊重老太太的意思，不然，老太太九泉之下会不安的。

朱凤珍撇撇嘴，老太太老糊涂了，你也老糊涂了不成？米红是长孙女，按说也应该传给她的，哪轮得上米白那个丫头？再说，一个养鸡养鹅的命，还戴什么珍珠玛瑙，穷讲究！

米红从小就知道自己是娘娘命。娘娘是皇帝的老婆，娘娘命自然是好命，但怎么个好法，她也不知道。米青却知道，米青爱看书，看过《红楼梦》，背过白居易的《长恨歌》，知道娘娘就是元春和杨玉环那样的角色。元春和杨玉环是怎样的角色呢？米红非常好奇。米青却卖关子，不说了，让米红自己去翻书。这是敲竹杠了，她明明知道，米红最讨厌的，就是翻书了。米红咬咬牙，想用零花钱收买米青。一般情况下，米青都是能被钱收买的——米青也只能被钱收买，不像米白，好对付。说几句甜言蜜语，或者开几张空头支票，就管用。三伏天的大中午，米红想吃凉拌酸辣粉皮子。凉拌酸辣粉皮子在城西，从苏家弄过去，要走半小时，坐"小黄鱼"一溜小跑，也要十分钟。米白给米红买凉拌酸辣粉皮子，当然不能坐"小黄鱼"过去，粉皮子才一块钱一碗，坐"小黄鱼"，要一块五或两块呢。米白只能一溜小跑，因为路上花的时间长了，凉拌粉皮子就不凉了，还会变得黏糊糊的，不清爽。米白双手捧个搪瓷缸子，在热辣辣的太阳下小跑。这样跑几次，就跑出了一身红彤彤的痱子。米青看不惯，看不惯米红的作，也看不惯米白的奴才相。你是骆驼祥子吗？是狗腿子吗？怎么这么爱跑腿？米白挠挠脑门子上的痱子，不吱声。跑跑腿就是骆驼祥子呀？就是狗腿子呀？那她们数学老师，每天早晨还绕着护城河跑一圈呢，白跑，不如她，她跑一次能跑出一根红豆棒冰呢，能跑出一个塑料发卡呢，虽然米红经常耍赖，但也有不耍赖的时候。

周瑜打黄盖，一个愿打，一个愿挨。米青懒得管她了。

但米红忭米青，打几年前就不敢使唤米青了。米青是个青蛇精，朱凤珍说，咬牙切齿地。十一岁那年，米红想支使她去朱凤珍的裁缝铺子里送饭，平时朱凤珍都是回家来吃的，但那段时间临近花朝节，江南二月，春暖花开，大姑娘小媳妇，都要做春衫，铺子里生意特别忙，老太太就做好饭菜，用搪瓷缸装了，让米红送过去。这是米红的活，米红平日也是很爱干这个活的，她喜欢试裁缝铺子里的新衣裳，也喜欢和朱凤珍的徒弟三保斗嘴，三保眉清目秀，心灵手巧，能用五颜六色的毛线盘出很漂亮的蝴蝶纽扣。但米红那天没时间，隔壁的苏丽丽约了她去看电影。电影院正演《红高粱》呢，苏丽丽之前神秘兮兮地说，电影里面有做那事的镜头呢，一男一女，就躺在青油油的高粱地里。米红被苏丽丽的话弄得心慌意乱，慌乱里把搪瓷缸往米青手里一塞，扭身要走，但缸子米青没接，掉到了地上，饭菜打了一地。米红一个巴掌就扇了过去，米红本来就比米青大两岁，个子又高，扇起米青的巴掌来，很方便。要是以前，这巴掌扇了也就扇了，米青不过用精神胜利法，在意念里对米红刀光剑影一番。但米青那天刚读了鲁迅的《记念刘和珍君》。真的勇士，敢于直面惨淡的人生，敢于正视淋漓的鲜血。这铁骨铮铮的文字，让米青热血沸腾。米青骨子里的战斗精神，彻底被鲁迅激发了出来。米青是不可能成为奴才的，即使不幸生为奴才，也是大观园里晴雯那样敢于反抗王夫人的奴才，不是袭人那样逆来顺受巴结主子的奴才。如果是在战火纷飞的年代，她就会成为《青春之歌》的革命者林道静。但现在没有战争，也没有大观园里的王夫人，她被激发出来的鲁迅式的战斗精神，就只能用在米红身上了。她以迅雷不及掩耳之势，捡起脚下的搪瓷缸，像扔手榴弹一样，朝米红的后脑勺狠狠地扔了过去，米红的后脑勺立刻开了花。

米青的手榴弹，带来了两颗胜利果实，一是米红的头上从此有了一粒豌豆大的疤，二是米红再也不敢招惹米青了。

当然，米青也为她的战斗精神和行为，付出了惨重代价：朱凤珍用她的量衣尺，把米青那只扔搪瓷缸的右手掌，打成了茄紫色。

但经过那次历史性的转折之后，米红和米青关系的性质就被彻底改变了，不再是蹂躏和被蹂躏的关系，而是收买和被收买的关系。

收买米青米红非常有经验。米青不爱穿，也不好吃，按苏丽丽的说法，这丫头清心寡欲，基本是个当尼姑的料。米红咯咯地笑，她喜欢听苏丽丽糟蹋米青，虽然她不认为米青真的是清心寡欲。只是米青的欲和她们不一样，米青的欲是书店。辛夷只有一家书店，叫新华书店，就在二中门口，米青下了课，不回家，就在书店转。书店六点下班，她们学校五点就放学了。她几乎隔上一天就要到书店待上一个小时。她对书店里的书，熟悉得犹如自己的手指。什么书摆在什么位置,她闭着眼也能说出来。《简·爱》摆在书架第三层左边第二格,《七里香》摆在第四层右边第一格,《天龙八部》是畅销书,摆在最中间的位置上。不过,《天龙八部》她不想买,她已经看过了,从租书店租来看的,一毛钱一天,她看书快,五卷厚厚的《天龙八部》,她只花了五毛钱,一天一本。租书店的老板程瘸子,讽刺她,说她看书简直不是看书,是囫囵吞枣。她得意非常,这是她的独门功夫:囫囵吞枣功,在新华书店练就的。新华书店的书,都在柜台里面,不能随便翻,想翻,得让店员给你拿。新华书店有两个店员,一个马脸男,一个夜叉妇。这两个绰号,都是米青的才华。那个马脸男特别有意思,说话轻声细语,爱翘个兰花指,织毛衣,一年四季织,总是十分鲜艳的颜色,也不知织给谁穿。同桌陈娇娜说那个男人是变态,不爱女人,爱男人。他的衣服里面,穿了大红的海绵胸罩呢。米青很惊讶,却不相信,因为即使夏天,马脸男的衬衫下也是平平的,看不出有戴了海绵胸罩的痕迹。每次轮到他当班,米青的胆子就大了,拿了书,总磨磨蹭蹭地不还。马脸男等得不耐烦,就又埋头去织他的毛衣,织入迷了,就忘了米青手上的书。米青正中下怀,赶紧一目十行地看,一本书,这样看几次,也就看完了。不过,对夜叉妇米青就不太敢这样,夜叉妇会目光炯炯地盯着她。有时有别的顾客要招呼,米青能浑水摸鱼地看上半页一页的,也就是半页一页,因为夜叉妇很快就回到了米青这儿,又目光炯炯地盯着米青,米青实在坚持不下去了,只好讪讪地把书还回去。有时还会带上几分谄媚的笑。米青之后总是对自己的谄媚很不满,她这么个清高的读书人,为什么要对那个满脸横肉的夜叉妇谄媚呢?下一次,她就竭力把自己的脸板了,做出一幅端端正正的表情。

但再下一次,米青又不由自主谄媚了。米青痛心疾首,或许,她只是对书谄媚,而不是对那个夜叉妇。这么想,米青略略感到有些安慰。

不管如何,米青在新华书店囫囵吞枣了许多书。包括夏朗特的《傲慢与偏见》,包括三毛的《万水千山走遍》。

不过,有些书她还是想买。比如席慕蓉的《七里香》。里面有些诗她都能背了,尤其那首《一棵开花的树》。

如何让你遇见我／在我最美丽的时刻／为这我已在佛前／求了五百年／求他让我们结一段尘缘／佛于是把我化作一棵树／长在你必经的路旁／阳光下慎重地开满了花／朵朵都是我前世的盼望／当你走近　请你细听／那颤抖的叶是我等待的热情／而当你终于无视地走过／在你身后落了一地的／朋友啊　那不是花瓣／是我凋零的心。

这种书是要珍藏于枕边的。

所以她需要被米红收买，她们两个人这方面有些狼狈为奸，米红需要收买，米青需要被收买。

收买米青的价格从几毛到几块不等，一般视事情难易程度而定，有时也视米青当时想买的书的价格而定。这一次，关于杨玉环这个娘娘的事情，米青打算要两块，她买《七里香》，正好差两块。

米红只好给两块，米青一旦开了口，从来不让讨价还价。

杨玉环的生活是怎样的呢？米红问。

锦衣玉食。

锦衣是什么衣呢？

锦衣是霓裳。

霓裳是什么衣裳？娘娘穿霓裳吗？

霓裳就是羽衣嘛，杨玉环不是有《霓裳羽衣舞》吗？

那玉食呢？

玉食就是荔枝。

怎么就是荔枝呢？

一骑红尘妃子笑，无人知是荔枝来。杜牧说的。

米红非常失望。搞半天，娘娘的生活原来也没什么了不起，不就是穿羽衣、吃荔枝吗？羽衣是什么？不就是羽毛？苏家弄里那些到处溜达的母鸡们，全部穿的都是羽衣呢，红羽毛，绿羽毛，花羽毛，五彩斑斓。还有荔枝，也不是什么稀罕物，老米有一年到广西开会，带回来一麻袋呢，把米红吃得都流鼻血了。偷偷扔一只给脚下的芦花鸡，芦花鸡嗅一嗅，很不屑地，扭着肥臀走开了。

这样比起来，杨玉环的生活，还不如苏家弄里的芦花鸡呢。

160　绫　罗

阿袁中短篇小说选

米红不甘心。

还有呢？

还有就是"后宫佳丽三千人，三千宠爱在一身"。

三千宠爱在一身，这个好，米红喜欢。

还有呢？

还有，还有就是"宛转娥眉马前死"。

虽然宛转娥眉米红有些不明白，但因为有马前死，米红知道这不是一句好话。米青这死蹄子，一定是嫉妒了，所以编瞎话咒她呢。

这两块钱，米红认为基本是打了水漂。

米红和米青同一年参加中考，那年米红十六岁，米青十四岁，米青考上了辛夷最好的中学一中；米红呢，却连三中也没考上。如果要想继续读书，只能去读野鸡中学，野鸡中学也就是职高，以前叫野鹤中学，后来流变成了野鸡中学，之所以有此绰号及流变，主要归功于职高的两个名师，一个是周大魁，一个是尤小美。周大魁教画画，在瓷器上画。一把柚子大的茶壶，他能在上面画出《韩熙载夜宴图》，一个尺高的青花瓶，他能在上面画出《清明上河图》，据说他还曾为辛夷的某位领导画过春宫图，因为这个，周大魁在职高享有特权，可以用方言上课，可以趿拉着拖鞋上课，可以斜叼了香烟上课，还可以迟到早退半节课，闲云野鹤一般，职高的生态，在周大魁的影响下，普遍呈现出一种十分自由散漫的野鹤气息。职高也因此被叫作野鹤中学，这绰号虽不能算做褒义，但多少还有几分浪漫主义意思，但后来因为尤小美，野鹤就堕落为野鸡了。尤小美教英语，也教烹饪，她英语和烹饪才华都来自一个意大利老头。这个意大利老头是她的老师，在来职高之前，她在省城一个旅游学校读大专。意大利老师教她说意大利腔的英语，教她做提拉米苏和巧克力，也教她做爱。他们就是在一次教做爱的过程中被系里发现的。因为有人举报，举报的是尤小美同宿舍的女同学，在尤小美之前，她是那个意大利老头最宠爱的学生。尤小美被学校开除了，那个意大利老头倒没受多少影响，他用中文说，是尤小美勾引他。他的中文本来是很烂的，但勾引两个字，他却用得既准确，又流利。学校对外教的政策向来宽容，勒令他停课反省一个学期之后，又开始让他上讲台了，又开始让他在他的公寓里教女学生做提拉米苏和巧克力了。尤小美在省城混了一段时间，最后一个人灰溜溜地回到了辛夷。回来后的尤小美在辛夷成了一个传奇人物。每次从街上走过，总能招来指指戳戳。没有哪个单位能要这种道德败坏臭名昭著的女人。但职高的校长是位非常年轻且有个性的校长，学曹操，不拘一格，任人唯才，亲自上门聘请尤小美来学校做了老师。这一请，学校的物种属性和格调就发生了变化，由野鹤变野鸡了。

　　老米不愿米红去读职高，朱凤珍也不愿意，金枝玉叶般的女儿，到那种乱七八糟的地方，不合适嘛，万一被污染了，怎么办？但米红却要出淤泥而不染。塘泥脏不脏？却能养出又干净又美丽的荷花呢。朱凤珍说，你又不是荷花，干吗要用污泥来养。米红说，我这是比喻，比喻你懂不懂？和朱凤珍说话，米红有优越感，因为朱凤珍几乎是文盲，小学都没毕业呢，裁缝铺子里的账本，总是被她记得图文并茂的。后街的俞香，做了一条裤子，8块钱，赊账。俞字不会写，画条小鱼在上面，小鱼还长了眼睛，圆溜溜的，很像俞香。老蛾做了一个夹袄，12块，蛾字不会写，画只蛾子在上面，蛾子肥肥胖胖的，还有两只乍开的翅膀，很好玩。朱凤珍画画的水平很高，总是三下两下，那些东西就活生生了。米青纠正她，说，那叫栩栩如生。米红最讨厌米青这么说话了，一句简单的话，她总是有办法把它说难了。好像不这么说，就不能表明她学习好一样，臭显摆！

　　但米红也在朱凤珍面前臭显摆了，说朱凤珍不懂比喻，老米在边上听了，不乐意，一个语文只考了50几分的学生，有什么资格说别人不懂比喻？他清清嗓子，说，近朱者赤，近墨者黑，你懂不懂？

　　这个米红懂，他们语文老师的口头禅呢！语文老师和老米认识，所以她便自以为有管教米红的责任，每次看见她和苏丽丽在一起，就会语重心长地说，近朱者赤，近墨者黑。

　　有了老米的帮腔，朱凤珍说话就更有底气了。鸡窝出鸡，鸭窝出鸭，萝卜地里呢，就只能出萝卜。什么东西，都讲究个背景。毛豆素炒了，用兰边粗碗装，就只是家常菜，如果用玲珑瓷碟呢，就成了"福膳坊"里的招牌菜了。

　　米红觉得好笑，扯什么呢？我又不是毛豆。

朱凤珍说，我知道你不是毛豆，我这不是比喻吗？

　　依老米的意思，米红应该到裁缝铺子里去学手艺，十六岁的妹头了，既然没有读书的天分，就应该自食其力。可朱凤珍不同意，裁缝是个侍候人的活，她自己只读了两年夜校，没多少文化，侍候别人半辈子，是活该，可米红，她以后要戴凤冠霞帔的米红，怎么能干这活计？一日奴，终身奴。妹头的人生，如唱歌一般，开始的那一嗓子，最是要嘹亮。所以，米红还是要读书。复读初三米红不愿意，那就读高中，花钱呗。世上的事，归根究底还不都是钱的事？听说到一中读高一，找教导主任是四条好烟四瓶好酒，到三中呢，就只要两条好烟两瓶好酒了。老米好歹也是教育系统的，拐弯抹角找找人，说不定还能省下一点。朱凤珍想让米红上一中，反正他们没儿子，不用存钱买房子，也不用存钱给儿子娶媳妇，把钱用在米红身上，也算好钢用在刀刃上。可老米认为这没意义，一丁点儿意义也没有。他是老师，有经验，知道有两种学生读不出书，一种是米白那种的，完全没开窍，另一种呢，就是米红这种的，窍开得太多，不，应该说开错了窍，该知道的东西不知道，不该知道的东西，她全知道。比如她们体育老师和语文老师好上了，这事儿学校里没有谁察觉，她却察觉了，神秘兮兮地告诉苏丽丽，苏丽丽一惊诧，大声说了出来。老米听见了，吓得要命，她们体育老师还没结婚呢，才二十出头，而语文老师都四十了，是有夫之妇，且那个夫，还是副校长。老米赶紧警告米红，这事儿是不能造谣的。米红争辩说她没有造谣。那你看见什么了？老米红了脸问，也有点好奇。那个语文老师，平日那么严肃正经的女人，衬衣扣子即使在闷热的天也要扣到最上面一颗，难道真跟一个青皮后生好上了？为什么？因为校长不能满足她吗？也是，校长在外日理万机，家里的田园荒芜了，不是没有这个可能。可米红说她什么也没看见，她就是知道。老米很生气，莫非米家出了个老蛾吗？能未卜先知。可米红还真未卜先知了，一个月后，那位校长夫人和体育老师的私情就东窗事发了，他们躲在体育老师的宿舍苟且时被人捉的。盛夏，学校放暑假了，大中午，单身宿舍静悄悄的，一个人影没有，一个鬼影也没有，只有蝉声连绵不歇。谁想到另两个体育老师吃饱了撑地跑到学校去，想找人打牌，还去推窗，窗户的插销坏了一些日子了，体育老师懒散，没有及时找人修，结果这一懒，懒出事了。

这事让老米很诧异，让朱凤珍问米红，她到底怎么知道的？

米红说，有一次她看见体育老师和语文老师在走廊上擦肩而过时，两人的眼风不对。

老米觉得可笑，一个十几岁的女孩子，竟然能看出男女之间的眼风。

打那件事起，他就知道这个女儿读书是读不出什么名堂的。

既然这样，还花这个冤枉钱干什么？

但朱凤珍压根没指望米红读书读出名堂，之所以要把她放到正经的学堂去，不过是想用书养养她，就好比用水养鱼，用泥养花一般。用书养出来的人，气质不一样，苏家弄里的男人，长相比老米好的不少，可没一个男人有老米的气质。拿妹妹朱凤珠的话说，就是老米有书卷气。书卷也有气味？又不是洋葱。朱凤珠的老公拿话噎朱凤珠。朱凤珍被妹夫逗得咯咯笑。然而，有书卷气的男人是不一样的，即使到菜市场买买小菜，也能买出花样来。到菜市场的路，不过几百米，老米拎了菜篮子出门，半天回不来。朱凤珍埋怨老米磨蹭，老米教育她，说他买菜，不是买菜，而是游春踏青，和陶渊明到南山，乾隆下江南，性质是一样的。都是要看花红叶绿，姹紫嫣红。这是买菜的诗意升华，没有这升华，那周末上午的买菜，就很庸俗了，很不堪了。

这话说得有些不着调，朱凤珍其实不知道老米在说什么，但读过书的人，会升华，这一点，朱凤珍还是隐约听分明了，并且，非常同意他的这个升华理论。

米红已长得如花似玉，如果再加上书卷气的升华，嫁人时，就锦上添花了。

但米红还是坚持读了职高。

因为苏丽丽的一再怂恿。苏丽丽说，她想学画青花，跟周大魁，学在柚子大的茶壶上画出《韩熙载夜宴图》，在尺高的花瓶上画出《清明上河图》，如果学会了，这辈子的好生活就有保障了。在辛夷的陶瓷街，那种茶壶和花瓶能卖几百块，如果在国外卖，那价钱就更高了，有的能卖上几千块甚至几万块呢，陶瓷那玩意儿，反正外国人也不懂，至于陶瓷上的中国画，他们就更不懂了。她表姑以前就画陶瓷，在苏丽丽家的陶瓷作坊画，后来因为表哥到西班牙留学，她过去探亲，探了两个月，竟然在马德里探出了一个陶瓷作坊。表姑不仅会画《清明上河图》，还会画牡丹，会画凤凰，那种大红大绿的鲜艳颜色，辛夷的人其实不怎么喜欢，但西班牙的人喜欢，尤其西班牙有钱的人喜欢。所以，没几年，表姑就发了财，在西班牙买了车，买了房，家里甚至还用上了西班牙女佣。表姑说，她其实不喜欢西班牙佣人，她们又懒又笨，菜烧得十分难吃，一天到晚只知道做鸡蛋土豆煎饼。表姑要她换个花样，她明明答应了，可晚上端上桌子的，还是鸡蛋土豆煎饼，质问她为什么不换，她睁着十分无辜的大眼睛说，怎么没换？她换了，现在桌上是土豆鸡蛋煎饼。表姑又好气又好笑，问她这有什么区别，她振振有词地说，当然有区别，鸡蛋土豆煎饼，是四个鸡蛋两个土豆，土豆鸡蛋煎饼，是四个土豆两个鸡蛋。和一个外国女人，你是没法和她讲理的。表姑教她做宫保鸡丁，教了好几个月，也没教会。因为到最后，她总要偷偷地在里面放一把该死的香料进去。使那宫保鸡丁，吃起来总有一股西班牙的牛屎味。表姑责怪她，她却生气了，说她自十岁就会煮菜了，她丈夫，她儿子，全部都认为她是西班牙最了不起的厨师，她不需要一个中国女人教她怎么煮菜。很自豪很爱国的语气，简直不可理喻。要不是忙着打理店，她才不愿意用外国佣人呢。表姑每次回来，总这么说。表姑从不说她作坊里的生意，总喜欢说她家西班牙女佣的事。表姑这样说的时候，苏丽丽的母亲总是一幅似笑非笑的样子，似听非听的神情。她以前是表姑的老板，所以态度直到现在，也还有一个老板的矜持。但苏丽丽爱听，不论听多少次，都会哈哈大笑。她实在羡慕和崇拜表姑，也希望有一天能成为表姑那样的人，过表姑那样的生活。

逮着机会，苏丽丽就会向表姑作这样的表白。表姑是不喜欢苏丽丽母亲的，但她喜欢苏丽丽，尤其喜欢听苏丽丽的这种表白。有时喝了酒，她对苏丽丽说的话就有些多了，她说，女人的人生看上去有千万种可能，其实只有三条路，一条路是自己创业，像她这样的，这要有一技之长；一条路是当女佣，像她家的那个西班牙女人，这要有能过穷日子的美德；还有一条路，就是当婊子，这也不是女人说当就能当的，因为当婊子的女人，不仅要长得好看，还要会媚惑男人，像《聊斋》里的狐狸精一样。

苏丽丽长得不好看，所以做婊子基本是没希望了，至于女佣，苏丽丽也不想当，哪个女人的理想会是当保姆呢？所以，她只能自己创业了。

苏丽丽的创业要从学画画开始，她其实已经会画一些简单的东西，比如小鸡，比如石榴，在自己家的作坊里，在泥坯的水果碗上画了，拿到窑里烧，烧出来的东西，也像模像样的，放到店里卖，有时也能卖出去一两样。可姑姑说，如果要到西班牙发展，这点三脚猫功夫，就不够了。

那意思，以后会把苏丽丽带到西班牙去。

所以，苏丽丽一定要到周大魁那儿学手艺。

她希望米红也去，她们是形影不离的好朋友呢，在学校上厕所都要一起去，何况上高中，何况上西班牙。苏丽丽说，假如将来她到了西班牙，第一个要想法子弄出去的是米红，不是她阴阳怪气的妈，也不是她点头哈腰的爸。她最瞧不上她爸点头哈腰的样子，人家陶渊明不为五斗米折腰，他为了半斗米，都快把腰折成了虾米。她懒得看他。她要上西班牙，和米红一起去。她们一起到西班牙去挣钱，一起雇西班牙女佣，然后，再一起调戏英俊的西班牙男人——她这个长相在中国算丑的，单眼皮，高颧骨，翘嘴，同学因此都叫她翘嘴白，翘嘴白是辛夷河里最常见的一种鱼，因为贪嘴，非常好钓，尤其下雨天，竿子一甩，就钓上来一条，弄堂里经常有叫卖的，几块钱能买一小堆，很贱的一种鱼，这绰号因此有侮辱的意思。老苏家的女人，长得几乎全是这德行，包括她表姑。但表姑说，西班牙男人审美不一样，他们喜欢单眼皮的东方女人，也喜欢翘嘴女人，说性感。比方她，四十多到那儿去，还有很多西班牙男人叫她中国美人。苏丽丽听了，十分激动，恨不得马上也到西班牙去当中国美人。

可米红为什么要去？她又不是单眼皮，又不是翘嘴白，她到那儿去，或许就成了丑八怪了。这完全有可能。西班牙男人，既然能以丑为美，自然也能以美为丑，她吃饱了撑的，去那儿找死。再说，她对西班牙女佣和西班牙男人也没兴趣。

但她喜欢和苏丽丽厮混在一起，喜欢的原因有的能说出口，有的呢，就说不出口，比如她喜欢和苏丽丽互相参照的关系。在苏丽丽的参照下，米红更美了；在米红的参照下，苏丽丽更丑了。上物理课的时候，老师讲到爱因斯坦的相对论。她本来听物理老师讲课从来如听天书的，但这个相对论理论，她一下子就记住且理解了。她和苏丽丽，就是一对相对论呢。相对米红而言，苏丽丽是丑，相对苏丽丽而言，米红是美。最有意思的是，苏丽丽对这种相对，完全麻木不仁，或者说，她不以为耻，反以为荣。

为了能和苏丽丽继续参照下去，她也要读职高。学酒店管理。学校说，这种专业学出来，可以到大城市当酒店经理。米红才不想当什么酒店经理，说得好听，还不就是个跑堂的。不过跟尤小美学会做提拉米苏和巧克力，挺好，以后可以自己做了吃，或者开个糕点房玩玩。辛夷街的乔家坊，糕点卖得好贵。苏丽丽激动地说，是是是，等到了西班牙，我开陶瓷店，你在隔壁开糕点房。

职高在辛夷的繁华地段，边上有电影院，还有各种各样的小吃店。米红和苏丽丽于是隔三岔五地逃了课出来瞎逛。逃课一般都是米红的主意，苏丽丽最初是想好好学习的，尤其是上周大魁的课，她不想翘。但米红会引诱，而苏丽丽的意志又极不坚定，每次都抵挡不住米红的引诱。当然，苏丽丽把自己不能坚定的责任归咎于周大魁，她之所以上职高，是因为《清明上河图》，可周大魁一天到晚无休止让学生画的，不过是几个皱巴巴的苹果。有学生到教导主任那儿弹劾他，他斜叼了烟说，没听过达·芬奇画鸡蛋的故事吗？人家达·芬奇画了六年的鸡蛋，你们才几天？万里长征才开始呢。苏丽丽被吓得直哆嗦，照他那意思，她也要跟周大魁画几年的苹果不成？这也太扯淡了！画苹果她何必上学堂来，在家里跟老苏学就是了，老苏会画各种瓜果，各种花草树木。她现在石榴都会画了，还画什么狗屁苹果。再说，也没人在瓷器上画苹果的，即使画丝瓜画南瓜画狗尾巴草，也没人画苹果。

所以，苏丽丽的逃课，一是因为米红的引诱，二是因为周大魁的苹果。

还有一个理由，苏丽丽不好意思说，那就是因为陈吉安。

陈吉安也是职高的学生，他学机械，确切地说，学汽车维修。他的理想是以后要在辛夷开一家最牛的汽车维修店，之后再用连锁的方式，把辛夷的汽车维修垄断了。

陈吉安这样对米红说。米红有些无动于衷，她对虚无缥缈的理想，没有兴趣，而苏丽丽在一边听了，两眼灼灼发光。

苏丽丽也会无限耽溺地对陈吉安谈她的表姑以及西班牙陶瓷店。

西班牙陶瓷店在她的描绘下，已经栩栩如生了。

米红不自觉地，在心里用了米青常用的词语。

你们都是有理想的人。米红对苏丽丽说。

你们志同道合。米红对陈吉安说。

陈吉安听出了讽刺的意思，有些沮丧，也有些恼火。更恼火的是，米红故意把苏丽丽和他扯在一起。她明明知道他喜欢的是她，可她还把苏丽丽和他扯在一起，什么意思？

苏丽丽却听得眉开眼笑，无论如何，她和陈吉安确实是有理想的人，而米红，浑浑噩噩随波逐流。这一点，米红自己也承认了。

他们三个人一起看电影，苏丽丽坐中间，米红和陈吉安一左一右，锦衣侍卫一样。

或者去"李记"嗍螺蛳。"李记"的紫苏炒螺蛳，是米红的最爱。一大碗，三块钱，如果加上一瓶啤酒，三个人可以消磨半个下午。米红不喝啤酒，但有时米红会让陈吉安买一瓶，苏丽丽爱喝，但苏丽丽酒量不好，一杯之后，就面若桃花，两杯之后，就胡言乱语，三杯之后呢，人就趔趄了，偶尔会趔趄到陈吉安的怀里。陈吉安吓得赶紧扶正了她，看一眼米红，米红假装没看见。

有时陈吉安会骑了自行车到学校来。这种时候一般是因为米红想到郊区玩。辛夷河的南边有一片沼泽，里面长满了水菖蒲。一到五月，暗红色的菖蒲花就开了，花之间，还有许多宝蓝色的蝴蝶飞舞，把朴素又偏僻的郊区河岸弄得十分风花雪月。这种风花雪月的地方，陈吉安想和米红单独去，但米红不肯，总要叫上苏丽丽。陈吉安的自行车上，于是坐了两个女生，苏丽丽坐前面，米红坐后面。

陈吉安觉得很失败。他的哥们追女生，一场两场电影下来，无不成绩斐然。同桌的王建，甚至把一个女生的粉红胸罩，都搞上了手。而他，电影都看了无数场，还一点战果没有，像只蜗牛在原地爬。王建因此叫他蜗牛，有事没事就故意在他面前大声唱《蜗牛和黄鹂鸟》：

啊门啊前一棵葡萄树　/啊嫩啊嫩绿地刚发芽　/蜗牛背着那重重的壳呀　/一步一步地往上爬　/啊树啊上两只黄鹂鸟　/啊嘻啊嘻哈哈在笑它　/葡萄成熟还早得很哪　/现在上来干什么　/啊黄啊黄鹂儿不要笑　/等我爬上它就成熟了

　　一懊恼，陈吉安不搭理米红了。

　　米红不在意，班上想搭理米红的男生多的是，第二天，米红就挽了苏丽丽的胳膊和别的男生去"李记"吃紫苏炒田螺了。

　　这让苏丽丽不高兴。苏丽丽还是喜欢和陈吉安去"李记"，米红说，人家不是没约我们吗？苏丽丽说，他没约我们，我们不会约他？这是没家教了，妹头是花，后生是蝶，世上只有蝶恋花，哪有花恋蝶？

　　但苏丽丽这朵花还就恋蝶了——拽了米红去找陈吉安，陈吉安本来打定主意要拒绝的，他是一个大男人，不是一条狗，可以任米红挥之即去。但看着米红那水波激滟的眼睛，那走路时风摆杨柳的姿态，他的身体里，就犹如有千万只蚂蚁在爬，到底扛不住这种折磨，又去了。

　　如此反复再三，陈吉安彻底放弃了这种挣扎。

　　于是三人行的局面，一直持续到他们毕业。

　　毕业后陈吉安却成了苏丽丽的人。

　　许是因为灯下黑，米红之前竟然没瞧出任何端倪，直到苏丽丽告诉她。那天米红和苏丽丽去电化厂洗澡，米红的小姨朱凤珠在电化厂的澡堂子门口卖票，米红有时会带苏丽丽去蹭澡洗。电化厂在辛夷，是有钱的单位，洗澡水总能烧得很热，即使在大冬天。米红喜欢在水汽氤氲中，和苏丽丽参照自己的身子，苏丽丽的身子，是白鱼般的，扁，还瘦，经常被米红讥笑为越南难民。但那天苏丽丽的身子看上去有些不同，脱胎换骨般的，变得有些白了，白里还有一种桃红色，尤其是胸，饱满如七月的柚子。当她弯腰甩头发上的水珠时，那胸，动荡得让米红都替她感到羞耻。虽然苏丽丽的胸一直比米红的大——这也是苏家女性的家族特征，苏家的女人，都瘦，而胸却普遍大，局部的丰饶繁华，因为这个，米红把苏丽丽的那儿，称作经济特区。但苏丽丽以前的那种大，还是有一种闺阁的收敛，还是没开放的花苞样子——虽然是硕大的牡丹花的花苞，但那天，竟然是肆无忌惮的放肆，有一种恣意绽放的意思。死妹头，你被人开苞了。米红附在苏丽丽的耳边恶作剧般地说。这句话以及这句话的意思，米红是从朱凤珍那儿学习来的，朱凤珍经常这样议论苏家弄里的妹头，哪家妹头的胸或者屁股突然变大了，或者眉毛长开了，或者眼睛变飘了，她都会神秘兮兮地对老米说，这妹头肯定被人开苞了！带有几分幸灾乐祸的激动。老米经常会皱了眉批评她，尤其是在米红米青有可能听到的时候。米青什么也听不到，她总是沉浸在她书本的世界里，对整个苏家弄，都是一种置若罔闻的表情。米红呢，也假装什么也没听到，但其实呢，父母的流言蜚语，特别是朱凤珍那些粗俗的表达，她总能听得见，且听得懂，听懂之后，还能学以致用，用来和苏丽丽一起攻击她们的敌人。她们经常会趴在学校三楼走廊的栏杆上看楼下，一看见有和她们关系不好的，或者学校漂亮的女生经过，她们就会使用这恶毒的武器，呸，被人开了苞的烂货。

米红以为苏丽丽会急得跳起来，但苏丽丽没有，苏丽丽只是笑，那笑里，有一种扭捏的秘而不宣的快乐。

即使到这个时候，米红还没有意识到苏丽丽真恋爱了。

怎么可能呢？她们几乎朝夕相处，而且，在米红参照下的苏丽丽，怎么可能有机会恋爱呢？哪个男人瞎了眼不成？

但苏丽丽就是恋爱了，最不可理喻的，还是和陈吉安。

苏丽丽半推半就，又无比兴奋地，把事情经过说了出来。

那一次米红去了外婆家，陈吉安过来约苏丽丽——这是他们的模式，米红要约陈吉安，要通过苏丽丽；陈吉安要约米红，也要通过苏丽丽，不然，米红约不出来，米红家的家教比苏丽丽家严，这是自然，不仅因为他们是书香门第——因为老米的父亲曾经是私塾先生，因为老米是中学老师，朱凤珍在苏家弄，经常骄傲地以书香门第自诩；还因为米红比苏丽丽漂亮，漂亮的妹头犹如价值连城的宝贝，多少人惦记？不严防死守，说不定就着了贼手，可不漂亮的妹头呢，犹如破铜烂铁，扔在大街上，也没人捡。在朱凤珍的眼里，苏丽丽就是一块没人捡的破铜烂铁，有谁家会把一块破铜烂铁严严实实锁在箱子里呢？不让人笑话死！所以，苏丽丽的母亲才不管苏丽丽，由了苏丽丽在外野。每次米红埋怨朱凤珍管教过严的时候，朱凤珍都会这么对米红解释。米红虽然对人身不自由有些不满，但对朱凤珍的这种解释，还是有几分窃喜的。

可苏丽丽为什么会单独和陈吉安出去呢？她难道不知道陈吉安喜欢的是米红？也许，每次米红都拿陈吉安和苏丽丽打趣，她当真了，真以为陈吉安喜欢的是她。这也有可能的，苏丽丽那种二百五，最看不出男人的眉高眼低。

只是，陈吉安怎么肯和苏丽丽约会呢？而且是去辛夷南郊看芦苇，八月菖蒲败了，芦苇又开了，陈吉安说了好几次想去，但米红一直借故推托。米红其实不太喜欢那种地方的，去那种偏僻地方有什么意思？米红喜欢繁华，不喜欢荒凉，与其让一个男生赤了脚到水里为自己采一把菖蒲花，还不如让他为自己到西门买支唇膏呢！在卤味店买只酱猪蹄呢！但这种话米红说不出口，毕竟她是老米家的长女呢，也是高中生呢，知道菖蒲花和酱猪蹄之间的差别。所以，每次对陈吉安那种风花雪月的表达，她都带几分强颜欢笑的态度。可苏丽丽是真喜欢呢，不论是陈吉安采的菖蒲花，还是陈吉安用狗尾巴草编的自行车什么的，她都当宝贝般收藏，那些小玩意儿，米红压根瞧不上，每次一分手，她就会扔了，或者给米白，可苏丽丽，即使它们枯了干了，也不舍得丢，米红骂她是花痴，很贱的菖蒲花痴。

苏丽丽或许没告诉陈吉安米红去了外婆家。

陈吉安一定以为还是三人行，才去的。

即使这样，等看到苏丽丽一个人来，他也应该把约会取消的。

却没有。

所以无论怎么想，陈吉安都脱不了干系。

苏丽丽这个二百五，把细节都说了。米红后来其实不想听了，可苏丽丽不管不顾地说。她喝了一瓶啤酒，陈吉安也喝了一瓶，两人都有点醉意，然后坐在河边看芦苇，和在芦苇里飞的一种鸟，那鸟她不认识，陈吉安也不认识，有点像麻雀，却不是，因为那灰褐色鸟的背上，有紫色背羽，在阳光下，很鲜艳。除鸟之外，还有蝴蝶，一种宝蓝色的，一种黑色的，在他们面前飞过来，又飞过去，飞过去，又飞过来。苏丽丽忍不住起身去扑，用脱下来的上衣。还真给她胡乱扑下来一只黑蝴蝶，落在草丛里，似乎受了伤。她弯腰去看。就在这个时候，陈吉安从后面抱住了她，她一动不能动，大约有几秒钟，或者几分钟，或者几个小时，天知道？之后她用手去掰开他的手，却掰不开。不知为什么，她变得软绵绵的，一丝力气也没有，后来她就更没力气了，他的手绕过来抓住了她的胸，老鹰抓小鸡似的，一手抓了一个，恶狠狠地，恶狠狠地，揉捏她。在他的揉捏下，她喘不过气来，晕，天旋地转似的晕。再后来，他们就躺在了草地上，除了头顶上那白白的天，还有在眼角边上的摇晃的那半枝芦苇之外，她什么也不记得了。

不要脸！

米红觉得苏丽丽简直太不要脸了！

陈吉安再到苏家弄来，就是以苏丽丽老公的身份了。他们很快结了婚，因为苏丽丽怀了孕。苏丽丽母亲王绣纹，托了老蛾，到陈家去提亲。这是上赶子了，上赶子不是买卖。陈家的家境本来就不太好，一家的生计，就靠老陈在十字街口摆个修自行车的摊子维持；又知道苏丽丽怀了孕，所以聘礼什么的，一个子儿也不打算出，也不说不出，只说家里现在有些紧张，等过些日子宽裕了，再议这事。王绣纹气得要命，知道这是陈家在拿他们，却没办法，谁让自家女儿不争气？只好自己掏腰包给苏丽丽打了一个二钱大的金戒指，一对金耳环，偷偷让老蛾送到陈家，再让陈家送过来，当作聘礼了。不然，面子上实在过不去。在苏家弄，还没有谁家妹头没有这两样东西嫁出去的。酒席什么的，也不好讲究了，就在弄堂口的"鸿运来"，摆了十桌，花的都是苏家的银子，陈家从头到尾，一毛都没拨——也没什么毛好拨，苏丽丽嫁的人家，是只秃瓢鸡。弄里的人都知道这事，背后着实很热闹地议论了一段时间。然而也就是一段时间，之后就过去了。毕竟这是别人家的事，当不得油，也当不得盐，还是过自家的日子要紧。再说，苏家的女儿出这种丑事，也不新鲜，之前苏丽丽的两个姑妈，还有她们姑妈的姑妈，都这样。苏家向来有出骚女人的传统。

但朱凤珍对苏丽丽的事，一直抱有空前的议论热情。她把苏丽丽的婚姻，当作反面教材，来对米红进行人生教育。妹头家，身子骨最要紧，自己把自己看得千金重，别人才把你看得千金重；自己不看重自己，别人能看重你？陈家为什么不给聘礼？为什么不出钱摆酒席？瘌痢头上的虱子，明摆着！因为苏丽丽的肚子大了，还没结婚呢，肚子先被人搞大了，这怎么行？就好比卖东西，人家钱都没付呢，就先给人用过了，东西都用过了，还付钱？人家傻呀！

苏丽丽虽然长得丑，但好歹也是王绣纹的女儿，家里是有铺子的，怎么能嫁给一个修自行车的人家，住进那么一个破屋子，听说一家五口，就挤在一个三十几平米的平房里，人又不是箱子，能摞起来；又不是篮子，能挂起来。五口人，有男有女，加上苏丽丽，还要加上苏丽丽的儿子，怎么住？

怎么住？米红也有同样的疑惑。苏丽丽和陈吉安的新房，米红去过。他们结婚前三天，苏丽丽让米红陪她买窗帘，以及被褥，都是粉红的芙蓉花般的颜色，苏丽丽也笑得芙蓉花一般。也亏她笑得出来，墙上的腻子都没打匀，薄的地方，还能隐约看出青灰的底，如老女人熬夜后的残妆，水泥地上，涂了层暗红的漆，倒是油光可鉴，他们三个人，站在上面，影影绰绰的，有一种人在水上的幽暗缥缈。床是狭长的，还罩了蚊帐，或者说是帷幔，因为是一种很奇怪的深紫颜色，如乌篷船，紧靠中间的隔板放着。隔板那边，是陈吉安的弟弟妹妹，陈吉安的弟弟陈祥安，比陈吉安小两岁，个头却比陈吉安高，满脸的疙瘩。米红想一想夜里的情景，脸就红了。

陈吉安的母亲，端了杯茶水过来，很普通的青花茶杯，杯沿竟然缺了一块，如蛀牙，黑乎乎地，杯内有黄色的茶垢。米红迟疑着，苏丽丽赶紧帮她接了过来，很巴结的样子。米红看不过，苏丽丽这人，前世一定是丫环出身，所以这辈子落下了巴结人的毛病，逮谁巴结谁。可陈吉安母亲，似乎还不怎么待见苏丽丽的巴结，蹙了眉，有气无力地说了句什么。她右边的脑门上，贴了一块膏药，膏药或许贴了有些日子了，半卷不卷的，这使她看上去，有些滑稽，苏丽丽说，她婆婆有偏头痛，是生陈吉安坐月子时落下的。

从陈家出来后米红简直有点后怕。差一点，或许就差一点，这个面黄肌瘦脑门上贴膏药的女人，就成了自己的婆婆了；那个满是茶垢的杯子，就成了自己家的杯子；那个潮湿阴暗的小平房，就成了自己要过一辈子的地方。其实，当初陈吉安绕了苏丽丽的眼，花痴般直直看她的时候，她也慌乱过的，是风过荷塘花叶婆娑的乱，毕竟陈吉安长得很帅，有一双王家卫般的忧郁眼睛；毕竟她豆蔻年华，但她管住了自己的花叶婆娑。想起自己书香门第的出身，想起自己对老米和朱凤珍的诺言，她是荷呢，要出淤泥而不染。陈吉安或许不是污泥，但陈吉安的父亲绝对是。那个街口的修车摊子，她是看过的，苏丽丽带她去看的，看过那摊子之后，她就死心了，她是无论如何也没法爱上陈吉安了。他娶不了她的，她是娘娘命，以后是要过锦衣玉食的生活的。虽然锦衣玉食的生活到底是什么样子，她不知道，但至少不是，不是陈吉安家这样的生活。

十几岁的米红，就非常清醒地知道这一点。

苏丽丽却无比幸福地沉浸在这种生活中，每次在弄堂进进出出，她笑得如芙蓉花一般，一朵越南的芙蓉花，不是粉色，是亚热带女人的暗黄，就那么暗黄暗黄地斜插在陈吉安的怀里，也好意思。朱凤珍说，苏家的女人，都好色。确实，苏丽丽的两个姑妈，嫁的也是长相好的男人，长相好得如灯笼，把黑乎乎的苏家弄，照得亮堂堂的，但那是二十年前，二十年前苏家的两个姑爷，是两盏明艳艳的灯笼，二十年后，这两盏灯笼就暗了。那两个男人，如今走在苏家弄，屁股都是夹着的。别的男人做裤子要四尺布，他们俩，三尺五就可以了，因为两瓣屁股被他们夹成了一瓣，省下五寸布了。

朱凤珍说，很刻薄地。

看男人生活好不好，不用看脸，看屁股就行了。

春风得意的男人，屁股会如花一般恣意开放，但穷困潦倒的呢，就缩成卷心菜了。

但年轻时不自觉，所以陈吉安现在也把自己当灯笼，和苏丽丽两个姑爷当年一样，把苏家弄照得明艳无比。

在这种明艳里，米红偶尔会有些惆怅。

倘若斜插在陈吉安身上的，是自己。那画面，会不会更美一些呢？单论长相，她和陈吉安，才是红花绿叶两相扶的关系，而苏丽丽的样子，哪配得上？

这么一想，米红刹那间就面若桃花了。

但想象一旦蜿蜒，蜿蜒到陈吉安的家里，米红就会戛然而止。

怎么说，她都不应该过那种贫贱生活。

之后就是孙魏。

孙魏是老米的同事，一个教研室的同事，在办公室和老米面对面，面对面了半年，老米看上了他，话里话外的，就暗示孙魏，他可以追他的女儿米红。

米红孙魏见过，孙魏之前到老米家吃过饭，老米吹，他们家有两绝，一绝是老米母亲做的粉蒸肉，他母亲做的粉蒸肉好吃，有多好吃呢，好吃到能让人以身相许——这可不是乱说，当年那个私塾先生一吃这道菜，就决定娶他妈了；另一绝就是他女儿米红，米红长得好看，有多好看呢？好看到和《陌上桑》里的秦罗敷差不多。

孙魏笑，老米还真是狡猾，他家的私塾先生，早喝了孟婆汤了，还记得这事？就算记得，孙魏也不能追过奈何桥去问他；而《陌上桑》里的秦罗敷长成什么样，谁知道？

不过，在老米家吃过饭之后，孙魏觉得老米对老太太的粉蒸肉和米红的描述，基本还是写实主义的。

不说以身相许，至少让孙魏耽溺了。

所以，那段日子，孙魏频频出入老米家。

这让教研室的薛大姐气愤填膺。老米这个人，太不地道了，太下作了，太没有自知之明了，自己的女儿，什么货色？一个野鸡中学毕业生，一个无业游民，怎么配得上孙魏？孙魏条件多好，堂堂省城师范毕业生，一表人才，品学兼优，家世又好，父母都是省城的国家干部，能娶他女儿？一个小裁缝的女儿？癞蛤蟆想吃天鹅肉吗？！

只要老米不在，薛大姐就会这么点拨孙魏。

除了言语点拨，薛大姐还用了其他的手法，以毒攻毒的手法。

老米家不是有粉蒸肉吗，她也有个拿手好菜，芙蓉鱼，用西红柿和鳜鱼搭配，出来的效果，是毛泽东的《沁园春·雪》，"看红装素裹，分外妖娆"。再说，食肉者鄙，粉蒸肉再好吃，也是下里巴人，而芙蓉鱼，却是阳春白雪。境界不同的。

陪孙魏一起吃芙蓉鱼的，是薛大姐的女儿赵朴素，赵朴素大专毕业后，分配在辛夷文化馆上班。

打孙魏分到学校来的第一天，薛大姐就有想法了，但她一直用很委婉的方式，表达自己的想法。知识分子嘛，做事总不好太直白的。可老米这个家伙，一上来就急赤白脸的，几乎用开门见山的方式，对孙魏点题了。生生把她逼得也不能委婉了。

教研室就他们三个人，气氛十分紧张了。

老米明修栈道，薛大姐也暗度陈仓——其实也不暗了，因为学校的同事都知道了这事。

两人都有撒手锏，也都有死穴。米红长得好看，但没有工作；而赵朴素呢，在文化馆工作，但长相又过于人如其名，太朴素了！朴素到在男人面前，如穿了隐身衣一般。

鹿死谁手，难说，学校的同事为此打上了赌。男老师百分之八十赌老米赢，女老师百米之八十赌薛大姐赢。

赌金是一顿饭，"福膳坊"的一顿饭，档次不能低，至少每人要有一盅木瓜雪蛤，男老师说，不对，至少每人要有一盅杞鞭五味汤。

男女老师都激动万分，等着看一场好戏。

形势看上去似乎对老米有利一些。因为孙魏到老米家吃粉蒸肉的次数明显比到薛大姐家吃芙蓉鱼的次数多，差不多是 2:1 的比例。

而且，孙魏不仅到老米家吃粉蒸肉，还和米红到电影院看电影；可孙魏和赵朴素，似乎还只是停留在一起吃芙蓉鱼的阶段。

女老师有些着急，暗中帮薛大姐游说孙魏，说女人的美，如时令蔬菜，节气一过，就蔫巴了。婚姻中最重要的，还是经济基础，以及共同的文化基础。

男老师说，又不是两国建交，要什么经济文化基础？

都以为这事由孙魏说了算。

孙魏自己也以为，所以那段时间他简直有齐人一妻一妾的施施然。

结果谁也没料到，大半年之后，米红突然和另一个男人订婚了。

那个男人叫俞木。

俞木是谁没有人知道，但俞木的父亲俞麻子，在辛夷是个角儿。

辛夷有一半房子的装修，都是由俞麻子的公司做的。

俞麻子十年前是个木匠，会一手绝活，他能打出红木太师椅，打出明清式样的雕花八仙桌，和明清式样的乔抬。辛夷的官宦人家，几乎都有一张经俞麻子之手打出来的那种八仙桌和乔抬，两把红木太师椅，摆在客厅里，乔抬上方再挂一幅中堂，上面画了江山多娇，或者松鹤延年。

坐在那种太师椅上接待客人，那样子，有点像坐在龙椅上。

辛夷的官宦，都喜欢坐龙椅的感觉，于是，俞木匠后来成了俞总。

俞木和米红认识的方式，按米青的说法，有点像西门庆和潘金莲。只不过，两个人反串了一下，是米红在街边走，而俞木在楼上。当时他正蹲在二楼的窗台上给人装防盗窗，手里的一根细木棱子没抓紧，掉了下去，正打在米红的头上，米红一抬头，俞木就一见钟情了。

米红并没有一见钟情，就俞木那样子，米红不可能和他一见钟情，被陈吉安爱过且正被孙魏爱着的米红，在男人长相这个问题上，口已经被养得很刁了。何况俞木长得也确实有点寒碜，那额头，像屋檐一样飘出来，而下颌，又非常上翘。米青见过之后，忍住笑，说，他这是首尾呼应，做文章的老套路。

米红讨厌米青这样说话，生怕别人不知道她会写文章一样，竟然把别人的脸，也说成是写文章。

但俞木出手的阔绰，弥补了他的"首尾呼应"。他给米红买的第一件礼物，是条手链，金手链。

米红还没有收过男人这么贵重的礼物。三保给她的，是毛线盘的纽扣；陈吉安给的，是南郊采的菖蒲花；孙魏还什么也没给过，每次到她家来吃饭，基本都是空手而来——有那么一两次，好像带过一瓶白酒，可白酒是送给老米的，和米红有什么关系？

所以，俞木的金手链，对米红而言，简直有鸿蒙初辟的意义。

鸿蒙初辟的结果，是米红开始偷偷和俞木来往了。

也不算过分，米红想。米青不是说，她的命相里，是有三千宠爱于一身的吗？可她现在，不过两爱于一身，离三千，还差得远。再说，她和孙魏，不是还没有确定恋爱关系吗？虽然老米一直很积极地张罗这事，认为这是米红千载难逢的机会，甚至说什么过了这村就没这店之类的话。但朱凤珍不以为然，不就是个中学老师吗？和老米一模一样的中学老师，米红嫁了他，过得不也就是她朱凤珍这样的生活？既然只是朱凤珍这样的生活，那有什么好积极的？老米这个人，什么都好，就是太胸无大志。朱凤珍和米红这么说。米红也这么以为，所以对孙魏，一直也是无可无不可的姿态。

不过，孙魏是外地人，可以倒插门，这一点，让朱凤珍还是很动心的。老米说，老薛之所以和他争得死去活来，也是因为看中了孙魏的这个条件。老薛就赵朴素一个女儿，自然也想找个能倒插门的女婿，可辛夷的风气，最忌惮儿子到别家倒插门了，除非家里穷得实在上无片瓦下无立锥之地，否则，没人愿意。

因为这个，朱凤珍对米红说的话，偶尔又会折回来。孙魏这后生，其实也还是不错的。不然，人家赵朴素，在文化馆工作呢，能看上他？

要不是听说了赵朴素这个人，米红对孙魏，或许就更没有兴趣了。

老米把赵朴素吹得天花乱坠。这是语文老师老米在用修辞了，侧面烘托，和课文《陌上桑》一样的手法。老米的用意，自然是要让米红充分认识到孙魏之好，从而增加危机意识。一只猪吃食，挑三拣四；两只猪吃食，争先恐后。老米的丈母娘，以前养过猪，经常用她养猪的经验，来说养人的事，或世上其他事。对老太太而言，世上不管什么事，都和养猪差不多。每次听老太太说得唾沫横飞，老米就乐不可支。老子说治大国如烹小鲜，在老太太这儿，简直是治大国如养猪。不过这一次，老米还真用到了老太太的那个喂猪理论。米红听了，果然就有争先恐后的意思了。当天晚上吃过饭后，她就把孙魏送到了弄堂口。她以前从来不送孙魏的，即使老米开口叫她送，她也没送过。但那天米红主动提出送了。弄堂里的路灯有点昏暗，喝了几杯白酒的孙魏，走在温柔的米红身边，春心荡漾得差点儿想做点什么了，如果不是阿宝哼着小调从对面走过来了，或许孙魏就做下了。

赵朴素后来米红去看过了，和苏丽丽一起去的。苏丽丽现在身怀六甲，还爱跑，经常跑回苏家弄来，给王绣纹打工。在作坊里画只碗呀碟呀的，挣点钱，给陈吉安买烟抽，或给婆婆买药，苏丽丽这个人大公无私，从来不给自己买什么，也从来不给王绣纹或老苏买什么，因为这个，王绣纹恨得咬牙切齿，女生外向，看来一点不错。难怪人说嫁出去的女，泼出去的水。心一横，给苏丽丽的工钱，就算得很苛刻，和其他的画工一样，每只碗碟两块钱，如果不小心打碎了什么，还要从工钱里倒扣。

苏丽丽对米红说，这哪是妈，整个一个女周扒皮，难怪以前表姑说她恶。

每次画碗碟画累了，苏丽丽就到米红这儿来，发发牢骚，或说说私房话。

除了苏丽丽，米红几乎没有其他女友。所以，苏丽丽一过来，米红也很高兴。

米红说了赵朴素，苏丽丽听了十分激动，马上怂恿米红去文化馆。苏丽丽这个人，向来有点疯魔，一遇什么事，总是说风就是雨的。她的这种性格特征，和米红倒是互补的，因为米红的性格完全不同，米红干什么基本都是三寸金莲的姿态。左顾右盼，一步三摇。不过，苏丽丽的疯魔，经常会把米红的三寸金莲席卷了。

两个人鬼鬼祟祟地去了文化馆。赵朴素的办公室在二楼，她们假装成找另一个人，把赵朴素很潦草地看了一遍。

虽然潦草，但大致还是看清楚了的。看过之后，米红觉得有点索然无味。被老米吹得天花乱坠的赵朴素，原来和米青长得差不多，都是削肩，都是平胸，都戴着眼镜。

还不如苏丽丽。苏丽丽虽然是翘嘴白，虽然是越南人的皮肤，可她至少有胸，不一般的胸，夏天洗澡后穿一小背心，和米红一起在街上闲逛，男人的眼光经常会像觅食的鸟儿一样，贪婪地落在苏丽丽那儿。这让美人米红都有些吃醋，有时不高兴了，就让苏丽丽套上一件衬衫，男人吃你豆腐呢，你不知道？

可赵朴素连豆腐都没有，身体板得如街边的一棵老樟树。

和一棵老樟树争风吃醋，米红觉得有点胜之不武。就算赵朴素是文化馆的一棵樟树，又怎么样？终究不过是一棵樟树。

米红有点沮丧，孙魏竟然在她和一棵樟树之间犹豫不决。以她的骄傲，她应该拂袖而去的，但她没有，老米是一个原因，米红自己是另一个原因。其实米红压根也不想就这样拂袖而去，说到底，这个男人还没有被征服呢，所以，即使要拂袖，那也要等他完全拜倒在她的石榴裙下，再拂袖不迟。

当然，这也只是说说，就算他匍匐在地了，米红最后也不会拂袖的。对男人，米红是韩信点兵，多多益善——这句话，本来是老米用来批评苏丽丽二姑姑风流成性的，可米红听了，觉得那简直不是批评，而是表扬，其实哪个女人不想当韩信呢？有没有这种本事罢了！

所以，在孙魏之外，再加上个俞木，也不过小菜一碟。

再说，孙魏也不是一心一意，米红这么对朱凤珍说。朱凤珍是知道俞木的，也看过那条金手链。手链是周大福的，虽然有点细，一钱多，但却是24K足金的。到底是俞麻子的儿子，出手就是不凡。

朱凤珍因此睁只眼闭只眼，由了米红骑驴找马。

马的速度果然比驴快。孙魏虽然有老米的支持，是父母之命媒妁之言的意思，但他对米红，一直是文质彬彬的；可俞木呢，上来就很野蛮。第一次和米红约会的时候，就想对米红动手动脚，但米红守身如荷——灯笼一样明艳的陈吉安在她这儿都没有占过什么便宜呢，何况首尾呼应的俞木。

但金手链之后，米红守身如荷的决心就有些动摇了。毕竟吃人嘴短，拿人手短。老米也经常说，来而不往非礼也！可她拿什么往呢？总不能也送俞木一条金手链。米红一穷二白，送不了。再说，就算米红有钱送，估计俞木也不想要金手链，他显然想要别的。这别的，米红是断断不能给的，朱凤珍打小教育她，妹头的身子，是千金之躯。千金之躯呢！难道俞木一条一钱多的金手链就能败了它，不可能！她又不是苏丽丽，能把自己的千金之躯在芦苇丛里白送了男人？这也太慷慨了些，就算这男人是灯笼一样明艳的陈吉安，对米红来说，也不能。

但老米的"来而不往非礼也"也有些意思，礼不礼的米红倒是不管，可总不往的话，恐怕来就成问题，米红还想要一条周大福的金脚链呢，那脚链和手链是一套的，都是鱼鳞般的细纹图案，灯光下一转动，波光粼粼，让人眼花缭乱。俞木带她到店里去看过，并且许诺说，只要做了他的女人，莫说一条金脚链，就是十条，他家也买得起。

十条金链戴在雪白的脚踝上，那是一种怎样的灿烂，米红光是想一想，就有晕船的感觉。下一次俞木再动手动脚的时候，米红就基本采取一国两制的方针，一半闭关自守，一半改革开放——这也是老米和朱凤珍教育的兼收并蓄，既做到了有来有往，又保存了千金之躯，也算两全其美。

这一半一半，米红做得泾渭分明。在改革开放那部分，俞木基本能信马由缰，可一旦到了闭关自守那部分，俞木秋毫不能冒犯，一冒犯，就会遭到米红的负隅顽抗。

对这攻与防的游戏，两人都有些乐在其中。

如果不是有一次被孙魏撞到，或许米红还能这样左右逢源一段日子。

按说，孙魏怎么也不会走到北城去，北城是新城区，离孙魏的学校和宿舍很远，也没有什么商铺，平日走动的人很少，尤其下雨天，人就更少了，可以说杳无人烟，所以米红才敢在大白天，借了伞的掩护，由了俞木在她身上改革开放，没想到，竟然会被孙魏撞个正着，当时孙魏离他们只有十几米，什么都看得清清楚楚。

常走夜路总会碰到鬼。后来苏丽丽这么对米红说，有些幸灾乐祸。

孙魏再也不来老米家了。

也没去薛大姐家。

几个月后，孙魏离开辛夷了。他考上了省城师大的研究生。

学校同事打赌的那顿"福膳坊"的饭，算是彻底泡了汤。

和俞木订婚前，米红去俞家看过，隔了围墙看的，是一幢独门独院的三层小楼。雕花铁门里，有几棵长得很茂盛的柚子树，正是六月，青柚子长得已经有拳头那么大了。俞木说，再过两个月，这树上的柚子，就会变成一坛坛腌柚子皮了。他妈姜其贞做的腌柚子皮，是老俞最爱吃的小菜。姜其贞长得五大三粗，腌的柚子皮却花朵般细致。柚子下树后，去瓤，皮切成花瓣大小的片，用水浸泡几日，漉干，加豆豉、紫皮蒜、红尖椒、然后装坛密卦，一个月后开坛，装到小碟子里，再滴上几滴小麻油，就成了老俞的人间美味。老俞每顿饭都要吃上一小碟，一年三百六十五日，餐餐都离不得，即使到外面吃饭，也要随身带个小玻璃罐罐，里面装上几片红艳艳的柚子皮。不然，就食之无味，哪怕满桌的山珍海味，也没用。就凭这一小碟腌柚子皮，姜其贞在俞家，不仅糟糠之妻不下堂，而且还能说上几句话——姜其贞平日很少开腔，可一旦开了腔，老俞还是听得进去的。俞木的嫂子有心，想讨好公公，缠着要学，姜其贞死活不想教，缠到最后，教倒是教了，可教俞木嫂子做出来的腌柚子皮，看上去挺好，但吃起来却不是那么回事，老俞吃一口，就不吃了，俞木的嫂子怀疑婆婆留了一手，在哪个环节留的呢，却怎么也琢磨不透。

朱凤珍听了，说，你嫁到俞家后，第一件事，就是学会姜其贞的腌柚子皮。

怎么学会？姜其贞既然不肯教大儿媳妇，难道又肯教小儿媳？

你不会偷学吗？你看三保，我没教过他做旗袍，他会做旗袍了；我没教过他做中式夹袄，他也会做中式夹袄了。这叫偷师！师傅哪能什么都教你？教会徒弟饿死师傅呀！所以这事不怪姜其贞，全天下的师傅都一样，我每次裁衣时，一到要紧处，也总要把三保支开，不然，他一下全学会了，还不自己开铺子去？辛辛苦苦手把手地把他带出来，好不容易带到能帮着干活了，不让他在铺子给我多做几年长工，能划算？

难怪三保裁出来的衣裳总差那么一点点火候，原来是朱凤珍在搞鬼！

这么说，姜其贞做腌柚子皮时也用了朱凤珍的招数，在最要紧的地方把俞木的嫂子支开了？或许少了一道工序？又或许少放了哪种配料？哪种配料呢？罂粟壳吗？听说后街的狗肉店里的砂钵狗肉就放了罂粟壳的，所以那些顾客吃了还想吃，吃上瘾了！可姜其贞不会为了笼络住老公，给自己老公吃罂粟壳吧？

也难说呢，那么丑的女人，要拿住财大气粗的男人，不下毒手，怕拿不住。

米红和苏丽丽说这事的时候，苏丽丽吓得倒吸了一口气，嫁入豪门也太可怕了吧！历史书上，八国联军对付清政府，用的就是鸦片，难道姜其贞想当八国联军不成？

苏丽丽的话，总是有些不太靠谱的，但嫁入豪门这一说，还是让米红隐隐有些得意。

在辛夷，俞麻子家，应该算得上豪门吧？

那么大的一栋洋楼，对住惯了逼仄局促的苏家弄的人来说，那是太有诱惑力了，即使是人民教师老米，也有些扛不住。老米本来是反对这桩婚事的，坚决反对，脑子有毛病吗？孙魏不嫁嫁俞木，一个装潢工，还长成那德行，匪夷所思嘛。但看过俞木家房子之后，老米觉得不那么匪夷所思了。他们学校的老师，为了一套一室一厅三十几平米的旧宿舍，都能争得你死我活，把《孙子兵法》和《三十六计》都用上了，平日很正派的男老师，这时也会挑拨离间了，在校领导面前无中生有釜底抽薪；平时很清高的女老师，这时也会用美人计了，在校领导面前莺声燕语花枝乱颤。学校被闹得乌烟瘴气，老师们斯文扫地。就为了那区区三十几平米。可米红一结婚，婚房就二十多平米了。俞木说，米红和他结婚后，住二楼西边的大房间。朱凤珍还有意见呢，问，为什么不住东边的房间？东边的房间光线更好呢！光线更好自然是真的，更重要的，是风水更好。朱凤珍迷信，东边比西边吉祥，东边也比西边富贵。老戏文里的娘娘和太子，都是住在东宫的。辛夷的人，稍上点年纪的，都知道这个。所以，许多人家的横联就写着"紫气东来"呢！没有谁家的门联上会写"紫气西来"。可东边的房间俞木的哥哥俞树已经住上了，人家是长子，长子长孙，轮不上俞木呢。

不单房子，俞家最让人垂涎三尺的，还是十字街口的那个装修公司，赫赫有名的"树木装修"。

虽说现在公司负责打理的人是俞树，但作为俞家的二公子，俞木总有一半家产吧？

朱凤珍这么嘀咕的时候，米红不说话。公司什么的，她不感兴趣，那是男人的事儿。还不如俞家有保姆这事儿让她激动。俞家竟然有保姆，是个三十几岁的白白净净的妇人，米红第一次在院子里看见她，她正在给围墙下的南瓜藤浇水，米红以为是俞木的大嫂，正不知如何招呼，俞木看出来了，附耳对她说，这是我家保姆。

那一刻，俞木那张"首尾呼应"的脸，变得花一般好看了。

或许锦衣玉食的生活，不是米青胡诌的那样，穿什么羽衣吃什么荔枝，而是住在这种雕花铁门里有保姆侍候的生活吧？

米红的婚事办得很排场。

这是自然，俞麻子在辛夷也是有头有脸的人物，他儿子结婚哪能马虎了？而且米红，又是俞麻子十分满意的儿媳。人长得好不说，家里还是书香门第，这两样，都十分符合俞麻子的理想。俞麻子在娶儿媳这事上，是有理想的，两个伟大的理想：第一，俞家是木匠出身，粗人，没文化，所以想娶个有文化的儿媳；第二，以前俞麻子因为相丑，家穷，娶的老婆姜其贞呢，也丑陋。龙生龙，凤生凤，老鼠生儿打地洞。结果，他和姜其贞，生了一窝小老鼠：两个儿子俞树俞木，两个女儿俞花俞朵，个个名不符实。细眉狭眼，獐头鼠目，简直和《十五贯》里的娄阿鼠长得一模一样——群艺馆演《十五贯》的时候，陈木匠笑嘻嘻送他一张票，他还纳闷，陈木匠和他关系一向不好，因为手艺不如他，就总爱说些酸溜溜的话儿，做些酸溜溜的事儿，这一次怎么这么好心？虽然纳闷，老俞还是去看了，他爱看老戏，况且，一张戏票好几块钱呢！一看才知道陈木匠这瘪三没安好心，因为那台上的娄阿鼠，和他家俞树俞木太像了，一个模子印出来一般。操他妈，不，操他妈划不来，他妈鸡皮鹤发，应该操他老婆，陈木匠的老婆，长得和坐莲观音一样，因为这个，陈木匠经常在老俞面前炫耀。家财万贯，不如娇妻一个。陈木匠得意扬扬地说。可娇妻这事，老俞这辈子怕是没指望了——姜其贞又不是孙悟空，会七十二变？自己只有等下辈子了。不过，俞树俞木不必等下辈子，这辈子就能娶个坐莲观音给陈木匠那狗日的看。

所以俞麻子的第二个理想，就是要娶个好看的儿媳。

娶大儿媳时，他就扬言了，要为俞家引进优良品种，这一点，俞树没意见，他对自己长成这德行也不满意呢！但什么样的女人才是优良品种，父子俩意见不统一了，老俞认为优良的，俞树看不上，俞树认为优良的，老俞又看不上。女人如果是树，就好办了，柚木比桃木好，樟木比松木结实，这没有两说的，可女人不是树，父子俩就矛盾上了。矛盾到俞树二十五了，还没有结果，姜其贞急了。穷家无大女，富家无大郎。在辛夷，即便是穷家的后生，二十五也该成家了，何况他们老俞家的儿子。早栽树，早乘凉。早种荞麦，早吃粑果。又不是你老俞娶老婆，你总插一杠子算什么？一个做公公的，对儿媳的长相挑三拣四，传出去，让人笑话。

姜其贞这么一说，老俞只能讪讪作罢了，由了俞树娶了一个他不喜欢的儿媳——皮肤那么黑，黑到太阳一落山，就不见人影了。老俞说，满大街都是雪白的女人，你怎么偏偏给老子弄回一个黑不溜秋的东西？俞树说，你以为满大街那雪白的女人是真的雪白，那是粉搽的！不信，我让我老婆雪白个给你看。

第二天，儿媳果然搽了个雪白的脸，到老俞眼跟前来晃悠。

老俞被气得说不出话，那也叫雪白？和家里的花面狗差不多，白脸，黑身子，连十个爪子都是漆黑漆黑的。

但米红，老俞一见就中意了。不光肌肤雪白，而且还溜光水滑——这尤其重要，俞麻子自己小时候得过天花，一张脸被麻得坑坑洼洼，所以就更偏爱那些溜光水滑的女人。

俞木这小子，什么都不如俞树，可找女人的眼色，倒是比俞树强。

老俞很高兴，一高兴，那张麻脸就红梅点点开了。

老俞脸上的红梅一开，事情一般就好办。俞木把这个秘密告诉了米红，米红又把它告诉了朱凤珍。朱凤珍本来就想狮子大开口的——俞家有两个儿子呢，这时候不争白不争，不要白不要，俞木这一告密，朱凤珍的口于是张得更大了，简直张成了血盆大口：一张红礼单上，密密麻麻写满了，金耳环金项链金戒指金手镯金脚链，满房樟木家私，四季锦绣绸缎衣裳，还要八千谢爷娘的果子钱。姜其贞不高兴了，谁家还不养个女儿，没见过这么穷凶极恶要彩礼的，搬弄着老俞摆手。她其实不怎么喜欢米红的，也太狐媚了，还没过门呢，就把老的小的弄得人仰马翻。可这事姜其贞搬弄不动，还没怎么开口呢，俞木就罢工了。他干活本来就是三天打鱼两天晒网的，这下子，成日晒网了。老俞说，反正这家业，到最后也都是他们两兄弟的，早花晚花而已，花在娶媳妇这事上，是正经，不算败家。

老俞这一说，就算拍板了。

姜其贞不说什么了。

不过，婚事所有的开销，都记了账，俞树媳妇记的。

米红结婚那天，苏家弄的女人，都变成了叽叽喳喳的喜鹊，尤其是老蛾，见谁就说，我早就知道，我早就知道，米红是要过好日子的，她相带富贵呢！

只有王绣纹不吱声。王绣纹那天连婚宴都没吃，说胃不舒服，让老苏送了个瘪瘪的红包过来，算随礼了。

米青也没参加，她那时人在北京读书呢，北师大中文系，二年级。朱凤珍想让她请假回来做伴娘——有在北京读大学的妹妹做伴娘，给姐姐长脸呢，俞家不是作兴有文化的嘛。朱凤珍想让米青的文化，把俞家的风头压住。可米青说，她要考英语四级呢，没空回来。朱凤珍痛心疾首，这个没心没肺没情没义的东西，读书把脑子读坏了吗？姐姐结婚这样的大事，竟然也不能耽搁几天。可米红无所谓，有什么了不起的？死了张屠夫，不吃混毛猪。她不去正好，让苏丽丽去，比起米青来，她和苏丽丽才更像姐妹呢。

婚后米红在俞家，过的差不多是少奶奶的生活。

家里有保姆，还有婆婆姜其贞，所以家务米红不用动一根手指头。保姆负责买菜做饭拖地等所有的事，姜其贞呢，除了腌柚子皮，剩下的，基本就一件事，负责监管保姆。排骨买回来，保姆说两斤，姜其贞偷偷用秤约一下，一斤九两，整整少了一两，但姜其贞不会马上说保姆，在日历上做个记号就是了；地拖完了，角落里有根头发，还有水渍，姜其贞也不说什么，当了保姆的面，把头发丝捡起来，放到垃圾桶里，再蹲下来，用抹布把水渍擦了。

姜其贞胖，蹲下来的时候，十分缓慢沉重，那屁股撅得，如拱身埋头在槽里吃食的老母猪一样，难看得要命。

大儿媳碰上了，看不过，训斥保姆。姜其贞赶快制止。

以姜其贞的人生经验，世上有两种人你得罪不起：一是郎中，你得罪了，可能请你吃错药扎错针。她三姨姥就是这样，平日说话刻薄，总是夹枪带棒，也不论那棒下是谁，总是乱抢一气，有一次也不知怎么把郎中抢着了，结果，不过是个痛风的毛病，人家几针扎下来，生生把她的嘴巴扎歪了，之后别说抢人，就连一句囫囵的话都说不了；除了郎中，第二不能得罪的呢，就是保姆，保姆出入厨房，一家的咽喉之地，如果对主人有了怨怼，轻则让你在菜里吃鼻涕口水，重的呢让你吃砒霜。这在辛夷也有前科的，很轰动一时的前科——女主人头一天因为什么事和保姆起了口角，那保姆也不是盏省油的灯，女主人说一句，她顶一句，寸土必争，丝毫不让，把女主人气得瑟瑟发抖，那家的女儿刚从外面进来，年轻人，脾气坏，容不得保姆的嚣张，冲上来就给了保姆一巴掌，结果，保姆第二天就在菜里下了毒，一家四口，除了那女主人因为胃口不好没怎么动筷子之外，其余的，男主人和一儿一女，都被保姆送上了西天。

所以，姜其贞一直不肯请保姆，把一家老小的性命交到保姆的手心里，她不放心。但这些年，她得了高血压，心脏也不好，房子又大，一层楼的地拖下来，就腰酸背痛眼冒金星了。不得已，才请了保姆，但姜其贞从来不把保姆当保姆对待的，至少态度上，她一直客客气气的。当然，作为女主人，她也要履行监管的职责，但姜其贞监管的方式十分隐秘、十分温柔。比如保姆一旦进了厨房，她基本是亦步亦趋的，但她会以指导的方式来掩护自己的多疑；还有，她也不会让保姆洗内衣内裤，她认为这是她很重要的关怀方式，因为给人洗内裤和倒马桶性质差不多，多多少少都有些羞辱的意思。

可米红结婚第二天，就把她和俞木换下来的所有衣裳，包括内裤奶罩什么的，一股脑儿全给了保姆。

第一天，姜其贞不怪，年轻人嘛，不知轻重难免。大儿媳那时也这样过，后来在她的调教下，才懂事的。姜其贞还是用她的姜氏教育法，不言传，只身教。弯腰把保姆盆里的内衣内裤挑出来，当了米红的面，自己搓洗了。

按说，米红看到婆婆亲自动手，应该赶紧抢过去自己洗了，即使不抢，至少也应该表现出不好意思的样子。

可米红没有不好意思，米红视而不见，镇定自若地斜坐在饭桌边吃她的肉包子。

更过分的，第二天，米红依然把她花花绿绿的内裤奶罩，扔给了保姆。

姜氏教育法第一次遭遇到彻底的失败。

什么书香门第？狗屁！还不如大儿媳的家教，大儿媳娘家也是生意人家，父母都是做五金配件的，没什么文化，却比米红懂事多了，看到姜其贞站在水池边为她搓洗内裤，脸立刻红得鸡冠子一样。那之后，她的这些东西再也没有出现在保姆的洗衣盆里过。

甚至还不如保姆，保姆看到她用抹布擦地上的水渍，之后拖地就很仔细了。

明人不用细说，响鼓不用重擂。

单这一件，姜其贞就看破了米红——女人看女人，眼总是很毒的。

何况还不只这一件，让姜其贞恼火的事，接二连三。

俞木原来就不爱干活，成日溜出去勾三搭四，老俞和姜其贞指望他婚后会好些，之前出去鬼混不就是因为没娶媳妇嘛，人大了，心野了，往外跑跑，也正常。猫狗那些四只脚的畜生到了发情期，还要围着篱笆或窜上屋顶叫唤几句呢？何况一个两只脚的后生家。可现在媳妇给娶到家了，总要收敛收敛吧——俞木还真收敛了，却是过于收敛，成日只收敛在新房里。

日上三竿了，俞木也不出房门，收敛成千金小姐了。

姜其贞在他们房外来回走。姜其贞身体沉重，平日走路如果不蹑手蹑脚，声音就如打闷雷的效果，现在她有意放重脚步，简直是平地惊雷了。

可米红和俞木仍然不出来。

后来姜其贞把这事数落给朱凤珍听，米青在边上，听了忍不住偷笑，老太太不读书，不知道这个叫"春宵苦短日高起，从此君王不早朝"。只是这君王太丑了些，竟然长一徽居里那马头翘角似的额头下颌，而米红，就对了马头翘角，做她千娇百媚的杨玉环。

这么想，米青就笑出了声。

姜其贞用鼻子哼一声，米家的女儿看来真是缺教养，不单米红，原来他家在京城读大学的二女儿，也不怎么样。长辈在说话，她竟然咻咻笑，书都读到背上去了吗？

朱凤珍也不像话，竟然护短，说这事不怨米红，要怨也只能怨她儿子，男人贪风月，女人有什么办法？

怎么没办法，当年她初婚时，哪天早上不是她把老俞推出房门的？

男人嘛，年轻时哪个不贪风月？关键是女人，女人要知道风月之事应该在晚上，不然还叫什么风月，干脆叫风日了！

倒是老米说了句还算中听的话，老米说，亲家母，米红嫁到你家了，你就当女儿待，有什么不到之处，亲家母只管教导就是了。

可这句话也就是当个曲儿听听，不能当真。当女儿待？能当女儿待？当初俞花俞朵如果这个样子，姜其贞一个巴掌就扇过去了！姜其贞手大，力气又大，那巴掌扇过去，铁砂掌一般，俞花俞朵因此在背后叫她铁扇公主。当时她们正看电视《西游记》呢，最喜欢看孙悟空变成一个小虫子钻到铁扇公主的肚子里，把铁扇公主折腾得死去活来，她们也恨不得有孙悟空的本事呢，能变成小虫子，钻到姜其贞的肚子里去。可即使这样，俞花俞朵嫁人后也依然和她亲亲密密，娘打女儿，原来就如雨打荷叶，咻溜一下，就无痕无迹了，但她的铁砂掌能扇米红吗？真要扇过去，怕不要闹个家翻宅乱！

看朱凤珍那样子，不是个善茬！

姜其贞倒是暗暗在老俞面前嘀咕过，说米红馋。一碗豆豉蒸排骨，不过十几块，她一个人就吃了三块，也不知朱凤珍怎么教养的女儿，以前俞花俞朵在家时，从来不这样。两碗饭，第一碗只吃素，不动荤腥，到第二碗，才搛一块鱼肉到碗里，细细地就了饭吃。一开始当然也不这样，小人嘛，都爱吃肉，趁姜其贞埋头吃饭的当口，俞花俞朵的筷子就偷偷伸向肉碗，可肉还没搛上呢，姜其贞的筷子就如长了眼睛一般，半道上就把她们的筷子截了。也不是吃不起，尤其后来俞家的日子过殷实了，吃鱼吃肉都不算什么事儿，但富家也要穷过，这是姜家的家训。以前姜家也富贵过，是当地数一数二的大地主，家有良田千顷，金玉无数，可姜老太爷的早餐依然只是两碗稀饭，一碟腌柚子皮而已，姜老太太呢，平日也只是粗布衣裳，除了头上一枝碧玉簪看上去有点富贵气象，其他的，和村里的妇人没什么两样。夏忙时，姜老太爷还会用独轮车推了三寸金莲的夫人，两人一起到地里，和长工仆妇一起扬扬芝麻，或者拔拔花生。要不是后来娶了爱穿金戴银爱着绫罗绸缎还好吃懒做的二房，姜家不会败落了下来。

姜其贞喜欢和老俞说姜家的这些旧事。这些旧事既抬高了自己的身份，又影射了米红，又告诫了老俞，可谓一石数鸟。姜其贞虽然没文化，可用起这些文化手法来，还是得心应手。

老俞却油盐不进，皱了眉说，你没事数儿媳吃了几块肉干什么？

如果说以前，姜其贞对米红的嫌弃还是一个婆婆对一个媳妇的嫌弃，因为老俞的这句话，现在嫌弃的性质发生了改变，变成了一个妇人对另一个妇人的嫌弃。

只是姜其贞把这种嫌弃隐藏得极好。既然老俞喜欢小儿媳，那她就也喜欢小儿媳，至少看上去喜欢小儿媳。夫唱妇随嘛，没有谁说妇唱夫随的。牝鸡司晨，天下就要大乱了，这朴素的道理，姜其贞懂。

保姆去菜市场买菜，去之前，过来请示姜其贞。只要老俞在，姜其贞会十分温存地说，你去问问老二媳妇，问她今天想吃什么。保姆有些迷惑，不过，还是很听话地去问了米红。米红倒不客气，想吃鸡了就说想吃鸡，想吃鱼了就说想吃鱼，新上市的茭白，一块多一斤呢，她说想吃茭白炒肉丝。

大儿媳在一边听得火冒三丈。老太太吃错药了嘛，怎么和老头子一起宠上那个狐狸精了，难道你们一家子都得了狐狸病嘛？

金喜夜里问俞树，咬牙切齿地。

俞树不吱声。

不吱声却等于吱声了。以前金喜在枕上对俞树泄私愤时，不论愤及俞家谁，俞树都能大义灭亲，能不灭吗？金喜每次都是在关键时候说这些，他箭在弦上，不得不发！灭俞花俞朵自是不必说，即使灭姜其贞和老俞，他也不过沉吟一秒钟，用这一秒钟表达他对父母的忠贞节烈，一秒钟之后，只要金喜作势推他，他就照灭不误了。可现在，他不灭了，嘴巴闭得和青葫芦一般。金喜恼，将他一推，转身用背朝了他。他竟然也不再纠缠，生生把那弦上之箭收了回去，不发了！

　　这算什么？莫不是俞树也得了狐狸病？

　　也是，每次米红看见俞树，总是哥哥、哥哥的叫得十分亲热，金喜就在边上呢，她从来不招呼，好似没这个人一般。其实不单对金喜，即使对姜其贞，米红也这样。米红的眼里，只有男人，没有女人，这一点，金喜和姜其贞也算同病相怜了。

　　可姜其贞却不想和她同病相怜，依然当了老俞的面，对米红嘘寒问暖。家里就三个妇人，金喜和米红两个妯娌，是先天不能调和的敌我关系。兄弟看兄弟穷，妯娌看妯娌惢。自古都这样。而婆婆和媳妇——倘若只有一个媳妇，那也差不多，自然也是争风吃醋有你没我；如果有两个媳妇，情况不一样了，更复杂，也更微妙，婆婆会变成墙上一棵草，风吹两边倒。金喜当然希望姜其贞那棵草朝自己这边倒，就算不朝自己这边倒，她也应该迎风直挺挺站了，不能倒向米红，可姜其贞还偏偏就倒向米红了。

　　这老鸹婆！

　　金喜是眼里揉不得沙子的人。她嫁到俞家四年多，儿子俞金已经三岁了，她挟子自重，俞家的人也基本由她自重——虽然偶尔老俞会有点遗憾，因为俞金的长相，也过于俞家了，简直和俞树小时候一模一样，活生生又一个小娄阿鼠！可遗憾归遗憾，老俞对孙子俞金还是很疼爱，爱屋及乌，对金喜，自然也就越来越喜欢。金喜感觉自己在俞家，正渐入佳境。

　　而现在，因为米红的到来，金喜的佳境遭到了破坏，她又回到了从前甚至还不如从前，从前至少俞树对她，那是忠心耿耿的。

　　金喜和米红，现在势不两立了！

　　米红浑然不觉——即便觉了，她也不在乎。

三千宠爱于一身，这是她的命。所以，公公婆婆宠爱也罢，老公大伯宠爱也罢，都是本分，她不用受宠若惊。

出嫁之前，朱凤珍给米红打预防针，说，在娘家是荣花娇女，在婆家是狗屎媳妇——怕娇滴滴的米红嫁到俞家后受委屈。可米红不怕，她是米红，又不是苏丽丽，苏丽丽在娘家是狗屎女儿，在婆家是狗屎媳妇；而她呢，在娘家是荣花娇女，在婆家也是荣花媳妇。

可米红没料到，她的荣花媳妇也只是做了一年多，一年之后，她这朵荣花便开始褪色了。

先是俞木。俞木成日收敛在房里也就几个月，几个月之后，老俞发话了，整日不做事，吃什么？难道你真是木头，可以喝西北风？俞木于是开始出门干活了，他正好也有点起腻呢——男女这事儿，原来就如冰糖肘子，好吃虽然好吃，也架不住每时每刻都吃，饱食终日的结果，是他需要出门消化消化了。

俞木出门消化去了，米红呢，就一个人待在俞家，这让姜其贞觉得奇怪，别的新媳妇初到婆家会百般不适应。这是自然的，花草树木连根拔到另外的地方还会水土不服呢，猫狗畜生换了主人家还会食欲不振呢，金喜初嫁到俞家时，会找各种由头回娘家，因为这个，姜其贞当时还不高兴呢。可米红不回娘家，姜其贞也不高兴。忘恩负义的东西，还不如花草，还不如畜生。天气这么好，你不回苏家弄走走？姜其贞问。米红其实也有些想苏家弄了，不是想朱凤珍或老米，也不是想米青米白，而是想苏丽丽了。

米红想苏丽丽不回苏家弄，而是让苏丽丽到俞家来。苏丽丽果然来了，在院门口把雕花铁门拍得砰砰响，米红让保姆去开门，让保姆端茶倒水，让保姆到街角买葵花子，甚至还让保姆下厨房做点心，大半个上午下来，保姆被俞家这位二少奶奶支使得团团转。

苏丽丽一惊一乍。米红现在的生活，差不多就是西班牙表姑的生活，或者说，比西班牙表姑的生活还要好，因为西班牙女佣会和表姑顶嘴，而且也做不出那样好吃的酒酿丸子。

米红喜欢苏丽丽的反应。苏丽丽这个人就这点好，没心没肺，天真烂漫，会充分表达对米红的艳羡，不像米青，或弄堂里的其他妹头，对米红的好长相，以及米红嫁到富贵人家，故意摆出一副视而不见的样子。米红知道她们是成心的，知道归知道，可米红还是有一种锦衣夜行的冷落。

而苏丽丽，总让米红的锦衣在艳阳下。

因为贪恋这艳阳，米红常常让苏丽丽到俞家来玩。苏丽丽只要有空，就来了。她现在基本不到王绣纹作坊里去画碗碟了，因为王绣纹不让她去，每次苏丽丽到作坊去时，总把儿子带过去，自己画碗碟挣钱，儿子却让王绣纹照管着。王绣纹不高兴了，他姓陈，又不姓苏，凭什么让我带？他陈家倒是有福，不花钱弄一个长工还不知足，还想弄一个老妈子。他们想得美！撒手不管了，由了苏丽丽的儿子在作坊的地上爬。这下更糟糕了，小家伙有一天把一只青花瓷瓶给碰碎了，那只青花瓶上画的是复杂的《百子图》，光工钱王绣纹就付了画工几百块呢。这一下王绣纹真是恼了，叫嚷着要让陈吉安赔她的花瓶。苏丽丽更恼，她儿子的手指还划破了呢，王绣纹做外婆的人，竟然不心疼，只顾着心疼她的花瓶了，难不成她的一个破花瓶，比外孙子还重要？

王绣纹不让苏丽丽去作坊，苏丽丽也懒得去。还省得被周扒皮剥削呢！而且，她现在的经济条件也好了一些，陈吉安在摩托车维修店当上了主管，工资比一般员工高许多，有时还会揽点私活——他技术好，人缘也好，许多客人专门找他的，苏丽丽说，眉飞色舞的。米红看不得苏丽丽这样子，不就是在别人店里打打工嘛，得瑟成这样？真是没出息。米红心情好，施舍般地由她得瑟了，可苏丽丽不知趣，得瑟个没完，米红就不耐烦了，笑着问她什么时候到西班牙去开瓷器店——这是在打趣苏丽丽了，也是在寒碜苏丽丽，苏丽丽也知道，所以，每次只要米红这么一问，眉飞色舞的苏丽丽，顷刻就瘟鸡了。

苏丽丽到俞家玩，自然都要带了儿子过来。两个女人关了房门聊天的时候，苏丽丽的儿子米红就吩咐保姆照管着。

这让保姆很有意见，这个二少奶奶，实在太过分了，端茶倒水什么的，也就算了，竟然还让她带别人家的小人了，小人才一岁，撒尿拉屎都要人侍候，家里这么多事，她又没有三头六臂，也就是一双手两只脚，怎么忙得过来？这还不说，万一小人磕了碰了呢，她可担待不起，保姆气呼呼地对姜其贞说。

姜其贞不说什么，老俞在边上呢，他本来出门了的，但因为家里有点事，姜其贞把他叫了回来——只要苏丽丽过来，姜其贞总能找个合适的由头，把老俞叫回家。

老俞的一张麻脸又红梅点点开了，不过，这一次红梅的颜色有点紫，近似于猪肝色了。

等到苏丽丽和她儿子坐到饭桌上的时候，老俞的猪肝色红梅就绽放得更绚烂了。

米红不知道，她犯了老俞的大忌了，老俞平生有两恨，一是恨那些娶了如花似玉老婆的男人，比如陈木匠，再就是恨不相干的外人跑到俞家来白吃白喝。

其实让苏丽丽留下来吃饭是姜其贞的意思，至少第一次是姜其贞的意思，苏丽丽的自行车本来都要推出门了，姜其贞十分殷勤地出来挽留说，吃了饭再走呗，有粉蒸肉呢。一听到粉蒸肉，苏丽丽迈不动脚了，恋恋不舍地看米红，米红喊一声，说，你留下呗。

下一次苏丽丽再过来，米红就自作主张挽留苏丽丽了。

一年后米红开始往"莲昌堂"跑。

朱凤珍问老蛾，米红的命里会有几子，老蛾说，一儿一女一枝花，无儿无女是仙家。

这是什么意思？到底是一儿一女？还是无儿无女？

朱凤珍急了，再问，老蛾就低头做她的酒酿，不言语了。

不是娘娘命吗？生不出太子还怎么做娘娘？

朱凤珍拽了米红去"莲昌堂"找黄鹤楼。

黄鹤楼是辛夷有名的中医，他原来不叫黄鹤楼，叫黄和楼，因为瘦骨伶仃，却精神矍铄，有仙人之姿，被辛夷的人改名为黄鹤楼了。

"莲昌堂"是黄家祖上传下来的中医馆，专门治妇人不孕不育。

黄家治妇人不孕有秘方，传说是从他家老祖宗黄帝的《内经》上来的，叫"四乌贼骨一藘茹丸"，用四份乌贼骨，一份藘茹，再加雀卵，制成芸豆大的丸子，让妇人早晚服。妇人一般服用几个月后，肚子就有动静了。

别的中医也抄袭过这方子，却没效用，黄家一定在那黑乎乎的丸子里加了别的东西。

至于那别的东西是什么，没有谁知道。辛夷的中医们一直殚精竭虑前赴后继地研究，也没研究出什么名堂。

黄家一直子息繁荣，这也是好的招牌。黄鹤楼的爷爷有六子二女，黄鹤楼的父亲有七子二女，到黄鹤楼呢，更青出于蓝，竟有九子二女——这还是明里的，暗里的子女就说不清了，黄鹤楼在辛夷名声不太好，喜欢勾引漂亮的女病人，他人长得清俊风流，据说还练过房中术，能在床上把妇人弄得欲仙欲死，所以妇人很容易就着了他的道，因为这个，他老婆曾经闹过，要他垂帘问诊，和以前皇宫里的那些御医一样；或者让她垂帘听诊，和慈禧一样。当然都没有得逞，黄鹤楼是谁？能由了一个妇人摆布？在家里罢诊一个月之后，垂帘之事就不了了之。

辛夷有身份的人家其实都不愿意让自家妇人上"莲昌堂"。

所以朱凤珍是偷偷带米红去的。

黄鹤楼那天不在，他如今经常不在的，天冷了要在家藏冬，天炎了要在家消暑，偶感小恙了要在家养恙。七十多岁的老中医，把自己的身子看得比宰相家的千金小姐还娇贵——黄太太这么埋怨说，表情却有掩饰不住的喜悦，她其实是怂恿他娇贵的，提心吊胆了一辈子，终于可以消停在家了。

那天坐诊的是他的最小的儿子黄佩锦。

黄家九个儿子中，只有黄佩锦一丝不差地继承了黄鹤楼的衣钵，不单医术，还有长相，还有风流性情。其他八个儿子，都有乃母之风，体态丰腴，德行端庄。

黄佩锦给米红把脉足足有十分钟，十分钟之后，他在病历上写道：任脉虚，太冲脉衰少，天癸不盛。

朱凤珍不识几个字，看不懂，米红倒是识字，也看不懂。

看不懂没关系，有药单。药单上除了两盒"莲昌堂"的药丸子外，还有另一个方子：桂枝、吴茱萸、当归、芍药、川芎、麦冬、姜半夏、丹皮、阿胶、甘草不等，另加杜仲和旱莲草各五钱，煮汤服用。

汤药要服一个月，而且黄佩锦说，服药期间，最好禁房事。朱凤珍把米红接回了苏家弄，对俞家的说辞是：老米生病了，需要米红回家帮忙一段时间。

那段时间苏丽丽很忙，陈吉安在城西开了家摩托车维修店，苏丽丽到店里帮忙去了。米红有一天心血来潮，坐了"小黄鱼"按苏丽丽的指示一路找过去，找了老半天，才找到"吉安维修"。那地方极偏僻，是城乡接合部，周边全是些乱七八糟的小店，什么"万年水泥"，什么"久久寿衣"，什么"花花世界"——是家卖花圈的，店门口摆满了灰扑扑的纸花圈和金锞银锞。苏丽丽也是灰扑扑的，她本来黄黑精瘦，又爱出汗，像热带气候下的越南人，现在加上灰尘，加上衣衫简陋，简直是逃亡中越南难民的形象。米红看了忍不住想笑，之前听苏丽丽兴高采烈的描绘，还以为是怎样了不起的维修店，米红的心里甚至有些酸溜溜的，为了压住老板娘的风头，米红打扮得花枝招展而来，结果，白打扮了，就这么个小铺子，原来和老陈的自行车修理摊子也差不多，甚至还不如呢，老陈的摊子至少在辛夷的十字街头，最繁华的地段，人来人往，车水马龙，可陈吉安的店，却在这么个乌烟瘴气的地方。

陈吉安也是一身油乎乎的，蹲在一辆摩托车边忙活着，看见米红进来，抬起头笑笑，算招呼了。

米红有些诧异。男色原来也如昙花，不经岁月的，想当初陈吉安也是明眸皓齿风度翩翩，和苏丽丽的差距是天上人间，可现在，两夫妇看上去，倒是锣鼓相当，十分般配了。

想起朱凤珍关于男人屁股的言论，米红忍不住斜眼去觑陈吉安的后面，发现陈吉安的屁股果然有些如卷心菜了。

米红在苏家弄待得百无聊赖，想回俞家，朱凤珍不让，她一身"莲昌堂"的中药味，回去怎么说？姜其贞那只老狐狸，一嗅就知道了怎么回事，到时在老俞或俞木面前嘀咕些什么，就不好了。所以，米红怎么也要在苏家弄待够一个月，把汤药服完，之后最好还过些时日，让身上的味儿散散，再回去。

裁缝铺子里活计很忙，米红主动要求给三保打下手缝纽扣。朱凤珍本来不想的，女儿十指纤纤，水葱儿似的，哪是干粗活的手？可米红很积极，朱凤珍就只能由她了。

三保却是淡淡的，以前米家三姊妹中，三保最喜欢米红，两人年龄相仿，三保只比米红大了一岁四个月，十二岁初到铺子里来拜师的时候，个头比米红还矮几寸呢，不说青梅竹马两小无猜，但眉来眼去之间，到底暗生过小儿女情愫的，夜里睡在裁缝铺后间的裁衣板上时，还梦到过和米红穿大红袍子拜堂成亲：一拜天地，二拜高堂，夫妻对拜，送入洞房。哐当一声，入洞房时走得太急被门槛绊了一跤。醒来后才发现原来是身下的裁衣板翻了，自己摔到了地上。猪窠眠梦戴凤冠，少年三保从地上爬起来时颇有几分心酸。人家是老板的大小姐，又长得这般如花似玉，怎么能嫁给自己一个小伙计？米红后来果然嫁给了富家子俞木。

三保是个朴实人，一旦断了念头，从此就自矜自重。任米红再言语轻佻，三保也只是不苟言笑。

十字形纽扣被米红缝得犬牙交错。三保接过来看看，也不说什么，用剪刀细细拆了，重新缝一遍。

米红觉得无趣，再以不到裁缝铺去晃悠了。

汤药吃了十天的时候，两盒"莲昌堂"的药丸吃完了，米红自己去了趟"莲昌堂"。黄佩锦交代过，药丸一吃完，他要看米红脉相的。本来那天朱凤珍要陪米红去，却走不开，要赶做一套衣裳，是老米同事的，同事要到省城开会，下午四点的火车，说好了二点之前过来取的。因为是毛料，朱凤珍不放心让三保做，三保的手艺如今倒是可以了，但在划料方面，还是不如朱凤珍。二米五的布料，让三保裁，就只能剩下一些边边角角了，如果朱凤珍自己裁，可以划出一件背心前襟呢，这种鼠灰色的毛料，之前也有人做过的，家里的箱子里还有小一尺布呢，到时拼一拼，可以给老米做件毛料背心了。

米红是上午九点出门的，苏家弄到"莲昌堂"不远，来回个把小时就成，算上候诊的时间，两三个小时也足够了，中午前无论如何能回来。但米红直到黄昏才到家，朱凤珍问，米红说，她到苏丽丽店里去了。

其实没有，米红是被黄佩锦掇弄上麻将桌了。

黄佩锦坐诊，病人不多时，经常会溜到隔壁店里去打麻将。隔壁是家杂货店，店主是个小寡妇，有三分姿色，七分妖娆。这加起来的十分，把半条街的男人迷得神魂颠倒。杂货店的生意不好，女人多数时候都在店后间打麻将，女人麻将的手艺十分了得，传说会出千，每次都能和出清一色或杠上开花之类的大和。男人们也怀疑，盯牢了女人的手看。女人十指涂满了红色蔻丹，金的银的玉的戒指手镯戴了一手，男人看得眼花缭乱，也没看出什么名堂。

米红坐在"莲昌堂"的长椅上大约等了半个时辰，黄大夫也没来，正要走，边上的一个少妇说，黄大夫在隔壁呢。

怎么不去叫呢？

少妇抿嘴笑，说，我怕。

米红不怕，在这个世界上，米红除了怕鬼和米青，还没什么可怕的呢，尤其不怕男人，何况是黄佩锦这样的风流男人。

黄佩锦一看见米红，果然十分和蔼。他把牌一扣，本来想立刻起身去给药堂的，但妖娆的小寡妇不肯，说要打完手里的一圈，黄佩锦为难地看看米红，米红说，你打呗。就站在黄佩锦的身后看，看了两和，黄佩锦有点不安了，干脆让米红替他打，他去药房拿药。米红又不怎么会，怎么替？黄佩锦说，不妨，赢了算你的，输了算我的。

米红还真赢了，麻将钓生手，米红就这样被钓上了钩。

之后的情形和第一次一样，每次都是黄佩锦打，米红看。看过几和之后，就调马换将了，变成米红打，黄佩锦看。他们麻将其实赌得不小，一块钱一个子，每场下来，输赢过百了，但米红不担心，她手气好，按杂货店女店主的说法，她有打麻将的命。再说，她是包赢不输的，赢了是自己的，输了是黄佩锦的，那何乐而不为？

而且她现在和女店主成了朋友。女店主人其实很好，温柔，又慷慨。每次麻将结束之后，都请他们吃点心，有时是一碗红豆花生羹，有时是一碗鸡汤米线。她店里有个小煤炉子，要炖点东西吃，很容易。

两个月后米红回了俞家。

俞木这段时间没去过苏家弄。按辛夷的规矩，女儿如果在娘家过夜，是要和丈夫分房睡的。少年夫妻，同床共枕总免不了有云雨之事，而这个云雨，是犯辛夷大忌的，因为会给娘家带来厄运。有些年轻人不信这个，或者身子没忍住，夜里依然偷偷摸摸在一起，比如苏家弄赖家的女儿女婿，半夜做事时被嫂子捉了——嫂子起来小解，听到小姑子房里声音可疑，推门挑灯一看，枕上虽然只有小姑子一个脑袋，可牡丹花被子下面却是波浪起伏。嫂子把哥哥叫了过来，哥哥本来想息事宁人，可嫂子不让，这事太污秽了，会让娘家倒霉的。还真倒霉了，一个月后，六岁大的侄子在上学路上被摩托车撞死了。赖家女儿女婿披麻戴孝在娘家门口跪了几天几夜。这种事儿在辛夷不少，让老蛾说的话，能说上几箩筐。所以朱凤珍特意叮咛过俞木，不要到苏家弄来。宁可信其有，不可信其无。再说，黄佩锦也交代了服药期间不能行房事。

小别胜新婚，米红原以为俞木会急不可耐的，结果没有，俞木晚上一个指头都没有碰米红。

这事奇怪了，难道俞木有了别的女人？

第二天米红就跟踪了俞木。俞木身边果然有了一个女人，不是别人，是金喜的妹妹金欢。

金欢在公司打杂，有时也帮着带带俞金。没想到，不过两个月，她成了俞木的徒弟。和俞木一起出工干活。用花头巾扎了长发，穿一件紧身黑色T恤，下面是一件肥大的蓝色工装裤，很俏丽的样子。

只一眼，米红就看出了他们关系不正常。

这事儿肯定是金喜搞的鬼，这个女人一直嫉妒她在俞家得宠，于是使出这种下作的手段，来报复她。

俞家的人或许早知道了这事，米红猜，不然金欢怎么可能在老俞和俞树的眼皮底下勾搭上俞木？

俞家上下，现在对米红，都十分冷淡。老俞脸上的梅花，也几乎不对米红绽放了。没心情绽放，他娶米红做儿媳，原是要改良俞家下一代品种的。因为这大使命，所以他一直纵容米红在俞家作威作福。可一年多了，莫说改良品种，就是娄阿鼠那样的，也没生下一个半个，老俞心急如焚，每次看见陈木匠家坐莲观音般的子孙，回家就长吁短叹。

姜其贞夫唱妇随，对米红更是风刀霜剑了。

以前的百般迁就，按米青的说法，不过是春秋手段而已。什么是春秋手段？米红不知道。米青故技重演，说，你去读《郑伯克段于鄢》，就知道姜其贞的手段阴险。可米红怎么可能去读《郑伯克段于鄢》——就算读了，也不信。米青这么说，无非是听不得米红炫耀她在俞家的受宠罢了。

可米红现在进进出出，没人过问。

苏家弄米红是不去的，去了也不知道和朱凤珍说什么。对苏丽丽也不能说，她米红的人生从来都是荣华人生，至少在苏丽丽那儿是。这黄连一样的苦水，米红只能把她倒给杂货店的女店主。她是女朋友，又是陌生人，最适合倾诉衷肠。

女店主听了，妩媚地笑笑，这算什么？男人从来都是朝三暮四喜新厌旧的，女人如果计较这个，一辈子就别想活自在了。

那怎么办？

怎么办？等那个女人由新变旧呗。那个女人现在是新，但总有一天，也会旧。和你一样。你没看过老戏《桃园三结义》吗？里面的刘备说，女人如衣服。衣服嘛，男人穿上些日子，也就旧了。

等一件衣服变旧要多久呢？至少要几个月吧，或者要几年也说不定。几年米红可等不了，难道要像以前的女人一样，夜里靠撒豆子捡豆子撒铜钱捡铜钱那样打发寂寞长夜吗？

女店主笑得花枝乱颤。现在也不是旧社会，女人要立贞节牌坊。何必要捡豆子捡铜钱虚度青春年华呢？他初一，你十五呗。既然他一个指头都不碰你，那你还为他守？蠢哪！你没看出我们黄大夫早就对你有那个意思了？

米红当然看出来了，早在第一次黄佩锦为她把脉的时候，米红就看出了黄佩锦的那个意思！后来就更不用说，麻将桌上桌下，黄佩锦不放过任何一次试探的机会。

但每一次都被米红挡了回去。

守身如荷的家教根深蒂固。虽然米红看上去也是有些轻佻的，但那轻佻，是风吹荷叶动的轻佻——荷再动，也在水面上，米红没打算把自己动到污泥里去。

她不是苏丽丽，会在芦苇地里委身男人；她也不是杂货店的女店主，搽了胭脂对每个男人卖弄风骚。

除了俞木，她米红的身子，还没有哪个男人碰过呢。

可就是这般如花似玉的身子，他俞木，那个被米青嘲笑为"马头翘角""首尾呼应"的俞木，竟然不碰了！

这就怨不得米红了，心一横，下次黄佩锦在桌下用腿很小心地去贴她腿的时候，她没有和以前一样，把腿立刻缩回来，而是假装没有察觉，由了黄佩锦十分温存地贴了几分钟。

这几分钟，让黄佩锦以为他和米红的关系，从此柳暗花明了。

却没想到还是山重水复。在"莲昌堂"的诊所里，黄佩锦把脉的手刚蜿蜒到腋下，米红就腾地站了起来，身子须臾间离黄佩锦有一米之遥了。

可过两天，米红在牌桌上，对黄佩锦又笑靥如花。

黄佩锦被逗得百爪挠心，忍不住蠢蠢欲动。米红又大义凛然了。

这唱的哪一出？黄佩锦也算风月老手，一时亦迷惑于米红的反复，问女店主，难道良家妇女是蜀道？蜀道难，难于上青天？

这话女店主不爱听，酸文假醋。什么良家妇女？女店主平生最恨的，就是那些良家妇女。自己没男人要，偏还做出冰清玉洁的样子；或者是米红那样的，又想做婊子又想立牌坊，也可恶至极。

女店主打算毒辣一回，她要学孙悟空，棒打白骨精，把米红打回原形——米红的牌坊不倒，就总在那儿三寸金莲。别说黄佩锦等得心慌，就是边上的她，也看不过米红那一步三摇的做作。

她这一招也算一石二鸟——既是借花献佛，讨好了黄佩锦；也把一个所谓的良家妇女拉下了水，这多少，也让她有一种报复的快感。

那天她煮了薏米粥，里面加了淫羊藿、香附和菟丝子。据黄佩锦说，这几味中药都有乱性的功效。不发情的母牛如果连服十五日，再看见公牛，就把公牛追得满世界跑了。

她先约了米红，劝米红喝下了两碗粥。之后，黄佩锦来了，女店主说，你们两个坐坐，我有点事，一会儿就回来。

女店主真有事，她想回家一趟，家里有个八岁大的儿子，还有个六十多的婆婆。六十多的婆婆看起来是八十多的样子，这个女人从丈夫死后，一下子老了十岁，儿子一死，又老了十岁，老到现在，身子简直和林妹妹一样弱不禁风了——如果再吐上几口血，真就是一个鸡皮鹤发的林妹妹。不过，以林妹妹那样的性子，怕是活不到六十岁的。

女人的一生有什么意思？如花草一般，说枯就枯了，说死就死了。所以，要想开些，趁花红叶绿，还有人待见时多让人待见几回。

不然，真白活了！

正感慨间，竟在路上遇到俞木了。

她和俞木也熟的，早在他结婚前，他就在她店里厮混过。这个俞家二公子，麻将虽打得臭，牌品却是极好的，无论输多少，没见他赖过账。

也是一转念之间的事。她突然约俞木上她铺子里去，好久没有在一起玩了，要不，今天摸几圈？

女店主这么一说，俞木的手就有些痒了。摸几圈就摸几圈吧，浪子回头这么久，也实在怀念以前的浪子快活。

俞木于是又约了另一个麻友，女店主说，你们先过去，我马上就来。

挑开杂货店后间帘子的是那个麻友，俞木也紧跟着鱼贯而入。

两人愣了：后间的沙发上，米红衣衫不整，头发凌乱，和黄佩锦并肩而坐。

俞家人提出了离婚。

按"七出"，米红至少犯了两出：无子，淫。

朱凤珍大病一场，她本来有胃病，上腹经常会隐隐作痛的，这一气，成了奄奄一息的样子。老米慌了手脚，好在还有米青。正值暑假，米青回来了。

俞家关于"七出"的说法，让米青觉得荒诞至极。姑且不说这是男尊女卑的封建糟粕，要彻底肃清。就算按"七出"，米红也不应该出，因为"七出"里，无子要在五十岁后，可米红才二十五，他们怎么知道她就无子？从生物角度而言，雌性只要每月排卵，就还有产子的能力。

至于淫，更是诽谤，可以到法院告他们名誉伤害罪。

但米青还是主张米红离婚，夫妻间既然感情破裂，还在一起，不道德。

如此书生气的话，让朱凤珍啼笑皆非，但老米却受了米青的蛊惑，也同意米红离婚。

其实不同意又如何？俞家的态度十分坚决，姜其贞说，大家都是要颜面的人，好合好散，不然，闹起来，是你们女方吃亏。黄佩锦在辛夷是什么名声？宣扬出去，你家米红这辈子也别指望再嫁了！

米红回了苏家弄，带着金银首饰，四季衣裳。姜其贞说，好歹米红也做过两年我们俞家的媳妇，这些东西就留个纪念。还有那两丈上等艮绸，就送给亲家母了。

这是羞辱朱凤珍了——那两丈墨绿色艮绸，是老俞特意托人从杭州买的，作为彩礼送到米家。按辛夷规矩，这艮绸米红应该带回俞家的，姜其贞却一直没看到，七月七日米红晒衣箱时，姜其贞问起来，米红说，放在姆妈那儿做夏季衣裳呢。

可夏季衣裳一直做到了冬季，也没做出来。等到第二年三伏天时，姜其贞在街上偶然看到朱凤珍，朱凤珍一身墨绿，站在"凤祥春"酒店前和一个妇人谈笑风生。

如果是以前，姜其贞就绕着走了。但那天姜其贞不绕，十分殷勤地上前和朱凤珍打了招呼，之后就笑眯眯地上下左右打量着朱凤珍，朱凤珍被她看得有点发虚，说，亲家母，你忙你的。姜其贞说，不忙，不忙，你这身衣裳，真是好看，面料在哪买的？朱凤珍身边的妇人听了，插嘴说，我也正问呢，凤珍说是米青从北京买回来的。哦，姜其贞的哦声如戏音，拖得老长，长到让朱凤珍起了一身鸡皮疙瘩。

这事过去那么久，姜其贞竟然还以这种方式提起，真是个阴毒的女人。和这样的女人做一辈子儿女亲家，想想，也没什么意思。朱凤珍，最后也同意米红和俞木离婚了。

老蛾的看相生意打那以后就有些惨淡了。一个离婚的妇人家，被看成了娘娘命，怎么说，也有些离谱。但老蛾还是坚信自己的技艺，自古贵人多磨难，武则天三十多才当上娘娘过上富贵生活，之前一直在尼姑庵里削了发吃斋念佛当尼姑呢！米红才多大？不过二十五，好光景如春花秋月四季轮回！她现在的离婚，是贵人落难，和武则天当初被打入尼姑庵差不多。总有一天会翻身的。

到底哪一天呢？朱凤珍问。

这个老蛾也说不准。

马群众的快乐经济学

如果那天中午马群众不去洗头店，他现在应该是英语老师陈荞的老公。

马群众和陈荞是同事。两人恋爱已经三年多了，恋人之间该做的那些事儿他们几乎都做过了——说几乎，是因为还有最后一道手续没办，陈荞老师不肯。每次马群众的手一往下走，陈荞就会咯咯地笑起来，一边去掰他的手，一边说，马群众，马群众，你急什么呀，迟早还不是你的人。马群众想想也是，人为鱼肉，我为刀俎。不至于这么猴急嘛。马群众果真就收手了。当然，收手之前，还会假装进攻一小会儿，这次进攻就是游戏的意思了，马群众知道，陈荞老师喜欢这样的游戏。

当然，如果马群众不屈不挠继续努力的话，陈荞其实是会妥协的。这一点，马群众有把握，也正因为有把握，马群众反倒不急了。马群众是语文老师，知道细水长流的快乐，也知道引而不发的快乐。马群众老师自诩是个有智慧的男人，创建了一套自己的快乐经济学。马群众认为，快乐是母鸡，如果要图一时嘴的快乐，忍不住杀了它，那得到的，就只是一只母鸡的单纯快乐。但你把它养起来，鸡生蛋，蛋生鸡，那快乐就能繁衍无穷了。而且原来的那只母鸡还在，虽然由小母鸡变成了老母鸡。口感上或许要差一些了，可就营养价值而言，老母鸡一点儿也不比小母鸡差。

然而陈麦的出现，竟然把马群众的快乐经济学，冲得丢盔弃甲落花流水了。

陈麦是陈荞的妹妹，马群众的小姨子，不，是马群众的准小姨子。陈麦对马群众以前一直有些冷冰冰的，因为她与陈荞的关系不好，所以就株连马群众了。这让马群众有些讪讪的，每次见了面，对这个准小姨子神色间言语间总有些巴结的意思。陈荞又不高兴了，陈荞说，你理她干什么？她算个什么东西？马群众也知道陈麦不算什么东西，一个初中毕业证也没混到的女孩子，在读了师范大学的语文老师马群众眼里，能算个什么东西呢？可马群众不比陈荞，人家是姐妹，再折腾来折腾去，也不妨的。他是外人，不好真和陈荞同仇敌忾的。所以只能阳奉阴违了。当着陈荞的面，他对陈麦也是不卑不亢的，而一旦背了陈荞，他的态度就有些婉转和殷勤了。好在陈麦在家的时候很少，她一直在南方的某个城市打工。几年下来，她和马群众见面的次数，总共也没超过十次。不过陈麦现在回来了，在镇上开了一家洗头店。马群众的准丈母娘说，小麦在南方学的是美容美发，现在开店是学以致用。和大女儿小荞是一样的。小荞在大学里学英语，现在做英语老师，小麦学美容，现在做美容师。老太太不说洗头的，她虽然没有读过几本书，然而和语文老师马群众一样，对语言的微妙差异有精确的把握。

　　陈荞对姆妈的这种说法嗤之以鼻且非常愤怒，凭什么把她一个堂堂的大学生和一个洗头妹相提并论呢？但马群众十分理解准丈母娘的这种说法。这是一个市井妇人的人生智慧——她这样说当然不是为了贬低大女儿，这么一个为她陈家光宗耀祖的女儿、为她带来巨大精神幸福的女儿，她怎么舍得糟蹋她贬低她呢？她只不过想利用大女儿这盏明晃晃的灯笼，来照亮二女儿的前程。所谓大树底下好乘凉，灯笼底下好借光。初中也没毕业的二女儿，在外面打工也没打出什么名堂的二女儿，前程总有些暗淡。她这个做姆妈的，没什么大能耐，可至少在舆论上，要给二女儿帮帮忙。

　　理解了的马群众就把这理解落实到行动上了。那天上午下课后，他头皮突然痒了起来，不可遏止地痒。他想起来他有两三天没洗头了。他的头一向都是陈荞帮着洗的。隔两天，她就在宿舍里烧上一大壶水，她先帮他洗，然后他再帮她洗。每次两人洗完头后，就关上门亲热。电吹风吹过后的陈荞的脸，红艳艳的，像一朵芙蓉花。马群众老师的手，便不老实了。陈荞这朵芙蓉花于是开得愈加艳了，不仅颜色艳，而且还发出哼哼叽叽的声音。陈荞老师平日的声音，是十分铿锵的，完全是豪放的风格，可一旦到了马群众的怀里，就变成了婉约派。这种风格的转变让马群众情不自禁，情不自禁之后便想长驱直入。然而看上去十分迷醉的陈荞老师，却保持着高度的警惕性，马群众的手一旦出现了方向问题，她总能拨乱反正悬崖勒马。

　　然而现在陈荞老师去省城参加培训去了。陈荞是他们附中的骨干教师，经常会被校长派到省里参加各种各样的学习。这当然是好事。年轻人的爱情要紧，事业更要紧。何况，两情若是久长时，又岂在朝朝暮暮？十天半个月的分开，更有小别胜新婚的效果，这也符合马群众快乐经济学的原理。把快乐这只母鸡先养起来，最后连本带利连鸡带蛋地收回。

　　只是现在马群众洗头的问题要解决。这也是和陈荞谈恋爱谈出来的毛病。从前他隔个十天半月不洗头，也没有什么问题。然而现在不行了，才过两天，头就开始痒。从前他在水房用凉水洗头，头痒了，拿条毛巾拿瓶洗发水到水龙头下一冲，就完事了。可现在也不行了。他现在习惯了用热水洗头，不仅要热水，而且还要有人给他洗，一边洗还要一边做头部按摩。总之，他的头已经被陈荞惯坏了，惯成了一个养尊处优的大少爷。这下好了，他还没开始想陈荞呢，头皮却开始想了。而且还是不依不饶地想，不达目的决不罢休地想。

　　可马群众总不能为了洗一个头专门去一趟省城，来回的花费姑且不说，他还有课要上呢。虽然课是可以调的，可调课的理由呢？说出来，还不让隔壁的刘勇笑下两颗门牙来。刘勇是他们中学的体育老师，因为长相狰狞，也因为作风猥琐，所以相亲屡相屡败，成了附中有名的老单身，就住在马群众的隔壁，对马群众和陈荞的恋爱生活一向十分关心。每次马群众和陈荞一关门，刘勇肯定就在隔壁竖起了耳朵。所以陈荞变成了婉约派，当然是马群众的功劳，然而也是因为刘勇。可以说，军功章里有马群众的一半，也有人家刘勇的一半。

　　所以马群众的洗头问题还是要就地解决。怎么就地解决呢？他想到了陈麦。陈麦不是新开了一家洗头店吗？正好，一方面去那儿把头洗了，另一方面，也趁陈荞不在家，改善改善他和小姨子的关系。一石二鸟，一箭双雕，这是马群众快乐经济学原理的又一次成功运用。

马群众去陈麦那儿之前，买了两斤荔枝。荔枝刚上市，很新鲜。他记得陈荞说过，陈麦很喜欢吃荔枝的。当然她对马群众说这个的时候，口气是十分讽刺的。哼，喜欢吃荔枝？她以为自己是杨贵妃呢！这是什么话呢？难不成因为杨玉环喜欢吃荔枝，别的女人就不能喜欢吃荔枝了？马群众很想这样说，然而马群众不会，陈荞是个脾气不太好的女孩子，而事情一旦和陈麦有关，她的脾气就更不好了。所以马群众的这句话，只能作为内心独白处理了。然而现在陈荞不在家，马群众就把这句内心独白说出来了，当然不是明说，而是以两斤荔枝的形式。陈麦果然很高兴。高兴的结果是亲自给姐夫洗头，本来店里还请了个叫小红的洗头妹的，一般的客人，都是小红打发的。但现在陈麦说，小红，你不是想回家一趟吗？小红一走，陈麦就把碎花的磨砂玻璃门关了起来，陈麦说，反正大中午的，也没有什么生意，就帮姐夫好好洗个头吧。这是陈麦第一次叫姐夫，马群众受宠若惊，然而关上门洗头让马群众隐隐觉得有些不妥，可到了这个时候，也不好说什么，只能由着陈麦摆弄了。陈麦的十根手指像弹琵琶一样，霹里啪啦地在他的头上弹，这让他十分舒服，舒服得他几乎真要变成咿咿哦哦的琵琶了。弹完琵琶之后陈麦又开始捏他的耳垂，动作很轻很轻。轻得马群众都开始想念陈荞了——虽然陈荞给他洗头时从来不这样的，陈荞就事论事，手指从来不离主题的。因为对他们来说，洗头只是前奏，所以不论是她给他洗，还是他给她洗，都有些匆匆忙忙的，敷衍潦草的，他们心照不宣又急不可耐地往下一章节赶。没想到，原来洗头本身也可以一唱三叹的，旁逸斜出的，离题之后，原来也风情无限。马群众很想把这个发现告诉陈荞，他想，最好以后陈荞也能和陈麦学习学习洗头的手艺——当然他知道这是痴心妄想。英语老师陈荞怎么可能会向陈麦学习洗头呢？不过没关系，就由他先学习，学好了，再教陈荞。

　　然而陈麦接下来的招数，马群众却无论如何也不能教陈荞了。

　　这也怪陈荞，就是因为想起了陈荞，以及和陈荞洗头之后的亲热，马群众身体的某个关键部位竟然在陈麦的眼皮底下揭竿而起了。

　　马群众羞得无地自容。可陈麦不羞，陈麦一伸手，拨旗了。

这是致命的一招，是惊心动魄的一招，是匪夷所思的一招。在马群众二十八岁的人生经验中，还是前所未有的。他一直以为男女之间的事，一定要循序渐进的，要由上及下的。他虽然还没有真正经历过云雨，可没吃过猪肉还没看过猪跑吗？爱情小说总是看过许多的，爱情电影总是看过许多的，里面的男男女女都是一波三折迤逦而行的，还没有这样直捣龙门的下作方式，莫说女人，就是男人也不会。从前和陈荞在一起，他的身体偶尔也会有这种反应的。但陈荞视而不见。陈荞的眼睛总是在书上，即使在她坐在马群众的怀里和马群众亲密的时候，她也喜欢拿本书在手上，这样手有了去处，眼睛也有了去处。只要马群众的手在她的尺度之内，她基本上是信马由缰的。马群众觉得这十分美好，他也喜欢满面春色的陈荞假装出的一本正经的样子。女人不都这样的吗？要半推半就，要犹抱琵琶。有时实在冲动了，他忍不住去拉陈荞的手，想让陈荞的手去碰碰它摸摸它。然而陈荞会十分坚决十分激烈地挣扎。仿佛那是个地雷，只要她一碰到它，就会被炸得血肉横飞粉身碎骨。陈荞的这种反应，马群众早就习惯了，不仅习惯了，而且把这种反应视作理所当然。他之所以隔段时间又乐此不疲地把这猫捉老鼠的游戏玩上一回，一方面是因为身体的本能，另一方面，他确实也迷恋游戏本身的推推就就进进退退的乐趣。然而陈麦却不分青红皂白，一上来就射人先射马，擒贼先擒王。还没等马群众反应过来，就被弄到了洗头店里间的单人床上去了。

马群众的快乐经济学不翼而飞。什么细水长流，什么鸡生蛋，蛋生鸡。陈麦统统不管。陈麦让马群众成了一个慷慨解囊的人，成了一个一掷千金的人。肆意挥霍的日子真是过瘾呀！大碗喝酒，大块吃肉。水泊梁山，落草为寇。放马狂奔的感觉真是过瘾呀。从高山到平地，又从平地到山谷。飞流直下三千里，疑是银河落九天。东风夜放花千树，更吹落，星如雨。马群众晕头转向，眼花缭乱。酣畅淋漓，欲罢不能。

接下来的日子，马群众是冰火两重天。快乐有多深，痛苦就有多深。身体有多快乐，精神就有多痛苦。身体和精神一分为二，成了不共戴天的仇人，都想置对方于死地。两者各为其主，浴血奋战。马群众的精神对陈荞忠心耿耿，要鞠躬尽瘁，死而后已；马群众的身体却早已是逆子贰臣，去意已决，无可挽回。精神是黄沙百战穿金甲，身体却是不破楼兰终不还。精神是山重水复疑无路，身体却是柳暗花明又一村。

如此昏天暗地飞沙走石的斗争，在省城的陈荞却浑然不觉。她兀自沉浸于自己的甜蜜爱情之中。马群众有好多天没给她打电话了，也没有发一条短信。但她一点儿也不担心，一点儿也不怀疑。无非又在实践他的快乐经济学理论呗。这理论，陈荞也知道，不仅知道，而且还十分配合他实践这理论。他不给她打电话，她也不给他打电话。他不给她发短信，她也不给他发短信。不就是养母鸡吗？陈荞会着呢，陈荞要在省城把这只母鸡养得膘肥体壮，养得溜光水滑。

即便回来后，陈荞也没有立刻去找马群众。这是继续养鸡，也是有几分生气了，他明明知道她哪天回来的，竟然没去车站接她，明明看见她回来了，还假装没看见——他站在阳台上，抽着烟，看见她从学校门口进来，竟然慌慌张张地折身进了自己的房间。这家伙，是不是憋出毛病来了？看他那样子，真是有毛病的样子，瘦了，憔悴了，不，是又憔悴又精神，又萎靡又激动。总之很矛盾，很奇异。然而这矛盾和奇异陈荞都有自己的理解，憔悴是因为养鸡养久了，激动是因为他们就要吃鸡蛋了——鸡还是要留到以后吃的。她养它那么久，都养出感情来了，都养出习惯来了。所以陈荞不去马群的房间，而是先到办公室和同事嘻嘻哈哈。刘勇说，陈老师，你在这儿瞎磨蹭什么呢？人家马老师可早就待在房间里等你呢。我呸，陈荞跳起来，拿了桌上的粉笔盒就朝刘勇砸了过去，刘勇一闪身，粉笔盒在校长的头上天女散花。一办公室的人笑得前仰后合。陈荞也忍不住笑，想到马群众正在他的房间里搔首踟蹰望眼欲穿，她面红心跳，心旌摇荡。身子激动得如小皮球一样，总想上蹦下跳。然而她这只小皮球就是不往马群众的房间蹦。她要让马群众知道，她对快乐经济学的掌握，已青出于蓝而胜于蓝。

花枝招展的陈麦就是这个时候来学校的。陈荞吓一跳。她以为家里出了什么事呢，不然陈麦怎么会来学校找她呢？然而陈麦似乎不是来找她的，陈麦只是往办公室扫了一眼，就在众人的眼光下，袅袅婷婷地、摇摇摆摆地进了马群众的房间。进去后，再也没出来。

办公室里鸦雀无声。怎么回事呢？怎么回事呢？大家你看看我，我看看你，都不敢相信自己的眼睛。这简直比美国的双子楼被炸还惊心动魄嘛，比镇长被老婆捉奸在床更激动人心嘛。姐夫和小姨子，这么活色生香的艳情，竟然就发生在身边，发生在自己的眼皮底下！天哪，天哪。他们拼命控制住自己的兴奋心情，假装出很平静的样子。这个时候平静当然是很有必要的，否则就是幸灾乐祸了，就是落井下石了。他们虽然只是中学老师，可也受过高等教育，很有道德，很有教养。

陈荞也十分平静。她平静是因为懵了，完全失去了反应的能力。难道大白天见鬼了吗？从前马群众倒是给她讲过这么一个"鬼"故事的。故事叫"燕人浴矢"。是《韩非子》里面的，说一个叫李季的书生，好出门，老婆不耐寂寞，在家里偷人。书生有一日突然回来了，而且没打招呼——以前的人，也没电话，也没网络，千里迢迢地怎么打招呼呢？于是书生回来时，正赶上奸夫还在内室和他的老婆寻欢作乐呢。这下好了，怎么出去呢？奸夫淫妇急得团团转。婢女当中有个极聪明的，说，你干脆披头散发地直接裸奔出去，我们都佯装看不见。奸夫没辙，姑妄听了婢女的，果真当了书生李季的面，裸奔出去了。李季十分惊讶，问，这谁呀？一屋的仆夫婢女都回答说，没人呀。李季有些惊恐了，说，难道我见鬼了吗？他老婆说，你可不是见鬼了吗？

陈荞也觉得现在自己真是见鬼了。不然，陈麦怎么会进了马群众的房间呢？

这是陈麦的方式。和陈荞是完全不同的路线。陈荞喜欢犹抱琵琶，陈麦喜欢兵戎相见；陈荞喜欢复杂，陈麦喜欢简单。可有时，事情愈简单，倒愈能把人往绝路上逼。陈荞现在就被她逼得没有了退路，只能和马群众一刀两断，马群众呢，也没有，只能做陈麦的老公了。所有的人都觉得马群众疯了。陈荞是条件多么好的女孩子呀！在省城读过大学，又在中学教书，工资高，社会地位也高，人还长得端庄漂亮。这样的女孩子，在镇里，真是打着灯笼也难找呀。陈荞有什么呢？除了妖里妖气的打扮，除了一对走起路来一步三摇的奶。天晓得一个女孩家怎么就能长那么大的奶呢。男人之间很神秘地问，女人之间也很神秘地问。她在去南方打工之前，身子不也是薄薄的吗？怎么从南方回来后就这个样子了呢？摆明了是让男人给侍候肥沃的嘛！说不定人家在南方就是干这个的，不然，手艺怎么会这么好呢？

这样的话传来传去当然会传到马群众家里人的耳朵里。马群众的父母简直气炸了，他们一直以为陈荞是他们的儿媳妇，没想到，一眨眼的工夫，变成陈麦了。陈家也太能糊弄人了，竟然给他家来了个狸猫换太子。可陈麦那只没读过大学的狸猫，那只开洗头店的骚狸猫，怎么能进马家的大门呢？

然而陈麦也没打算进马家的大门，她更愿意住在马群众的宿舍里。在陈荞的眼皮底下，和马群众过夫妻生活。

马群众老师的婚姻生活和别人的有些不一样。不一样是因为陈麦。陈麦不会和其他师母一样，会早早地去菜市场买菜，然后到水房里把衣服和菜洗了，然后又在走廊上的煤气灶前忙半天，给老师们忙出一桌红红绿绿的中饭来。陈麦不会。陈麦睡得日上三竿。学生们都在操场上做课间操了，陈麦才睡眼惺忪地，拿了牙刷端了脸盆，踢踢踏踏地往水房里走。马群众的房间在二楼，在操场的正前方，每次陈麦这一走，就像走在戏台上一样，台下是全校师生滴溜溜的眼光。陈麦的睡衣总是很艳丽的，也薄，光线好的时候，陈麦的身子便在台上若隐若现。刘勇这时总会目不转睛地色迷迷地盯着陈麦的饱满的胸脯看，看到陈麦在拐角处消失了，才捅捅马群众的胳膊，促狭地说，昨晚又辛苦了？

马群众不恼刘勇。因为"又辛苦了"这句话是刘勇的口头禅，他不仅对马群众这么说，也对其他老师这么说，甚至对校长也这么说。校长如果哪天起晏了，他会当了其他老师的面，尤其是女老师的面，乜了眼说，又辛苦了？一般情况下，校长都是一笑了之的。偶尔因为心情不好，也会正颜厉色地说，刘勇老师，你别这么低级趣味好不好？刘勇嬉皮笑脸，校长，您想岔了，您想岔了，说您夜里辛苦改作业呢，怎么就低级趣味呢？女老师这个时候就抿了嘴笑。虽然是低级趣味的东西，可女老师们还是觉得很有意思。

然而马群众不恼刘勇还有另外一个原因，那就是刘勇是全校以至全镇唯一一个能理解他并羡慕他娶陈麦的人。虽然马群众自己几乎都不能明白自己的行为，但刘勇明白。刘勇说，女人不就是鞋子吗？不论贵，也不论好看，舒服不舒服才是顶重要的。有的鞋子一穿上脚，脚就不舍得放了。就算你舍得，你的脚舍得吗？

刘勇这个时候几乎妙语如珠了。这是十分奇怪的事，体育老师刘勇，语言能力本来是很差的，错字白字，常常如滚圆的豆子一样，从他的话里滴溜溜地滚出来。犯语法错误也是家常便饭，学生们因此很爱鹦鹉学舌。但话题一旦转到女人那儿，转到男男女女那些事儿，刘勇的语言面貌就会焕然一新。比喻，双关，甚至象征暗示，各种修辞手法刘勇都能融会贯通地运用，而且还能配合身体动作和面部表情——当然，那表情，马群众觉得有些猥亵了。

刘勇的面部表情里总有那种天知地知你知我知的狎昵。所以马群众知道刘勇在说什么。学校宿舍的墙，隔音效果都很差，而陈麦和陈荞也不一样。陈荞平日说话嗓门大，但和马群众亲密的时候，声音就小了。但陈麦正好相反，陈麦平时说话的声音很小，一旦做那种事的时候，声音反大了，唱歌一样。而且陈麦从不挑时候的，从前陈荞喜欢趁刘勇不在的时候来马群众的宿舍。他去上课了，或者和别人出去喝酒了——当然刘勇有时也会和陈荞玩猫捉老鼠的游戏，假装出门的样子，其实半路又蹑手蹑脚地回来了。陈荞知道他的这个毛病，所以管他在不在，她都当他在的。有时两人正曲径通幽渐入佳境的时候，她会突然要马群众停下来，去检查房间里的各个角落，她怕刘勇会在哪儿戳个洞偷窥。但陈麦却是不管不顾的。听就听呗，看就看呗，陈麦说。一抬手，干脆把上衣的扣子全解了，就那么晃晃荡荡地坐到他身上来。门还是虚掩得呢，马群众本来还在改作业呢，时间还是大中午呢，可陈麦才不管呢，陈麦涂了宝蓝色蔻丹的手指又去拨马群众的旗帜了。

被拨了旗帜的马群众只好束手就擒。陈麦不做饭，他做。陈麦不洗衣服，他洗。这在附中是开风气之先了。附中的男人，上至校长，下至门房，都是以做家务为羞的。校长经常说，君子远庖厨。附中的男人把这句话当作尚方宝剑，时不时地抬出来，用来镇压自家企图闹厨房革命的女人。孔子在春秋时代曾经曰过的这句话到了现如今对女人当然没有什么力量了，但由校长引用之后，就有狐假虎威的效果了。可现在马群众公然近庖厨了，这不仅是与孔子作对，而且是与校长作对了。与孔子作对当然没有关系，人家死了几千年，奈何不了他，可校长的打击报复却立竿见影。他不让马群众带重点班了。在附中，带重点班是有诸多好处的，既有物质的，也有精神的，老师们常常为此明争暗斗。马群众一直是重点班的班主任，因为他学历过硬，也因为他教学能力强，还因为他是陈荞的未婚夫，校长一向是很看重陈荞的，爱屋及乌，也因此看重马群众了。可马群众不争气，竟然为陈麦这样的女人做上饭了，是可忍，孰不可忍？校长立刻找了个很堂皇的理由，因为有几次马群众上早课时迟到了。之前马群众也迟到过的，校长一向是睁只眼闭只眼，而这一次，校长那只闭着的眼睛打开了，马上在会上对马群众进行了不点名的批评，而且还引用了白居易的诗："春宵苦短日高起，从此君王不早朝。"校长虽然只是个政治老师，却有相当的古典文学修养。刘勇首先就嘎嘎地大笑了起来。刘勇总这样，他本来对诗歌是一窍不通的，但一关风月，他却能比其他人意会得更早。

其实，语文老师马群众的饭做得不怎么样，但陈麦不说什么，陈麦从不批评别人，也从不自我批评。这一点，她和陈荞很不一样。陈荞是个有批评癖的女人，马群众脱下来的臭袜子没有及时洗要挨批评，马群众星期天睡懒觉要挨批评，马群众和女同事说笑了几句也要挨批评。陈荞不仅批评他，也大公无私地进行自我批评，学生考砸了要自我批评，阳台上的虞美人养死了要自我批评，晚饭多吃了一小碗也要自我批评。内部批评完成了，再转向外部批评。同事何敏上英语口语课时把摩擦音读成了爆破音要批评，语文组的宋娜娜脸上搽的粉厚了唇膏艳了更要批评——宋娜娜和马群众是一个教研组的，办公桌就在马群众的对面，一向以美人自居，理所当然是陈荞的重点批评对象。

对陈荞的这个癖好马群众一直是有一点点意见的，但一点点意见放在心里，没有流露出来，陈荞便以为马群众没有意见了——太平盛世中的女人，总是有些跋扈和愚蠢的，总以为自己的爱情江山能千秋万代。之后的批评便愈加凌厉了，也愈加细腻了。

有位哲人说，过去是因为未来而熠熠生辉的。而马群众的情况正相反，未来是因为过去才熠熠生辉——说熠熠生辉或许有些过分了，但陈莽的尖锐，确实反衬了出了陈麦鹅卵石般的性格。因为有陈莽的参照，陈麦的马虎，陈麦的不善批评，才让马群众觉出好。

尤其口腹方面，陈麦好侍候。陈麦从不挑嘴，几乎是海纳百川的。无论马群众做什么，陈麦都吃得津津有味。陈麦最喜欢吃红烧肉。马群众现在做红烧肉的水平差不多可以和校长夫人姚红梅媲美了。隔几天，他就去菜市场买两斤五花肉，用电饭煲焖。放桂皮、白糖、酱油和盐，有时还放鹌鹑蛋或土豆。那颜色和香味都不亚于姚红梅用砂钵文火焖出的红烧肉了，刘勇说。刘勇是附中的美食家兼评论家，每家的饭菜他都蹭过，他认为饭菜的味道和女主人的长相基本成反比。校长家的饭菜最好，而教导主任家的饭菜最糟。

从前陈莽最讨厌刘勇来串门的，马群众房间的门因此总是关闭的状态。但陈麦却总是让门虚掩的，刘勇几乎想来就来。来了也不把自己当外人，往床上一坐，或一躺。马群众的房间不到二十平米，除了布帘后面的那张双人床较宽敞外，其他地方总是堆满了乱七八糟的衣物，马群众的袜子，陈麦的短裤和胸罩。刚开始刘勇来的时候，马群众还会手忙脚乱地收拾一下，把陈麦的那些不便见人的东西塞进简易衣橱里去。后来也就麻痹了。有时他们喝酒的时候，陈麦的胸罩就在刘勇的屁股边上，他们也不管，酒酣耳热之后的刘勇，会装酒疯，把胸罩拎起来，很仔细地研究。这时马群众才会把它抢过来，胡乱地往床上一丢。陈麦呢，也不生气，兀自一边看电视一边喝自己的酒吃自己的肉。陈麦的酒量很好。每次啤酒能喝两瓶，白酒能喝半斤。

全校的人都认为马群众堕落了，马群众自己也这么认为。有时他在走廊里切五花肉的时候，突然看见楼下的陈莽，挟了讲义本从教室里出来，他的眼睛会一酸，想起从前他们猫捉老鼠的游戏，他们的快乐经济学，有恍若隔世之感。

陈麦的洗头店现在转让给小红了，自从和马群众结婚之后，马群众就不让陈麦开洗头店了。但陈麦还是经常去洗头店玩。除了小红，她也没有朋友。学校里的女人们自然是不理她的，因为陈荞，也因为这个女人妖娆的体态。男人总是不可理喻的，陈荞就是前车之鉴，所以她们要未雨绸缪。男人们也不理她，因为要避瓜田李下的嫌疑，和一个名声不好的女人有纠葛——即使只是言语上的纠葛，也可能带来命运的变数。马群众就是前车之鉴，所以他们也要未雨绸缪。安稳且美好的生活来之不易，十年寒窗的辛苦，不能因为一只破鞋，而落花流水。

虽然暗地里他们对这只破鞋充满了想象。一只能让马群众那样的男人沉溺其中且无力自拨的破鞋，总有她的几分过人之处吧？他们猜想，并在没有女老师的情况下展开热烈的讨论。通常是下午第三节课后，女老师都到走廊上做饭去了，马群众也到走廊上做饭去了，他们一边改作业，一边开始虚构马群众在房间里穿鞋的场景。当然是有些抽象的虚构，写意的那种——也只能写意，他们虽然是男人，本性难改，可到底还是文化男人，对于情色，还不能作过于赤裸过于工笔的描绘。何况他们也工笔不了，画江南要到过江南，画江北要到过江北。江南江北都没到过，还怎么工笔呢？好在有刘勇，刘勇是体育老师，严格地说，算不得文化人；而且刘勇是他们当中唯一一个到过江南江北的人，见过江南的花朵，也见过江北的风月。所以他的描绘，有详有略，有虚有实，介于写意和工笔之间。写意是对马群众，工笔是对陈麦，尤其是陈麦的胸罩和内裤。在刘勇的描绘下，陈麦的胸罩和内裤几乎成了温庭筠的词，浓艳绮丽，溢光流彩。老师们目眩神迷，流连忘返。

当然，一唱三叹之后，也还是要有一个《三言两拍》式的批评，这批评多由校长来完成。只知一笑倾人国，不觉胡尘满玉楼。校长说这话的时候，面色已是端然肃穆。

这样的感慨校长夫人姚红梅听不见，若听见了，姚红梅一定会冷笑。还一笑倾人国？就陈麦那张大嘴，一笑，如被刺激了中枢神经的青蛙一样。生物老师姚红梅对讨厌的女人，最喜欢用青蛙来比喻的，她说宋娜娜的眼睛是青蛙眼，说何敏的皮肤是青蛙绿，说陈荞的嗓子是青蛙嗓。所有和校长有染的女人——应该说，是有有染倾向的女人，都被姚红梅形容成了一只青蛙，而且是公开的形容。因为姚红梅不认为这比喻带贬义。姚红梅说，青蛙有什么不好呢？和蝴蝶一样的，和蝉一样，都是自然界的生物，而且，青蛙还是益虫呢。被比喻的女老师们十分生气，又好笑，因为在附中，没有谁比姚红梅自己更像一只青蛙了，别人还只是某个特征有些像，而姚红梅，是方方面面都像，不仅形似，而且神似。但女老师们不会公然以子之矛，攻子之盾，而是在背后，用闪烁其词的方式，对姚红梅老师的一颦一笑，一言一行，与青蛙进行逐项类比。男老师们乐不可支，搞半天，校长的生活很诗情画意嘛。什么诗情画意？可不是诗情画意吗，人家完全生活在辛弃疾的《西江月》里。稻花香里说丰年，听取蛙声一片。哇的一声，整个教研室，立刻就蛙声一片了。

不过，对陈麦这只大嘴青蛙，姚红梅的感情其实是有些复杂和微妙的。她当然不喜欢陈麦，作为附中正派女人的形象代言人，对一个狐狸精，对一个掠夺者，她理所当然地要高举道德之剑，对其进行无情地攻击，以此来捍卫正派女人的利益。一个无业游民，一个风尘女子——在姚红梅老师那儿，洗头妹就等于风尘女子，两者不仅是近义词，而且是同义词，凭什么能嫁给马群众那样的男人呢。姚红梅对马群众的评价，是相当高的。在附中几十号男人当中，也只有两个男人能入姚红梅的眼，一个是校长，她的老公，另一个就是马群众了。倘若不是因为一夫一妻制，而是一妻两夫，那她除了校长这一夫，她还想要的，就是马群众这第二夫了；再倘若，校长出了什么意外，她想下嫁的，也是马群众了。马群众长得好，剑眉星目，玉树临风，马群众性格也好，温文尔雅，不苟言笑。当初他和陈荞谈恋爱，她都暗暗觉得有些暴殄天物了。何况还是陈麦？他是青光眼吗？看不清女人的妍媸？他是弱视吗？看不出女人的正邪？她对马群众，真是有些恨铁不成钢了。更荒诞的是，他竟然还在水房里在走廊上为这个女人洗衣服做饭，这简直是对校长夫人姚红梅的羞辱，是对附中全体女人的羞辱。她们是多么有身份的女人哪，她们的手是多么尊贵的手呀，倘且在拿粉笔之外，也要与锅碗瓢盆为伍，与油盐酱醋为伍，而陈麦一个婊子，有什么资格过着衣来伸手饭来张口的生活——婊子是姚老师对风尘女子或青楼女子的另一种表达，姚老师的语言格调与情绪是紧密相关的，情绪好时就用较为古典的书面语，情绪不好时就用白话了。如果情绪再恶劣些，她干脆就把她们叫作鸡了。

　　然而陈麦掠夺的是陈荞，这让姚红梅在气愤之余又有些幸灾乐祸。在附中，陈荞是姚红梅眼里的第二粒沙子，肉里的第二根刺——第一是宋娜娜，宋娜娜是附中有名的大眼美女，黛眉红唇，细腰丰臀。和男人说话时，尤其是和校长说话时，眼角带风，声音旖旎。校长十分冷漠，当了姚红梅的面。然而姚红梅从来不相信，养马三年知马性，莫说她和这个男人结婚十多年了，他什么德行她还能不清楚？冷漠的态度不过是个障眼法，障她的眼，也障全校老师的眼，姚红梅对此了然于心。宋娜娜想必更了然，所以从不气馁，在校长面前愈加妖娆愈加妩媚。

　　依姚红梅的脾气，她恨不得把这只大眼狐狸精撕成碎片当抹布用，叫她狐媚惑主。然而姚红梅不敢，不敢不是因为怕宋娜娜，而是怕校长。校长在学校能翻手为云覆手为雨，在家也能覆手为云翻手为雨，所以她投鼠忌器。说到底，丈夫的前程也是她的前程，再姹紫嫣红，再花团锦簇，不干宋娜娜的事，也不干陈荞的事。

　　陈荞迷惑校长是用另一种方式。一种和宋娜娜大相径庭的方式，一种更隐蔽更阴险的方式。宋娜娜把风情当灯笼，明晃晃地挂在高处，而陈荞却是和校长玩"蒹葭苍苍，白雾茫茫"的把戏，二十几岁的女人，玩弄四十几岁的男人，最喜欢用那种天真无邪的洛丽塔方式。校长显然被这无邪所迷了，却不自知。而陈荞，因为无邪，在姚红梅面前竟然也装得月白风清。姚红梅心里其实明镜一般，然而她也装，装作没看出陈荞无邪背后的不怀好意。两人假惺惺地做了好朋友，至少在校长那儿。校长喜欢夫唱妇随，姚红梅就只好夫唱妇随了。

　　心里当然是恨的。所以陈麦的横刀夺爱，几乎让姚红梅手舞足蹈了。螳螂捕蝉，黄雀在后。自然界的生物链将是公平合理的。她在安慰陈荞的时候，这么说。时态是将来式，但实际上，她是想用现在式。语气呢，她也想用感叹句。她本来想说，自然界的生物链是多么公平合理呀！时态语态一变化，意思就完全不同了。

　　在现在式里，螳螂是陈荞，黄雀是陈麦。而将来式呢，陈麦是螳螂，谁是黄雀呢？姚红梅也不知道。这只是一个咒语。是咒陈麦的婚姻也不能长久的。

陈麦和马群众的婚姻果然不到一年就夭折了，这与其说是姚红梅诅咒的结果，不如说是附中老师们和马群众家人众志成城的结果。马群众的姆妈和妹妹，来附中大闹过好几次的。一次马群众买菜，手里拎了好几个塑料袋呢，正好被他姆妈看见了，他姆妈火冒三丈，立刻冲到附中来，一脚端开了马群众宿舍的门，站在门口叉手叉脚地把躺在床上的陈麦骂了个狗血喷头。还有一次马群众在水房里洗衣服，马群众的妹妹正好来找何敏，看见她哥哥的手里正搓着陈麦的裤头呢，马群众的妹妹也气得七窍生烟——从前她哥哥的衣服都是她洗的，现在倒替那个贱女人洗起裤头来了。她一个电话就把她姆妈叫了过来，两个女人大闹水房，陈麦的衣服被丢得到处都是，裤头进了水房的泔水桶，裙子挂在水房外栏杆上的一根铁丝上，像旗帜一样，在风中飘舞。陈麦这一次还差点被打了，要不是马群众身手敏捷，马姆妈的巴掌就掴到陈麦的脸上了。

　　没有谁劝架，包括陈荞。

　　陈荞或许比其他老师更希望陈麦受羞辱。毕竟是这个女人抢走了她的马群众——在陈荞的下意识里，她始终认为马群众是她的，虽然他已经娶了陈麦，而她也嫁了人。嫁了个银行科长。条件比马群众好，有钱，人长得也精神。只是比马群众还是稍微差那么一点点，这是姚红梅的说法。宋娜娜不同意，宋娜娜觉得银行科长更帅，更有精英男人的气质。

　　这一点宋娜娜倒是和陈姆妈不谋而合。陈姆妈虽然不懂什么是精英气质，但将近两百平米的复式新房，还有每月三千多的工资，简直像胭脂一样，把这个女婿打扮得十分出色。女儿嫁人不就是做生意吗？她这单生意真是赚大发了。本来以为陈麦嫁人很困难的，她为此曾忧心忡忡。没想到，这个丫头竟然有本事把姐夫抢了。抢姐夫当然不是什么光彩的事，但眼下这世道，光彩能当饭吃？能当衣穿？她至少解决了她自己的婚姻难题，而且是不错的解决。陈荞也因祸得福，嫁了更有钱的老公。真是芝麻开花节节高哇。陈姆妈暗自高兴。

　　面上当然还是痛心疾首的样子。这是做给陈荞看，陈荞自那事之后，和陈麦更是不共戴天了。她只好也和陈麦不同戴天——她一向是有些怕陈荞的，而且她也要在马群众的父母面前撇清自己——他们一直怀疑她才是罪魁祸首，是她使了移花接木计，骗了他们家的儿子。他们不仅跑到她家指着她的鼻子这样骂，而且还在镇上散布这样的流言。他们甚至还把她年轻时的丑事都抖了出来，说有其母必有其女，当年她就勾搭过镇里的教书先生。这真是颠倒黑白，明明是那个教书先生勾引她，她那时才十八岁，对风月之事还是懵懵懂懂的年纪，而教书先生已经二十八岁了——或者是二十七，她不太记得了，是个结了婚且有一双儿女的男人。住在她家隔壁，有事没事背了人就拿眼睛和言语来撩拨她，她哪经得住？有一天就和那个男人在天黑后去了学校。学校里这时是没有人的，空荡荡的操场上只有几株桂树。当时是八月。桂花香得铺天盖地，熏得她有些头晕了。他们就在桂树下搂抱到了一起。也只是搂抱到了一起，别的事情还没来得及做，他的手刚要伸进她的月白色衬衫，就被国良嫂撞破了。她趁天黑无人，来学校偷桂花做酒酿。没想到，竟然惊散了一对野鸳鸯。

那事过去都几十年了。她以为镇上的人都忘了——莫说别人，就是她自己，也好久没有想起那个晚上的圆圆的月亮和桂花香了。没想到，这次因为受陈麦的牵连，她的那些陈谷烂芝麻，又被翻了出来。

所以她也是泥菩萨过河，自身难保。马群众的家人再气势汹汹地打上陈麦的门，她也不敢出面说什么。只能眼睁睁地看着陈麦自生自灭了。

然而马群众的离婚也还有让附中的老师疑惑的地方。那就是提出离婚的人竟然是陈麦。这是极不可思议的。以附中老师的理解，他们离婚是早迟的事，但提出离婚的，一定是马群众。这是各自的社会地位决定的。不同阶级之间的爱情，下场总是不好的。但分手的模式都差不多，总是资产阶级抛弃无产阶级，社会地位高的抛弃社会地位低的。《雷雨》里的周朴园和侍萍，《茶花女》里的阿尔芒和茶花女，不都这样？男人可以一时冲动，但不会冲动一辈子；男人可以一时被某个女人迷惑，但不会被某个女人迷惑一辈子。何况那个女人也不是和男人过天长地久日子的女人——打算和男人天长地久的女人是这个样子的吗？涂脂抹粉的，妖里妖气的，而且还游手好闲，完全是二奶姿态嘛。二奶都是这个样子的，偷来的江山，能怎么败就怎么败，偷来的男人，能怎么使就怎么使。反正是今朝有酒今朝醉明日无酒明日贫嘛。

可还没等到明日无酒呢，她倒先跑了。

　　和一个四川佬。四川佬是"川外川"酒楼的老板，很有钱。有钱的男人总是贪图享受的。而镇上能提供享受的地方和方式实在有限，无非到酒楼吃吃饭，然后到泡脚馆泡泡脚。镇上的男人现在很热爱泡脚的。小红与时俱进，把洗头店改成了泡脚馆。玻璃门上的美人头现在换成了一只大木桶。大木桶金黄金黄的，里面还漂浮着红的白的紫的艳丽的花瓣，煞是好看，当然更好看的，还有花瓣上面那双手。那双手闭月羞花，那双手风情万种。

　　男人浮想联翩纷至沓来。四川佬是常客。"川外川"到泡脚馆不过半里路，然而半里的路程四川佬也懒得走。人家有车。车就停在泡脚馆外面，一辆二手的三菱面包车。之前这辆车是桌球馆老板的，桌球馆老板开着它在镇里耀武扬威了不到两年，桌球馆就关闭了。四川佬把它盘了过来，摇身一变成了"川外川"。那辆面包车，是陪房丫头，跟着过来侍候四川佬和他的"川外川"了。

　　两人姘上的消息又一次让人热血沸腾。最沸腾的是小红。小红一直在打四川佬的主意。她二十八了，到了当嫁的年龄，而四川佬是个三十几岁的单身汉，还是外地人，没有七嘴八舌的婆婆妈妈，最适合娶她这种开泡脚馆的女人，所以小红媚眼频飞长袖广舞。四川佬在她这儿泡脚总是打八折的，有时还免单。每次她都是亲自出马。给四川佬最温柔的服务。四川佬也懂得投桃报李，趁人一不留神会在她屁股上摸一把，或者是胸前。小红总被他逗得花枝乱颤。可也只是乱颤而已，并没有更多的轻举妄动。心急吃不得热豆腐，放长线才能钩大鱼，因为想要的是婚姻，一向骁勇的小红，在四川佬这儿倒生出几分小心了。

　　谁知道陈麦走在前面了。小红一点也没防她。她是有夫之妇，又是她最好的朋友，而且她明明知道小红正在钓四川佬。怎么还能做出这种事？兔子还不吃窝边草呢，这个女人，连兔子都不如！

　　小红是个泼辣的女人。热血沸腾之后，就更泼辣了。几乎把陈麦打得鼻青脸肿。陈麦那时正坐在四川佬的面包车上，被小红发现了，扯了头发就往下拖。街上的人看要猴似的，把两个女人围了个水泄不通。陈麦的个子其实比小红大，但两军相遇，勇者胜。而且小红还自认为是正义之战。所以愈加理直气壮。

四川佬倒是谁也不帮，袖了手，笑嘻嘻地，在边上看。

小红这一闹，把陈麦几乎闹到了戏台上。陈麦就在这灯火通明、锣鼓喧天的戏台上，给马群众来了个华丽转身。

马群众又一次没有了退路。这是陈麦的风格，陈麦是个喜欢一剑封喉的剑客。

然而附中的人却认为她这一次近似自戕了，老师们兴高采烈。姚红梅说，喜丧，这是喜丧。那是不是要给我们的马群众老师送个贺喜花篮之类的？刘勇促狭地问。姚红梅说，送花篮干什么？有本事你送一点红。一点红是爆竹，最响的那种，通常只在七月十五鬼节放。这话当然是玩笑，可马群众的父母果真放了一点红，在马群众和陈麦离婚的那天。爆竹很响，街前街后的人，都听见了。马姆妈站在家门口，笑成了一朵干菊花。邻居探头出来，马姆妈大声大气地说，我家送瘟神，送瘟神呢。

陈姆妈气个半死。被马姆妈的恶毒，也被陈麦的愚蠢，好不容易老鼠跳到米箩里，一辈子吃穿不愁了，她还水性杨花——水性杨花你倒挑个比马群众更好的男人扬呀，弄个开酒楼的外乡人，还爱拈花捻柳的，纵然现在有两个钱，又能败几时呢？桌球店的老板不就是现眼前的榜样吗？人家从前手上戴的金链子，比狗脖子上的项圈还粗呢，还不是说败就败了。

陈荞倒是心花怒放，买了奶粉和桂圆干，来看卧床的姆妈。可陈姆妈长吁短叹。陈荞恼了，说，你叹什么叹呢？她不是攀了高枝吗？

这是外人的语气，外人就是这么阴阳怪气地对陈姆妈说陈麦这事的。隔壁的罗姆妈就笑嘻嘻地说，你家陈麦真是一只聪明鹧鹕儿呀，专拣高枝儿栖。

陈姆妈更气了，本来就是半死的，被他们这一说，又半死一次了，一条老命，只剩下四分之一在那儿苟延残喘了。

马群众现在是二茬货，算上陈荞，那就是第三茬了。

所以刘勇把马群众叫作马三茬。这倒没有糟蹋的意思，完全是刘勇式的黑色调笑。对从来没有恋爱过结婚过的刘勇来说，二茬三茬非但不是人生污点，而是让人十分羡慕的男人光荣经验。男人活什么？就是活万水千山走遍的经验嘛。二茬三茬算什么？人家皇帝后宫三千，还是三千茬呢。

而且马三茬就要成为名副其实的马三茬。这一次是姚红梅牵的线。姚红梅如此积极主动地为马群众做媒，一方面固然是为马群众打抱不平，另一方面就有肥水不流外人田的意思——虽然陈麦对马群众弃若敝帚，可对姚红梅而言，马群众依然还是可以浇灌自家田地的肥水。

要浇灌的对象是姚红梅的表妹，叫朱丽绢，是妇幼保健医院的护士，也是个离婚女人。和姚红梅长得很像，几乎是年轻版的姚红梅，然而比姚红梅长得好看，也说不清好看在哪里，但就是不一样。单看朱丽绢，不说闭月羞花沉鱼落雁，至少颇有几分姿色，而单看姚红梅，不论从哪个角度，持哪种审美观，只能看到一个丑女人。这是十分奇怪的事情。刘勇说，这是正版和盗版的区别，两者画面虽然大致一样，但镜像效果完全不一样的。

这样的比喻有些刻薄了，虽然刻薄，但仍然不失为一个绝妙的比喻。姚红梅因此在宋娜娜她们那儿又赢了一个绰号——之前她们在姚红梅背后叫她"老青蛙"的，现在改叫"盗版"了。有一次校长穿了双阿迪达斯的运动鞋，刘勇啧啧不止，校长说，你啧什么啧？盗版的。一办公室的人笑岔了气。宋娜娜最过分，她本来正在喝茶，校长的话音一落，她一口茶水就喷了出来，浇花一样，把对面的马群众浇得湿淋淋的。

马群众和朱丽绢的关系发展，很迅速。朱丽绢现在隔三岔五地，会到马群众这儿来过夜。

是半同居的意思。经历了陈麦的马群众，快乐经济学的内涵彻底被颠覆了，在陈麦前是收敛，在陈麦后，是放纵；在陈麦前，是鸡生蛋蛋生鸡，在陈麦后，是杀鸡取卵。由收敛到放纵易，由放纵到收敛难。养成了挥霍习惯的马群众，对送上门的朱丽绢，已经完全没有拒绝的意识和力量。

也没有拒绝的意义。如今还要为谁守身如玉？为陈荞？当初就没守住，一直以为自己那方面极有定力的，以为自己的城池固若金汤，结果，被陈麦吹弹即破了。他为此常常恨陈麦的，即使在两人快乐到魂飞魄散的时候，他都有一把掐死陈麦的冲动。然而终归没有，他是学过唯物辩证法的，知道哲学上内因和外因的辩证关系，外因只是条件，而内因才是根本。或许自己本来就是个水性杨花的放荡男人吧，不然，怎么那么容易就失身了呢？

再说，陈荞也嫁了人，他就是想守，也八竿子打不着了。

为陈麦就更莫明其妙了。那样一个女人，历史不清白不说，还暗地里姘男人，还为了所姘的男人对他始乱终弃。他为她守什么呢？张爱玲曾经说，她自从认识胡兰成，姿态就放得很低，低到尘埃里，又从尘埃里开出花来。他觉得自己和张爱玲的境遇也差不多的，也低到了尘埃，也开出了花，只是那花，是波德莱尔的恶之花。

所以要破罐子破摔了。男人的身子真如陶罐，易破。而破了一次之后，何妨再破一次，或者千万次，反正早就一钱不值了。

何况朱丽绢还上赶着。

是表姐姚红梅的主意。姚红梅说，男人无非两种，一种进攻女人的，另一种等待女人进攻的。马群众就属于后者。陈麦为什么能和他结婚，因为她进攻了他。所以要想拿下马群众，只能学董存瑞，舍生忘死勇往直前了。

要是以前，朱丽绢肯定没有办法当董存瑞的。但现在不一样，现在她是个离婚女人，且离婚一年多了，无论心理，还是生理，都具备了去男人那儿做董存瑞的素质了。

一开始当然是策略性的。她给了马群众一把她家的钥匙——她在医院那边有一套房子的，二室一厅，是离婚的战果。这自然是极富暗示意义的。马群众是语文老师，还会不懂得这种修辞手法？然而马群众钥匙拿了半个多月了，一次也没有去过医院那边。

朱丽绢只好自己过来了。先是夜里过来，再后来，大白天的，也来。

在附中老师们的眼里，朱丽绢真是一个好女人。

这好是陈麦反衬出来的。从前的陈麦和附中是格格不入的。这格格不入就如鸡立鹤群，或者稗草杂在稻花之间，很打眼，很格涩。而朱丽绢和附中却是同色的，溜溜地同色，都是稻花，都是鹤。一眼看过去，完全是天衣无缝浑然一体的感觉。

附中的老师十分喜欢这样的感觉。至少女老师，是打心眼里喜欢的。朱丽绢的穿着打扮，和她们是一样的，朱丽绢的言行举止，和她们也是一样的。这让她们觉得安稳，觉得没有被冒犯。朱丽绢甚至也站在走廊里做菜，虽然只是半同居，朱丽绢却是把自己当了正经附中家属的。或者说，比家属还家属，因为朱丽绢做菜的水平，按刘勇的评价，甚至比姚红梅还要更上一层楼的，尤其是啤酒鸭，几乎能让刘勇魂不守舍。汤也一样，朱丽绢是护士，能很专业地煲各种各样的养生汤，里面放枸杞红枣川芎玉竹麦冬之类的东西，五颜六色，让人一看就垂涎三尺。

单凭这一点，马群众也可以娶朱丽绢了。校长说。

校长对女人的要求向来是厨房至上的。女人能入厅堂能进厨房固然很好，但如果鱼与熊掌不能兼得的情况下，厨房就比厅堂更重要了。厨房生活是男人一辈子要过的生活，是每天都要过好几次的夫妻生活；而厅堂生活呢，在男人的人生中就是阶段性的，某个阶段很迷恋很耽溺，等过了某个阶段呢，就可能完全用不着厅堂的功能了。而且厅堂还具有一定程度上的社会性质，这意味着什么呢？意味着厅堂不是绝对私有制的，意味着别人的华丽厅堂你是可以享用的。校长就过着这样的生活，厨房用自家的，厅堂用别人的。当然，是偷偷地用。

所以校长常常催马群众和朱丽绢早点结婚的，而且当了姚红梅的面。这捎带着也拍了姚红梅的马屁了，校长总这样，喜欢在一些无关紧要的人上，或事上，巴结巴结姚红梅。厨房里的女人总是不能得罪的，否则，说不定哪天请你吃砒霜呢。

催马群众赶紧结婚的还有马群众的姆妈。朱丽绢她见过好几次了，是个看上去能守妇道的女人。眉眼正经，会做饭。虽然也离过婚——但这不怨她，离婚的原因马群众的姆妈是了解过了的，是她前夫不好，在外面胡搞出了事，没办法才离的。何况自己的儿子也离过婚，所以乌鸦不能嫌猪黑。马姆妈尽管没读过几天书，却是个讲道理懂人情世故的妇人。

而且她对朱丽绢的工作也十分满意。家里有一个人在医院工作总是很方便的，尤其对他们这些上了年纪的人来说，护士比任何工作都更实惠。她已经去医院找过两次朱丽绢了，一次是因为老头子的前列腺出了问题，另外一次是带隔壁的沈姆妈去，沈姆妈痛风，老毛病。穿着白大褂的朱丽绢为他们跑上跑下地找医生拿药，态度十分热情。

热情的结果，是马姆妈恨不得立刻娶了这个儿媳妇。

然而马群众呢，总是不置可否。皇帝不急太监急，刘勇嬉笑着说。结婚为什么呢？无非是找个女人一起搞健身运动嘛。既然已经有女人主动来一起健身了，还结什么婚？

这纯粹是刘勇的一家之见，附中的其他老师不是这样理解马群众的。其他老师把马群众的不置可否理解为谨慎。一朝被蛇咬，十年怕井绳。毕竟经历过一次失败的婚姻，再婚，谨慎一些小心一些不也是应该的？即使姚红梅，在这事上也表现出相当的善解人意。姚红梅虽然一面紧锣密鼓地催马群众，一面却对朱丽绢说，胳膊上腿上弄破块皮，愈合还要个把星期呢，何况是心伤？一年半载怕是要等的。

朱丽绢笑笑，不说话。

心里还是急的。流年似水，而离婚女人的流年，不仅似水，简直似风，似卫青胯下的汗血马了。她如何等得起呢？

可马群众不急，她能怎么办？只好继续和马群众过半同居生活了。

谁也没想到，陈麦竟然又转了一次身。

因为四川佬的老婆。四川佬在老家原来是有老婆的，不仅有老婆，还有儿子，不仅有儿子，还有女儿。四川女人右手牵儿子，左手牵女儿，气势汹汹地站到了陈麦面前。

陈麦不敌，只能落荒而逃。

有大半年时间，陈麦下落不明。有人说她去了南方，在南方重操旧业了。想想也是，那样的女人，也只能远走他乡了。然而有一天朱丽绢值夜班，早上回来一看，马群众的床上竟然睡了一个女人。女人一丝不挂地斜躺在被子上面——被子是她买过来的，暗红色，上面有一朵一朵素白的花。她青灰了脸，去找马群众。马群众那天早上有课。然而马群众不在教室里，马群众站在楼顶的阳台上，抽烟。

陈麦又回来了。

这事让所有的人觉得羞辱。女人有不要脸的，可还没有这么不要脸的。

男人有笨的，可没有这么笨的。好马不吃回头草，何况还是别人乱啃过乱嚼过的草。他怎么可以这么没有志气没有操守呢？之前的堕落，还可以说是一时失足，被陈麦讹了。可这一次呢？明显的狼狈为奸沆瀣一气呀。

不仅朱丽绢，附中几乎所有的人，对马群众，都痛心疾首且弃若敝屣了。

然而陈麦还是二进宫了。

马群众的快乐经济学再一次灰飞烟灭。生活又回到了从前的样子，上课，买菜，做饭。只是做饭现在他不在走廊上做了，因为经常有人用水泼灭他家煤炉子里的火，有几次还把他的煤炉子打碎了。没办法，马群众只好买了一只单口煤气灶，在房间里面做饭做菜。

只有刘勇还和他们来往，在马群众做红烧肉的时候，刘勇总会过去打打秋风。

刘勇说，马群众的红烧肉，现在真是烧得越来越好吃了。

中国言实出版社全民阅读精品文库

"当代中国最具实力中青年作家作品选"系列图书

1. 《一路划拳》　　　孙春平　著　　2016 年 1 月出版

2. 《香树街》　　　　宗利华　著　　2016 年 1 月出版

3. 《金角庄园》　　　海　桀　著　　2016 年 1 月出版

4. 《眼缘》　　　　　郑局廷　著　　2016 年 1 月出版

5. 《江南梅雨天》　　张廷竹　著　　2016 年 1 月出版

6. 《午夜蝴蝶》　　　胡学文　著　　2016 年 1 月出版

7. 《股东》　　　　　丁　力　著　　2016 年 3 月出版

8. 《在时间那边》　　荆永鸣　著　　2016 年 3 月出版

9. 《金山寺》　　　　尤凤伟　著　　2016 年 3 月出版

10. 《人罪》　　　　王十月　著　　2016 年 3 月出版

（该书入选出版界图书馆界"全民阅读好书推荐书目（2015—2016）"）

11. 《桃花落》　　　温亚军　著　　2016 年 4 月出版

（该书入选出版界图书馆界"全民阅读好书榜 50 种（2015—2016）"）

12. 《莫塔》　　　　吕　魁　著　　2016 年 6 月出版

13. 《营救麦克黄》　石一枫　著　　2016 年 6 月出版

14. 《界碑》　　　　西　元　著　　2016 年 6 月出版

15. 《八道门》　　　周李立　著　　2016 年 6 月出版

16. 《时间飞鸟》　　邱华栋　著　　2016 年 6 月出版

（该书入选出版界图书馆界"全民阅读好书推荐书目（2015—2016）"）

17. 《戏法》　　　　杨洪军　著　　2016 年 7 月出版

18. 《弑父》　　　　曾维浩　著　　2016 年 7 月出版

19. 《金枝夫人》　　弋　舟　著　　2016 年 10 月出版

20. 《红领巾》　　　　东　紫　著　　2016 年 10 月出版

21. 《吼夜》　　　　　季栋梁　著　　2016 年 10 月出版

22. 《你没事吧》　　　杨少衡　著　　2016 年 10 月出版

23. 《黑夜给了我明亮的眼睛》女　真　著　　2016 年 10 月出版

24. 《种春风》　　　　余一鸣　著　　2017 年 1 月出版

25. 《同一条河流》　　阿　宁　著　　2017 年 1 月出版

26. 《绣鸳鸯》　　　　马金莲　著　　2017 年 1 月出版

27. 《隐声街》　　　　薛　舒　著　　2017 年 1 月出版

28. 《庄莎的方程》　　温亚军　著　　2017 年 1 月出版

29. 《绫罗》　　　　　阿　袁　著　　2017 年 1 月出版